WRAAK HOTEL

Van dezelfde auteur:

Slaapdood
Dubbelmoord

WRAAK HOTEL

MARK BILLINGHAM

Oorspronkelijk titel Lazy Bones
Vertaling Ingrid Mersel
Omslagillustratie Image Store / Rieder photography / Photonica
Omslagontwerp Mariska Cock

Eerste druk april 2003

Uitgeverij M is een imprint van De Boekerij bv, Amsterdam

ISBN 90 225 3478 2 / NUR 332

'Want de ene of de andere nacht dan komt de Hovenier in wit, en zijn geplukte bloemen dood...'
– James Elroy Flecker, *The Golden Journey to Samarkand*

'Het slachtoffer is het vuile bord dat men na het feest heeft laten staan.'
– Dennis Nilsen

Proloog

13 maart

Liefste Dougie,

Sorry dat ook dit weer een getypte brief is, maar zoals ik al eerder heb uitgelegd, is het lastig voor me om je van huis uit te schrijven, dus doe ik het op mijn werk als de baas niet kijkt, of (zoals vandaag!) in mijn lunchpauze of zo. Dus sorry als de brief een beetje formeel overkomt. Geloof me, wanneer ik jou schrijf, is formeel wel het allerlaatste wat ik me voel!

Ik hoop dat alles goed is met je, en zelfs als het niet geweldig gaat, dan hoop ik toch dat je je door mijn brieven wat beter voelt. Ik verbeeld me graag dat je naar ze uitkijkt en dat je denkt aan hoe ik hier aan jou zit te denken. In elk geval heb je nu de foto's (vond je ze mooi?), dus je hoeft je fantasie niet meer zo te gebruiken... (ondeugende glimlach!)

Ik weet dat het daar echt afschuwelijk is, maar je moet het vertrouwen hebben dat het allemaal weer beter wordt. Op een dag ben je weer vrij en ligt er een rooskleurige toekomst voor je. Is het dom van me om te hopen dat ik in die toekomst misschien een rol kan spelen? Ik weet dat je daarbinnen zit terwijl je er niet zou moeten zitten. Ik weet dat het onrechtvaardig is dat je daar zit!!

Ik moet nu stoppen, want ik wil dit nog voor het einde van de lunchpauze op de post doen en ik heb nog niks gegeten. Maar aan jou schrijven, me dicht bij jou voelen, is toch belangrijker dan een broodje kaas (verzucht ze!).

Ik schrijf snel weer, Dougie, misschien met een andere foto erbij. Hang je ze aan de muur? Ik weet niet eens of je een cel voor je alleen hebt of niet. Zo niet, dan hoop ik dat degene met wie je hem deelt leuk is. Die persoon heeft het erg getroffen!!

Het zal gauw allemaal voorbij zijn en wanneer je daar weg bent, kunnen we misschien, wie weet, eindelijk samen zijn. Ik weet zeker dat het het wachten waard zal zijn geweest.

Pas alsjeblieft goed op jezelf, Dougie. Ik hoop dat je aan me denkt.

Met HEEL veel gefrustreerde groeten...

DEEL EEN

Geboortes, huwelijken en sterfgevallen

10 augustus 1976

Voetje voor voetje schuifelde hij naar de rand en bij elke aanspanning van zijn sluitspier bewoog hij een stukje verder over het smalle, gladde oppervlak van de trapleuning. Hij draaide zijn polsen en wikkelde de handdoek er nog een keer met een strakke slag omheen, zodat hij geen uitweg had – in de wetenschap dat zijn lichaam die wel zou zoeken. In de wetenschap dat hij instinctief zou proberen zichzelf te bevrijden.

Zijn hakken wipten ritmisch tegen de trapspijlen onder hem. De blauwe sleepkabel die hij achter in de garage had gevonden, kriebelde aan zijn nek. Hij lachte in zichzelf. Het zou stom zijn eraan te krabben, ook al kon dat wel. Dat was net zoiets als het betten van de huid met een desinfecterend middel alvorens de naald voor het toedienen van een dodelijke injectie in te brengen.

Hij deed zijn ogen dicht, boog zijn hoofd en liet zich door zijn gewicht naar voren kieperen zodat hij viel.

Hij had het gevoel dat de schok zijn hoofd zou afrukken, maar het was nog niet eens genoeg om een bot te breken. Er was geen tijd geweest om een berekening te maken en zijn gewicht tegen zijn lengte af te zetten. Maar al was die tijd er wel geweest, hij wist niet of hij eigenlijk wel had geweten wat het verband tussen die twee was. Hij herinnerde zich ergens te hebben gelezen dat de echte beulen, de Pierrepoints of wie dan ook, die berekening wel konden maken en de noodzakelijke valhoogte konden bepalen op basis van niet meer dan het schudden van de hand van de veroordeelde.

Aangenaam – zo'n vier meter denk ik...

Hij zette zijn tanden op elkaar tegen de pijn in zijn rug. Zijn ruggengraat was door de rand van de leuning ontveld toen hij viel. Hij voelde warm bloed langs zijn kin omlaag druppelen en besefte dat hij zijn tong had doorgebeten. Hij rook de motorolie aan het touw.

Hij dacht aan de vrouw in bed, op nog geen drie meter afstand.

Het was prachtig geweest om haar gezicht te zien als ze hem zou hebben gevonden. Om haar leugenaarsmond te hebben zien openvallen en haar haar slanke hoerenarmen in de lucht te hebben zien steken om zijn lichaam stil te hangen. Dat was prachtig geweest, maar hij zou het natuurlijk nooit te zien krijgen. En zij zou hem nooit vinden.

Iemand anders zou hen beiden vinden.

Onwillekeurig vroeg hij zich af hoe de autoriteiten dit alles zouden interpreteren. Wat de kranten zouden schrijven. In zekere kantoren en woonkamers zou hun naam weer hardop worden uitgesproken, of gefluisterd. Zijn naam, de naam die hij haar had gegeven zou weer door een rechtszaal galmen zoals al zo vaak tevoren, door het slijk en de vuiligheid gehaald die zij als een olievlek voor zich had uitgespreid. Dit keer zouden zijzelf gelukkig afwezig zijn als anderen over hen spraken, over de tragedie, over het feit dat hun psychologisch evenwicht was verstoord. Het was moeilijk om daar nu, op dit moment, iets tegen in te brengen. Nu hij wachtte op zijn dood en zij daar boven lag, een halfuur op hem voor, terwijl het bloed al diep in hun champignonkleurige slaapkamertapijt trok.

Zij had hun beider psychologisch evenwicht verstoord. Ze had erom gevraagd, om alles wat ze gekregen had.

Een halfuur daarvoor had ze haar handen uitgestrekt om zichzelf te beschermen.

Acht maanden daarvoor had ze met haar handen uitgestrekt en haar benen gespreid op de vloer van dat magazijn gelegen.

Ze had overal zelf om gevraagd...

Hij kokhalsde, spuwde bloed en voelde dat een schaduw zich klaarmaakte om neer te dalen: hij voelde het leven gelukkig langzaam wegglijden. Hoe lang had dit nou geduurd? Twee minuten? Vijf? Hij duwde zijn voeten naar de vloer toe, wilde dat zijn gewicht zijn werk snel deed.

Hij hoorde een geluid dat een kraakje leek en toen een hummetje van verbazing. Hij deed zijn ogen open.

Hij hing met zijn gezicht van de voordeur af en keek uit op de trap. Hij maakte een heftige draai met zijn schouders in een poging voldoende stuwkracht te creëren, zodat hij zou draaien. Terwijl hij langzaam, veel te langzaam, bungelend en stikkend ronddraaide, naar zijn dood toe, staarde hij door bloeddoorlopen en uitpuilende netvliezen in de gave bruine ogen van een kind.

EEN

Zijn voorkomen werd een beetje verpest door de sportschoenen.

De man met het matje en de zweterige bovenlip droeg een net blauw pak, ongetwijfeld speciaal voor de gelegenheid aangeschaft, maar hij viel door de mand door de helderwitte Nike Airs. Ze piepten op de vloer van de sportzaal wanneer zijn voeten onder de tafel nerveus heen en weer schuifelden.

'Het spijt me,' zei hij. 'Het spijt me echt heel erg.'

Tegenover hem aan tafel zat een ouder echtpaar. De man zat kaarsrecht en zijn waterige blauwe ogen waren voortdurend op de man in het pak gericht. De oude mevrouw die naast de oude man zat, hield diens hand stevig vast. In tegenstelling tot haar echtgenoot ontweek zij juist de blik van de jongeman die de laatste keer dat hij zo dicht bij hen was geweest, bezig was hen in hun eigen huis vast te binden.

Het trillen begon rond het midden van Darren Ellis' zeer nauwgezet geschoren kin. Zijn stem beefde een beetje. 'Als er ook maar iets was waardoor ik het goed kon maken, dan zou ik dat doen,' zei hij.

'Dat is er niet,' antwoordde de oude man.

'Ik kan wat ik heb gedaan niet ongedaan maken, maar ik weet hoe fout het was. Ik weet wat ik u heb aangedaan.'

De oude mevrouw begon te huilen.

'Hoe kun je dat nou weten?' zei haar man.

Darren Ellis begon ook te huilen.

Op de laatste rij zat een stevig uitziende man in een zwart leren jack met zijn rug tegen het klimrek. Hij was een jaar of veertig, had donkere ogen en haar dat aan de ene kant grijzer was dan aan de andere. Hij leek zich onbehaaglijk te voelen en ook enigszins perplex te zijn. Hij wendde zich tot de man die naast hem zat.

'Dit. Is. Waanzin,' zei Thorne.

Hoofdinspecteur Russell Brigstocke van de recherche keek hem ontstemd aan. Een roodharig type dat een paar rijen voor hen zat, het leek een soldaat, siste dat ze stil moesten zijn. Zo te zien was hij een van Ellis' medestanders.

'Waanzin,' herhaalde Thorne.

Normaal gesproken was de sportzaal in het Peel Centre op dit onmogelijke tijdstip op een maandagochtend gevuld met enthousiaste agenten in opleiding. Maar het was de grootste ruimte die er beschikbaar was voor deze 'Echt-Rechtbijeenkomst', dus deden de jonge agentjes hun push-ups en spreidsprongen ergens anders. Op de vloer van de gymzaal was groen zeildoek gelegd en er waren zo'n vijftig stoelen neergezet. Daarop zaten medestanders van zowel de delinquent als de slachtoffers, evenals een aantal genodigde agenten die geacht werden prijs te stellen op deze gelegenheid om met dit nieuwste initiatief kennis te maken.

Becke House, waar Thorne en Brigstocke gehuisvest waren, was ook onderdeel van dit complex. Een halfuur daarvoor, tijdens het vijf minuten durende wandelingetje naar de sportzaal, had Thorne aan één stuk door lopen jeremiëren.

'Als het een uitnodiging is, waarom kan ik hem dan niet afslaan?'

'Hou je mond,' zei Brigstocke. Ze waren laat. Hij liep snel en deed zijn best geen hete koffie te knoeien uit het plastic bekertje dat zowat smolt. Thorne lag een paar stappen op hem achter.

'Shit, ik ben dat papier vergeten, misschien laten ze me wel niet binnen.'

Brigstocke keek nors, hij vond het niet grappig.

'En als ik er nou niet netjes genoeg uitzie? Er gelden misschien wel kledingvoorschriften...'

'Ik luister niet, Tom...'

Thorne schudde zijn hoofd en schopte als een nukkige schooljongen tegen een steen. 'Ik probeer het gewoon even helder te krijgen. Dit stuk ongeluk bindt een bejaard echtpaar met elektriciteitsdraad vast, geeft die ouwe nog een paar trappen na om het af te maken en breekt daarbij... hoeveel ribben?'

'Drie...'

'Drie. Bedankt. Hij pist op het tapijt, gaat er met hun spaarcenten vandoor, en nu gaan wij op een holletje daarheen om te zien hoeveel spijt hij heeft?'

'Het is maar een probeersel. In Australië werken ze al met Echt-Rechtbijeenkomsten en de resultaten liegen er niet om. Het recidivepercentage is enorm gedaald...'

'Dus waar het op neerkomt, is dat ze iedereen vóór het proces bij elkaar zetten, en als ze het er allemaal over eens zijn dat de schuldige partij zich ook inderdaad schuldig voelt, dan hoeft hij wat minder lang te zitten. Zoiets?'

Brigstocke nam nog één gloeiend hete slok en keilde het halfvolle bekertje toen in een vuilnisbak. 'Zo simpel is het niet.'

Het was het begin van de tweede week van een bloedhete junimaand, maar de dag was nog te nieuw om al te zijn opgewarmd. Thorne stak zijn handen wat dieper in de zakken van zijn leren jack.

'Nee, maar degene die het bedacht heeft, is...'

In de sportzaal keek het publiek hoe Darren Ellis zijn gebalde vuisten voor zijn gezicht vandaan haalde, waarop er vochtige, rode ogen tevoorschijn kwamen. Thorne keek om zich heen naar de andere mensen die zaten te kijken. Sommigen zagen er bedroefd uit en schudden hun hoofd. Een paar mensen maakten aantekeningen. Op de eerste rij wisselden leden van Ellis' advocatenteam papieren uit.

'Als ik zou zeggen dat ik me ook slachtoffer voel, zou u dan lachen?' vroeg Darren.

De oude man keek hem wel vijftien seconden kalm aan alvorens effen te antwoorden: 'Dan zou ik je je tanden uit je mond willen slaan.'

'De dingen liggen niet altijd zo duidelijk,' zei Darren.

De oude man boog zich over de tafel heen. De huid rond zijn mond was strak gespannen. 'Maar ik zal jou eens vertellen wat wel duidelijk is.' Terwijl hij sprak, schoten zijn ogen in de richting van zijn vrouw. 'Zij heeft niet geslapen sinds de nacht dat jij ons huis bent binnengedrongen. Bijna elke nacht plast ze in bed.' Op fluistersterkte vervolgde hij: 'En ze is zo ontzettend mager geworden...'

In de sportzaal weerklonk een geluid dat het midden hield tussen het happen naar lucht en het stokken van de adem. Darren liet zijn hoofd in zijn handen zakken en gaf zijn emoties de vrije loop. Een van de advocaten stond op. Ook een hoge rechercheur stond op en liep naar de tafel. Het was tijd voor een pauze.

Thorne boog zich naar Brigstocke toe en fluisterde luid: 'Hij doet 't erg goed. Heeft-ie soms op de toneelschool gezeten?' Dit keer waren het ook een paar hoge piefen die hem vernietigend aankeken...

Tien minuten later stond iedereen in de foyer. Er werd veel geknikt en gedempt geconverseerd. Er was mineraalwater en er waren koekjes.

'Ik word geacht hier een verslag over te schrijven,' mompelde Brigstocke.

Thorne zwaaide naar een paar jongens van Team 6 die hij kende en die aan de andere kant van de foyer stonden.

'Jij liever dan ik.'

'Ik probeer te bedenken wat het beste woord zou zijn om de houding van zekere aanwezige agenten uit mijn team te beschrijven. Obstructief? Arrogant? Heb jij nog ideeën...?'

'Ik geloof dat dit een van de stompzinnigste dingen is die ik ooit heb meegemaakt. Ik kan me niet voorstellen dat de mensen die daar zaten dit serieus nemen, en het kan me geen donder schelen wat de resultaten in Australië zijn. Of nee, niet stompzinnig. Het is schunnig. Al die idioten die de verschillende gezichtsuitdrukkingen van die schoft zitten te bestuderen. Hoeveel tranen rollen er? Hoe groot zijn ze? Hoeveel schaamte zien we?' Thorne nam een slok water, hield die een paar tellen in zijn mond en slikte hem toen door. 'Heb je háár gezicht gezien? Heb je naar het gezicht van die oude mevrouw gekeken?'

Brigstockes mobieltje ging. Hij nam snel op, maar Thorne praatte gewoon door. 'Echt Recht? Voor wie? Voor die oude man en zijn broodmagere vrouw?'

Brigstocke schudde boos zijn hoofd en keerde zich van Thorne af.

Thorne zette zijn glas op de vensterbank. Toen zette hij zich plotseling in beweging, wurmde zich langs een paar mensen heen en liep vlug naar het punt aan de overkant van de foyer waar hij een groepje mensen een deur uit had zien komen.

Darren Ellis had zijn jasje uitgetrokken en zijn das afgedaan. Hij had handboeien om en aan weerszijden van hem liep een rechercheur, ieder met een hand op Ellis' schouders.

'Goed optreden, Darren,' zei Thorne. Hij hief zijn handen en begon te klappen.

Ellis staarde hem aan, zijn mond ging open en weer dicht – een uitdrukking van onbehagen die beslist niet was gerepeteerd. Hij keek naar de agenten naast hem en zocht steun bij hen.

Thorne glimlachte. 'Wat doe je als toegift? Volgens mij is het altijd het beste om met een liedje te eindigen...'

De agent links van Ellis, een graatmager exemplaar met roos op zijn bruine polyester jas, deed zijn best om nonchalant dreigend te kijken. 'Pleur op, Thorne.'

Nog voor Thorne gelegenheid had te reageren werd zijn aandacht getrokken door de gestalte van Russell Brigstocke, die de foyer overstak en recht op hem afkwam. Thorne was zich nauwelijks nog bewust van de twee rechercheurs die Ellis wegleidden, de andere kant op. Door de uitdrukking op het gezicht van de hoofdinspecteur trok zich in zijn maag iets samen.

'Jij wilt het echte recht laten zegevieren?' vroeg Brigstocke. 'Dit is je kans.' Hij wees met zijn mobieltje op Thorne. 'Dit klinkt als een goeie gelegenheid...'

Het werd een hotel genoemd. Maar parlementsleden werden ook 'eerlijk', 'fatsoenlijk' en 'heren' genoemd...

Op het bordje buiten stond inderdaad HOTEL, maar Thorne wist maar al te goed dat sommige opschriften in de minder frisse delen van Londen niet al te letterlijk moesten worden genomen. Als die gelegenheden allemaal precies waren wat er op de bordjes stond aangegeven, dan zaten er heel wat gefrustreerde zakenlieden in sauna's te wachten op aftrekbeurten die ze nooit zouden krijgen.

Op het bordje buiten had STINKHOL moeten staan.

Het was zo eenvoudig als een hotel maar kon zijn. Het kastanjebruine tapijt, eens de mooiste coupon die de groothandel in de aanbieding had gehad, was op een groot aantal plaatsen doorgesleten. Het groen van het rottende rubberen ondertapijt kleurde goed bij de schimmel die tegen het gebroken-witte reliëfbehang onder het raam op kroop. Op de vensterbank stond een reeds lang dode graslelie die helemaal onder het stof zat. Thorne schoof de smoezelige oranje gordijnen opzij, leunde tegen de vensterbank en nam nota van het adembenemende uitzicht op het verkeer dat langs Paddington Station in de richting van Marylebone Road voortkroop. Het was al bijna elf uur en de hele zaak stond nog muurvast.

Thorne draaide zich om en ademde in. Tegenover hem in de deuropening stond rechercheur Dave Holland met een geüniformeerde agent te kletsen, evenals Thorne in afwachting van het teken dat hij binnen mocht komen en kon beginnen. Om dan met beide voeten diep in het moeras te zakken.

Drie technisch rechercheurs zaten op verschillende plekken in de kamer op hun knieën of kropen rond. Ze stopten spullen in zakjes en voorzagen die van etiketten. Ze zochten naar de vezel of korrel die tot een veroordeling zou kunnen leiden. De veroordeling tot levenslang die in een stofbal verborgen zat. De waarheid die zich schuilhield in het puin.

De patholoog-anatoom, Phil Hendricks, stond tegen de muur geleund en mompelde in het nieuwe digitale taperecordertje waar hij zo trots op was. Hij keek op naar Thorne. Een blik die de gebruikelijke vragen stelde. Dus daar gaan we weer? Wanneer wordt dit eens wat gemakkelijker? Waarom laten we deze klereboel niet de boel om de rest van ons leven in een portiek spiritus te gaan zitten drinken? Thorne had geen antwoorden en keek weg. In de hoek het dichtst bij hem was een vierde technisch rechercheur, wiens overall en kale hoofd hem het uiterlijk van een reuzenbaby gaven, bezig de kranen boven de bruine plastic wasbak met vingerafdrukpoeder te bestuiven.

Het was tenminste wel een stinkhol met een badkamer erbij.

Alles bij elkaar waren ze met z'n zevenen in de kamer. Met z'n achten, als je het lijk meerekende.

Onwillig werd Thornes blik naar de krijtwitte gestalte van de man op het bed getrokken. Het lichaam was naakt en lag op de kale matras. Op de voddige tijk kwamen de bloedplekken samen met vlekken van minder duidelijke herkomst. De handen waren met een bruine leren riem bijeengebonden en lagen voor hem uitgestrekt, terwijl hij geknield zat met zijn achterste de lucht in. Zijn hoofd, dat bedekt was met een zwarte kap, was in de doorgezakte matras geduwd.

Thorne keek hoe Phil Hendricks langs het bed liep, het hoofd optilde en het omdraaide. Langzaam verwijderde hij de kap. Thorne, die achter zijn vriend stond, zag diens schouders een ogenblik verstijven en hoorde de plotselinge lichte inademing voordat hij het hoofd weer neerlegde. Toen een technisch rechercheur naar het bed kwam gelopen, de kap oppakte en hem in een bewijszak deponeerde, deed Thorne een stap naar voren, zodat hij het gezicht van de dode man duidelijk kon zien.

Zijn ogen waren gesloten en hij had een kleine, niet al te uitgesproken wipneus. De zijkant van zijn gezicht was bespikkeld met bloedspatten zo groot als speldenknopjes. Zijn mond was een masker van geronnen bloed, zijn lippen waren kapot, en kriskras over die hele afzichtelijke knoeiboel heen lagen strengen speeksel. Zijn onregelmatige, gevlekte tanden waren zichtbaar en hadden door de bovenlip heen gebeten toen het wurgkoord zich almaar strakker om de nek spande.

Thorne schatte de man achter in de dertig. Maar dat was dus maar een gok.

Thorne werd een gerommel gewaar dat ergens van boven kwam en opeens ophield – een boiler die afsloeg. Hij onderdrukte een geeuw, richtte zijn blik omhoog en keek naar de spinnenwebben die gracieus rond de plafondrozet dansten. Hij vroeg zich af of de andere hotelgasten die ochtend nog veel om hun warme water zouden geven, wanneer ze erachter kwamen wat er in kamer zes was gebeurd. Thorne zette een stap naar het bed toe. Hendricks begon zonder om te kijken te praten.

'Behalve het feit dat-ie dood is, weet ik nog helemaal niks. Dus stel maar geen vragen. Akkoord?'

'Ja, prima. Dank je, Phil. En hoe gaat het met jou?'

'Goed ja, begrepen. Dus jij kwam hier alleen maar om een praatje te maken...'

'Wat een zak ben je toch. Wat is er mis met het uitwisselen van een paar grapjes? En een poging om dit allemaal wat makkelijker te maken?'

Hendricks zei niets.

Thorne boog voorover om door zijn overall heen aan zijn enkel te krabben. 'Phil...'

'Ik zeg net: ik weet het niet. Kijk zelf maar. Het lijkt vrij duidelijk hoe hij aan zijn eind is gekomen, maar zo simpel is het niet. Er zijn nog... andere dingen gebeurd.'

'Oké. Bedankt...'

Hendricks week een stukje naar achteren en knikte naar een van de technisch rechercheurs, die vlug naar het bed gelopen kwam en in het voorbijgaan een gereedschapskistje oppakte. De agent knielde neer en opende de kist, waarop er een uitstalling van sierlijke, blinkende instrumenten tevoorschijn kwam. Hij pakte een kleine scalpel, boog naar voren en bracht het ding naar de nek van het slachtoffer.

Thorne keek hoe de man zijn met plastic overtrokken vinger tussen het wurgkoord en de nek duwde en een aangrijpingspunt probeerde te vinden, wat niet gemakkelijk ging. Vanwaar Thorne stond, leek het een waslijn van het soort dat je in elke ijzerhandel kon krijgen. Van glad, blauw plastic. Hij zag hoe ontzettend strak het ding in de nek van de dode man gesnoerd zat. De agent pakte zijn scalpel en sneed de lijn voorzichtig door, zodanig dat de knoop die achter in de nek zat intact bleef. Dit was uiteraard een standaardprocedure. Doelmatig en beklemmend.

Die knoop zouden ze moeten vergelijken met eventuele andere die ze nog zouden vinden.

Thorne keek even naar Dave Holland, die zijn wenkbrauwen optrok en zijn handpalmen naar boven keerde. *Wat gebeurt er? Hoe lang gaat dit nog duren?* Thorne haalde zijn schouders op. Hij was hier al meer dan een uur. Holland en hij waren de kamer door gelopen, hadden aantekeningen gemaakt, een paar dingen in zakjes gedaan en het tafereel in zich opgenomen. Nu was het de beurt aan de technische mensen, en Thorne had een bloedhekel aan dat wachten. Hij had zich wellicht beter gevoeld als hij zijn ongeduld had kunnen toeschrijven aan de wens er flink tegenaan te gaan. Kon hij maar in alle eerlijkheid zeggen dat hij stond te popelen om aan het werk te gaan en een begin te maken met het proces dat de moordenaar van deze man op een dag misschien voor de rechter zou brengen. Maar hij wilde dat wat er gedaan moest worden juist eventjes snel doen en dan maken dat hij die kamer uit kwam.

Hij wilde de plastic overall uittrekken, in zijn auto stappen en wegrijden.

Maar als hij nou echt eerlijk tegen zichzelf was, moest hij toegeven dat eigenlijk slechts een deel van hem dat wilde. Het andere deel had een kick gekregen. Het deel dat het verschil tussen de ene plaats delict en de andere kende; het deel dat in staat was dit soort dingen te méten. Thorne had de slachtoffers van woedende echtgenoten en jaloerse minnaars gezien. Hij had staan staren naar de lichamen van zakelijke rivalen en van verklikkers van onderwereldfiguren. Hij wist wel wanneer hij naar iets stond te kijken wat buiten het normale viel.

Dit was een belangrijke plaats delict. Dit was het werk van een moordenaar, gedreven door iets bijzonders, iets spectaculairs.

Die kamer stonk naar haat en naar woede. Hij stonk ook naar trots.

Alsof hij Thornes gedachten kon lezen, draaide Hendricks zich half glimlachend naar hem om. 'Nog vijf minuten, oké? Ik kom hier nu toch niet meer verder...'

Thorne knikte. Hij keek naar de dode man op het bed, naar zijn houding – het was alsof hij iets of iemand eer bewees. Zonder die riem, die donkerrode groef rond zijn nek en de dunne lijntjes bloed die over de achterkant van zijn bleke dijen liepen, had hij wel kunnen zitten bidden.

Thorne vermoedde dat hij dat op het eind ook had gedaan.

Het was warm in de kamer. Thorne hief zijn arm om in zijn geïrriteerde oog te wrijven en voelde het kriebelen toen een druppel zweet langs zijn ribben naar beneden gleed en plotseling een scherpe draai over zijn buik maakte.

Beneden hing een gefrustreerde automobilist op zijn claxon...

Thorne was zich er niet eens van bewust dat hij zijn ogen had gesloten, en toen hij de telefoon hoorde rinkelen deed hij ze met een schok weer open. Enkele heerlijke ogenblikken lang was hij ervan overtuigd dat hij plotseling uit een nare droom was ontwaakt.

Enigszins gedesoriënteerd draaide hij zich om en zag Holland naast het nachtkastje staan. De telefoon was een gebroken-wit jaren-zeventigmodel waarvan de draaischijf gebarsten was en de smoezelige hoorn zichtbaar op de haak lag te wippen. Thorne stond inmiddels helemaal op scherp, maar was nog wel enigszins perplex. Was dit telefoontje voor hen bedoeld? Was het iemand van de politie? Of kon het zijn dat degene die beneden zat, achter dat wat voor de receptie doorging, niet was verteld wat er aan de hand was, en dat hij of zij een beller van buiten had doorverbonden? Thorne had met een paar personeelsleden kennisgemaakt en wilde best geloven dat zij ook als ze wel precies wisten wat er was gebeurd nog zo stom konden zijn om een telefoontje voor de gast in kamer zes door te verbinden. Mocht dat het geval zijn, dan was dit beslist een buitenkansje...

Thorne liep naar de rinkelende telefoon. De rest van het team sloeg hem verstijfd gade.

De kleren van het slachtoffer – dat ze van het slachtoffer waren, moest althans worden aangenomen – lagen verspreid over de vloer er vlakbij. De broek – zonder de riem – en de onderbroek lagen naast de stoel. Het overhemd was tot een bal verfrommeld. Eén schoen lag onder het bed vlak bij het hoofdeinde. In het bruine ribfluwelen jasje dat over de leuning van een stoel naast het bed hing, zaten geen persoonlijke bezittingen. Geen portemonnee, geen buskaartjes, geen gekreukte foto's. Niets dat zou kunnen helpen bij het identificeren van de dode...

Thorne wist niet of de telefoon al met vingerafdrukpoeder was bestoven en hij had ook geen tijd om het te checken. Hij pakte van de dikke, babyachtige technisch rechercheur een plastic bewijszakje aan en wikkelde dit om zijn hand. Toen stak hij die hand op omdat hij stilte wilde. Hij hoefde er niet om te vragen.

Hij ademde in en nam de hoorn op. 'Ja, met wie spreek ik...?'

'O... hallo.' Een vrouwenstem.

Thorne ving Hollands blik en hield die even vast. 'Wie wilde u spreken?' Hij hield de hoorn een paar centimeter van zijn oor af en verstond het antwoord niet goed. 'Sorry, de verbinding is niet zo goed, kunt u wat harder praten?'

'Zo beter?'

'Prima ja.' Thorne probeerde informeel te klinken. 'Wie wilt u spreken?'

'Eh... dat weet ik eigenlijk niet precies...'

Thorne keek weer naar Holland en schudde zijn hoofd. *Shit.* Zo gemakkelijk zou het nou ook weer niet zijn. 'Met wie spreek ik?'

'Pardon?'

'Wie bent u?'

Er viel een korte stilte voordat ze verder praatte. Haar stem klonk plotseling wat gespannener. Maar wel zelfverzekerd en beschaafd. 'Hoort u eens, ik wil niet onbeleefd zijn, maar er was daar iemand die míj heeft gebeld. Ik zeg liever niet...'

'U spreekt met inspecteur Thorne van de Afdeling Ernstige Delicten...'

Een stilte. En toen: 'Ik dacht dat ik een hotel had gebeld...'

'Dat is ook zo. Kunt u mij alstublieft uw naam geven?' Hij keek naar Holland en liet de lucht uit zijn wangen ontsnappen. Holland stond met zijn notitieboekje in de hand klaar en leek perplex.

'U kunt wel zomaar iemand zijn,' zei de vrouw.

'Hoort u eens, als u dat prettiger vindt, kan ik u terugbellen. Of nog beter, laat me u een nummer geven zodat u het kunt checken. Vraagt u dan naar hoofdinspecteur Russell Brigstocke van de recherche. En dan geef ik u ook mijn mobiele nummer...'

'Waar heb ik uw mobiele nummer voor nodig als u mij gaat terugbellen?'

Het gesprek begon iets lachwekkends te krijgen en Thorne meende een geamuseerde, misschien zelfs wel flirterige toon in de stem van de vrouw te bespeuren. Maar hoe aangenaam dit ook was op een verder macabere ochtend, hij was er niet echt voor in de stemming.

'Mevrouw, het toestel waar ik door praat, het toestel waar u naartoe hebt gebeld, bevindt zich op een plaats delict, en ik moet echt weten waarom u belt.'

Hij slaagde erin de boodschap over te brengen. Hoewel ze ineens wat paniekerig klonk, deed de vrouw wat haar gevraagd werd.

'Het stond op mijn antwoordapparaat. Ik kwam hier... Ik kwam vanochtend op mijn werk en heb toen de boodschappen afgeluisterd. Dit was de eerste. De man die belde, sprak de naam van het hotel en het kamernummer in voor de bezorging...'

De man die belde. Was dat de man op bed, of...?

'Hoe luidde die boodschap?'

'Hij deed een bestelling. Wel een verdraaid rare tijd om zoiets te doen trouwens. Daarom was ik ook een beetje... voorzichtig met bellen. Ik dacht dat het misschien een grap was, begrijpt u, van kinderen die wat hadden zitten rotzooien. Maar kinderen zouden toch niet het juiste adres opgeven, denkt u wel?'

'Heeft hij ook een naam ingesproken?'

'Nee, dat is een van de redenen dat ik belde. En om een creditcardnummer te krijgen. Ik lever niet onder rembours...'

'Hoe bedoelt u, "een verdraaid rare tijd"?'

'De boodschap is ingesproken om tien over drie vannacht. Ik heb zo'n flitsend apparaat dat het tijdstip aangeeft, weet u wel?'

Thorne drukte de hoorn tegen zijn borst en keek naar Hendricks. 'Ik weet het tijdstip van overlijden. Ik wed om een tientje dat je het niet tot op een halfuur ervoor of erna zal weten te schatten...'

'Hallo?'

Thorne zette de hoorn weer aan zijn oor. 'Sorry, ik was even met een collega aan het overleggen. Mag ik u vragen het bandje uit het apparaat te bewaren, mevrouw...?'

'Eve Bloom.'

'Zei u nou iets over een bestelling?'

'O pardon, heb ik dat nog niet verteld? Ik ben bloemist. Hij bestelde bloemen. Dat was waarschijnlijk de reden dat ik me er niet helemaal senang bij voelde...'

'Dat begrijp ik niet. Niet helemaal senang...?'

'Nou ja, om midden in de nacht te bestellen wat hij bestelde...'

'Hoe luidde de boodschap dan precies?'

'Een ogenblikje...'

'Nee, u hoeft alleen maar...'

Maar ze was al weg. Een paar tellen later hoorde Thorne de klik van de knop die werd ingedrukt en het geluid van het bandje dat terugspoelde. Er was een stilte en vervolgens klonk er een plof toen ze de hoorn naast het apparaat legde.

'Daar komt-ie,' riep ze.

Er klonk geruis toen het bandje begon te draaien.

Er was geen specifieke tongval te horen, noch klonk er echte emotie van welke aard dan ook in de stem door. In Thornes oren klonk het alsof iemand erg zijn best deed om gewoon te klinken, maar toch zat er een spoortje van geamuseerdheid in de stem – in de stem van de man die naar Thorne moest aannemen verantwoordelijk was voor het vastgebonden en bebloede lijk dat op nog geen meter afstand van hem lag.

De boodschap begon heel eenvoudig.

'Ik wil graag een rouwkrans bestellen...'

3 december 1975

Centimeter voor centimeter reed hij de Maxi naar voren totdat de bumper de garagedeur bijna raakte, alvorens aan de handrem te trekken en het contactsleuteltje om te draaien.

Hij pakte zijn koffertje, stapte uit de auto en duwde met zijn achterste het portier dicht.

Het was nog geen zes uur en toch al donker. En ook koud. Het werd weer tijd om 's ochtends een hemd aan te trekken.

Terwijl hij naar de voordeur liep, begon hij dat stomme liedje weer te fluiten dat hij maar niet uit zijn kop kreeg. Elke minuut van de dag was het op de radio. Wat was in godsnaam een 'silhouetto'*? En* 'Do the fandango'*? Het duurde nog uren ook. Popsongs hoorden toch juist kort te zijn?*

Hij trok de deur achter zich dicht en bleef een ogenblik op de mat staan, in afwachting van het moment waarop hij de geur van het avondeten waarnam. Elke dag vond hij dit weer fijn, het moment waarop hij net kon doen alsof hij een personage uit zo'n tv-serie was. Hij beeldde zich in dat hij ergens in het midden-westen van Amerika was in plaats van dat hij vastzat in een ellendige buitenwijk in het noordoosten van Londen. Hij beeldde zich in dat hij een rijzige man was met een leidinggevende positie, en met een vrouw die er niet alleen perfect uitzag, maar ook nog een stoofschotel in de oven had staan en al een whisky-soda voor hem had ingeschonken – een highball voor een hoogvlieger...

Dit was niet zijn eigen persoonlijke lolletje, maar dat van hen samen. Hun malle ritueel. Hij riep iets, zij riep terug, en dan gingen ze zitten en aten ze de knapperige diepvriespannenkoeken of misschien zo'n kerrieschotel uit een pakje met te veel rozijnen erin.

'Schat, ik ben thuis...'

Er kwam geen antwoord. Hij rook niks.

Hij zette zijn koffertje naast het tafeltje in de hal en liep naar de woonkamer. Ze had vandaag vast nog geen tijd gehad. Ze was vast pas na drieën klaar geweest met werken en had daarna boodschappen moeten doen. Het was nog maar veertien dagen tot Kerstmis en ze moesten nog een karrenvracht aan dingen kopen...

Door de uitdrukking op haar gezicht bleef hij als aan de grond genageld staan.

Ze zat op de bank met een kobaltblauwe duster aan. Haar benen had ze onder zich gevouwen. Haar haar was nat.

'Alles goed, liefje?'

Ze zei niets. Toen hij een stap in haar richting zette, raakte zijn schoen ergens in verstrikt. Hij keek naar beneden en zag de jurk.

'Wat doet dat ding...?'

Hij wipte de jurk de lucht in, pakte hem lachend beet en wachtte op een reactie. Terwijl hij het rokgedeelte weer uit zijn vingers liet glijden, zag hij de scheur en wapperde even met zijn vingers door het gat in de rayon.

'Tjezus, wat heb je daarmee gedaan? Potverdorie zeg, dat ding heeft vijftien pond gekost...'

Ineens keek ze op en staarde hem aan alsof hij gek was. Terwijl hij probeerde het niet al te duidelijk te laten merken, begon hij rond te kijken op zoek naar een lege fles. Hij deed zijn best te blijven glimlachen.

'Ben je vandaag naar je werk geweest, liefje?'

Ze kreunde zachtjes.

'En school? Jij hebt hem toch wel opgehaald...?'

Ze knikte driftig en haar vochtige haar viel voor haar gezicht. Toen hoorde hij het geluid van een speelgoedautootje dat ergens tegenaan botste of een stapel blokken die omviel, afkomstig van de zolder die ze tot speelkamer hadden omgebouwd.

Hij knikte en blies opgelucht zijn wangen leeg.

'Kom, laat me je...'

Hij moest zich bedwingen geen stap achteruit te doen, toen ze plotseling met wijd opengesperde, vochtige ogen opstond en zich langzaam dubbel vouwde, alsof ze een buiging maakte.

Toen zei hij haar naam.

En zijn vrouw pakte de zoom van haar kobaltblauwe duster, tilde hem tot boven haar middel op en toonde hem het rood, de ontvelling en de donkerder tint van de blauwe plekken aan de bovenkant van haar benen...

TWEE

Thorne verloor zijn weddenschap met Phil Hendricks.

Nauwelijks vier uur nadat het lijk was gevonden, nam hij de telefoon op en al na enkele seconden wierp hij zijn half opgegeten sandwich door het kantoortje. Het ding kwam wel een meter naast de prullenbak terecht. Wat er nog in zijn mond zat, kauwde hij gauw weg, want hij wist dat de eetlust hem elk moment zou vergaan.

Hendricks belde vanuit het mortuarium in Westminster. 'Best snel,' zei hij. Hij klonk ontzettend opgewekt. 'Dat zal je toch moeten toegeven...'

'Waarom zie je toch altijd kans dit te doen wanneer ik zit te lunchen? Had je niet nog een uurtje kunnen wachten?'

'Sodemieter op, man, er staat geld op het spel. Oké, ben je zover? Ik ga voor een tijdstip van overlijden van ergens rond kwart voor drie 's ochtends.'

'Krijg nou wat.' Thorne staarde uit het raam naar een rijtje lage, grijze gebouwen aan de andere kant van de M1. Hij wist niet of het raam nou vuil was, of dat dit gewoon Hendon was. 'Dit kan maar beter een tientje waard zijn. Ga verder...'

'Oké, hoe wil je het hebben? In medisch jargon, in lekentermen, of als pathologie eenvoudig gemaakt voor zwakhoofdige dienders?'

'Dit heeft je al de helft van dat tientje gekost. Vooruit, ga verder...'

Over de dood en de bijzonderheden ervan sprak Hendricks met aanzienlijk minder passie dan hij voor Arsenal aan den dag legde. Het feit dat hij uit Manchester kwam maar geen supporter van dat vreselijke Manchester United was, was niet de enige middelvinger die hij naar de conventies opstak. Er was ook de kleding in verschillende tinten zwart, het kaalgeschoren hoofd en het bespottelijke aantal oorringetjes. En er waren de mysterieuze piercings, voor ieder nieuw vriendje één...

Maar Phil Hendricks mocht dan kalm, haast zakelijk hebben gesproken, Thorne wist hoeveel hij om de doden gaf. Hoe ingespannen hij naar hun lichaam luisterde wanneer ze tegen hem praatten, wanneer ze hun geheimen prijsgaven.

'Verstikking door wurging met ligatuur,' zei Hendricks. 'En ik denk dat het op de grond is gebeurd. Hij had op beide knieën brandwonden van het tapijt. Ik denk dat de moordenaar het lijk pas naderhand in die pose op bed heeft gelegd.'

'Ja, ja...'

'Helaas kan ik nog niet met zekerheid zeggen of hij voor, tijdens of na de anale gemeenschap is gewurgd.'

'Je bent dus niet perfect.'

'Maar één ding weet ik wel. Degene die dit heeft gedaan, heeft een grote toekomst in de homoporno. Onze moordenaar heeft een reusachtige snikkel. Hij heeft flink wat schade toegebracht...'

Thorne besefte dat hij er inderdaad goed aan had gedaan zijn sandwich weg te gooien. Hij had in de loop der jaren al zoveel van dit soort gesprekken met Hendricks gevoerd dat hij de tel kwijt was. En zijn hoofd was er inmiddels wel aan gewend, maar zijn maag had er nog altijd last mee.

Thorne noemde het het H-plan-dieet...

'Nog lichaamsvloeistoffen gevonden?'

'Nee, sorry, helemaal niks. Het enige wat daar niet had moeten zitten, was een spoortje zaaddodend glijmiddel van het condoom dat-ie om had. Hij is voorzichtig geweest, in alle opzichten...'

Thorne slaakte een zucht. 'Waar is Holland. Is-ie nog bij jou?'

'Nee, man. Die is 'm bij de eerste de beste gelegenheid gesmeerd. Waarom had je hem überhaupt gestuurd? Ik ben trouwens beledigd dat jij me niet aan het werk wilde zien...'

Deze op de vondst van een lijk volgende gesprekjes eindigden altijd met iets luchthartigs. Met voetbal, een plagerijtje, om het even wat...

'Maar rechercheur Holland heeft je nog lang niet vaak genoeg aan het werk gezien, Phil,' zei Thorne. 'Hij krijgt er nog altijd de kriebels van. Ik bewijs hem juist een dienst, zo wordt-ie wat harder...'

Hendricks lachte. 'Ja, ja...'

Ja, ja, dacht Thorne. Hij wist heel goed dat je nooit harder werd als het op scalpels en stenen platen aankwam. Je deed alleen maar alsof...

Terwijl hij in de projectkamer stond en zich voorbereidde op het briefen van het team voelde Thorne zich, zoals zo vaak bij deze gelegenheden, net een leraar die gevreesd en dus niet per se geliefd was. De licht psychotische gymleraar. De circa dertig mensen die voor hem zaten – rechercheurs, geüniformeerde agenten en burger- en ondersteunend personeel – hadden net zo goed kinderen kunnen zijn. Zoveel verschillende types als hier zaten, zou je op ditzelfde moment ook in een willekeurige tochtige Londense schoolaula kunnen aantreffen.

Er waren mensen die op het oog geconcentreerd zaten te luisteren, maar later aan hun collega's zouden moeten vragen wat ze nou precies geacht werden te doen. Anderen daarentegen zouden overijverig vragen stellen en gretig knikken, maar ondertussen de intentie hebben om als het erop aankwam zo min mogelijk te doen. Je had de bullebakken en degenen op wie werd afgegeven. De uitslovers en de zakkenwassers.

De hoofdstedelijke politiedienst. Let wel, *dienst*, met de nadruk op zorg en doelmatigheid. Thorne wist heel goed dat de meeste mensen in dit vertrek, hijzelf op sommige momenten inbegrepen, gelukkiger waren geweest toen ze nog een politie*macht* waren.

Eentje om rekening mee te houden.

Er waren vier dagen verstreken sinds dat eerste gesprek met Hendricks over de sectie, en de patholoog-anatoom mocht dan snel zijn geweest, het team van de Technische Opsporingsdienst had hem nog overtroffen. In tweeënzeventig uur een DNA-resultaat, dat was echt geweldig, vooral wanneer de plaats delict zo'n DNA-nachtmerrie was als in het geval van deze hotelkamer. Die tent stond maar één treetje hoger dan een bordeel en had haar- en huidmonsters van meer dan een dozijn verschillende mensen opgeleverd, zowel mannen als vrouwen. En dan waren er nog de katten en honden en nog minstens twee andere diersoorten die men nog niet had kunnen thuisbrengen.

En toch had men, ongelofelijk maar waar, een match gevonden.

Ze waren natuurlijk nog geen stap dichter bij het vinden van de moordenaar, maar ze wisten nu in elk geval wel zeker wie zijn slachtoffer was geweest. Het DNA van de overleden man was al geregistreerd geweest, en wel om een heel goede reden.

Thorne schraapte zijn keel en het geroezemoes nam iets af. 'Douglas Andrew Remfry, zesendertig jaar oud, is tien dagen geleden uit de Derby-gevangenis vrijgelaten, nadat hij van zijn straf van twaalf jaar voor de verkrachting van drie jonge vrouwen er zeven had uitgezeten. We zijn bezig een accuraat beeld te krijgen van zijn gangen sindsdien. Tot zover lijken die een vrij consistent gependel te behelzen tussen de pub, het bookmakerskantoor en het huis in New Cross waar hij woonde met zijn moeder en haar...?' Thorne keek naar Russell Brigstocke, die drie vingers opstak, en wendde zich toen zich weer tot zijn gehoor. 'Haar derde man. Hopelijk weten we later vandaag al een hoop meer over Remfry's gangen en dergelijke. De rechercheurs Holland en Stone zijn op het ogenblik ter plekke met een huiszoekingsbevel. Mevrouw Remfry stelde zich namelijk niet al te coöperatief op...'

Een puisterige rechercheur in opleiding die vlak vooraan zat, schudde zijn hoofd en vertrok zijn gezicht uit afkeer van deze vrouw, die hij nooit had ontmoet. Thorne keek hem flink streng aan. 'Ze heeft zojuist haar zoon verloren,' zei hij. Thorne liet zijn woorden een paar tellen in de lucht hangen alvorens verder te gaan. 'Als we de hotelhoudster moeten geloven heeft Remfry de kamer zelf geboekt, tenzij zijn moordenaar toevallig ook zijn dubbelganger is. Hij vond het niet nodig een naam op te geven, maar betaalde wel grif contant. We moeten erachter zien te komen waarom. Waarom wilde hij zo graag naar dat hotel? Met wie had hij daar afgesproken...?'

Onwillekeurig glimlachte Thorne een beetje toen hij zich zijn ondervraging van de ontzagwekkende hoteleigenaresse weer voor de geest haalde – een blondine uit een flesje met een gezicht als Joe Bugner en de heesheid van iemand die zestig sigaretten per dag rookt.

'En wie betaalt de nieuwe lakens?' had ze gevraagd. 'En al die kussens en dekens die die mafkees heeft gepikt? Die waren van honderd procent katoen, niet goedkoop allemaal...' Thorne had geknikt, net gedaan alsof hij iets opschreef en zich onderwijl afgevraagd of haar geheugen net zo sterk was als haar vermogen om met een uitgestreken gezicht de grootst mogelijke onzin te verkopen. 'En de vlekken op de matras: waar kan ik geld krijgen om dat ding te laten reinigen?'

'Ik zal kijken of ik een formulier kan vinden dat u kunt invullen,' zei Thorne en onderwijl dacht hij: Over m'n lijk, lelijke ouwe heks...

In de projectkamer stak de rechercheur in opleiding naar wie Thorne eerder had gekeken zijn vinger op. Thorne gaf een knikje.

'Kijken we ook naar de gevangeniskant? Naar iemand die samen met Remfry in Derby heeft gezeten misschien? Iemand die hij tegen zich had ingenomen...?'

'En die hem vervolgens genomen heeft!' Die opmerking kwam van een besnorde rechercheur die bijna achteraan links zat. Thorne kende de man niet. Zoals zovelen in het vertrek was hij bij een ander team weggehaald, zodat zij op de gewenste getalssterkte kwamen. Om zijn 'genomen'-opmerking werd hard gelachen. Thorne forceerde een grinniklachje.

'Daar kijken we inderdaad naar. Voordat Remfry de bak in ging, lag zijn seksuele voorkeur bij vrouwen, dat is zeker...'

'Maar sommigen gaan het eenmaal in de bak vanzelf lekker vinden, toch?' Dit keer klonk de lach van zijn makkers geforceerd. Thorne liet het gelach wegsterven en ging toen wat zachter praten om weer de aandacht en de leiding te krijgen.

'De meesten van jullie gaan straks de meest voor de hand liggende groep verdachten natrekken die we op dit moment hebben...'

De rechercheur in opleiding knikte wijsneuzig. Een van de uitslovers. Hij dacht dat dit een soort gesprek was. 'De mannelijke familieleden van Remfry's verkrachtingsslachtoffers.'

'Inderdaad,' zei Thorne. 'Echtgenoten, vriendjes, broers. En ook vaders als het nodig is. Ik wil dat die allemaal worden opgespoord, ondervraagd en dan van de lijst afgevoerd. Met een beetje geluk kunnen we ze allemaal schrappen, op één na. Inspecteur Kitson heeft een lijst gemaakt en zal de toewijzingen voor haar rekening nemen.' Thorne legde zijn aantekeningen op een stoel en trok zijn jack van de rugleuning. Hij was bijna klaar. 'Oké, dat was het. De misdrijven die Remfry had gepleegd, waren bijzonder ernstig. Misschien was er iemand die er niet van overtuigd was dat hij er voldoende voor had geboet...'

De rechercheur met de pornosnor grijnsde en mompelde iets tegen de geüniformeerde agent die voor hem zat. Thorne trok zijn jack aan en kneep zijn ogen tot spleetjes.

'Wat?'

Opeens had hij inderdaad die leraar kunnen zijn, die zijn hand uitstak en eiste dat hij te zien kreeg waar zijn leerling op kauwde.

De rechercheur spuugde het eruit. 'Mij lijkt dat degene die Remfry heeft omgebracht iedereen een dienst heeft bewezen. Die zak heeft precies gekregen waar hij om had gevraagd.'

Dit was bij lange na niet de eerste opmerking van dien aard die Thorne had gehoord sinds het nieuws van de DNA-match was binnengekomen. Hij keek de rechercheur aan. Hij wist dat hij die brutale vent hard moest aanpakken. Hij wist dat hij een verhaal zou moeten afsteken over hun werk als politieagenten, over de noodzaak onpartijdig te zijn, om wat voor zaak het ook ging en wie het slachtoffer ook was. Hij zou het moeten hebben over de tol die was betaald, en misschien zelfs wel erbij halen dat het leven van de een niet meer of minder waard is dan dat van de ander.

Maar hij had er geen trek in.

Dave Holland vond het altijd het prettigst om ófwel te buigen voor iemand die hoger in rang was, óf om als hij de kans kreeg op zijn strepen te gaan staan. Als hij alleen was met een rechercheur van dezelfde rang, dan lag de zaak nooit duidelijk en daar voelde hij zich niet bij op zijn gemak.

Het was heel eenvoudig. Als gewoon rechercheur voegde hij zich naar een brigadier en hoger, terwijl hij zich op zijn beurt kon uitleven tegenover rechercheurs in opleiding en geüniformeerde agenten. Was hij op pad met een collega-gewoon rechercheur, dan zou zich een natuurlijk patroon moeten ontwikkelen. Dat hing samen met persoonlijkheid en met prestige.

Van Andy Stone had Holland het gevoel dat die hoger in rang was dan hijzelf. Waarom dat zo was, wist hij niet, en het zat hem dwars.

Ze konden het tot nog toe best goed met elkaar vinden, al kon Stone wat zelfingenomen zijn. Hij had, vond Holland, iets cools, iets blufferigs, dat hij liet gelden tegenover vrouwen en agenten die boven hem stonden. Stone was duidelijk fit en hij zag er goed uit. Hij had heel kort, donker haar en blauwe ogen, en Holland wist het niet zeker, maar als hij Stone zo zag lopen had hij het idee dat de man besefte wat voor effect hij sorteerde. Wat Holland wel zeker wist, was dat de pakken van Stone net iets beter gesneden waren dan die van hem en dat hij zich in diens gezelschap maar een blozend padvindertje voelde. Holland zou als keuze voor huisvrouwen waarschijnlijk een voorsprong hebben, maar die wilden hem dan alleen maar bemoederen. Hij betwijfelde of ze dat bij Andy Stone ook zouden willen.

Stone kon ook iets te aanmatigend zijn als het aankwam op het afkraken van hun superieuren, en hoewel Holland op zich niet afkerig was van dat spelletje, vond hij het wat lastig worden als het om Tom Thorne ging. Holland kende de fouten van de inspecteur maar al te goed. Hij had zelf van diens opvliegendheid te lijden gehad en was meer dan eens in diens demoralisatie meegesleurd...

Maar desondanks was een Thorne die lovend over hem dacht en meende dat iets wat hij had gedaan de moeite waard was, zo ongeveer het beste wat hem kon overkomen.

Holland was al veel langer lid van het team dan Andy Stone en vond dat dat van enige betekenis had moeten zijn. Maar dat bleek niet het geval. Het was vooral Stone die het woord had gevoerd toen ze voor dag en dauw met een huiszoekingsbevel bij Mary Remfry op de stoep stonden.

'Goedemorgen, mevrouw Remfry.' Stones stem was verbazingwekkend hoog voor iemand die zo lang was als hij. 'Wij hebben een machtiging tot binnentreden...'

Daarop had ze zich omgedraaid, had de deur open laten staan en was zonder een woord te zeggen de van hoogpolig tapijt voorziene gang weer in gesjokt. Binnen blafte ergens een hond.

Stone en Holland waren naar binnen gegaan en stonden onder aan de trap te bespreken wie waar zou beginnen. Stone liep naar de woonkamer, waar ze door de half openstaande deur een grijsharige man zagen, die onderuitgezakt in een fauteuil zat en helemaal in het praatprogramma *Kilroy* opging. Terwijl Stone tegen de deur geleund stond, siste hij naar Holland en knikte in de richting van de keuken, waar mevrouw Remfry naartoe leek te zijn gelopen.

'Denk je dat er een kopje thee in zit?'

Het bleek van niet.

Holland vond het eigenlijk maar vreemd dat ze een machtiging nodig hadden om het huis van een slachtoffer te kunnen doorzoeken. Maar goed, zoals Stone had gezegd, Remfry was tenslotte veroordeeld voor verkrachting en de houding van zijn moeder had hen ook niet veel keus gelaten. Het was niet alleen het verdriet om de dood van haar zoon die overging in kwaadheid. Het was ook oprechte woede over wat zij zag als de suggestie die in een bepaalde lijn van de ondervraging verborgen lag. Gezien de manier waarop en de omstandigheden waaronder haar zoon om het leven was gekomen, was het noodzakelijk die lijn te volgen, maar zij weigerde ten enen male zich ermee in te laten.

'Dougie was van de vrouwtjes, altijd al. Echt een vrouwenman.'

Ze zei het nu nog eens, na plotseling in de deuropening van haar zoons slaapkamer te zijn opgedoken, waar Holland systematisch bezig was laden en kasten te doorzoeken. Mary Remfry, halverwege de vijftig, trok een vest strak over haar nachtjapon en keek toe, maar het drong niet echt tot haar door wat Holland aan het doen was. Haar geest was geconcentreerd op wat ze tegen hem zei.

'Dougie hield van vrouwen en vrouwen hielden van hem. Zo was het en niet anders.'

Holland was behoedzaam bij het doorzoeken van de kamer. Dat zou hij sowieso wel zijn geweest, of mevrouw Remfry nu had staan toekijken of niet, maar nu deed hij nog extra zijn best respectvol te werk te gaan terwijl hij door laden vol hemden en onderbroeken ging en zijn gehandschoende hand in kussen- en dekbedovertrekken stak. Het was duidelijk dat Remfry in de korte tijd sinds zijn vrijlating niet veel nieuwe kleding of bezittingen had aangeschaft, maar er leek hier nog het een en ander te liggen van vóór het moment dat hij de gevangenis in was gegaan. Er was zelfs een heleboel van toen hij nog op school zat...

'Hij kwam wat meiden betreft nooit tekort,' zei Remfry's moeder. 'Zelfs nadat hij was vrijgekomen, zaten ze nog achter 'm aan. Belden 'm op. Luistert u naar me?'

Holland draaide zich half om en knikte, en alsof het zo gepland was, haalde hij net op dat moment een flinke stapel pornoblaadjes onder het eenpersoonsbed vandaan.

'Ziet u wel?' Mary Remfry wees naar de tijdschriften. 'Daar zult u geen één man in vinden.' Ze klonk trots, alsof Holland het stof van een universitair diploma of een Nobelprijsnominatie af veegde. Maar in plaats daarvan ging hij op z'n hurken naast het bed door de stapel vergeelde *Razzle*s, *Escort*s en *Fiesta*'s zitten bladeren. Hij voelde zijn gezicht rood aanlopen en keerde zich van de trotse moeder in de deuropening af. De tijdschriften dateerden allemaal uit het midden en eind van de jaren tachtig, een hele poos voordat Dougie te midden van zeshonderdvijftig andere mannen aan zijn tijd achter de tralies was begonnen.

Holland duwde de vieze blaadjes opzij, tastte nog eens onder het bed en trok een bruine plastic zak te voorschijn die een paar slagen om zichzelf heen was opgevouwen. Hij liet de zak openvallen en er viel een pak enveloppen met een breed elastiek erom op het tapijt.

Zo gauw Holland het adres zag dat netjes op de bovenste envelop was getypt, voelde hij een lichte tinteling van opwinding. Een lichte maar. Wat hij voor zich zag, had waarschijnlijk niets te betekenen, maar het was vrijwel zeker van groter belang dan vijftien jaar oude sokken en antieke seksblaadjes.

'Andy...!'

Mary Remfry trok haar vest nog wat strakker om zich heen en zette een stap de kamer in. 'Wat hebt u daar?'

Holland hoorde Stones voetstappen op de trap. Hij schoof het elastiekje van het stapeltje af, stak zijn vingers in de eerste envelop en haalde de brief eruit.

'Auto-erotische asfyxiatie kunnen we dus met zekerheid uitsluiten?' Hoofdinspecteur Russell Brigstocke keek enigszins gegeneerd de tafel rond, naar Thorne, naar Phil Hendricks en naar inspecteur Yvonne Kitson.

'Ik weet niet of we überhaupt iets kunnen uitsluiten,' zei Thorne. 'Maar ik geloof dat dat "auto" betekent dat je het zelf doet.'

'Je snapt best wat ik bedoel, slimmerik...'

'Van iets erotisch is in die kamer geen sprake geweest,' zei Hendricks.

Brigstocke knikte. 'Het kan geen extreem seksspelletje zijn geweest dat verkeerd is afgelopen?' Thorne grijnsde en Brigstocke ving zijn blik op. 'Wat is er?' Thorne zei niets. 'Ja hoor eens, ik stel gewoon de vragen...'

'De vragen die je van Jesmond moet stellen,' zei Thorne. Hij maakte geen geheim van zijn overtuiging dat hun recherchechef volledig gevormd van een of andere opleiding af was gekomen die politiek sluwe en organisatorisch capabele klaplopers afleverde. Acceptabele figuren met een handige manier van oppervlakkige vragen stellen, een goed begrip van economische realiteiten, en toevallig ook nog een aversie tegen iedereen die Thorne heette.

'Het zijn wel vragen die beantwoord moeten worden,' zei Brigstocke. 'Zou het een of ander seksspelletje geweest kunnen zijn?'

Thorne kon maar moeilijk geloven dat een type als Trevor Jesmond ooit de dingen had gedaan die Brigstocke, hijzelf of welke andere diender dan ook dag in dag uit deden. Het was onvoorstelbaar dat hij ooit rond de sluitingstijd van de pubs een eind aan een vuistgevecht had gemaakt, met zijn onkosten had geknoeid, of tussen een mes en het lichaam waarvoor het bedoeld was in was gaan staan.

Of een moeder had verteld dat haar enige zoon in een vieze hotelkamer van achteren genomen en vervolgens gewurgd was.

'Het was geen spelletje,' zei Thorne.

Brigstocke keek Hendricks en Kitson aan. Hij zuchtte. 'Zal ik de nauwelijks verholen minachting op jullie gezicht dan maar opvatten als instemming met wat inspecteur Thorne heeft gezegd?' Hij duwde met gekromde wijsvinger zijn bril hoger op zijn neus en haalde toen zijn hand door het dikke zwarte haar waar hij zo trots op was. De kuif was minder hoog dan normaal en er begon wat grijs in te sluipen. Hij kon wel eens een tikkeltje absurd overkomen, maar Thorne wist dat Brigstocke als hij kwaad werd de hardvochtigste man was met wie hij ooit had gewerkt.

Thorne, Brigstocke, Kitson, en Hendricks de niet-politieman. Samen met Holland en Stone vormden zij de kern van Team 3 van de Afdeling Ernstige Delicten (West). Dit was de groep die de beslissingen nam, het beleid formuleerde en de onderzoeken leidde, met – en bij gelegenheid ook wel zonder – de goedkeuring van de mensen hogerop.

Team 3 was al een hele poos vol in bedrijf, nam de gebruikelijke zaken voor zijn rekening, maar was gespecialiseerd – al was dat geen woord dat Thorne zou hebben gebruikt – in zaken die allesbehalve gebruikelijk waren...

'Nou...' zei Brigstocke, 'iedereen is nu op pad om alle in aanmerking komende familieleden van Remfry's slachtoffers op te sporen. Heeft dat nog altijd ieders voorkeur?'

Rondom de tafel werd geknikt.

'Hoewel bij lange na niet mijn uitgesproken voorkeur,' zei Thorne. Er waren dingen die hem dwarszaten, dingen die niet echt spoorden met het scenario van het wraakzuchtige familielid. Hij kon zich niets voorstellen bij woede die zoveel jaren was meegedragen, ondertussen tot iets dodelijks, iets giftigs gegist was en zich dan manifesteerde op de manier waarop dat in die hotelkamer was gebeurd. Wat hij daar op die gore matras had gezien, leek haast wel geënsceneerd. Een pose, zoals Hendricks had gezegd.

En hij piekerde ook nog altijd over het telefoontje naar die bloemiste heel vroeg in de ochtend...

Thorne vond dat er iets raars aan de boodschap was. Hij kon zich niet voorstellen dat het simpelweg onvoorzichtigheid was geweest, dus de enige mogelijke conclusie was dat de moordenaar moest hebben gewild dat de politie zijn stem op dat antwoordapparaat zou horen. Het leek wel alsof hij zichzelf op die manier voorstelde.

'Dat wat er tijdens de briefing ter sprake is gekomen, dat Remfry misschien in de gevangenis een flikker was geworden, is dat het onderzoeken waard...?' vroeg Kitson.

Thorne wierp een blik naar Hendricks: een homo die het woord dat Kitson had gebruikt, wenste te negeren of er werkelijk niet mee zat.

'Ja,' zei Thorne. 'Wat hij in de gevangenis ook heeft uitgespookt, voordat hij erin ging, was hij in elk geval hetero. Vergeet niet dat hij drie vrouwen verkracht heeft...'

'Bij verkrachting gaat het niet om seks maar om macht,' zei Kitson.

Yvonne Kitson was samen met rechercheur Andy Stone bij het team gekomen ter vervanging van een agente die Thorne was verloren in omstandigheden die hij iedere dag probeerde te vergeten. Het deed Thorne goed te bedenken dat de man die daar verantwoordelijk voor was in de Belmarsh-gevangenis driemaal levenslang uitzat.

Thorne keek naar Phil Hendricks. 'Maar afgezien van Remfry – kunnen we ervan uitgaan dat de moordenaar een homo is?'

Hendricks aarzelde geen moment. 'Absoluut niet. Zoals Yvonne al zei, de verkrachting heeft niks met seks te maken. Misschien wil de moordenaar ons doen geloven dat hij homo is. Hij zou het natuurlijk ook best kunnen zijn, maar we moeten ook andere mogelijkheden in overweging nemen...'

'Of het nou iets homoseksueels was of niet,' zei Kitson, 'het kan toch nog best zijn dat hij erin is geluisd door een medegevangene, iemand die een enorme wrok tegen hem koesterde...'

Brigstocke schraapte zijn keel. Ergens vond hij dit allemaal een beetje gênant. 'Maar dat kontneuken dan...?'

Hendricks proestte het uit. 'Kontneuken?' Hij liet zijn Manchesterse accent even varen en mat zich de aardappel in de keel van de herenclub aan. 'Kóntneuken!!'

Brigstocke werd rood. 'Nou, sodomie dan. Anale gemeenschap, wat dan ook. Hoe krijg je dat voor elkaar als je geen homo bent?'

Hendricks haalde zijn schouders op. 'Door je ogen dicht te doen en aan Claudia Schiffer te denken...?'

'Voor mij Kylie,' zei Thorne.

Kitson schudde glimlachend haar hoofd. 'Ouwe viezerik.'

Brigstocke was niet overtuigd. Hij keek Thorne indringend aan. 'Even serieus, Tom. Dit zou belangrijk kunnen zijn. Zou jíj het kunnen?'

'Dat zou ervan afhangen hoe graag ik iemand wilde vermoorden,' antwoordde Thorne.

Er viel een stilte rond de tafel, die Thorne besloot te verbreken voordat ze te veel gewicht kreeg. 'Remfry is willens en wetens naar dat hotel gegaan. Hij heeft de kamer zelf geboekt. Hij wist of dacht te weten waar hij zich in begaf.'

'En wat dat ook geweest is,' voegde Hendricks eraan toe, 'het lijkt erop dat hij het spel nog een tijdje heeft meegespeeld.'

'Ja, ja,' zei Kitson. Ze bladerde de fotokopie van Hendricks' sectierapport door. 'Geen verwondingen door zelfverdediging, geen huidweefsel onder de vingernagels...'

De telefoon op tafel rinkelde. Thorne zat er het dichtste bij.

'Met inspecteur Thorne. Ja, Dave...'

De anderen keken een paar seconden toe terwijl Thorne zat te luisteren. Brigstocke siste tegen Kitson: 'Waarom is Remfry in godsnaam naar dat hotel gegaan?'

Thorne knikte, bromde wat en haalde met zijn tanden de dop van een pen. Hij nam het ding uit zijn mond en deed hem toen weer terug op de pen. Hij glimlachte, zei tegen Holland dat hij als de donder naar het bureau moest komen en beëindigde het gesprek.

Toen beantwoordde hij Brigstockes vraag.

4 december 1975

Ze zaten voor het huis in de Maxi.

Ze had zich de hele ochtend goed gehouden, door alle echt moeilijke momenten heen – de persoonlijke dingen, de inbreuk op haar privacy. En toen het ergste achter de rug leek te zijn, op het moment dat ze de deur uit liep die hij voor haar openhield, was ze begonnen te huilen. Ze had onbeheersbaar lopen snikken toen ze het politiebureau uit kwam en met hard op het beton klakkende hakken de treden naar de straat af rende.

Op de terugweg in de auto had het gehuil langzaam plaatsgemaakt voor een ziedende woede, die tot uitbarsting kwam in bij vlagen opkomende scheldkanonnades. Hij hield zijn handen stevig om het stuur geklemd, toen ze een regen van klappen op zijn schouder en arm liet neerkomen. Hij hield zijn ogen voortdurend op de weg gericht, toen ze hem woorden toeschreeuwde die hij uit haar mond nog nooit had gehoord. Hij reed voorzichtig, met dezelfde behoedzaamheid die hij altijd aan den dag legde, en terwijl hij de auto door het lunchtijdverkeer in de ijskoude straten loodste, absorbeerde hij zoveel van haar pijn en woede als hij maar kon.

Ze zaten in de auto en waren allebei te ontredderd om het portier te openen. Ze staarden recht voor zich uit, bang om zelfs maar naar het huis te kijken. Het huis dat niet slechts de plek was waar zij hem de avond tevoren had verteld wat er was gebeurd – de verzameling vertrekken waar ze wankelend, schreeuwend en huilend doorheen waren gelopen – maar ook de plek waar alles was veranderd.

Het thuis waar ze zich nooit meer behaaglijk zouden voelen.

Zonder hem haar gezicht toe te wenden, gooide ze haar woorden eruit: 'Waarom heb je me niet gisteravond laten gaan? Waarom heb je me laten wachten?'

De motor stond af, de auto stond stil, maar nog altijd hield hij zijn handen om het stuur geklemd. Zijn leren autohandschoenen kraakten toen hij het zelfs nog steviger vastgreep. 'Je wilde niet luisteren, naar verstandige woorden wilde je niet luisteren.'

'Wat had je dan gedacht? Jezus christus, ik wist mijn eigen naam niet eens meer. Ik had verdomme geen idee wat ik deed. Anders had ik die douche nooit genomen...'

Ze was natuurlijk te zeer van streek geweest om helder te kunnen denken. Dat had hij die ochtend allemaal aan die politieagente proberen uit te leggen, maar die had slechts haar schouders opgehaald en naar haar collega gekeken, en was toen doorgegaan met het aanpakken en in een plastic zak doen van de kledingstukken die werden uitgetrokken en aangegeven.

'Je had je niet moeten douchen, meissie,' zei de agente. 'Dat is een beetje dom geweest. Je had gisteravond direct hierheen moeten komen, meteen nadat het gebeurd was...'

De motor stond nog maar een minuutje af, maar nu al was het steenkoud in de auto. De tranen die langzaam langs zijn gezicht omlaag gleden en in zijn snor liepen, voelden warm aan. 'Je zei dat je je wilde wassen... dat je hem van je af wilde wassen. Ik heb toen gezegd dat ik dat begreep, maar ook dat je het niet moest doen. Dat het geen goed idee was. Maar je luisterde niet naar me...'

... terwijl ze daar in de woonkamer stond nadat ze het hem had verteld. Die vreselijke minuten en uren nadat ze had beschreven wat haar was aangedaan. Er waren heel veel dingen die ze niet had toegestaan. Ze had niet toegestaan dat hij haar vasthield. Ze had niet toegestaan dat hij iemand opbelde. En ze had niet toegestaan dat hij bij die klootzak zou langsgaan om het weinige dat hij tussen zijn benen had tot een bloederige moes te trappen en hem een ongeluk te slaan.

Hij keek op zijn horloge. Hij vroeg zich af of de politie Franklin van zijn werk zou afhalen, of later van huis...

Hij moest zijn kantoor bellen om te zeggen dat hij niet zou komen. Hij moest de school bellen om na te gaan of alles in orde was en of de uitleg van de vorige avond waarom mammie zo overstuur was, werd geloofd...

'Wat bedoelde dat mens?' vroeg ze plotseling. 'Die agente – toen ze vroeg of ik naar mijn werk altijd zulke mooie jurken droeg?' Ze liet haar handen onder haar benen glijden en begon zachtjes op haar stoel heen en weer te wiegen.

Het begon vrij hevig te sneeuwen en de motorkap en de voorruit zaten algauw onder. Hij nam niet de moeite de ruitenwissers aan te zetten.

DRIE

Toen ze het er naderhand over hadden, bekenden Thorne en Holland allebei dat ze wel vielen op de adjunct-directeur van de Derby-gevangenis. Maar wat ze beiden nou weer niet bekenden, was het feit dat ze haar, aantrekkelijk als ze ongetwijfeld was, eigenlijk juist zo leuk vonden omdát ze directeur van een gevangenis was.

Ze gingen er niet al te diep op in...

'Hij heeft beslist heel goed werk geleverd.' Tracy Lenahan legde de brief neer, of eigenlijk was het een fotokopie van een van de ruim twintig brieven die gedurende Douglas Remfry's laatste drie maanden in de gevangenis aan hem waren geschreven, plus nog een paar die na zijn vrijlating naar zijn huisadres waren gestuurd. Dat waren de brieven die Holland onder het bed had gevonden.

Brieven die waren geschreven door een moordenaar die zich voordeed als een achtentwintigjarige vrouw die Jane Foley heette.

Thorne en Holland waren al ingelicht over de procedure wat betreft het sorteren van de post voor de gevangenen. De brieven – gemiddeld vijf volle zakken per dag – werden door twee of drie mensen ter sortering naar de kamer van de censor gebracht. Het kopieerapparaat was door de huidige directeur de deur uit gedaan, maar drugshonden werden soms wel ingezet, en alle brieven werden opengesneden en op illegale inhoud onderzocht. Lezen deed het personeel de brieven niet, en tenzij er een goede reden voor was, zag doorgaans verder niemand ze.

'Goed werk geleverd, in de zin dat hij echt klinkt als een vrouw, bedoelt u?' vroeg Thorne. Hijzelf vond de brieven verdomd overtuigend en Yvonne Kitson ook, maar het kon geen kwaad ook nog eens de mening van een ander te horen.

'O ja, maar ik denk eerlijk gezegd dat zijn geslepenheid nog veel verder gaat. Ik heb een paar keer eerder zo'n brief gelezen, maar dan een echte. Het zou u verbazen hoeveel van dit soort post mensen als Remfry krijgen. En deze brief heeft diezelfde eigenaardige toon. Die van een lichte verdwazing...'

'Er spreekt een zekere behoefte uit,' opperde Holland.

Lenahan knikte. 'Inderdaad, dat is het. Ze doet zich een beetje hoerig voor, als een lekker ding dat wel zin heeft in een verzetje...'

'Een getrouwd lekker ding,' voegde Thorne daaraan toe. De fictieve Jane Foley was gemakshalve getrouwd met een even fictieve en vreselijk jaloerse man, dus Remfry kon haar niet terugschrijven.

Lenahan las een paar regels van de brief nog eens door en knikte toen. 'Al dat suggestieve gedoe is precies raak, maar toch zit er een soort hopeloosheid in. Er zit iets droevigs onder...'

'Het lijkt eigenlijk of ze een beetje wanhopig is,' zei Thorne. 'Een vrouw die wanhopig genoeg is om aan een veroordeelde verkrachter dit soort brieven te schrijven.'

Holland liet de lucht uit zijn wangen ontsnappen. 'Ik word hier een beetje kierewiet van. Een vent die doet alsof-ie een vrouw is die doet alsof ze een ander soort vrouw is...'

Lenahan schoof de brief weer terug over haar bureau. 'Maar het is subtiel gedaan. Zoals ik al zei, hij is verdomd uitgekookt.' Dat hoefde ze Thorne niet te vertellen. Hij had alle brieven van 'Jane Foley' bestudeerd. Hij besefte heel goed dat de man die ze geschreven had heel uitgekookt was. Uitgekookt, berekenend en ontzettend geduldig.

Lenahan pakte de foto op. 'En dit is het toefje slagroom op de taart...'

Thorne was getroffen door haar eigenaardige woordkeus, maar hij zei niets. Aan de muur achter het bureau hing de officiële foto van de koningin, die een beetje keek alsof er een onaangenaam luchtje uit de kantine opsteeg en in haar neus kwam. Links van Hare Majesteit hing een serie ingelijste luchtfoto's van de gevangenis, en naast die heel moderne beelden hingen een paar grote landschappen in olieverf. Thorne had er de ballen verstand van, maar ze leken hem vrij oud. Lenahan keek op en volgde Thornes blik.

'Die zwerven hier al sinds de opening in 1853 rond,' zei ze. 'Vroeger hingen ze te verstoffen op de bezoekafdeling. Tot we hier een halfjaar geleden iemand hadden die moest zitten wegens het helen van gestolen antiek. Hij wierp er één blik op en trok meteen wit weg. Ze zeggen dat ze elk zo'n twaalfduizend pond waard zijn...'

Ze glimlachte en richtte haar blik toen op de zwartwitfoto in haar hand. Die van Thorne ging naar het zilveren fotolijstje op haar bureau. Vanwaar hij zat, kon hij de foto die erin zat niet zien, maar hij stelde zich een fit uitziende echtgenoot voor – een legerman wellicht of misschien zelfs wel een diender – en een lachend kind met een olijfkleurig huidje. Hij keek nog eens naar de vrouw achter het bureau, wier donkere ogen wijd opengesperd waren terwijl ze naar de foto staarde. Ze was idioot jong, waarschijnlijk nog geen dertig. Haar zwarte haar was schouderlang. Ze was lang en had grote borsten. Het zou zelfs voor een blinde man duidelijk zijn dat zij wel regelmatig zou figureren in de fantasieën van de mannen die ze elke avond achter slot en grendel zette.

Thorne wierp een zijdelingse blik naar Holland en vond het amusant te zien hoe hij zijn best deed om niet te blozen, terwijl hij zat te wachten tot Tracy Lenahan klaar was met het bekijken van de foto van Jane Foley. Op die foto stond een knielende vrouw met een gebogen hoofd met een kap erop. Het kunstige licht verhulde veel, maar onthulde ook verleidelijke glimpen van haar volle borsten en haar netjes getrimde bosje schaamhaar. En van de leren riem rond haar polsen.

Holland had al eerder zijn verbazing uitgesproken over het feit dat de foto's niet in beslag waren genomen, vooral omdat Remfry een zedendelinquent was. Dit soort plaatjes was toch zeker riskant op de 'Fraggle Rock', de titel van een kinderprogramma die veel agenten gebruikten om het blok voor de kwetsbare gevangenen mee aan te duiden. Lenahan, die bij het horen van dat woord een beetje steigerde, had uitgelegd wat de zogenaamde 'blootregel' inhield. Soms mochten dit soort plaatjes wel, het werd van geval tot geval bekeken. Plaatjes van kinderen waren in het KG-blok uiteraard niet toegestaan, maar als het ging om iets wat je in een gewoon tijdschrift ook wel kon tegenkomen, dan keek het personeel alleen even, maakte er misschien een opmerking over en stopte het dan terug in de envelop.

'Tjezus,' had Holland gezegd. 'Die tijdschriften worden dan toch wel verdomd kunstzinnig zeg...'

Lenahan legde de foto neer en krabde met een lange rode vingernagel aan de rand ervan. 'Ook dit is heel uitgekookt. Het is de ideale keuze qua beeld. Precies wat je nodig hebt om een dader als Remfry mee te strikken: hem opgeilen door bepaalde verwachtingen te wekken. Dit is de natte droom van iedere verkrachter. Waar die moordenaar van jullie deze foto ook vandaan heeft, hij is perfect.' Ze slikte en schraapte haar keel. 'Remfry was een man die opgewonden raakte van onderdanigheid...'

Thorne en Holland wisselden een blik uit. Ze hadden het niet tegen Tracy Lenahan gezegd, maar zij waren er vrij zeker van dat de moordenaar deze foto niet zomaar ergens had gekocht. De naakte vrouw droeg zo'n zelfde kap als Phil Hendricks van Douglas Remfry's lijk had afgehaald...

'Er bestaat een half dozijn van dit soort foto's,' zei Thorne. 'Die zijn met de meest recente brieven meegestuurd. Ze laten meer zien naarmate de brieven dichter bij de datum van zijn vrijlating komen.'

Lenahan knikte. 'Om de opwinding te vergroten...'

'Tegen de tijd dat hij vrijkwam, moet hij werkelijk hebben zitten snakken,' zei Holland.

Lenahan nam de foto weer in haar linkerhand en pakte met haar rechterhand de brief. Ze hield ze allebei omhoog. 'Die moordenaar van jullie heeft gevoel voor de manier van denken van zo'n type vrouw, en ook voor wat de man aan wie ze schrijft het beste zal prikkelen.'

Thorne zei niets. Hij zat te bedenken dat ze op een bizarre manier onder de indruk leek.

'Het gevoel van een homo, misschien,' zei Holland.

Thorne haalde opzettelijk vaagjes zijn schouders op. Daar gingen ze weer. Hij moest toegeven dat het een mogelijkheid was, maar hij begon zich te ergeren aan de manier waarop men zich in het onderzoek fixeerde op de veronderstelde seksuele voorkeur van de moordenaar. Ja, de gewelddadige anale penetratie van het slachtoffer was onmiskenbaar significant. De verkrachter was verkracht, en Thorne was er zeker van dat dit cruciaal zou blijken te zijn als het erom ging uit te vinden waarom hij was omgebracht. Maar waar Thorne minder zeker van was, was of de vraag met wie de moordenaar verkoos te slapen wel zo belangrijk zou blijken.

Holland schoof op zijn stoel naar voren en keek Tracy Lenahan aan. 'Dit is duidelijk een aspect dat we in overweging zullen moeten nemen: de mogelijkheid dat Remfry is omgebracht door iemand die hij uit de gevangenis kende. Iemand met wie hij mogelijk een niet-consensuele seksuele relatie had...' Lenahan keek Holland ook aan. Ze wachtte de vraag af en leek niet al te happig om Holland tegemoet te komen. 'Is dat mogelijk, denkt u? Zou Remfry seksueel geweld tegen een andere gevangene gebruikt kunnen hebben? Zou hij misschien zelf slachtoffer van seksueel geweld kunnen zijn geweest?'

De adjunct-directeur ging achterover zitten en even gleed er een schaduw over haar gezicht. Die verdween weer toen ze in haar handen klapte en haar hoofd schudde. Thorne vond de lach die ze voortbracht een tikje geforceerd klinken.

'Ik denk dat u te veel films hebt gezien die zich in Amerikaanse gevangenissen afspelen, meneer de rechercheur. Er ontstaan natuurlijk wel relaties tussen gevangenen, maar voorzover ik weet, wordt hier niemand slachtoffer van een groepsverkrachting als hij zich onder de douche even bukt om zijn zeepje op te rapen.'

Thorne glimlachte onwillekeurig. Ook Holland glimlachte, maar Thorne zag dat de huid rond zijn mond zich strak trok en dat hij net boven zijn boord rood werd. 'Voorzover u weet?' zei Holland. 'Dus u bedoelt dat het niet onmogelijk is.'

'Twee weken geleden heeft iemand een gevangene in de keuken zijn oor afgesneden met het deksel van een blik perziken. Er was ruzie over een spelletje tafeltennis, geloof ik.' Ze lachte, sexy en heel koel. 'Niets is onmogelijk.'

Thorne stond op en liep naar de deur. 'Laten we aannemen dat de man die we zoeken geen ex-gevangene is. Dan is de meest voor de hand liggende vraag hoe hij aan zijn informatie kwam. Hoe is hij Remfry op het spoor gekomen? Hoe heeft hij erachter kunnen komen waar een bepaalde verkrachter zijn straf uitzat en wanneer hij vrij zou komen, en wel tijdig genoeg om dit allemaal te beramen?'

Lenahan zwenkte haar stoel tot voor het computerscherm op de hoek van haar bureau. Ze sloeg een toets op het toetsenbord aan. 'Dat zal-ie ergens uit een databank gehaald moeten hebben.' Ze ging verder met typen en keek onderwijl op het scherm. 'Dit is een LGGS-computer. In het Lokale Gevangenen Gegevenssysteem zit alle informatie over degenen die hier zitten. Als het nodig is, kan ik van hier gegevens naar andere gevangenissen sturen, maar ik zou denken dat dit niet voldoende is...'

Thorne keek naar het landschap dat het dichtst bij hem hing. Naar de dikke, donkere verfstreken op het doek. Hij vermoedde dat het wel eens een plek in het Lake District kon voorstellen. 'En de gegevens voor het hele land?'

'Die zitten in het GIS, het Gevangenen Informatiesysteem. Daar zit alles in: instelling, details over het misdrijf, huisadres en datum van vrijlating.' Ze keek naar Thorne op. 'Maar je moet altijd nog wel een naam intypen.'

'Wie heeft er toegang tot dat systeem?' vroeg Holland. 'U?'

'Nee...'

'De directeur? De contactpersoon bij de politie?'

Ze lachte en schudde resoluut haar hoofd. 'Alleen het Centraal Bureau Gevangeniswezen. Om voor de hand liggende redenen is de toegang tot het systeem vrij beperkt...'

Het bedanken en afscheid nemen ging vlotjes en Thorne had niet anders gewild. Hoewel hij geen enkele blauwe gevangenissweater had gezien, was hij zich terwijl ze daar zaten voortdurend bewust geweest van de gevangenen overal om hen heen. Achter de muren van het kantoor van de adjunct-directeur. Erboven, eronder, aan alle kanten. Een zwakke echo, iets drukkends, de warmte die werd afgegeven door de meer dan zeshonderd mannen die daar zaten dankzij mensen zoals hij.

Altijd wanneer hij in een gevangenis kwam en over het grasveldje of door de groene, mosterdgele of gebroken-witte gangen liep, liet Thorne in zijn hoofd een spoor van broodkruimels achter. Hij moest altijd precies weten wat de snelste weg naar buiten was.

Het grootste deel van de rit terug over de M1 zat Holland met zijn neus in een folder die hij bij het verlaten van de gevangenis had meegenomen. Thorne gaf de voorkeur aan zijn eigen wijze van onderzoeken.

Behoedzaam schoof hij *Johnny Cash At San Quentin* in de cassetterecorder.

Toen 'Wanted Man' begon, keek Holland op. Hij luisterde een paar tellen, schudde toen zijn hoofd en verdiepte zich weer in zijn feiten en cijfers.

Eén keer had Thorne geprobeerd hem erover te vertellen en uit te leggen dat echte countrymuziek geen moer met verloren honden en bergkristal te maken had. Het was een lange avond met biljart en Guinness geweest, en Phil Hendricks had er – samen met wie er destijds ook zijn vriendje was – genadeloos doorheen zitten kwekken. Thorne had geprobeerd Holland duidelijk te maken wat er zo mooi was aan de stem van George Jones, aan het humeurige in die van Merle Haggard en aan de ontzagwekkende bas van Cash, de duistere vader van allemaal. En na een paar glazen had hij tegen iedereen die het maar horen wilde gezegd dat Hank Williams een gekweld genie was, die zonder enige twijfel de Kurt Cobain van zijn tijd was – en het was zelfs wel mogelijk dat hij tegen sluitingstijd 'Your Cheating Heart' had ingezet. Hij kon zich niet alle details meer herinneren, maar wat hij nog wel wist, was dat Holland al lang voor die tijd glazig was gaan kijken...

'Allejezus zeg,' zei Holland. 'Het verzorgen van één gevangene kost jaarlijks vijfentwintigduizend pond. Lijkt je dat veel?' Thorne wist het niet goed. Het was twee keer zoveel als een heleboel mensen in een jaar verdienden, maar als je rekening hield met het gevangenispersoneel en het onderhoud aan de gebouwen...

'Ik denk toch echt niet dat ze dat aan tapijt en kaviaar besteden,' zei Thorne.

'Nee, maar toch...'

Het was bloedheet in de auto. De Mondeo was veel te oud om van airco te zijn voorzien, maar Thorne was erg pissig over het feit dat het eenvoudigweg niet lukte iets anders dan warme lucht te peuren uit een verwarmingssysteem dat hij al tweemaal had laten repareren. Hij draaide het raam open, maar deed het al na een halve minuut weer dicht: het briesje woog niet op tegen de herrie.

Holland keek nog eens op van zijn folder. 'Vind jij dat ze daarbinnen überhaupt enige luxe zouden moeten hebben? Je weet wel, een tv in hun cel en dat soort dingen? Sommigen hebben zelfs een playstation...'

Thorne draaide het volume wat lager en keek op naar het verkeersbord toen de Mondeo erlangs bulderde. Ze naderden de afslag Milton Keynes. Nog vijfenzeventig kilometer naar Londen.

Zoals al zo vaak het geval was geweest, besefte Thorne dat hij in vergelijking met de hoeveelheid tijd die hij spendeerde aan het achter de tralies krijgen van mensen, maar heel weinig gedachten wijdde aan wat er met hen gebeurde wanneer ze daar eenmaal zaten. En als hij er wel over nadacht en alle argumenten tegen elkaar afwoog, dan moest hij al met al wel concluderen dat het verlies van je vrijheid het ergste was wat je kon overkomen. Maar buiten dat wist hij niet precies waar hij nu eigenlijk stond.

Hij remde een beetje af, ging net onder de honderd rijden en zwenkte rustig naar de linkerbaan. Ze hadden geen haast...

Wat Thorne wel heel zeker wist, was dat moordenaars en zedendelinquenten, mensen die kinderen kwaad deden, moesten worden afgevoerd. En hij wist ook dat 'deze mensen opbergen' meer was dan zomaar een uitdrukking. Dat was wat ze ook werkelijk deden. Wat híj deed. Zodra deze daders... elders waren, moest het debat over waar bestraffing eindigde en herintegratie begon maar door anderen worden gevoerd. Zijn instinct zei hem dat gevangenissen nooit... de term 'vakantiekampen' kwam in hem op. Hij berispte zichzelf voor het feit dat hij begon te klinken als zo'n zeverende mafkees van de conservatieve partij. Ach, wat konden een paar televisies hem verrotten. Laat ze lekker naar het voetballen kijken of naar de presentator van *Who Wants to Be a Millionaire* roepen als ze daar zin in hadden...

Maar tegen de tijd dat Thorne zijn antwoord op de vraag had geformuleerd, was Holland jammer genoeg alweer met iets anders bezig.

'Grote goden.' Holland keek op van de folder. 'Zestig procent van de doelnetten in de Engelse competitie wordt door gevangenen gemaakt. Ik hoop dat ze die in White Hart Lane sterk genoeg hebben gemaakt, gezien het pak slaag dat de Spurs steeds van andere clubs krijgen...'

'Hmmm...'

'Hier nog een. Gevangenisboerderijen produceren jaarlijks tien miljoen liter melk. Dat is enorm...'

Thorne luisterde niet meer. Hij hoorde alleen nog het geraas onder de wielen en dacht na over de foto. Hij haalde zich de vrouw met de kap voor de geest, de fantasie-Jane Foley, en voelde iets in zijn kruis bij het beeld van haar schimmige naaktheid dat in zijn hoofd zat.

Waar hij deze foto ook vandaan had...

Ineens wist Thorne waar hij het antwoord misschien kon vinden, of in elk geval enig antwoord dat er te vinden zou zijn. De vrouw op die foto mocht dan wel niet Jane Foley zijn, maar ze moest wel iemand zijn, en Thorne kende nou net de persoon die hem een naam zou kunnen geven.

Toen hij weer naar Holland luisterde, zat deze alweer midden in een volgende vraag.

'... zo erg? Denk je dat het in gevangenissen nu beter is dan toen, in...?' Hij wees naar de cassetterecorder.

'1969,' zei Thorne. Johnny Cash zong net het lied dat hij over de San Quentin-gevangenis had geschreven. Hij zong dat hij elke centimeter van de plek waar ze met z'n allen stonden haatte. De gevangenen brulden en juichten bij elke klacht, elke strijdlustige belediging, bij elk pleidooi om de gevangenis met de grond gelijk te maken.

'Nou?' Holland zwaaide met de folder. 'Is het in gevangenissen nu beter dan toen, zo'n dertig jaar geleden? Wat denk je?'

Thorne haalde zich het gezicht voor de geest van een man die in de Belmarsh-gevangenis zat, en iets in hem werd heel snel gevoelloos.

'Ik hoop godbetert van niet.'

Even na zessen deed Eve Bloom het nachtslot op de winkel, liep een half dozijn stappen naar een knalrode voordeur, en was thuis.

Het was handig dat ze het appartement boven haar winkel huurde. Duur was het ook al niet, maar ze had nog wel heel wat meer willen betalen voor het genoegen om op het allerlaatste moment uit bed te kunnen tuimelen en de dampende koffie in haar eigen mok naast de kassa te hebben staan als ze de winkel opendeed. Elke seconde in bed was waardevol wanneer je zoveel ochtenden had zoals zij, waarop ze om god mocht weten hoe vroeg op en aangekleed moest zijn; waarop ze over de bloemenmarkt in New Covent Garden liep, voorraad bestelde en met groothandelaars ouwehoerde, terwijl ieder ander die ze maar kon bedenken nog lag te snurken.

Ze hield van deze tijd van het jaar: die paar kostbare zomerweken wanneer ze niet gedwongen was te kiezen tussen óf werken met een sjaal om en handschoenen aan, óf haar voorraad martelen met de centrale verwarming. Ze vond het prettig af te sluiten wanneer het nog licht was. Dat maakte de vroege starts minder moeilijk en gaf die paar uurtjes tussen het eind van de dag en het begin van de avond een vleugje opwinding, de smaak van reële mogelijkheden.

Ze deed de deur achter zich dicht en liep de geschuurde houten trap naar het appartement op. Denise had de schuurmachine ter hand genomen en in één weekend het hele huis gedaan, terwijl Eve het verven op zich had genomen. De meeste huishoudelijke klusjes werden vrij eerlijk tussen hen verdeeld, en al was een van de twee soms chagrijnig – er vielen af en toe ijzige stiltes als er een yoghurtje was gepikt of zonder te vragen een jurk was geleend – ze konden vrij goed met elkaar overweg. Eve wist dat Denise soms maar wat graag de leiding nam, maar ze wist evengoed dat er momenten waren waarop zijzelf ook geleid moest worden. Ze was vaak behoorlijk chaotisch, en al kon Denise zich soms wat moederlijk gedragen, het was prettig het gevoel te hebben dat er iemand voor je zorgde. Het eindeloze lijstjes maken kon wel eens vermoeiend zijn, maar er was wel altijd iets te eten in de koelkast en het wc-papier was nooit op!

Ze gooide haar tas op de keukentafel en knipte de waterkoker aan. 'Hé Hollins, ouwe slons, wil je soms een kopje thee?' Al bijna voor ze uitgeroepen was, herinnerde ze zich dat Denise meteen na haar werk uit zou gaan. Ze had met Ben afgesproken in de pub naast haar kantoor. Denise had tussen de middag naar de winkel gebeld, gezegd dat ze er niet zou zijn voor het avondeten, en gevraagd of zij soms zin had om met hen mee te gaan.

In afwachting van het moment dat het water zou koken liep Eve naar haar slaapkamer om een schoon T-shirt aan te trekken. Nee, ze zou thuisblijven en met een fles heel koude witte wijn voor de tv gaan hangen. Ze kon het niet opbrengen zich om te kleden en de stad in te gaan. Het was drukkend en onbehaaglijk buiten. Tegen de tijd dat ze in de pub aankwam, zou ze zich al vies voelen. Het zou er lawaaiig en rokerig zijn en ze zou zich toch maar het vijfde wiel aan de wagen voelen. Denise en Ben waren namelijk erg klef...

Ze ging in bh en onderbroek voor de spiegel staan die aan de achterkant van haar slaapkamerdeur hing, en keek naar zichzelf. Ze zag zichzelf glimlachen toen ze weer dacht aan de politieman die een week daarvoor de telefoon had opgenomen. Het was natuurlijk onmogelijk je op basis van een stem een voorstelling van iemand te maken, maar toch had ze dat geprobeerd, en ze was behoorlijk enthousiast over wat ze bedacht had. Ze was er vrij zeker van dat hij, plaats delict of niet, aan de telefoon met haar had geflirt, en ze wist donders goed dat zij net zo hard terug had geflirt. Of was zij nou zelf begonnen?

Ze trok een wit T-shirt met FCUK erop aan en ging terug naar de keuken om een kopje thee te zetten.

De dag nadat ze gebeld had, was er een auto langs gestuurd om het bandje uit haar antwoordapparaat op te halen. Ze had tegen de twee agenten gezegd dat ze het met alle plezier op het bureau was komen brengen, maar begrijpelijkerwijs leken ze er nogal op gebrand het ding meteen mee te nemen.

Terwijl ze door het huis liep en her en der een raam opendeed, overlegde ze bij zichzelf of een week lang genoeg was. Ze kon niet beslissen of ze gewoon langs moest gaan of dat het beter zou zijn om op te bellen. Het laatste wat ze wilde, was opdringerig overkomen. Natuurlijk had ze, als betrokkene, het volste recht om te weten wat er gaande was. Het was toch heel normaal dat ze een beetje nieuwsgierig was na dat rare telefoongesprek? Langsgaan om te informeren of er al vooruitgang in de zaak was geboekt, was niet meer dan wat iedere betrokken burger zou doen.

Ze besefte ineens dat ze op haar wandeling door de flat haar thee ergens had neergezet en zich nu niet meer kon herinneren waar. Ach wat, de keuken was vlakbij en waar de koelkast stond, dat wist ze precies.

Terwijl ze de wijn openmaakte, vroeg ze zich af of inspecteur Thorne misschien ook zo'n eigenaardige gozer was die afknapte op vrouwen die een beetje happig leken.

Misschien kon ze beter nog een dag of twee wachten...

Het was een idioot warme avond.

Elvis, Thornes getroebleerde kat, leek zich niet behaaglijk te voelen. Ze liep hem van kamer tot kamer achterna en miauwde alsof ze vroeg of ze niet geschoren kon worden. Thorne werd zweterig van het klaarmaken en opeten van zijn kaas op toast. Hij droeg een open hawaïhemd en een korte broek die hij had gekocht gedurende een kortstondige flirt met een sportschool in de buurt.

Thorne lag op de bank naar een film te kijken. Hij zette het geluid van de tv af en keek vervolgens naar de beelden met de radio aan. Hij bladerde door het muziekgedeelte van de editie van *Time Out* van de week ervoor en probeerde de band met de meest bespottelijke naam te vinden. En net voor middernacht, toen zijn lege flesjes waren weggeruimd en hij niets anders meer te doen had waardoor het kon worden uitgesteld, pakte hij uiteindelijk de telefoon.

Het maakte niet uit dat het laat was. Zijn vaders biologische klok was slechts een van de systemen die het hadden begeven.

In zekere zin was de diagnose Alzheimer wel een opluchting geweest. De buitenissige gedragingen werden nu symptomen genoemd, en het feit dat de grillen van de oude dag zekerheden waren geworden, hoe onplezierig dat ook was, had Thorne tenminste een soort focus opgeleverd. Bepaalde dingen moesten gewoon gebeuren, zo simpel was het. Thorne ergerde zich nog altijd aan de vreselijke grapjes en de flauwe trivialiteiten, maar zijn schuldgevoel bleef niet meer zo lang hangen als voorheen. Hij kon het nu hanteren, en het schuldgevoel had ook een andere vorm gekregen. Het was omgesmeed tot iets wat hij herkende als woede jegens een ziekte die zowel vader als zoon raakte en hen dwong van plaats te wisselen.

Er was nu ook sprake van een financiële last die niet altijd gemakkelijk te dragen was, maar hij begon eraan te wennen. Jim Thorne was, althans lichamelijk, behoorlijk goed in vorm voor een eenenzeventigjarige. Desalniettemin moest er dagelijks een verzorger komen en de kosten daarvan konden met geen mogelijkheid door een pensioen worden gedekt. Jims jongere zuster Eileen, met wie hij nooit een erg hechte band had gehad, kwam eens per week over uit Brighton om voor hem te zorgen, en zij hield Thorne goed op de hoogte van zijn vaders gesteldheid.

Thorne was haar dankbaar, hoewel het hem een typisch Brits verschijnsel leek: families waarin het weer goed komt als het al praktisch te laat is.

'Pa...'

'O, goddank, ik word gek. Wie was de eerste Doctor Who? Kom op, ik word er krankzinnig van...'

'Was dat niet Patrick nog wat? Donker haar...'

'Troughton was de tweede, die kwam voor Pertwee. Die verdomde verwardheid ook – ik dacht dat jij het misschien zou weten.'

'Kijk eens in dat boek. Ik heb zo'n televisie-encyclopedie voor je gekocht...'

'Die ellendige Eileen heeft dat ding ergens weggeborgen. Wie zou het verder nog kunnen weten...?'

Thorne begon zich te ontspannen. Het ging goed met zijn vader. 'Pa, we moeten over die bruiloft gaan nadenken.'

'Welke bruiloft?'

'Die van Trevor, de zoon van Eileen. Je neef...'

Zijn vader ademde diep in. Het gereutel in zijn borst toen hij weer uitademde, klonk als een zacht gegrom. 'Dat is een klootzak. Het was al een klootzak toen hij de eerste keer trouwde, en ik zie niet in waarom ik zou moeten gaan kijken hoe die klootzak nog eens trouwt.'

Het taalgebruik was fantasieloos, maar Thorne moest toegeven dat zijn vader een punt had. 'Je hebt tegen Eileen gezegd dat je zou komen.'

Er klonk een diepe zucht, een slijmerige hoest en toen was het stil. Na een paar seconden begon Thorne te denken dat zijn vader had opgelegd en was weggelopen. 'Pa...'

'Dat duurt toch nog een eeuwigheid?'

'Het is zaterdag over een week. Ach kom, Eileen moet het er met je over hebben gehad. Tegen mij praat ze over niks anders.'

'Moet ik een pak aan?'

'Trek dat blauwe pak van je maar aan. Dat is licht, en ik denk dat het warm zal worden.'

'Dat is van wol, dat blauwe. Daar stik ik in, in dat blauwe.'

Thorne ademde diep in en dacht: Doe dan verdomme maar wat je zelf wilt. 'Luister, ik kom je die dag ophalen en dan blijven we daar overnachten...'

'Ik ga daar niet heen in dat levensgevaarlijke barrel waar jij in rijdt...'

'Dan huur ik wel een auto, goed? Het wordt vast leuk, het is vast gezellig. Oké?'

Thorne hoorde een getinkel, het geluid van iets metaligs waarmee werd gefriemeld. Zijn vader was begonnen goedkope tweedehands radio's aan te schaffen. Die haalde hij uit elkaar en vervolgens gooide hij de onderdelen weg. 'Pa? Is dat goed? We kunnen het wat dichter bij de dag zelf nog wel over de bijzonderheden hebben, als je wilt.'

'Tom?'

'Ja?'

Voor Thorne leek de stilte die hierop volgde net het geluid van gedachten die kwijtraakten – die door kieren heen gleden, net buiten bereik en dan helemaal weg, en wild zwaaiden als ze de duisternis in vielen. Uiteindelijk was er weer sprake van een koppeling, als een stukje film dat weer grip vond en zijn normale snelheid herkreeg. Gaatjes die weer automatisch het palrad volgden.

'Dat van Doctor Who zoek je voor me uit, hè jongen?'

Thorne slikte iets weg. 'Ik zal eens rondvragen en bel je morgen. Oké?'

'Dank je...'

'En luister eens pa, haal dat blauwe pak nou tevoorschijn. Ik weet zeker dat het geen wol is.'

'O shit, je hebt nooit iets over een pak gezegd...'

22 december 1975

Ze stonden allebei in de keuken, nauwelijks een meter van elkaar af, maar in de verste verte niet in elkaars nabijheid.

Het was een paar dagen voor Kerstmis en de traditionele liedjes die uit de radio op de vensterbank kwamen, vulden gelukkig de stiltes op. Kerstsongs van Sinatra en Elvis, afgewisseld met de recentere kersthits van Slade en Wizzard. Het zag ernaar uit dat die verschrikkelijke Queen-song de kerst-nummer-één zou worden. Hij vond dat lied toch al niks, maar hij besefte ook dat hij het nooit meer zou kunnen horen zonder aan haar te denken. Aan haar lichaam, voor en na. Aan haar gezicht en hoe het eruit moest hebben gezien toen Franklin haar tussen de kartonnen dozen op de grond duwde...

Ze stond met haar rug naar hem toe aan het aanrecht af te wassen. Hij zat aan tafel en keek in de Daily Mirror. *De lettertjes in de krant, het zeepsop, de bespottelijk opgewekte dj – dingen om naar te kijken en te luisteren terwijl ze het allebei apart steeds opnieuw de revue lieten passeren, en terugdachten aan wat er die ochtend op het bureau was gebeurd.*

Ze dachten aan de agent die door de verhoorkamer op en neer liep, de agente in de hoek een knipoog gaf, zich over het bureau heen boog en schreeuwde.

Hij dacht aan het gezicht van de agent. Aan zijn glimlach die aankwam als een klap.

Zij dacht aan hoe hij had geroken.

'Goed,' had de agent gezegd. 'Laten we de hele zaak nog eens doornemen.' En daarna had hij dat nog eens gezegd. En nog eens. Toen ze uiteindelijk was ingestort, had hij toegeeflijk het hoofd geschud en de agente gewenkt, die naar haar toe was gekomen en een zakdoekje uit de mouw van haar uniform had getrokken. Een paar minuten en een glaasje water later zaten ze er alweer middenin. De brigadier beende rond alsof hij in al die jaren opleiding nooit het verschil tussen een slachtoffer en een misdadiger had geleerd.

Hij had niets gedaan en niets gezegd. Hij wilde wel, maar bedacht zich dan weer. In plaats daarvan had hij naar zijn huilende vrouw zitten kijken en luisteren, en aan onzinnige dingen zitten denken, zoals de vraag waarom hijzelf nu het zo koud was zijn dikste jas aanhad, terwijl die lul van een brigadier in hemdsmouwen rondliep. En zweet-

kringen onder allebei zijn vlezige armen had.

Op de radio zong nu een koor...

Hij stond op, liep langzaam naar het aanrecht en bleef staan toen hij binnen aanraakafstand van haar was. Hij zag dat er rond haar schouders iets verstijfde toen hij naderbij kwam.

'Je moet alles wat die brigadier heeft gezegd maar vergeten, goed? Hij heeft het alleen maar zo gedetailleerd doorgenomen om alles helder te krijgen. Om er zeker van te zijn dat hij alles goed had begrepen. Hij deed gewoon zijn werk. Hij weet dat het straks nog erger zal zijn. Hij weet hoe hard de advocaat van de verdachte zal zijn. Ik denk dat hij ons daar gewoon op wil voorbereiden, snap je? Als we er nu doorheen gaan, is het straks in de rechtszaal misschien niet zo moeilijk.' Hij zette nog een stap en stond nu vlak achter haar. Ze hield haar hoofd volmaakt stil. Hij kon niet uitmaken waar ze naar keek, maar haar handen bleven voortdurend in de witte plastic afwasteil in de weer...

'Weet je wat, liefje,' zei hij. 'Laten we Kerstmis maar gewoon doen. Dat vieren we tenslotte niet alleen voor onszelf. Het zal gauw nieuwjaar zijn. Dan kunnen we ons gedeisd houden, doorgaan met ons leven en het proces afwachten. Misschien kunnen we even met vakantie gaan en zo proberen weer een balans te vinden...'

Haar stem was een fluistering. Hij verstond niet wat ze zei.

'Wat zei je, liefje?'

'De aftershave van die agent,' zei ze. 'Eerst dacht ik dat het dezelfde was als die van Franklin. Ik dacht dat ik misselijk zou worden. De lucht was zo sterk...'

Zodra zijn hand haar nek aanraakte, begon ze te gillen, en het werd luider toen ze zich met een ruk omdraaide. Het water spoot alle kanten op, haar arm bewoog krachtig en snel, instinctief haalde ze uit en de mok in haar hand brak op zijn neus.

Toen gilde ze om wat ze had gedaan en pakte hem vast. Samen zegen ze neer op het linoleum, dat algauw glibberig werd van het bloed en het sop.

Ondertussen vulde de keuken zich met jongensstemmetjes die over hulst en klimop zongen.

VIER

Toen het Peel Centre nog een opleidingscentrum voor cadetten was, was Becke House een blok met slaapzalen. Thorne vond dat het gebouw nog altijd utilitaristisch aandeed – doods. Soms als hij een hoek omging of een kamerdeur opendeed, zou hij zweren dat hij nog een zweem van zweetlucht en heimwee opving...

Het was dus niet verrassend dat iedereen van Team 3 door het dolle heen was, toen ongeveer een maand daarvoor het nieuws was doorgekomen dat er meer werkruimte en betere faciliteiten zouden komen. In werkelijkheid betekende dit weinig meer dan een verhoogd budget voor kantoorartikelen, een herstelde koffieautomaat en één bedompt hokje extra, dat Brigstocke onmiddellijk had ingelijfd. Er zaten nu drie kantoortjes in het smalle gangetje dat op de projectkamer uitkwam. Het nieuwe was van Brigstocke en Thorne deelde het zijne met Yvonne Kitson. Holland en Stone moesten het doen met het kleinste van de drie. Zij onderhandelden over de rechten op de prullenbak en maakten ruzie over wie de stoel met het kussen zou krijgen.

Thorne verfoeide Becke House. In feite deprimeerde het gebouw hem. Het onttrok zoveel energie aan hem dat hij niet genoeg overhield om het fatsoenlijk te verfoeien. Hij had een keer iemand een grapje horen maken over het sickbuildingsyndroom, maar wat hem betrof was het gebouw niet zomaar ziek, maar op sterven na dood.

Hij had de hele ochtend achterstallig werk zitten doen. Gezeten aan zijn loodgrijze metalen bureau had hij zwetend als een os elk vodje papier dat er over de zaak bestond, gelezen: het sectierapport, het forensisch rapport, zijn eigen rapport over het bezoek aan de Derby-gevangenis, en verder Hollands aantekeningen over de huiszoeking bij Remfry, de verhoren van de familieleden van de vrouwen die Remfry had verkracht, en de verklaringen van een paar mannen die, in drie verschillende gevangenissen, een cel met hem hadden gedeeld.

Centimeters dik was het dossier al en ze hadden nog maar één aanknopingspunt dat echt wat beloofde. Een ex-celgenoot van Remfry had een gevangene genoemd, Gribbin geheten, over wie Remfry had verteld dat hij er heibel mee had gehad toen ze in Brixton samen in voorarrest zaten. Gribbin zelf was maar vier maanden vóór Remfry voorwaardelijk uit de gevangenis vrijgelaten en hij had zich nooit meer gemeld. Er was een opsporingsbevel uitgevaardigd...

Toen Thorne klaar was met lezen, wuifde hij zijn gezicht enige tijd koelte toe met een lege dossiermap. Hij staarde naar de mysterieuze schroeiplekken op de polystyreen plafondtegels. Daarna las hij alles nog een keer door.

Toen Yvonne Kitson binnenkwam, keek hij op, liet de papieren op zijn bureau neerploffen en staarde naar het open raam.

'Ik zit erover te denken om te springen,' zei hij. 'Zelfmoord lijkt me sowieso een aantrekkelijke optie, en ik zou onderweg naar beneden in elk geval wat koelte krijgen. Wat zeg je daarvan?'

Ze lachte. 'We zitten maar op de derde verdieping.' Thorne haalde zijn schouders op. 'Waar is de ventilator?'

'Die heeft Brigstocke.'

'Als ik het niet dacht...' Ze ging op een stoel zitten die tegen de muur stond en stak haar arm in een grote handtas. Thorne lachte toen ze de bekende Tupperware-doos tevoorschijn haalde.

'Woensdag, dus moet het tonijn zijn,' zei hij.

Ze trok het deksel van de doos en pakte er een sandwich uit. 'Tonijnsalade, wijsneus. De baas was vanochtend een beetje onstuimig en heeft er een blaadje sla tussen gedaan...'

Thorne ging achterover in zijn stoel zitten en tikte met een liniaal op de leuning. 'Hoe doe je het toch, Yvonne?'

Ze keek met volle mond op. 'Wat?'

Met de liniaal nog in zijn hand spreidde Thorne zijn armen en zwaaide ermee in het rond. 'Dit. Alles. En dan ook nog drie kinderen...'

'De hoofdinspecteur heeft toch ook kinderen...?'

'Inderdaad, en hij is net zo'n knoeier als alle anderen. Maar jij lijkt alles zonder enige moeite te doen. Werk, thuis, kinderen, honden, en dan heb je ook nog een lunch in je trommeltje.' Hij stak de liniaal naar haar uit alsof het een microfoon was. 'Vertelt u eens, inspecteur Kitson, hoe krijgt u dat voor elkaar? Wat is uw geheim?'

Ze schraapte haar keel en speelde het spelletje mee. Eigenlijk waren ze allebei maar wat blij om even te lachen. 'Natuurtalent, een watje van een man en een meedogenloos organisatietalent. En ik neem mijn werk nooit mee naar huis.'

Thorne knipperde met zijn ogen.

'Oké, nog meer vragen?'

Thorne schudde zijn hoofd en legde de liniaal op zijn bureau.

'Goed. Ik ga een kopje thee halen. Wil jij ook...?'

Ze liepen langs de andere kantoortjes door de gang naar de projectkamer.

'Maar serieus,' zei Thorne, 'ik verbaas me soms over je.' Hij meende het. Niemand in het team kende Yvonne Kitson al erg lang, maar afgezien van een paar oudere, minder efficiënte mannelijke collega's die wel eens een opmerking maakten, had niemand iets negatiefs over haar te melden. Ze was drieëndertig en zou vrijwel zeker woedend worden als ze erachter kwam dat velen van hen, Thorne ook, haar geruststellend moederlijk vonden. Dat had meer te maken met haar persoonlijkheid en stijl dan met haar gezicht of figuur, allebei meer dan aantrekkelijk. Haar kleding was nooit opzichtig en haar asblonde haar zat altijd in een praktische coupe. Ze had geen scherpe kantjes, ze deed haar werk en ze leek nooit van slag te raken. Thorne kon gemakkelijk inzien waarom Kitson al voor grotere en betere zaken bestemd was.

Bij de koffieautomaat boog Kitson naar voren om Thornes bekertje uit het apparaat te pakken. Ze gaf hem zijn thee. 'Dat meende ik echt, dat ik mijn werk niet mee naar huis neem.' Ze gooide nog wat kleingeld in de automaat. 'Zelfs al zou ik het willen, er is gewoon geen plaats voor...'

Alle ramen in de projectkamer stonden open. Vellen papier werden van de bureaus en archiefkasten geblazen. Thorne nipte van zijn thee, luisterde naar het dwarrelen van het papier en het gebrom van degenen die zich bukten om het op te rapen, en bedacht hoezeer hij van deze vrouw verschilde. Hij nam zijn werk overal mee naartoe, ook naar huis, al was er doorgaans niemand om het mee naartoe te nemen. Zijn exvrouw Joan en hij waren vijf jaar daarvoor gescheiden, nadat zij met een docent beeldende kunst al te waarneembaar naast de pot was gaan pissen. Thorne had sindsdien een paar avontuurtjes gehad, maar er was niemand van enig belang in zijn leven geweest.

Kitson liet het gloeiend hete plastic bekertje in een ander, leeg, bekertje zakken en blies over het oppervlak van haar thee. 'Trouwens, wat Remfry betreft,' zei ze, 'ligt het nou aan mij of zit er echt nul komma nul schot in de zaak?'

Thorne zag Russell Brigstocke aan de andere kant van het vertrek verschijnen. Hij wenkte, draaide zich om en liep terug in de richting van zijn kantoortje. Thorne zette een stap in dezelfde richting, en zonder Kitson aan te kijken gaf hij antwoord op haar vraag: 'Nee, het ligt niet aan jou...'

Als Russell Brigstocke echt pissig was, had hij een gezicht dat melk kon stremmen. En wanneer hij serieus probeerde te kijken, zat daar altijd iets melodramatisch aan. Hij hield zijn hoofd dan op een bepaalde manier schuin en perste zijn lippen op elkaar, en daar moest Thorne altijd om lachen, hoe hij ook probeerde om dat niet te doen.

'En, Tom, hoe staan we ervoor?'

Thorne probeerde niet te glimlachen, maar het lukte hem niet. Hij deed geen moeite om zijn lach te verbergen en besloot dat een wat optimistischer antwoord dan hij Yvonne Kitson zojuist had gegeven misschien geen slecht idee was. 'Er is niks wereldschokkends te melden, maar het gaat zijn gangetje, meneer.' Na zo'n blik van Brigstocke zei hij altijd 'meneer'. 'We hebben het merendeel van de mannelijke familieleden inmiddels opgespoord. Tot nu toe heeft dat niks hoopgevends opgeleverd, maar misschien treffen we het alsnog. Ik heb de meesten van Remfry's voormalige celgenoten gesproken en die kwestie met Gribbin lijkt de meeste aanknopingspunten te bieden...'

Brigstocke knikte. 'Dat klinkt inderdaad veelbelovend, vind ik. Als iemand bij mij m'n halve neus eraf zou bijten, zou ik denk ik ook wrok koesteren.'

'Remfry beweerde dat Gribbin het gedaan had, ja. Maar waarschijnlijk zei hij maar wat. Hoe dan ook, we kunnen hem niet vinden...'

'En verder?'

Thorne stak zijn handen op. 'Dat was het. Naast het natrekken van die computerkwestie dan. We kunnen het Gevangenen Informatiesysteem gaan bekijken zodra commandant Jeffries verslag uitbrengt.'

'Dat heeft hij al gedaan,' zei Brigstocke. 'Maar nou niet te enthousiast...'

Stephen Jeffries was een hoge politiefunctionaris die voor de Dienst Gevangeniswezen werkte. Als de officiële adviseur van politie hield hij kantoor op het Centraal Bureau Gevangeniswezen, gevestigd in een monumentaal gebouw vlak bij Millbank, vanwaar hij recht in de kantoren van MI6 aan de overkant van de rivier kon kijken.

Stilletjes was Jeffries de mogelijkheid van een lek in het Gevangenen Informatiesysteem aan het onderzoeken. Als de moordenaar zijn informatie daaruit had gekregen, zouden een heleboel mensen willen weten hoe.

'Commandant Jeffries heeft een tussentijds rapport uitgebracht waarin hij aangeeft dat het onwaarschijnlijk is dat een dergelijk onderzoek vrucht zou afwerpen.'

'Je moet me even helpen,' zei Thorne. 'Ik heb mijn woordenboek "Onzin-Engels" even niet bij de hand...'

'Niet zeiken, Tom. Oké? Dat zou mij nou erg helpen.'

Thorne haalde zijn schouders op. Het klonk alsof Jeffries van dezelfde opleiding afkomstig was die ook recherchechef Trevor Jesmond had uitgepoept. 'Ik luister.'

Brigstocke bekeek het vel papier op zijn bureau en las al snellezend een passage voor: '"Niet alleen op het Centraal Bureau zijn personen gestationeerd die toegang tot het computersysteem hebben, maar ook op de twaalf regionale diensten, verspreid over het land. In Londen, Yorkshire, de Midlands, enz..."'

Thorne kreunde. 'Dan hebben we het over honderden mensen...'

'Duizenden. Die allemaal natrekken zou een ontzettende aanslag op de mankracht betekenen, als ik die al zou hebben.'

Thorne knikte. 'Godver zeg. Dus zelfs als het vruchtbaar zou blijken te zijn, dan zou het nog niet erg snel erg vruchtbaar zijn.' Hij pakte zijn lege koffiebekertje van Brigstockes bureau, draaide zich met stoel en al om en richtte op de prullenmand in de hoek.

'Nee,' antwoordde Brigstocke.

Het papieren bekertje ging meer dan dertig centimeter naast. Thorne draaide weer terug. 'En een hacker, iemand die in het systeem inbreekt?'

'Mijn god, duizenden verdachten is al erg genoeg, wil jij er nou miljoenen van maken...?'

'Dat wil ik helemaal niet, maar als het systeem niet veilig is...'

'Als dat systeem niet veilig is, dan krijgen een heleboel mensen ongelofelijk veel gelazer. In het Gevangenen Informatiesysteem zitten gegevens over de verblijfplaats van alle gevangenen in dit land, inclusief terroristen. Er zit van alles en nog wat in. Als blijkt dat het iemand gelukt is daarin in te breken, om wat voor reden dan ook... tjezus, dan zal er tot in het parlement over Douglas Remfry worden gesproken.'

'Maar het wordt wel onderzocht,' vroeg Thorne.

'Voorzover ik weet wel, ja...'

'Er zijn toch dingen waar ze het aan kunnen merken als ze gehackt zijn? Alarmsignalen of zo?'

'Dat moet je mij niet vragen,' antwoordde Brigstocke. 'Ik kan nauwelijks een e-mail versturen...'

Nog niet zo lang geleden ging dat ook Thorne nog boven zijn pet, maar hij had er wat aan gedaan en begon nu greep op de technologie te krijgen. Hij had zelfs een computer gekocht voor thuis, maar die had hij nog niet zo vaak gebruikt.

'Dus het ene punt is een aanslag op de mankracht, het andere is dat het politiek gevoelig ligt. Heeft commandant Jeffries ook suggesties voor wat we wél kunnen doen?'

Brigstocke zette zijn bril af, veegde met een zakdoek het zweet van het montuur en zette hem weer op. 'Nee, maar ik wel. Ik denk dat er ook andere manieren zijn waarop de moordenaar aan de informatie heeft kunnen komen die hij over Remfry nodig had.'

'Nou...?'

'Stel bijvoorbeeld dat hij die van de familie van het slachtoffer heeft.

Hij zoekt de moeder op in het telefoonboek, belt op, en zegt dat hij een vriend van vroeger is en dat hij hem wil opzoeken...' Thorne knikte. Dat was mogelijk. 'Zodra hij erachter is waar Remfry zit en wanneer hij vrijkomt, begint hij die brieven te sturen...'

'Hij krijgt dus alles van Remfry's moeder?'

'Van Remfry's moeder... en misschien van iemand van het gevangenispersoneel. Ik denk gewoon dat er nog andere zaken zijn waar we naar zouden kunnen kijken...'

'En wat is het motief, Russell?' Dat was nog de grote vraag. 'Waarom is Remfry omgebracht?'

Russell liet de lucht uit zijn wangen ontsnappen en ging achterover in zijn stoel zitten. 'Verdomd als ik het wist. Maar het moet de moeite waard zijn om nog eens met mevrouw Remfry te praten...'

Dat zag Thorne niet zo erg, maar toch zat er iets in, in wat Brigstocke had gezegd. Iets had Thornes hart sneller doen kloppen, één tel maar, en het was alweer vervaagd voordat hij goed en wel had beseft wat het nou was, zoals het gezicht van iemand in een droom, of zoals een voorwerp dat hij zou moeten herkennen maar waar hij onder een ongebruikelijke hoek maar een glimp van had opgevangen.

Hij was nog bezig het uit te vlooien toen hij zei: 'Ik trek nog iets anders na. Iets met die foto's...'

Brigstocke leunde naar voren en trok een wenkbrauw op.

'Ik vertel het je wel als het iets oplevert,' zei Thorne. Hij keek op zijn horloge. 'Shit, ik kom te laat...'

Toen hij opstond, begon in zijn kantoortje ernaast net de telefoon te rinkelen...

Hollands mobieltje ging net toen hij overstak naar de pub voor wat een min of meer vast tussen-de-middag-biertje aan het worden was. Andy Stone keek hem op die speciale manier aan, zoals een paar jongens telkens deden wanneer zijn mobieltje ging en ze zijn gezicht zagen als er 'thuis' op het schermpje verscheen.

'Shit,' zei Holland.

Stone liep een stukje in de richting van de deur van de pub en bleef toen staan. 'Zal ik er vast eentje voor je bestellen, Dave?'

Holland drukte een toets op zijn telefoon in en bracht het ding naar zijn oor. Een paar tellen later ving hij Stones blik en schudde zijn hoofd.

Toen hij twintig minuten later thuiskwam, zat Sophie nog steeds te huilen. 'Wat is er?' Maar hij wist al wat het antwoord zou zijn en sloeg zijn armen om haar heen.

'Niks,' zei ze. 'Sorry... ik weet dat ik je niet zou moeten bellen.' Ze stamelde de woorden tussen de snikken door in zijn kraag.

'Geeft niet. Luister, ik heb maar een kwartiertje, maar we kunnen wel even samen lunchen. Dan ga ik weer terug als je een beetje gekalmeerd bent.'

Het zou nog drie maanden duren voor de baby er zou zijn. Het zou heel makkelijk zijn deze wekelijkse inzinkingen toe te schrijven aan hormonen, maar hij wist dat er veel meer aan de hand was. Hij wist hoe bang ze was. Bang dat hij een keuze zou maken tussen haar en zijn baan. Dat hij zou denken dat zij hem dwong een keuze te maken. Dat de baby niet genoeg zou zijn om hem voor haar te laten kiezen.

Hij begreep het omdat hij zelf dubbel zo bang was.

Ze bleven dicht tegen elkaar aan op de bank zitten totdat ze weer rustig werd. Hij fluisterde en hield haar stevig vast, terwijl hij de bult van het kind in haar buik voelde. Hij staarde de woonkamer in en keek op de display van de videorecorder hoe de minuten verstreken.

'Thorne.'

'Met Eve Bloom...'

Het duurde heel even voordat hij de naam en de stem kon plaatsen, voordat hij de twee met elkaar in verband kon brengen. 'O... hallo. Sorry, ik was heel ergens anders met mijn gedachten. Ik zat al aan de lunch te denken.'

'Schikt het u niet? Want...'

'Jawel hoor, prima. Wat kan ik voor u doen?'

'Ik ben eerlijk gezegd gewoon nieuwsgierig. Ik vroeg me af hoe het zou gaan. Stom eigenlijk, want ik heb geen flauw idee wat "het" is. Ben gewoon, nou ja, benieuwd of dat bandje dat u hebt opgehaald u heeft geholpen... "het"... op te lossen!'

Hij herinnerde zich dat hij die geamuseerdheid in haar stem al eerder had gehoord: aan de stevig tegen zijn oor gedrukte telefoon in die hotelkamer. Dit keer vond hij het prettig om te horen.

'Prima, maar ik moest ongeveer tien minuten geleden al ergens zijn, dus...'

'Geen probleem, ik bedoelde toch niet nu...'

'Sorry?'

'Wilt u zaterdag met me gaan lunchen? U kunt dan een paar nutteloze vragen over antwoordapparaten stellen, doen alsof ik u nog steeds help met uw onderzoek en het als onkosten declareren. Halfeen doen...?'

Een paar minuten later hing hij op, juist op het moment dat Yvonne Kitson het kantoortje binnenkwam. 'Waar zit jij in vredesnaam zo om te grijnzen?' vroeg ze.

'Geen haar op m'n hoofd, meneer Thorne. Ik ga geen eendenvoetjes eten, zeg.'

Doordat Dennis Bethell de bouw van een kleerkast had, maar de stem van een zangeresje dat aan de helium was, klonk het meeste van wat hij zei enigszins lachwekkend. Maar dit was wel het toppunt...

Het was Thornes idee geweest. De laatste keer hadden ze elkaar in een pub ontmoet, en daar had de stem, zoals vaak het geval was, nogal wat teweeggebracht. Een rustige lunch leek een beter idee en Thorne was dol op dit restaurantje. De New Moon in het hart van Chinatown had de beste dim sum van de stad. Thorne was minstens even dol op het ritueel als op het eten zelf. Hij vond het leuk de knorrige oude mevrouwtjes te bekijken als ze met hun trolleys door de zaak reden. Hij genoot ervan ze staande te houden, ze te vragen de deksels op te lichten en dan zijn keuze te maken.

Thorne had Bethell moeten uitleggen hoe het systeem functioneerde. De man had in een hoekje perplex zitten kijken toen Thorne arriveerde. Hij was twintig minuten te laat, maar het was geen probleem geweest Bethell te vinden. Hij was één meter negentig, had de bouw van een wedstrijdworstelaar, piekerig geblondeerd haar en een hele vracht gouden sieraden om. Het was niet bepaald een opgave om hem eruit te pikken in een restaurant waar de clientèle vrijwel uitsluitend Chinees was.

Bethell droeg vandaag een camouflagebroek en een knalblauw T-shirt dat om zijn enorme borstkas gespannen zat en waar het woord BITCH op stond.

'Haaienvinnensoep en zo, prima. Maar eendenpoten? Vreselijk...'

'Kalm nou maar, Kodak,' had Thorne gezegd. Hij lachte naar het oude mevrouwtje toen ze nog een bamboedeksel optilde. 'Ik zal wel voor je bestellen...'

Ze praatten een tijdje over koetjes en kalfjes. Thorne stelde zijn man zo op z'n gemak, maar zat ook te genieten van het heen-en-weergeloop. Hij voelde zich prettig in zaken zoals deze, onder mensen zoals deze.

Thorne stopte een garnaal in een deegjasje in zijn mond en schoof de foto van Jane Foley over de tafel. Bethell veegde met een servetje wat sojasaus van zijn vingers en pakte de foto op.

'Aardig,' zei hij. 'Heel aardig...'

Thorne wist dat Bethell het had over de foto als foto. Over de compositie en de belichting. Als geharde pornograaf beoordeelde hij de modellen zelf allang niet meer.

'Ik wist wel dat je 'm mooi zou vinden,' zei Thorne.

'Ja, hij is heel sexy. Wie heeft 'm genomen?'

'Zal ik je 'ns wat zeggen? Ik dacht bij mezelf: als er iemand is die dat voor me kan uitzoeken, dan is het Kodak wel...'

Ze praatten nog wat. Bethell vertelde dat de zaken liepen als een trein. Op zeker moment hadden de pornoverkopers op internet een bedreiging gevormd voor mensen zoals hij, maar tot zijn grote genoegen kon hij melden dat er nu meer vraag naar zijn werk was dan ooit tevoren. Afbeeldingen op duimnagelformaat van zijn legendarische fotoserie 'Boerenerf' uit 1983 werden gretig gedownload en hadden onder pornosurfers een haast legendarische status verworven...

Al zo lang Thorne in het vak zat, waren er mannen klaargekomen op het kwalitatief goede werk dat Bethell voor de vieze blaadjes maakte. Van enigszins vrijpostig tot expliciete glamourspreads, Bethell was een kei in alles waar tepels en een lens bij kwamen kijken. Hij was ongevaarlijk en hij was al heel wat jaartjes een betrouwbare informant. Thorne was hem inmiddels gaan zien als een van de grote excentriekelingen van de stad. Een opgepompte vaudevilleman uit het East End met een explosief karakter, het talent om meisjes hun kleren te laten uittrekken, en zijn eigen motto: *Niets met kinderen!*

'Kom op,' zei Thorne. 'Is het professioneel gemaakt of niet?'

Bethell tuurde naar het plaatje, hield het omhoog in het licht en zoog op zijn tanden. 'Ja, misschien wel...'

'Da's niet goed genoeg, Kodak.' Thorne stak zijn vinger op om de aandacht van de vrouw achter het barretje te trekken. Hij hield zijn lege flesje Tsing Tao omhoog en bestelde er nog één.

'Het is lastig,' zei Bethell. 'Er is tegenwoordig een enorme markt voor professioneel gemaakte foto's die er met opzet uitzien alsof ze door een amateur geknipt zijn. Alsof het een foto van iemands vriendin is. Snapt u? De vrouw van de lezer, dat verhaal. Vooral met dit gebeuren.'

'Welk gebeuren?'

'Het SM-gebeuren. Handboeien, zwepen en kettingen. Fetisjisme.' Bethell hield de foto die Thorne al minstens honderd keer had bekeken omhoog. Hij keek er nog eens naar. Deze was van boven genomen, de vrouw lag plat op haar gezicht en haar handen waren op haar rug gebonden. De kap was dit keer aan de onderkant dichtgeknoopt, als een strop.

'Doe jij zoiets wel eens?' vroeg Thorne.

Bethell had net een noedel met krab in zijn mond. Hij gaf omzichtig antwoord, alsof hij dacht dat het een strikvraag was. 'Ik heb het wel eens gedaan, ja. Er zijn genoeg van dat soort fetisjbladen. Maar mijn materiaal is beter dan dit...'

'Natuurlijk. Luister, als dit door een professional is gedaan, kun jij er dan achter komen wie de foto heeft gemaakt?'

'Ik zou wel een beetje rond kunnen vragen, maar...'

‘En als je eens uitzocht waar de film is ontwikkeld?’

‘Da’s tijdverspilling. Dat heeft die vent zelf gedaan, of hij moet debiel zijn. Digitale camera, rechtstreeks naar z’n pc. Fluitje van een cent...’

‘Zoek dan uit wat je kunt. Ik wil weten wie het model is en wie er voor de opname heeft betaald.’

Bethell keek beledigd. ‘Ja zeg, dat is niet redelijk, meneer Thorne. Beetje informatie verzamelen, prima, maar dan zou ik úw werk gaan doen. Ben ik net een rechercheur.’

De serveerster die Thornes bier kwam brengen, giechelde om Bethells vertwijfelde, schrille uitroep en spoedde zich weg. Gelukkig zag Bethell het niet.

‘Beschouw het als een extra pijl op je boog, Kodak. Straks wil je nog een carrièreswitch maken. Het korps is altijd op zoek naar gretige jonge kerels zoals jij...’

‘Soms bent u echt een lul, meneer Thorne...’

Thorne boog zich over de tafel heen en hield een eetstokje op een paar centimeter van Bethells gezicht. ‘Klopt ja, en om dat nog maar eens te bewijzen zeg ik je dit: als je dit nou niet een beetje behoorlijk doet, dan kom ik naar het pand waar die gore business van je gevestigd is, dan pak ik je allersterkste zoomlens en die steek ik zo diep in je reet dat je er foto’s van je dikke darm mee maakt. Wil je me even de kroepoek aangeven...?’

Bethell zat een paar minuten te mokken. Toen pakte hij de foto en liet hem in de zak van zijn legerbroek glijden.

‘Je moet echt eens zo’n eendenpootje proberen, Kodak,’ zei Thorne. ‘Wist je dat je daar sneller van gaat zwemmen?’

Bethell sperde zijn ogen open. ‘Neemt u me nou in de maling, meneer Thorne...?’

Welch stond in de deuropening te wachten toen Caldicott met de postkar aan het andere eind van de gang verscheen. Terwijl het ding dichterbij kwam, martelend langzaam want het stopte bij vrijwel iedere deur, werd duidelijk dat Caldicotts gezicht nog niet goed genezen was.

Aan één kant glansde het van mond tot voorhoofd, alsof het glibberig was van het zweet, en had het de kleur van iets wat wel gevild leek. Tegen het rauwe, glimmende rood staken duidelijk de omtrekken van kleine witte ringetjes af, en de rondjes op wat er van zijn lippen over was leken wel een rijtje koortsblaasjes...

Piepend kwam het postkarretje een heel klein stukje dichterbij. Caldicott grijnsde zo goed en zo kwaad als het ging, want het lopen van de postronde was een lekker makkelijk klusje. Een douceurtje van de meelevende, genereuze cipiers in de vleugel voor de kwetsbare gevangenen, na de weken die hij in het ziekenhuis had doorgebracht.

Een stelletje imbecielen uit de B-vleugel had hem in de waskamer te grazen genomen. Ze hadden daar eigenlijk niet eens in de buurt mogen zijn en opgesloten moeten zitten, maar ergens had iemand een oogje dichtgeknepen en een deur open laten staan.

Een van Caldicotts vrouwen was eigenlijk nog maar een meisje geweest. Veertien jaar oud. Dat had Caldicott aan Welch verteld, en hij had hem bezworen dat hij dacht dat ze ouder was, dat hij niet hield van zulk jong vlees. Dat moest *hij* toch zeker kunnen begrijpen, had Caldicott aangevoerd. Hij moest toch wel eens in een vergelijkbare situatie zijn geweest. Want sommigen van die meiden van tegenwoordig! Welch had toegegeven dat hij inderdaad wel wist wat Caldicott bedoelde en dat het hem inderdaad ook was gebeurd, verschillende keren zelfs, en dat hij de hemel dankte dat het meisje voor wie hij was gepakt boven de zestien was geweest, al was het niet veel. Caldicott had het die schoften in de waskamer waarschijnlijk ook verteld. Hij had waarschijnlijk een smeekbede gehouden en hen gezegd dat hij dacht dat het meisje ouder was, maar zij waren niet geïnteresseerd geweest in dat soort praatjes van een kinderverkrachter. Dit waren mannen die aan feiten deden.

Terwijl de een Caldicott kalm bij zijn pik en zijn ballen vasthield, had de ander de droger leeggehaald en de was netjes in de rode plastic mand gedeponeerd. En toen – zijn geschreeuw was ofwel niet gehoord ofwel genegeerd – hadden ze Caldicott voorovergebogen, zijn hoofd en schouders in de enorme stalen trommel geduwd en zijn gezicht op het gloeiend hete metaal gedrukt...

Caldicott stak Welch een brief toe, terwijl een glimlach de verschroeide huid over zijn vergelende snijtanden op en neer trok. Welch bedacht dat hij net het spook van de opera was, toen griste hij de envelop uit Caldicotts hand en stapte vlug terug achter de deur...

De envelop was natuurlijk opengemaakt, maar om privacy en dergelijke maakte hij zich allang niet druk meer. Hij had een paar kostbare minuten voor zichzelf en de gelegenheid om haar brief te lezen, de laatste die hij gedwongen zou zijn te lezen in een piepklein kamertje dat stonk naar de stront van zijn celgenoot.

Er was weer een foto bij. Dat was het eerste waar hij naar keek en hij schreeuwde het bijna uit toen hij hem weggestopt tussen de pagina's van de brief voelde zitten. Hij haalde hem eruit en sloeg hem zonder te kijken plat tegen zijn borst. Daarna tilde hij hem langzaam weer op, stukje bij beetje, en kreunde hardop toen hij de eerste glimp van haar opving. De kap was verdwenen, maar dit keer was haar rug naar de camera gekeerd en haar hoofd omlaag gericht. Een glimp van vrij kort haar, het gezicht verborgen. Ze zat op haar hielen, haar polsen waren stevig op haar rug gebonden en er viel een schaduw op haar schouderbladen en haar prachtige ronde kont...

De deur ging open en hij was niet meer alleen. Hij trok vlug zijn knieën op om zijn erectie te verbergen en drukte de foto weer plat tegen zijn borst. Toen zijn celgenoot zich met een grom op het bed tegenover het zijne liet vallen, deed Welch zijn ogen al dicht. Hij herinnerde zich de details van Janes naaktheid nog duidelijk, en volkomen gaaf waren ze aan de binnenkant van zijn oogleden te zien.

7 mei 1976

'Dames en heren, het verbaast u misschien, maar ik zou mij de komende paar minuten willen concentreren op de verklaring van een getuige die door de verdediging is opgeroepen...

Ik nodig u uit na te denken over de verklaring die brigadier van de recherche Derek Turnbull hier heeft afgelegd. Brigadier Turnbull heeft als politieman een voorbeeldige staat van dienst en wij zouden naar mijn mening veel waarde aan zijn getuigenis moeten hechten. We zouden de woorden die wij hem gedurende deze zeer onrustbarende zaak hebben horen spreken serieus moeten nemen.

Ik wil graag dat u zich deze woorden in herinnering roept...

We zouden niet moeten vergeten wat brigadier Turnbull heeft gezegd over de verhoren die hij de vrouw die mijn cliënt van dit ernstige vergrijp beschuldigt, heeft afgenomen. Hij had het over de "verwarring", over het "gebrek aan scherpte", hij erkende in het kruisverhoor dat deze vrouw "volstrekt niet helder leek te denken". Ik vraag u: zou een gebeurtenis die naar wordt beweerd zo beangstigend was, niet gemakkelijk nauwkeurig in herinnering te roepen moeten zijn? Zou deze niet in het geheugen gegrift moeten zijn? Ja, natuurlijk wel. En toch weet deze vrouw geen exacte tijdstippen te geven. Er is geen consistente beschrijving van wat mijn cliënt aanhad op het tijdstip van het vermeende vergrijp. Alleen een hoop gezwets en een boel irrelevante nonsens over aftershave...

We zouden ons de woorden in herinnering moeten roepen die brigadier Turnbull sprak toen hij het resultaat van het lichamelijk onderzoek beschreef. Onder de vingernagels van deze vrouw is niets gevonden. Er is ook niets gevonden dat ook maar op enig verweer duidde. Brigadier Turnbull heeft in de rechtbank herhaald wat ze zei toen ze over dit feit werd ondervraagd. "Ik kon niet terugvechten," zei ze.

Kon ze dat niet? Of wilde ze dat niet?

We zouden ons ook de woorden in herinnering moeten roepen die de brigadier sprak toen hij de omstandigheden beschreef waaronder het eerste verhoor en het eerste lichamelijk onderzoek plaatsvonden. Dit onderzoek was, in zijn woorden, "van nul en generlei waarde", gezien het feit dat het plaatsvond op de ochtend na het vermeende vergrijp en nadat het zogenaamde slachtoffer had gedoucht. Herinnert u zich nog de woorden van zijn collega, toen deze de jurk beschreef die u als offi-

cieel bewijsstuk A is getoond? "Te mooi om naar je werk te dragen." Ik leg al deze dingen bij elkaar, dames en heren, en kom dan tot een geheel andere versie van wat er in december van het afgelopen jaar in dat magazijn is voorgevallen...

Zou die jurk niet gescheurd kunnen zijn tijdens de heftige en consensuele vrijpartij waarvan mijn cliënt openlijk erkent dat deze heeft plaatsgevonden? Zouden de blauwe plekken niet eenvoudig de sporen van buitensporige passie kunnen zijn? Zou die douche niet genomen kunnen zijn, ja om de geur van mijn cliënt weg te wassen, maar slechts teneinde de waarheid omtrent de seksuele relatie die ze met hem onderhield voor haar echtgenoot te verbergen?

Ik heb u gevraagd u de woorden van een politieman in herinnering te roepen wiens getuigenis tot doel had de man die ik hier vandaag vertegenwoordig te veroordelen. In plaats daarvan heeft hij, ongetwijfeld ongewild, het tegenovergestelde gedaan. Ik heb u gevraagd over deze woorden na te denken en ik zie dat dit precies is wat u doet. Ik zie aan uw gezicht, dames en heren van de jury, dat deze woorden, heel terecht, twijfel bij u hebben gezaaid. Als u twijfelt aan het waarheidsgehalte van wat er naar de bewering van deze vrouw is gebeurd, en dat kan niet anders, dan weet ik dat uw beraadslaging in de jurykamer heel kort zal zijn.

De wet is uiteraard heel duidelijk over gerede twijfel. Ik ben er zeker van dat u, nu hiervan sprake is en u wel moet twijfelen, datgene zult doen wat juist is. Dat u datgene zult doen wat rechtvaardig is. Dat u datgene zult doen wat de edelachtbare u moet gelasten te doen, en mijn cliënt zult vrijspreken...'

VIJF

Weer zo'n warme, drukkende avond. Er hing onweer in de lucht. Verlokkende flarden van gesprekken tussen passerende mensen dreven door de open ramen de woonkamer binnen.

Thorne had in T-shirt en korte broek zitten eten en onderwijl zitten luisteren naar het lawaai van een feestje aan de overkant van de straat. Hij wist niet wat hem meer irriteerde: de luide stemmen en de vol openstaande stereo of het plezier dat een aantal hem onbekende mensen klaarblijkelijk had.

Nadat Elvis zijn bord had schoongelikt, had Thorne een blikje goedkoop bier opengetrokken, het geluid van muziek en gelach verdrongen en een paar uur zitten lezen. Een zomeravond geabsorbeerd in gevallen van gewelddadige dood.

Het waren de rapporten op basis van zoekacties in STRAFINFO – de strafrechtelijke-informatiedatabase – naar zaken waarvan de parameters mogelijk deels overeenkwamen met die van de moord op Remfry...

Holland en Stone hadden het grondig aangepakt. Het was vooral een kwestie van op goed geluk grasduinen, van het steeds verder inperken van de zoekcriteria totdat je treffers kreeg die significant konden zijn. Er werden sleutelwoorden ingegeven. Dan werden de matches doorgeplozen en bekeken in relatie tot matches die andere zoekacties hadden opgeleverd. 'Verkrachting/moord' leverde maar weinig zaken met een mannelijk slachtoffer op, maar toch werden deze resultaten vergeleken met zaken die op het scherm verschenen wanneer er andere, specifiekere sleutelwoorden in het systeem werden ingetypt.

'Sodomie.' 'Verwurging.' 'Ligatuur.' 'Waslijn.'

En daar waren ze op het scherm verschenen...

Een serie onopgeloste moorden die vijf jaar terugging. Acht jonge jongetjes waren wreed misbruikt en gewurgd, waarna hun lichamen in bossen, grintgroeven en op recreatieterreinen waren gedumpt. Een pedofielennetwerk dat te goed georganiseerd was of te goede connecties had. Niet te pakken.

Een man die in zijn eigen huis was overvallen. Hij was met een waslijn vastgebonden terwijl zijn huis werd leeggeroofd, en vervolgens was hij zonder enige reden doodgetrapt. Thorne dacht aan Darren Ellis, aan het bejaarde echtpaar dat hij had vastgebonden en beroofd...

Een hele lijst van wrede seksuele vergrijpen en moorden, vele nog onopgelost. De lugubere details waren nu niet veel meer dan trefwoorden in een uitzonderlijk schokkende naslagbibliotheek. Een hulpmiddel waarvan je gebruikmaakte in de hoop dat een gruweldaad uit het verleden licht zou kunnen werpen op eentje uit het heden.

Dat was dit keer niet het geval.

Holland had overigens wel de dossiers van twee onopgeloste moordzaken tevoorschijn gehaald.

Die van een jongeman van rond de dertig die in 2002 in de achterbak van een auto was gevonden. Verkracht en verstikt met behulp van een niet-geïdentificeerd wurgkoord.

En die van een man van in de zestig, die in 1996 in een parkeergarage van meerdere verdiepingen was overvallen en met een waslijn was gewurgd.

Thorne was het zowel met Hollands eerste inschatting als met zijn uiteindelijke conclusie eens geweest. Van beide dossiers was het nuttig geweest ze nader te bekijken. Maar toch waren ze allebei weer opgeborgen.

Zodra Thorne het rapport in zijn koffertje had gestopt, liep hij naar het open raam en bleef daar staan. Gedurende een minuut of tien staarde hij naar het huis aan de overkant waar dat feestje aan de gang was. Hij probeerde zonder succes een liedje thuis te brengen op basis van de irritant bekende baspartij. Hij probeerde zonder succes op te houden te denken aan lichamen die al jaren dood waren, aan een lichaam dat nog niet was begraven en aan de foto die hij Dennis Bethell had gegeven...

Toen had hij zijn vader gebeld.

Nadat hij twintig frustrerende minuten later had opgehangen, stond Thorne met de hoorn in zijn hand te proberen zich de dienst weigerende synapsen in zijn vaders hersenen voor te stellen, en de gedachten die in een lawine van tangentiële vonken explodeerden...

De kleurenwaterval werd donkerder en werd de kap die het hoofd van een naakte vrouw bedekte en de doodsangst op het gezicht van een bleek, stijf wordend lijk maskeerde. Het leven eruit gewurgd, de kont zichtbaar en een dun lijntje bruin bloed op roestige beddenveren.

Thorne trok de weinige kleren die hij nog aanhad uit, liep naar de slaapkamer en plofte neer op de matras. Hij lag in het halfdonker, staarde omhoog naar de contouren van de lampenkap die hij voor een pond bij IKEA had gekocht en besefte dat het ding goedkoop was omdat het lelijk was.

Het bed voelde aan alsof het vol grind zat.

Hij voelde het akelige, delicate gewicht van de zaak op zich drukken.

Als het dreigende gekietel van iets ongewensts dat over zijn lichaam kroop. De scherpe, spichtige pootjes prikten hun weg door het glanzende zweet op zijn borstkas.

Thorne deed zijn ogen dicht en dacht terug aan een moment van kalmte en tevredenheid op een met varens begroeide heuvel.

Eigenlijk wist hij niet zeker of het wel een herinnering was. Als het zich al ooit had voorgedaan, dan waren de details hem mettertijd ontglipt. Wellicht was het de herinnering aan een droom die hij ooit had gehad, of een of andere fantasie. Misschien was het een scène uit een al lang vergeten film of tv-uitzending die hij eens had gezien en waar hij zichzelf in had geplaatst...

Waar het beeld ook vandaan kwam, er waren altijd twee andere mensen bij hem die tussen de varens tegen de heuvel aan lagen. Een man en een vrouw, of misschien een meisje en een jongen. Hun leeftijd was al even onduidelijk als hun relatie met hem of met elkaar, maar alle drie waren ze gelukkig. Waar ze zich bevonden, leek er nooit toe te doen. De aardrijkskundige ligging van de plek was veranderlijk. Soms wist hij zeker dat er beneden hen een rivier stroomde. Andere keren liep er een weg en werd het gezoem van insecten het geronk van verkeer in de verte.

De enige constanten waren de varens en de aanwezigheid van het stelletje, dat op slechts een meter van hem af lag, met de grond onder en de lucht boven hen drieën.

Het had er de schijn van dat ze gezamenlijk iets hadden gegeten, misschien een picknick. Thorne voelde zich vol zoals hij daar lag, zijn armen uitgespreid, twee meter boven de grond, terwijl hij lui door de varens heen en weer bewoog. Hij had een glimlach op zijn gezicht en zijn buik schokte en trilde nog na van de laatste lachsalvo's. Hij wist nooit precies wie of wat er de oorzaak van was dat ze zo moesten lachen. Hij wist nooit precies wat er achter het prettige, ongewone gevoel lag dat bij deze herinnering door hem heen stroomde. Wanneer hij zich dit indacht. Wanneer hij daadwerkelijk tegen die heuvel aan lag.

Zo wazig als de contouren van Thornes werkelijkheid op die heuvel ook waren – het waarom, wanneer en wie was zo schimmig dat het haast helemaal niet leek te bestaan –, op momenten als deze, wanneer hij tot zijn enkels in de krankzinnigheid en de bloedbaden stond, leek het helemaal geen gekke plek om te verkeren.

Terwijl buiten de eerste dikke regendruppels begonnen te vallen, duwde hij zijn hoofd terug in het kussen en stelde zich de veerachtige varenbladen voor die in zijn nek lagen.

Terwijl het licht van de koplampen van passerende auto's op het slaapkamerraam speelde, voelde Thorne alleen het zonlicht op zijn gezicht.

12 juni 1976

Ze liepen door het winkelcentrum, bijna tegen elkaar aan. Hun gezichten waren uitdrukkingsloos, ieder droeg een tas. Een stel dat samen aan het winkelen was. Niemand die hen zo zag, had ooit kunnen vermoeden...

... dat de afstand tussen hen zo enorm was.

... dat het lijden groter werd en de ruimte tussen hen opvulde.

... hoe weinig tijd ze nog maar hadden...

In de winkels raakten ze dingen aan, pakten spullen op om ze beter te bekijken en maakten af en toe het soort alledaagse opmerkingen dat ze ook een halfjaar daarvoor hadden kunnen maken. 'Dat zouden we in de keuken kunnen zetten.' 'Denk je dat zoiets mooi zou staan in de slaapkamer?' 'Die kleur staat je heel goed.'

Als twee mensen in een droom liepen ze een winkel binnen die lelijke snuisterijen verkocht, nutteloze prullen...

Sinds de dag dat het proces was geëindigd, deden ze net alsof alles weer normaal was. Ze deden boodschappen, ze aten en ze ruimden speelgoed op. Ze zaten samen op de bank en keken naar It's a Knockout *en* George and Mildred. *Ze kwamen de dagen door. De enige duidelijke verandering was het feit dat zij uiteraard niet meer terug naar haar werk was gegaan. In tegenstelling tot Franklin. Hij was met verontschuldigingen en met open armen weer ingehaald.*

De ene winkel uit, de andere in. Ze liepen door een warenhuis en zorgden er natuurlijk voor de cosmetica-afdeling te vermijden, de parfums en in het bijzonder de aftershaves. De heerlijke geur van Brut kon er tegenwoordig toe leiden dat ze de hele boel onder kotste.

Ze waren haast volmaakt, als de slachtoffers van bodysnatchers. Ze waren een 'Zoek het verschil'-wedstrijd die niet te winnen was. Het 'voor' en 'na' was nagenoeg geheel identiek, maar wat er in hun hoofden en harten zat, zou nooit worden gezien en was ook niet voor te stellen. Nog wel het allerminst door henzelf.

Zij had zich in zichzelf teruggetrokken en hij was onverdraaglijk vrolijk geworden. Hun lichamen deden in huis de gewone dingen, terwijl haar stilzwijgen en zijn kunstmatige opgewektheid elkaar van vertrek tot vertrek achternazaten. Terwijl de waanzin en de argwaan etterden en rijpten.

Het was mijn schuld...

Waarom heeft ze zich niet verzet...?

Hij stond naar fotolijstjes te kijken en het gezicht van de juryvoorzitter kwam in zijn herinnering. Een meter verderop stond zij aan een kaartenmolen te draaien, maar ze zag alleen plompe vingers die in een broek werden gestoken en in haar kruis graaiden. Hij ving haar blik op, maar ze keek weg voordat hij kon glimlachen.

Een tel later was de vrouw van Franklin achter een glazen vitrine vandaan gestapt en stond voor haar.

Hij zette een pas in haar richting, maar bleef staan toen zijn vrouw haar hand uitstak naar de vrouw die elke dag vanaf de publieke tribune met minachting op haar had neergezien. Hij keek hoe Franklins vrouw de hand die naar haar werd uitgestoken negeerde, hoe ze haar hoofd naar achteren kiepte, het toen met een ruk weer naar voren bewoog en een dikke klodder speeksel in het gezicht van zijn vrouw deed belanden.

Een vrouw die vlakbij stond, hapte naar adem. Een ander deed met open mond een stap naar achteren en stootte een glazen karaf om die op de grond viel.

Hij ging voor zijn vrouw staan en leidde haar kalm maar resoluut naar de uitgang. Terwijl ze wegliepen, hield ze haar ogen voortdurend gericht op de vrouw die naar haar had gespuugd. Ze maakte geen aanstalten het speeksel weg te vegen.

Ze zei geen woord terwijl ze werd teruggebracht naar een huis dat ze nooit meer zou verlaten.

ZES

Vanuit Kentish Town nam Thorne alle sluipwegen die hij kende, hij reed van de ene zijstraat de andere in tot hij bij Highbury Corner kwam, en toen ging hij oostwaarts over Balls Pond Road richting Hackney.

Hij keek snel even in zijn stratenboek. De bloemist zat ergens achter Mare Street weggestopt, op een steenworp afstand van de London Fields. Dit park lag midden in een van de meest achtergebleven buurten van de stad. Ooit hadden er schapen gegraasd en was het door struikrovers onveilig gemaakt. Nu zaten veelbelovende figuren die videoclips regisseerden of in de reclame werkten er op bankjes halfvolle koffie verkeerds te drinken, of ze liepen met hun whippets over het gras en deden hun best te overtuigen als excentrieke types.

Thorne reed door straten vol mensen die hun zaterdagochtendboodschappen deden, rumoerig door het geschreeuw waarmee men elkaar begroette en het geroep van marktkooplui. En om de paar honderd meter een hand die in een zak werd gestoken of een gezichtsuitdrukking die Thorne herkende als tekenen van een geheel ander soort nering.

De straatcriminaliteit liep hier de spuigaten uit, net zoals in een tiental andere wijken het geval was. Het roven van een mobiele telefoon was hier bijkans een vorm van sociale interactie, en als je hier met een diskman rondliep, was je een toerist die geen kaart kon lezen.

In deze tijd hingen de struikrovers in bendes rond.

Dus richtten de hotemetoten in hun oneindige wijsheid en hun zucht naar positieve publiciteit hun pijlen op buurten als Hackney, en experimenteerden daar met programma's waar de jeugd uit de buurt bij betrokken was. Thorne had een rapportage over zo'n programma gelezen, waar een paar ijverige jonge agenten aan meededen die het blauwe serge hadden verruild voor shirts met capuchons en met de jochies in een buurtcentrum waren gaan zitten. Een van hen had een dertienjarig bendelid gevraagd of hij misschien manieren kon bedenken om te voorkomen dat hij problemen met de politie kreeg.

Zonder een spoor van ironie had het joch geantwoord: 'Een bivakmuts opzetten.'

Het was een klein pandje tussen een minitaxibedrijf en een slotenmaker in. De winkelpui was aangenaam ouderwets; de etalage was minimalistisch ingericht en de naam was in een groen, slingerend klimoppatroon op een roomkleurige achtergrond geschilderd.

BLOOMS.

Binnen werd de zaak met kaarsen verlicht. Op de achtergrond stond zachtjes klassieke muziek op. Er was geen bloem te bekennen die Thorne herkende...

'Bent u naar iets speciaals op zoek?' Een man van een jaar of dertig met een pocketboek in zijn hand stond achter een kleine houten toonbank.

Thorne liep glimlachend naar hem toe. 'Kopen de mensen geen narcissen meer? Geen rozen en chrysanten...?'

Een vrouw met een enorme verscheidenheid aan bloemen in haar armen kwam door een deur achter in de winkel binnen. Ze leek halverwege de dertig. Zodra ze haar mond opendeed, herkende Thorne de stem – snaterend, zelfverzekerd en geamuseerd. Het was duidelijk dat Eve Bloom hem ook had herkend.

'We kunnen dat soort specialistische waar wel bestellen, meneer Thorne, maar dat zal wel duur worden...'

Hij lachte en nam haar taxerend in zich op. En al bleven haar handen bezig tussen de stengels die ze vasthad, hij merkte dat zij hetzelfde deed.

Ze was klein, één meter zestig misschien, en haar blonde haar was met een grote houten clip opgestoken. Ze droeg een bruin schort over een spijkerbroek en een sweater. Haar gezicht was bespikkeld met sproeten en haar glimlach onthulde een spleetje tussen haar boventanden.

Thorne vond haar onmiddellijk een ontzettend lekkere meid.

De man achter de toonbank had een notitieblok gepakt. 'Zal ik een bestelling doen, Eve? Voor die rozen en die andere dingen...?'

Ze legde de bos bloemen neer, tilde het schort over haar hoofd en glimlachte hem vriendelijk toe. 'Nee, dat hoeft niet hoor, Keith.' Ze wendde zich tot Thorne. 'Ik dacht, misschien kunnen we naar die heerlijke tearoom hier om de hoek gaan. De scones daar zijn om je vingers bij af te likken. Wat vind je daarvan? Het is er per slot van rekening weer voor. Dan doen we net of we in Devon zitten of zo...'

Terwijl ze erheen liepen, praatte Eve vrijwel onophoudelijk. 'Keith helpt me altijd op zaterdagochtend. Hij is fantastisch met bloemen en de klanten zijn erg dol op hem. De rest van de week kan ik het in m'n eentje wel aan, maar zaterdagochtend vroeg moet ik de meeste bruidsboeketten maken, de administratie doen, de boekhouding enzovoort. Maar goed, geeft niet. Keith kan vandaag wel een uurtje op de zaak passen terwijl wij ons volproppen. Hij is geen licht, de schat, maar hij werkt zich uit de naad voor... nou ja, haast voor noppes, als ik eerlijk ben.'

'Wat doet Keith de rest van de tijd, wanneer hij niet door jou wordt uitgebuit?' vroeg Thorne.

Eve glimlachte en haalde haar schouders op. 'Weet ik eerlijk gezegd eigenlijk niet. Ik geloof dat hij veel voor zijn moeder moet zorgen. Misschien is die wel rijk, want hij lijkt nooit krap bij kas te zitten. Hij werkt in elk geval niet voor het geld bij mij in de winkel, als je nagaat hoe weinig ik hem kan betalen. God, ik snak naar een kopje thee...'

De tearoom was ongelofelijk kitscherig, met geruite tafelkleedjes, art-decotheeserviezen en her en der op de planken en vensterbanken bakelieten radio's. De thee-met-scones voor twee werd vrijwel meteen gebracht. Eve schonk voor zichzelf Earl Grey in en voor Thorne oolongthee. Ze smeerde jam en dikke room op haar scone en grijnsde hem vanaf de andere kant van het tafeltje toe.

'Luister, als ik zit te eten, heb je waarschijnlijk de meeste kans dat je er even tussen kunt komen, dus ik zou die kans maar grijpen als ik jou was. Ik weet dat ik veel en veel te veel praat...'

'Heeft de man die dat bericht op je antwoordapparaat heeft achtergelaten nog contact met je opgenomen?' Ze keek hem perplex aan. 'Follow-upvraag,' legde Thorne uit. 'Om de onkostendeclaratie te rechtvaardigen, zoals jij zelf suggereerde. Beetje vergezocht, maar wat moet ik anders vragen...'

Ze schraapte haar keel. 'Nee, meneer de rechercheur, helaas, ik heb nooit meer iets van die man gehoord.'

'Dank u. Als u nog iets te binnen schiet, dan neemt u wel contact op, hè? En ik hoef u niet te vertellen dat we er de voorkeur aan geven dat u het land niet verlaat...'

Ze lachte en stopte het laatste stukje scone in haar mond. Toen ze het op had, keek ze hem recht aan en hief haar hand op om haar ogen te beschermen tegen het zonlicht dat door het grote raam naar binnen viel. 'Dus jullie hebben hem nog niet te pakken, begrijp ik.' Thorne keek haar ook aan, maar hij was nog aan het eten. 'Heeft hij iemand vermoord?'

Thorne slikte door. 'Sorry. Ik mag niks...'

'Ik tel gewoon één en één bij elkaar op.' Ze ging achterover zitten. 'Ik weet dat het een man is, want ik heb zijn stem gehoord, en jij hebt me verteld dat je bij de afdeling Ernstige Delicten zit, dus ik vermoed dat je niet achter die vent aan zit omdat hij zijn boeken niet naar de bibliotheek heeft teruggebracht.'

Thorne schonk nog een kopje thee voor zichzelf in. 'Ja, hij heeft iemand vermoord. Nee, we hebben hem nog niet te pakken.'

'Gaat dat wel lukken?'

Thorne schonk ook haar een kopje in...

'Waarom ik?' zei ze. 'Waarom heeft hij juist bij mij die rouwkrans besteld?'

'Ik denk dat hij zomaar een naam heeft geprikt,' zei Thorne. Ze hadden onder het nachtkastje een beduimeld exemplaar van de Gouden Gids gevonden. Vol met vingerafdrukken. Thorne betwijfelde of er ook maar één van de dader bij was. 'Hij heeft gewoon zijn vingers laten lopen.'

Ze trok een gezicht. 'Ik wist wel dat ik nooit zoveel voor die omkaderde advertentie had moeten neertellen...'

Al praatte zij tweemaal zoveel en tienmaal zo snel als hij, in het uur dat volgde, praatte Thorne toch meer en gemakkelijker dan hij, voorzover hij zich kon herinneren, in lange tijd met iemand had gedaan. In elk geval met een vrouw...

'Wanneer is de bruiloft?' vroeg Eve terwijl hun borden werden weggehaald.

Het trof Thorne toen over hoeveel dingen ze wel niet hadden gepraat en dat al zo snel. 'Vandaag over een week. Tjezus, ik zou nog liever naalden in m'n ogen steken.'

'Kun je goed met je neef opschieten?'

Thorne glimlachte naar de serveerster toen die de rekening op tafel legde. 'Ik ken hem nauwelijks. Ik zou hem waarschijnlijk niet eens herkennen als hij hier binnenkwam. Ik zie hem alleen op familiefeesten, begrijp je...'

'Ik begrijp 't. Je vrienden kun je uitkiezen, je familie niet.'

'Is de jouwe dan net zo erg als de mijne?'

Ze veegde een paar kruimels van de tafel in haar hand en schudde die op de vloer leeg. 'Is-ie van jouw leeftijd, die neef?'

'Nee, Eileen is een stuk jonger dan mijn vader en ze heeft Trevor vrij laat gekregen. Hij is nog maar begin dertig, denk ik...'

'En jij dan?'

'Hoe oud ik ben, bedoel je?' Ze knikte. Thorne sloeg zijn portemonnee open en legde vijftien pond op de rekening. 'Tweeënveertig. Over... shit... over tien dagen drieënveertig.'

Ze stopte een paar haren die los waren gevallen terug onder haar haarclip. 'Ik zal niet zeggen dat het je niet is aan te zien, want dat klinkt altijd zo nep, maar als ik je zo eens bekijk, dan zou ik zeggen dat het drieënveertig... best wel interessante jaren zijn geweest.'

Thorne knikte. 'Ik ga geen ruziemaken, maar het is maar dat je het weet: dat van dat nep klinken, daar zit ik niet mee, hoor.'

Ze lachte en zette een zonnebril met kleine, amandelvormige glazen op. 'Veertig dan. Met een beetje goeie wil eind dertig.'

Thorne stond op en haalde zijn leren jack van de stoel achter zich. 'Daar neem ik wel genoegen mee...'

Terug in de winkel wisselden ze visitekaartjes uit, gaven elkaar een hand en stonden toen wat opgelaten samen in de deuropening. Thorne keek rond. 'Misschien moet ik een plant meenemen of zo...'

Eve bukte en pakte iets wat op een klein metalen emmertje leek. Tussen een laag gladde witte kiezels sproot een cactusachtige plant op. Ze gaf het ding aan hem. 'Vind je dit mooi?'

Thorne was er allerminst zeker van. 'Wat ben ik je schuldig?'

'Niks. Het is een vroeg verjaarscadeautje.'

Hij bestudeerde het ding van alle kanten. 'Oké. Bedankt...'

'Het is een aloëplant.'

Thorne knikte. Over haar schouder kon hij zien dat Keith vanachter de toonbank aandachtig naar hen stond te kijken. 'Dus shampoo is geen probleem meer...'

'In de bladeren zit een gel die heel goed is tegen schrammen en sneeën.'

Thorne keek naar de gemeen uitziende stekels die aan de rand van de zwaardvormige bladeren groeiden. 'Dat zal van pas komen.'

Ze stapten de stoep op en de lichte opgelatenheid keerde terug. Thorne zag naast de winkel een zilverkleurige scooter geparkeerd staan – een van de nieuwste Vespa's, gebaseerd op het klassieke model. Hij knikte ernaar. 'Van jou?'

Ze schudde haar hoofd. 'God nee. Die is van Keith.' Ze wees naar de overkant van de straat. 'Die daar is van mij...'

Thorne keek naar het armoedige witte bestelbusje aan de overkant, waarachter hij de Mondeo had geparkeerd. Op de zijkant was de naam van de winkel geschilderd, in hetzelfde slingerende klimoppatroon als op de winkelpui.

'*Bloom*, groeien en bloeien – de naam past in elk geval goed.'

Ze lachte. 'Inderdaad. Net als bij een begrafenisondernemer die Dood heet. Wat had ik anders kunnen gaan doen? Bloemen zijn de enige groeiende en bloeiende dingen die ik kan bedenken...'

Thorne kon nog verschillende andere dingen bedenken, maar hij schudde zijn hoofd, want hij wilde niks zeggen wat de leuke middag zou kunnen verpesten. 'Nee, je hebt gelijk,' zei hij.

En dacht aan...

Blauwe plekken. Tumoren. Bloedvlekken.

Voor de vierde keer binnen één uur zat Welch hetzelfde stomme rijtje vragen te beantwoorden.

'Geboortedatum?'

Misschien gaven de agenten de lijst gewoon aan elkaar door. Je zou toch denken dat er op z'n minst eentje met wat interessanters had kunnen aankomen...

'De meisjesnaam van je moeder?'

Maar nee. Steeds weer diezelfde overbekende rotvragen, bedoeld om de bedrieger erin te laten lopen. De procedure was al jarenlang hetzelfde, maar ze namen tegenwoordig echt geen enkel risico meer, dat wil zeggen, sinds het incident van enkele maanden terug. Een tweetal Pakistani's in een gevangenis in het noorden had op de dag van vrijlating van plaats gewisseld en toen hadden die sufferds de verkeerde ontslagen. Verschillende cipiers hadden die dag hun pensioen verspeeld en, toen het verhaal eenmaal via de tamtam was rondgegaan, alle gevangenen in het hele land reden gegeven om zich kapot te lachen...

'Heb je tatoeages?'

'Mag ik dat aan het publiek vragen?'

'Als je bijdehand gaat zitten doen, Welch, dan kunnen we ook weer opnieuw beginnen...'

Welch glimlachte en beantwoordde de vragen. Hij was niet van plan in deze fase van het spel iets stoms te doen. Elke deur waar hij doorheen ging, elke succesvol voltooide serie vragen, elk vinkje in een tabel bracht hem een stap verder van het hart van de gevangenis af, en een stap dichter bij de laatste deur.

Hij beantwoordde nutteloze vragen en zette keer op keer zijn handtekening. Hij nam zijn openbaarvervoerbon en zijn zakgeld in ontvangst. Hij kreeg ook zijn bezittingen terug. De versleten portemonnee, het polshorloge en de ring van geel metaal. Altijd 'geel metaal'. Nooit 'goud', voor het geval die hufters het ding kwijtraakten...

Dan nog een deur door naar nog een bewaker, en het enige wat die tegen hem zei, was 'Dag'.

Welch liep naar het hek. Hij liep langzaam en genoot van elke stap, nog maar enkele seconden verwijderd van het moment waarop hij de metalige dreun van de zware deur achter zich zou horen en de warmte van de dag op zijn gezicht zou voelen.

En omhoog zou kijken naar de zon, die de kleur had van geel metaal.

Een zaterdagavond met bier en een Indiase afhaalmaaltijd voor de tv was een genoegen waar Thorne en Hendricks zich regelmatig aan overgaven. Negen maanden van het jaar konden ze voetbal kijken en daar ruzie over maken. Maar aangezien het nieuwe seizoen pas over zeven weken begon, zouden ze vanavond waarschijnlijk een film kijken. Of gewoon wat er toevallig op tv was, totdat het ze, na een paar blikjes, niet veel meer kon schelen. Misschien zouden ze ook wel muziek opzetten en wat praten.

Het was bijna negen uur en het begon nog maar net te schemeren. Ze liepen over Kentish Town Road van het restaurant naar Thornes huis. Ze droegen allebei een spijkerbroek en een T-shirt, maar die van Thorne waren verreweg het meest hobbezakkerig en het minst flitsend. Hendricks droeg een zware plastic tas vol blikjes bier, Thorne nam de curry voor zijn rekening. De Bengal Lancer bezorgde ook thuis, maar het was een lekkere avond voor een wandelingetje, en bovendien was er als ze zelf gingen afhalen de extra attractie van een koud glas Kingfisher terwijl ze op het eten zaten te wachten, en de geur uit de keuken die hun eetlust aanscherpte.

'Waarom die verkrachting?' vroeg Thorne ineens.

Hendricks knikte. 'Oké. Goeie move. Laten we het praatje over het werk even afwerken, verkrachtingen en moorden en zo, dan kunnen we ons daarna ontspannen en lekker naar *Casualty* gaan kijken...'

Thorne negeerde deze sarcastische opmerking. 'De rest is allemaal zo goed gepland, zo nauwgezet gedaan. Hij laat niets aan het toeval over. Hij haalt zelfs het bed nog af nadat hij Remfry op de vloer heeft omgebracht. Haalt alles weg om er maar zeker van te zijn dat hij niets van zichzelf achterlaat...'

'Het is toch niet raar dat iemand niet gepakt wil worden?'

'Nee, maar het was allemaal zo zorgvuldig gedaan. Geritualiseerd haast. Of het nou voor of na de moord is gebeurd, ik zie het verkrachten niet als onderdeel daarvan. Misschien is er op een gegeven moment iets geknapt en is-ie doorgeslagen...'

'Dat zie ik persoonlijk niet. Het is niet zo dat de moordenaar gek is geworden en het heeft gedaan zonder erover na te denken. Hij wist wat hij deed. Hij had een condoom om, dus hij was nog voorzichtig en beheerst...'

Er stonden tientallen mensen voor de Grapevine-pub. Ze stonden op de stoep te lachen, te drinken en van het weer te genieten. Hendricks moest achter Thorne gaan lopen toen ze het wegdek op gingen om langs de meute heen te komen.

'Dus jij denkt dat verkrachting geen onderdeel was van het plan?' Hendricks liep weer naast Thorne.

'Nee, ik denk wel dat hij het hele gebeuren heeft gepland. De verkrachting lijkt alleen...'

'Ja, die was gewelddadiger dan de meeste andere verkrachtingen, dat ben ik met je eens, maar verkrachting is nou eenmaal geen zachtzinnig iets, wel dan?'

Een oude man die bij het zebrapad stond te wachten tot hij kon oversteken, ving net genoeg van het gesprek op. Hij keek met een ruk om, negeerde het signaal dat hij over kon en keek hen na toen ze wegliepen. Een gefrustreerde automobilist die voor het zebrapad stond te wachten zag wat de oude man deed en ging op z'n claxon hangen...

'Ik weet niet goed waarom het me dwarszit,' zei Thorne. 'Het is een moordzaak, maar naar mijn gevoel is de verkrachting het meest significant...'

'Denk je dat de moordenaar er iets mee heeft willen zeggen?'

'Denk jij van niet dan?' Hendricks haalde zijn schouders op en knikte, tilde toen de tas omhoog en schoof er beschermend zijn arm onder.

'Goed,' zei Thorne. 'Maar waarom gaat het eenvoudige wrokscenario niet op...?'

Ze liepen verder, langs de broodjeszaak en de bank. Er klonk muziek die door de open ramen van cafés en van dakterrassen gedreven kwam. Rap, blues en heavy metal. Thorne kon zich niet herinneren dat de sfeer op straat ooit zo ontspannen was geweest. Warm weer deed rare dingen met de Londenaren. In zweterig warme spitsuurmetro's werden de lontjes korter naarmate de temperatuur steeg. Maar daarna, als het weer een paar graden koeler was geworden en de mensen een drankje in de hand hadden, was het een ander verhaal...

Thorne grimlachte. Hij wist dat het maar kort zou duren. Nog later, wanneer de duisternis inviel en de drank z'n uitwerking begon te krijgen, zou de zaterdagavondsoundtrack weer wat vertrouwder worden.

Sirenes, geschreeuw en brekend glas...

Het leek wel afgesproken werk: toen Hendricks en Thorne langs de avondwinkel liepen, begonnen twee tieners die buiten stonden elkaar te duwen. Het had onschuldig kunnen zijn, maar ook het begin van iets anders.

Thorne bleef staan en deed een stap terug.

'Hé...'

De langste van de twee draaide zich om en bekeek Thorne van top tot teen, met in zijn vuist nog het blauwe Hilfiger-shirt van de andere jongen. Hij was niet ouder dan vijftien. 'Wat is godverdomme je probleem?'

'Ik heb geen probleem,' zei Thorne.

De kleinste schudde zich los en ging vierkant voor Thorne staan. 'Zo meteen wel, als je niet opdondert...'

'Ga toch naar huis,' zei Thorne. 'Je moeder is vast bezorgd om je.'

De langste jongen gniffelde, maar zijn vriend was minder geamuseerd. Hij keek vlug de straat op en neer. 'Moet ik soms een paar tanden uit je bek slaan?'

'Alleen als je wilt dat ik je inreken,' antwoordde Thorne.

Nu lachten ze allebei. 'Ben jij een smeris? Geloof ik niks van, man...'

'Oké,' zei Thorne. 'Ben ik geen smeris. En dan zijn jullie zeker gewoon een stelletje onschuldige jonge rakkers die zich niet met andermans zaken bemoeien? Zonder iets in jullie zakken waar ik me zorgen over zou hoeven maken, mocht ik wel een politieagent zijn?' Hij zag de ogen van de langste jongen naar die van zijn vriend schieten. 'Misschien moet ik dat toch eventjes controleren, gewoon voor de zekerheid...'

Thorne helde glimlachend naar hen over. Hendricks deed een stap naar voren en siste in zijn oor: 'Kom op, Tom, in godvredesnaam...'

Er kwam een meisje de winkel uit lopen, een jaar of twee, drie ouder dan de jongens. Ze gaf hen ieder een blikje bier en trok er zelf ook een open. 'Wat is hier aan de hand?'

De jongen met het blauwe shirt wees naar Thorne. 'Die daar beweert dat-ie een smeris is en dat-ie ons gaat arresteren.'

Het meisje nam luidruchtig een slok bier. 'Nah... hij gaat helemaal niemand arresteren.' Ze wees met het blikje naar de tas die Thorne vast had. 'Die wil z'n avondeten niet koud laten worden...'

Meer gelach. Hendricks legde zijn hand op Thornes schouder.

Thorne zette de tas voorzichtig op de grond. 'Ik heb geen honger meer. En nou die zakken binnenstebuiten keren...'

'Dit vind je lekker, hè?' zei het meisje. 'Heb je een stijve?'

'Zakken binnenstebuiten keren.'

De jongens keken hem koeltjes aan. Het meisje nam nog een teug bier. Thorne zette een stap in hun richting, en ineens kwamen ze in beweging. De kleinste jongen liep om zijn vrienden heen en rende een pas of twee voordat hij weer vertraagde en zijn zelfbeheersing hervond. Het meisje liep langzamer weg en trok de langste jongen aan zijn mouw mee. Ze staarden Thorne aan terwijl ze achterwaarts de straat af liepen.

Het meisje wierp haar lege blikje met een grote boog op de rijweg en schreeuwde naar Thorne.

'Mietjes! Vuile flikkers...'

Thorne wilde achter hen aan gaan, maar Hendricks' hand, die aldoor op zijn schouder was blijven liggen, kneep en hield hem tegen. 'Laat nou maar.'

'Nee.'

'Laat zitten, rustig, man...'

Hij rukte zijn schouder los. 'Die rotkinderen...'

Hendricks ging voor Thorne staan, pakte de tas van de grond en hield deze voor hem.

'Waar ben je nou kwaaier om, Tom? Om het feit dat ík een flikker werd genoemd, of jij?'

Die vraag kon Thorne niet beantwoorden en hij pakte de tas en ze liepen verder. Ze sloegen vrijwel onmiddellijk rechts Angler's Lane in, een eenrichtingstraatje dat hen tot vlak bij Thornes appartement zou brengen. Deze smalle doorsteek vanaf Prince of Wales Road was ooit een zijarm geweest van de rivier de Fleet, nu een van Londens verdwenen, ondergrondse rivieren. Toen Victoria op de troon kwam, visten buurtjongens hier nog op karper en forel; dat was voordat het water zo vervuild raakte en zo begon te stinken dat er geen vis meer in kon leven en het stroompje verlegd moest worden naar onder de grond, ingesloten en verstopt in een dikke ijzeren pijp.

Als Thorne nu langs de loop van de verdwenen rivier naar huis wandelde, had hij het idee dat de stank bijna twee eeuwen later nog net zo erg was.

Even na tienen lag Hendricks in diepe slaap op de bank en zo zou hij waarschijnlijk tot zondagochtend vrij laat blijven liggen. Thorne ruimde om hem heen op, zette de tv uit en ging naar de slaapkamer.

In de flat kreeg hij geen gehoor. Maar haar mobieltje nam ze vrijwel meteen op.

'Met Thorne. Hopelijk is het niet te laat. Ik wist nog van het bordje op de deur dat je zondags niet open bent, dus ik dacht dat je misschien...'

'Prima hoor. Geen probleem...'

Thorne ging op zijn rug op bed liggen. Hij meende dat ze het best leuk vond om van hem te horen.

'Ik wilde je bedanken,' zei hij. 'Ik vond het gezellig vandaag.'

'Goed zo. Ik ook. Wil je het nog eens overdoen?'

Tijdens de korte stilte die er viel, keek Thorne omhoog naar de waardeloze lampenkap en luisterde hoe ze zachtjes lachte. Op de achtergrond klonk een geluid dat hij niet kon thuisbrengen. 'Godallemachtig,' zei hij. 'Jij laat er ook geen gras over groeien...'

'Wat heb je daar ook aan? We hebben elkaar nog maar een paar uur geleden gezien en jij belt, dus jíj bent kennelijk nogal happig.'

'Kennelijk...'

'Goed dan, nou, morgen is om te slapen en 's avonds heb ik al wat. Maar hoe happig zou je zeggen dat je werkelijk bent? Op een schaal van een tot tien?'

'Eh... wat zou je zeggen van zeven?'

'Zeven is goed. Bij minder was ik beledigd geweest en meer had een borderline stalker betekend. Oké dan, wat dacht je van maandag ontbijten? Ik ken een geweldig cafeetje...'

'Ontbijten?'

'Ja, waarom niet? Dan spreken we af vóór mijn werk.'

‘Goed, ik moet waarschijnlijk om een uur of negen op mijn werk zijn, dus...’

Eve lachte. ‘Ik dacht dat je happig was, Thorne! We hebben het over wanneer ík met werken begin. Om halfzes, op de bloemenmarkt op New Covent Garden...’

17 juli 1976

Het was meer dan een halfuur geleden dat hij het lawaai had gehoord. Het gegrom en geschreeuw en het geluid van brekend glas. Hij hoorde haar voetstappen terwijl ze rondliep, van haar slaapkamer naar de badkamer en terug, over die krakende plank waar hij nooit meer iets aan had gedaan.

Hij was dat hele halfuur bezig zich ertoe te zetten om van de bank op te staan en te gaan kijken wat er was gebeurd. Maar hij bleef zitten waar hij zat. Hij moest eerst wat kracht en beheersing opbouwen voordat hij het aandurfde om naar boven te gaan...

Hij zat voor de televisie en vroeg zich af hoe lang dit nog zou duren. De dokter had gezegd dat de situatie zich wel weer zou stabiliseren als ze die kalmerende middelen maar bleef slikken, maar niets wees erop dat dat het geval was. Intussen moest hij alles doen wat er gedaan moest worden. Alles. Ze was niet in staat boodschappen te doen of naar de school te gaan. Godallemachtig, het was al meer dan een week geleden dat ze voor het laatst naar beneden was gekomen.

Hij liep naar de voet van de trap, stijf en traag als een slak...

Hij luisterde, keek, en voelde hoe het allemaal kapotging. Ze hadden hem vrij gegeven van zijn werk, maar het ziekengeld werd niet eeuwig doorbetaald, en zij droeg niets bij en de schulden namen net zo snel toe als de argwaan. Die groeide explosief, net als de twijfels die in alle vochtige, donkere hoekjes van hun levens ontsproten, en al waren begonnen op te komen sinds de juryvoorzitter was opgestaan en zijn keel had geschraapt.

Hij liep de slaapkamer in en voelde het tapijt onder zijn voeten knerpen. Hij blikte omlaag naar een tiental vervormde weerspiegelingen van zichzelf in de scherven van een gebroken spiegel. Toen keek hij naar waar zij lag – als niet meer dan een bult onder de dekens. Hij draaide zich om en liep terug hoe hij gekomen was. Over de krakende vloerplank.

In de badkamer slipte hij in poelen van ivoorkleurige gezichtscrème. Hij stapte over de piskleurige plasjes parfum heen. Hij schopte de gebroken flesjes in alle richtingen de hoeken in.

Zoveel dat bedoeld was om verlokkend en begeerlijk te ruiken lag nu op onnatuurlijke wijze vermengd op de vloer of het zat tegen de muur, en hij werd er misselijk van...

Hij liep naar de wasbak, bang dat hij moest overgeven. De wasbak bleek gevuld met de inhoud van het kastje dat er leeg boven hing.

Rouge, lipstick en oogschaduw waren in het aardewerk gewreven.

Vochtinbrengende crème verstopte als giftig afval de afvoer.

Poeder, shampoo en badolie, in het rond gesmeten, uitgegoten, gesprenkeld.

De contouren van haar luxezeepjes waren tegen de muren afgekant. Deukjes in de gipsplaten, roze als baby's, blauw als blauwe plekken. De spiegel was gebarsten en zat vol nagellakspatten, rood als slagaderlijke spray...

Hij liet de kraan in het geparfumeerde moeras lopen en plensde water in zijn gezicht. Hij keek rond, naar haar handafdrukken in talkpoeder, de vingersporen die door felgekleurde bodylotion waren getrokken. Sporen die ze van zichzelf had achtergelaten in alles waar ze zich van probeerde te ontdoen.

Tot ze door de mand was gevallen, had ze zich er toch prima bij gevoeld? Bij de wetenschap van wat ze had gedaan – zolang het maar tussen Franklin en haar bleef. Nu werd ze verteerd door schuldgevoel, zo was het toch? Dat was wat haar gek maakte, of de reden waarom ze deed alsof ze gek werd, dat maakte eigenlijk niet uit.

Een halve minuut later liep hij de trap weer af en dacht: ze heeft gelogen gelogen gelogen gelogen...

Ze. Heeft. Gelogen.

ZEVEN

Het is heel goed mogelijk dat Thorne meteen weer op Eve Bloom was afgeknapt als ze een ochtendmens was geweest – zo'n ongelofelijk irritant type dat altijd wakker en alert is, op welk onchristelijk uur dan ook. Maar tot zijn opluchting trof hij haar aan in een rustig hoekje met een plastic bekertje heel sterke thee in haar handen geklemd, terwijl ze naar niemand in het bijzonder chagrijnig stond te kijken. Het was duidelijk dat ze zich net zo klote voelde als hij...

Thorne zwengelde zijn gezicht aan en produceerde een glimlach. 'En ik maar denken dat je vol zou zijn van de geneugten hiervan.' Ze staarde hem aan en zei niets. 'Opgezweept door het geluid en de kleur, bedwelmd door de zoete geur van een miljoen bloemen...'

Ze fronste haar voorhoofd. 'Wat een onzin.'

Thorne rilde even en wreef door de mouwen van zijn leren jack heen over zijn armen. Het mocht dan de warmste zomer in heel wat jaren zijn, op dit tijdstip in de ochtend was het bepaald nog frisjes.

'Aha,' zei hij. 'Dus het bloemenvak begint z'n aantrekkingskracht te verliezen.'

Ze slurpte van haar thee. 'Bepaalde kanten ervan werken wel een beetje op m'n zenuwen, ja...'

Ze stapten achteruit toen er een karretje voorbijkwam, hoog opgestapeld met lange, veelkleurige dozen. De kruier erachter knipoogde naar Eve en lachte toen ze haar middelvinger naar hem opstak.

'Je weet best dat je mij wel wilt, Evie,' riep hij terwijl hij het karretje wegreed.

Ze keerde zich weer naar Thorne. 'Dus jij vindt alles aan je werk leuk, begrijp ik.'

'Nee, niet alles. Ik ben niet kapot van lijkschouwingen en gewapende blokkades. En ook niet van seminars over teambuilding...'

'Zo zie je maar...'

'Maar meestal hou ik van mijn werk, althans dat denk ik...'

Voor het eerst was er een zweem van een glimlach te zien: ze begon hun dubbelact leuk te vinden. 'In mijn oren klinkt dat alsof je er misschien wel van houdt, maar er niet verliefd op bent...'

'Juist ja.' Thorne knikte. 'Bindingsproblemen.'

Zonder een spier in haar bleke gezicht te vertrekken blies ze in haar thee. 'Typisch een vent,' zei ze. Toen lachte ze en ving Thorne voor het eerst die dag een glimp op van het spleetje tussen haar tanden dat hij zo leuk vond...

Ze liepen de enorme overdekte markt systematisch helemaal over. De brede betonnen gangen op en neer. Hij liep een paar passen achter haar met zijn eigen kopje roestkleurige thee. Langzaam voelde hij zich tot leven komen; de rimpels spleten open en hij nam het allemaal in zich op...

Het geroep en gefluit van zowel handelaren als klanten echoden door de gigantische opslagplaats. Briefjes van twintig en vijftig pond werden uitgeteld en met een klap in andermans handpalm gelegd. De kruiers met hun groene fluorescerende jacks sjouwden met dozen of bestuurden lawaaiige vorkheftrucks. Al die kleuren – van de voorraad, de bordjes en de wollige truien en gewatteerde jacks van de afnemers – staken af tegen wel duizend verblindend witte zoemende tl-buizen die op twaalf meter hoogte aan de dwarsbalken bungelden.

Het was duidelijk dat Eve Bloom elke centimeter van deze ruimte zo groot als twee voetbalvelden kende: ze wist waar alle groothandelaren en specialisten te vinden waren; waar de potten, de bollen en de overige artikelen te krijgen waren; ze kende de plek van elke plant, bloem of boom te midden van tienduizenden andere. Thorne keek hoe ze bestelde en afdong en hoe ze met kraamhouders en marktpersoneel omging.

'Goed dan, lieve Evie...'

'Hoe gaat het, schat?'

'Hier is ze! Waar heb jij nou gezeten, liefje...?'

Thorne zag dat ze van dit onderdeel van haar werk erg genoot, ondanks haar eerdere poging humeurig te doen. Ze lachte meteen en het geplaag was goedaardig en flirterig. Als haar klanten haar net zo graag mochten als degenen van wie zij haar spullen weer kocht, dan liep haar zaak waarschijnlijk behoorlijk goed. Maar dit alles gezegd zijnde, was het duidelijk dat ze hard onderhandelde en iets alleen kocht als het de juiste prijs had. Hoofdschuddend typten de groothandelaars op hun computertoetsenborden of krabbelden wat in hun roze orderboeken. 'Als ik voor deze prijs verkoop, snij ik mezelf in de vingers...' Binnen een halfuur was ze klaar en er was geen gebrek aan kruiers die aanboden haar dozen in te laden en die naar haar witte bestelbusje te brengen, dat buiten geparkeerd stond.

Toen de zaken waren gedaan, liep ze met Thorne nog één rondje over de markt. Ze liet hem een verbijsterende verscheidenheid aan bloemen zien – de bloemen die ze mooi vond of juist lelijk, de bloemen die het lekkerste roken en die er het gekste uitzagen. Ze wees de rode en gele gerbera's aan, die als vruchten in kleine vierkante doosjes netjes in rijen stonden opgestapeld. De roze pioenen, de oranje protea, net speldenkussens, en de fallische flamingoplanten met kopjes zoals Dennis Bethell ze zou kunnen fotograferen. Thorne zag genoeg anjers, afkomstig van Jersey, om een eeuw lang bij alle bruiloften in de hogere kringen alle knoopsgaten te vullen, en genoeg lelies voor zeker duizend begrafenissen. Hij bekeek margrieten en ridderspoor, het spul voor goedkope maar toch vrolijke boeketten die mannen als ze ten einde raad waren in de kleine uurtjes bij benzinestations konden kopen. Dan waren er slungelige blauwe en oranje paradijsvogelbloemen voor vijf pond per stengel, en vruchtdragende citroenboompjes in enorme potten, allemaal vast en zeker bedoeld voor de eettafels en op maat gebouwde serres in de wijken Hampstead en Highgate.

Thorne knikte, stelde af en toe een vraag en keek geïnteresseerd. Toen ze ernaar vroeg, zei hij dat hij het leuk vond. Maar al was hij onder de indruk van haar kennis en in zekere mate geraakt door haar enthousiasme, in feite liep hij te dromen van baconsandwiches...

Een halfuur later was Thornes fantasie vettige werkelijkheid geworden. Eve hield hem gezelschap en werkte zich als een vrachtwagenchauffeur door worst, ei en frietjes heen. Of het nou het ontbijt van haar keuze was of niet, dit was niet het soort café dat veel aan gezonde alternatieven te bieden had.

'Hoe vaak doe je dit?' vroeg Thorne.

'Wat? Mijn aderen harden of zo afgrijselijk vroeg opstaan?'

'De markt...'

'Maar één dag per week, goddank. Sommige mensen doen het twee of drie keer per week, maar ik hou te veel van mijn bed.'

Thorne slikte nog een slokje thee door. In de ongeveer twee uur dat hij nu op was, had hij al meer thee gedronken dan hij normaliter in een week consumeerde. Hij voelde de thee in zijn maag klotsen als smerig water op de bodem van een tank.

'Dus wat je vanochtend hebt gekocht, is genoeg voor de hele week.'

'Nou, als dat zo was, zou de zaak in grote problemen zijn. De rest van de benodigde voorraad komt uit Nederland. Er is een mesjogge Nederlander die op vrijdag met een grote vrachtwagen overkomt en dan bij alle kleine bloemisterijen in oost-Londen langsgaat. Dat is duurder dan wanneer ik hiernaartoe zou komen, maar ik kan dan tenminste uitslapen, dus daar zit ik niet mee...'

Ze stak haar hand in haar leren rugzakje en haalde een pakje Silk Cut tevoorschijn. Ze bood Thorne er een aan. 'Wil je ook?'

'Nee, dank je, ik hoef niet.' Dat was niet helemaal waar. Hij was al minstens vijftien jaar van de sigaretten af, maar hij lustte er altijd nog wel eentje...

Ze stak haar sigaret op en nam een lange trek. Ze ademde de rook diep in en liet hem toen met een zacht kreuntje van tevredenheid langzaam weer ontsnappen. 'Vandaag over een week ben je jarig, hè?'

'Je hebt een goed geheugen,' zei hij. Hij liet de lucht uit zijn wangen ontsnappen. 'Dat van mij wordt slechter naarmate ik ouder word.' Hij trok een zogenaamd treurig gezicht. 'Bedankt trouwens dat je me daaraan hebt helpen herinneren...'

In zijn hoofd vlamde een vonk op die even sputterde en toen weer doofde. Er was iets wat hij moest onthouden, iets waarvan hij wist dat het belangrijk was voor de zaak. Het was iets wat hij had gelezen. Of misschien iets wat hij niet had gelezen...

Hij richtte zijn blik weer op Eve en zag dat ze zat te praten. Ze zei iets, maar hij verstond het niet. 'Sorry, wat zei je...?'

Ze boog zich over de tafel heen. 'Het zou een leuk verjaarscadeau voor jezelf zijn als je je zaak zou oplossen, toch?'

Thorne knikte langzaam en glimlachte. 'Nou, ik had mezelf een paar cd's beloofd...'

Ze tipte de as van haar sigaret en streek met het topje langs de rand van de asbak. 'Je praat niet graag over je werk, hè.'

Hij keek haar een paar seconden aan alvorens te antwoorden. 'Er zijn zaken waar ik niet over kan praten, vooral niet nu jij erbij betrokken bent. En de dingen waar ik wel over kan praten, zijn gewoon niet zo spannend...'

'En jij denkt dat ik me dan net zo zou vervelen als jij toen ik je de markt liet zien...'

'Ik verveelde me niet.'

'Liegen de criminelen die je ondervraagt net zo slecht als jijzelf?'

Thorne lachte. 'Dat zou ik wel willen.'

Ze drukte haar sigaret uit, ging achterover zitten en keek hem aan. 'Ik ben geïnteresseerd in wat je doet.'

Hij herinnerde zich hoe hij zich had gevoeld toen hij in de tearoom met haar had zitten praten. Dat het heel lang geleden leek dat hij zo met een vrouw had gepraat. En het was al veel en veel langer geleden dat hij over zijn werk had gepraat. 'Bij moordzaken zit je heel snel op dood spoor...'

'Dus je moet de moordenaar meteen in zijn kraag grijpen.'

Thorne knikte. 'Als je resultaat boekt, dan gebeurt dat meestal in de eerste paar dagen. Het is nu al veertien dagen geleden...'

'Maar je weet nooit...'

'Helaas weet ik dat wel.'

Ze schoof haar stoel bij de tafel weg en stond op. 'Ik moet even wat van die thee zien te lozen...'

Terwijl Eve op de wc was, zat Thorne uit het beslagen raam te staren. Het café zat in een zijstraatje tussen Wandsworth Road en Nine Elms Lane. Vanwaar hij zat, kon hij het spitsverkeer langzaam over Vauxhall Bridge zien rijden. Auto's die hun inzittenden noordwaarts richting Victoria en Piccadilly brachten of zuidwaarts naar Camberwell en Clapham. Naar winkels, kantoren en magazijnen waar de mensen zouden klagen en grappen over wéér een kutmaandag. Maar ze zouden die tenminste niet, zoals hij, spenderen aan een moordenaar die ze maar niet te pakken konden krijgen.

Het spande erom, maar Thorne had toch niet met ze van plaats willen ruilen.

Eve kwam weer terug. Boven hen denderde een trein voorbij, op weg naar Waterloo Station. Ze moest haar stem verheffen. 'Wat ik nog vergat te vragen,' zei ze, 'hoe doet de plant het?'

'Sorry?'

'De aloëplant...'

Thorne knipperde met zijn ogen en herinnerde zich het beeld dat hem had begroet toen hij die ochtend om vijf uur met wazige blik de woonkamer was binnengestrompeld: Elvis die onbeholpen op het metalen emmertje gehurkt zat, haar buik inhield om de stekels te mijden en Thorne recht aankeek, terwijl ze lekker tussen de witte kiezels zat te piesen...

'Die doet het goed,' zei Thorne.

Thornes telefoon ging.

'Waar ben je?' vroeg Brigstocke. 'We hebben Gribbin...'

'Ik ben onderweg...'

'Als ik zeg "we hebben hem", bedoel ik alleen dat we weten waar hij zit, oké? We moeten hem nu gaan halen. Holland staat bij je op de stoep te wachten...'

'Zeg maar tegen hem dat ik over een halfuur thuis ben...'

'Waar ben je nu dan in godsnaam?'

Thorne keek naar Eve, die lachend haar schouders ophaalde. 'Ik ben wezen joggen...'

Hoe ziet een kinderverkrachter eruit?

Thorne wist dat dit een zinloze vraag was. Zinloos omdat hij in alle oprechtheid niet te beantwoorden was. Het was ook een ontzettend gevaarlijke vraag.

En toch was mensen geleerd te geloven dat ze het antwoord kenden; dat ze hun hand moesten opsteken en het hardop moesten roepen.

Maar was het niet altijd een antwoord dat te laat kwam? Namelijk nadat het kwaad was geschied en de kinderen waren misbruikt. Nadat de man was opgepakt en de eerste wazige foto op de voorpagina van de kranten was verschenen. Dan was het alsof alles wat de mensen altijd al hadden geweten, werd bevestigd. Natuurlijk! Het was toch zeker ontzettend duidelijk! Zo zag zo'n vent eruit. Altijd al geweten...

Als het zo duidelijk was, als het kwaad dat deze mannen deden zo ondubbelzinnig op hun gezichten geschreven stond, waarom woonden ze dan naast je zonder te worden opgemerkt? Als je het in de ogen van die hufters kon zien, waarom passeerden ze je dan ongezien op straat? Waarom gaven ze je kinderen dan les? Waarom was je er dan met eentje getrouwd?

Omdat je het, zoals Thorne maar al te goed wist, juist niet kon zien, hoe graag je het ook wilde of hoe goed je ook keek. Niemand zag eruit als een kinderverkrachter. Of juist iedereen.

Thorne zag er zo uit. Russell Brigstocke. En Yvonne Kitson...

Maar Ray Gribbin zag er niet uit zoals de mensen dachten dat een kinderverkrachter eruitzag. Hij was niet typisch zo'n vent die aan kinderen zit zoals ze in de sensatiebladen werden neergezet. Hij had geen slechte huid of sluik vet haar. Hij droeg geen bril met dikke glazen, liep niet rond met een zak snoepjes en had ook geen smerig jack aan. Naast de misvormde neus waarvoor Douglas Remfry de verantwoordelijkheid opeiste, had Gribbin een kaalgeschoren hoofd, koude ogen en een glimlach die 'flikker nou effe gauw op' zei. Hij was een kinderverkrachter die eruitzag als een gewapende overvaller.

Hoe een gewapende overvaller er dan ook uitzag.

Thorne legde de foto op de andere papieren die hij had zitten bestuderen en overhandigde het hele zaakje aan Stone en Holland, die achterin zaten. Stone bekeek de foto. 'Tjezus, hij ziet er heel anders uit dan ik had gedacht,' zei hij.

Thorne zei niks en staarde uit het raam aan de passagierskant, waar hij zat.

Brigstocke knipperde met zijn lichten en gaf plankgas. De auto voor hen ging opzij om de Volvo, een burgerauto, te laten passeren. 'Ik snap wat je bedoelt,' zei hij. 'Maar hij ziet er wel uit als het type dat wrok koestert, vind je niet?'

Dat kon Thorne niet tegenspreken. Een beetje dizzy keek hij hoe de velden met koolzaad en tarwe die de M4 omzoomden met een snelheid van 135 kilometer per uur voorbijvlogen. Hij forceerde een boer: hij was een beetje misselijk geworden van het lezen...

Brigstocke verhief zijn stem om ieders aandacht te krijgen. 'Goed, tegen de tijd dat we daar aankomen, moeten jullie allemaal de gelegenheid hebben gehad om de notities door te nemen...' Thorne draaide zijn raampje een paar centimeter omlaag. Brigstocke wierp hem een zijdelingse blik toe en ging verder. 'Het is een beetje een kwestie van improviseren, maar we hadden niet veel keus. We doen dit weliswaar in haast, maar laten we er allemaal voor zorgen dat we het goed doen, akkoord?' De twee achterin mopperden een beetje. Thorne draaide zich om. 'Gribbin heeft een gewelddadig verleden en als we Remfry's verhaal moeten geloven was dat de enige keer dat Gribbin er het slechtst van af is gekomen. Hij is eerder opgepakt met een mes bij zich, dus we nemen geen risico's...'

Stone leunde naar voren met op elke hoofdsteun een arm en zijn gezicht tussen de twee stoelen gedrukt. 'Hoeveel gaan er naar binnen?'

'Waarschijnlijk wij vieren plus nog een paar plaatselijke jongens...'

Stone knikte en ging door met het snellezen van de notities.

'Je moet ook uitkijken voor die vrouw,' zei Brigstocke. 'Sandra Cook heeft al heel wat op haar strafblad staan. Druggebruik, diefstal, prostitutie. Ze heeft drie maanden in Holloway gezeten omdat ze met haar nagels een agent z'n halve gezicht er af had gehaald...'

Holland schoof naar voren. Als Brigstocke de remmen ook maar had aangeraakt, was Holland tegen de achterkant van zijn hoofd aan geknald. 'Patricia Cook is toch de vrouw die over Gribbin heeft gebeld?'

Stone keek hem aan. 'De zus van Sandra...'

Thorne nam een teug frisse lucht en deed het raam weer dicht.

'En waarom verlinkt zij het vriendje van haar zus?' vroeg Holland.

Brigstocke probeerde in de spiegel Hollands blik te vangen. 'Dat is de andere reden waarom we vanochtend niet zomaar wat gaan aanklooien,' zei hij. 'Van de voorwaarden die aan Gribbins vrijlating waren verbonden, is zich niet melden niet de enige die hij heeft overtreden.'

'Shit...' Stone had het wel gezien. Hij gaf de notities door aan Holland.

Thorne draaide zich om en keek Holland aan. 'Er zijn drie mensen in dat huis, Dave: Gribbin, Cook en Cooks elfjarige dochter...'

Thorne draaide zich weer om en trok zijn veiligheidsgordel strak aan. Onder in zijn nek voelde hij een heel vage tinteling ontstaan. Hij hield zijn adem in toen een insect in een smurrie van bloed en vleugeltjes de voorruit raakte.

Het was een hoefijzervormige, doodlopende straat op een modern complex van gemeentewoningen, en het huis waarin ze geïnteresseerd waren, stond helemaal aan het eind...

Thorne bekeek de huizen terwijl het busje er langzaam langsreed, de inrit op. Hij nam de bijzonderheden in zich op, de pogingen om de huizen persoonlijk en mooier te maken. De fel- en vooral verschillend gekleurde voordeuren; de hangmandjes waar geraniums uit puilden; de houten bordjes met DE IEPEN en DE DISTELS. De meeste huizen en garages waren leeg, omdat de bewoners en gebruikers ervan uren daarvoor al naar hun werk waren vertrokken, maar toch bewoog er hier en daar nog een gordijn. Dit was waarschijnlijk het spannendste wat hier ooit zou gebeuren.

Het was een van die vreemde plaatsen aan de rand van de stad die maar niet konden besluiten of ze nou stedelijk of landelijk waren. Dit plaatsje lag ongemakkelijk tussen de M25 en de Chilterns in, op een kilometer of dertig ten westen van het centrum van Londen. De nabijheid van golvende heuvels en curieus genaamde dorpjes maakte de dagelijkse, uitputtende tocht over de snelweg voor de forenzende bevolking waarschijnlijk de moeite waard, maar voor hun tienerkinderen was het een ander verhaal. Geen enkele hoeveelheid frisse lucht kon het er minder saai maken. Antiekwinkels zouden hen er niet van weerhouden er op vrijdagavond veel poen doorheen te jagen en in het plaatselijke centrum tekeer te gaan...

Thorne zag een vrouw vanuit een raam op een bovenverdieping op hem neerkijken. Hij kon de schrik van haar gezicht aflezen en zag dat ze snel achteruit wegliep, vrijwel zeker op weg naar de telefoon. Dat was begrijpelijk. De mensen die aan de ene kant van de straat vanachter de gordijnen stonden te gluren, zagen een blauw transitbusje. Maar mensen zoals zij, in de huizen aan de andere kant, konden de vier mannen in jacks, jeans en sneakers zien die er langzaam, op dezelfde snelheid, naast slopen terwijl het busje hun voortgang maskeerde.

Toen het busje in de bocht van het hoefijzer aan een lange, langzame draai begon, bewogen de politieagenten erachter in eenzelfde boog mee. Toen het vaart minderde, deden zij dat ook, en toen het stopte en de motor werd uitgezet, gingen de vier mannen dicht op een kluitje staan wachten.

Vijfhonderd meter verderop, aan de andere kant van de inrit, hadden twee politiebusjes de toegang afgegrendeld. Automobilisten minderden vaart om te kijken, maar de verkeerspolitie zorgde ervoor dat het verkeer bleef rijden. Een half dozijn geüniformeerde agenten in hemdsmouwen dwong nieuwsgierige voetgangers om door te lopen.

Achter het transitbusje stond Thorne te luisteren. In de verte hoorde hij het geloei van een tweebaansweg en het geronk van het verkeer aan de andere kant van het veldje achter het huizencomplex. Ergens in de buurt stond een radio aan. Hij verdrong de geluiden en probeerde zich te concentreren op wat Brigstocke zei...

'Weet iedereen wat-ie moet doen?' vroeg deze. Hij keek Thorne,

Holland en Stone indringend aan. Thorne wist dat hij uit was op scherpte. Iedereen knikte. Dit werd waarschijnlijk heel simpel, maar er was maar een seconde voor nodig om iets doodgewoons heel erg de mist in te laten gaan.

'Oké...'

Er klonk een klopje, toen stompte Brigstocke met zijn vuist op de zijkant van het busje en sprongen er aan de voorkant onmiddellijk nog twee agenten uit. Terwijl de portieren van het busje nog heen en weer zwaaiden, sprintten ze op het huis af. De langste sleepte een zware metalen deurram met zich mee.

Thorne en de anderen kwamen rennend aan de andere kant van het busje tevoorschijn. Brigstocke en Stone liepen onmiddellijk naar links, in de richting van het hek aan de zijkant, om aan de achterkant van het huis te komen. Thorne en Holland splitsten zich af en liepen achter de twee mannen aan die voor uit het busje waren gekomen...

Gegrom, korte ademstoten en het gebons van rubberen zolen op asfalt, stoep en gras, en nog altijd het geluid van de radio, waar dat ook vandaan kwam...

Thorne was nu bij de agenten die al voor de voordeur stonden. Hij ging op zijn hurken zitten, klaar om naar voren te springen, en knikte. Er werd een paar keer diep ademgehaald. De grote agent zette z'n tanden op elkaar en gaf de stormram een zwieper.

'Politie...!'

Thorne kon horen dat er in en achter het huis werd geschreeuwd. De deur was nog niet bezweken. Hij begon tegen het slot te trappen, maar sprong snel opzij toen de ram nog eens tegen de deur werd gezwiept. Dit keer knalde hij open en met zijn onderarm voor zich uit stormde Thorne naar binnen.

'Politie! Iedereen in de woning nu tevoorschijn komen...'

Achter zich hoorde Thorne het gekletter van de stormram die op de stoep werd gegooid. Ergens boven zich hoorde hij een bons en op de bovenverdieping schreeuwde een vrouw...

Een vrouw, dacht Thorne. *Geen kind...*

'Iedereen tevoorschijn komen!'

Hij zag een lange gang voor zich. Aan de rechterkant twee, drie deuren...

'Daar binnen!'

Hij keek naar links, naar de grote agent die hem passeerde, naar diens kolossale, brede rug die onder zijn jack bewoog toen hij met twee treden tegelijk de trap op stormde.

Aan het andere eind van de gang was een keuken, en daardoorheen zag hij Brigstocke en Stone voor de achterdeur staan. Holland holde langs hem heen en deed de deur open.

Vóór hem werden de deuren ingebeukt en ze kletterden open. In de eerste kamer: niets...

Hij liep terug de gang in, draaide zich om en zag Brigstocke en Stone op hem af komen hollen.

Uit de tweede kamer: een schreeuw...

'Hier...'

Thorne schoof langs de agent in de deuropening heen en drong de kamer binnen. Die was klein – een bank, een leunstoel en een breedbeeldtelevisie die nog aan stond. Aan de andere kant rechts was een overwelfde doorgang die naar een andere kamer leidde, een eetkamer, vermoedde Thorne.

Gribbin stond met zijn handen boven zijn hoofd naast de leunstoel. Zijn gezicht was uitdrukkingsloos. Zijn blik schoot van Thorne naar de deuropening, waar Sandra Cook door een van de plaatselijke recherchejongens doorheen werd geleid. Ze wurmde zich langs Brigstocke en Stone heen en het scheelde niet veel of ze had Holland uit de weg gesleurd.

'Wat willen jullie godverdomme?' gilde ze.

Thorne negeerde haar en wendde zich tot Gribbin. 'Raymond Gribbin, ik arresteer je in verband met het overtreden van de voorwaarden waaronder je bent vrijgelaten, wat...'

Hij stokte en keek in de richting van de doorgang rechts in de hoek, waar behoedzaam iemand doorheen kwam. Eén voor één draaiden de hoofden van de zeven andere mensen in het kamertje zich om, tot iedereen naar het meisje stond te kijken.

'Komt het allemaal wel weer goed, Ray? Ik ben bang...'

Gribbin liet zijn handen zakken, spreidde zijn armen en stapte op haar af. 'Er is niks aan de hand, lieverd...'

Het gebeurde allemaal in een paar tellen. Het was een bewijs van Andy Stones snelheid en kracht dat hij nog zoveel kon uitrichten voordat hij door Thorne, Holland en een gillende Sandra Cook werd weggesleurd.

'Blijf godverdomme van haar af...'

Toen Gribbins handen over de schouders van het meisje gleden, was Stone al halverwege de kamer. Tegen de tijd dat Gribbin zijn hand uitstak om het blonde hoofdje tegen zijn brede borstkas aan te trekken, zat hij boven op hem. Het meisje krijste toen hij haar wegduwde en zich omdraaide om zich te verdedigen...

Gribbin stak zijn armen omhoog en greep Stone bij zijn kraag. Hij wankelde achteruit tegen de tv aan, die tegen de muur kantelde. Vlug pakte Stone de dikke, getatoeëerde onderarmen in zijn knuisten en trok ze hard naar beneden, terwijl hij zijn hoofd in Gribbins gezicht liet neerkomen. Op dat moment grepen drie paar handen Stone vast, bij kraag, riem en mouw, en trokken hem achterwaarts over de leunstoel heen. Onderwijl zakte Gribbin op zijn knieën en rende het meisje snikkend naar haar moeder.

Stone probeerde op te staan en de mensen om zich heen duidelijk te maken dat hij kalm was en dat ze hem verdorie wel konden loslaten...

Thorne stapte naar voren en ging op z'n knieën naast Gribbin zitten. Zijn hoofd was achterover tegen de televisie geknald, en hij krabde met één hand, die hij tot een vuist had gebald, aan het tapijt. Tussen de vingers van zijn andere hand sijpelde bloed door. Op het scherm achter Gribbins hoofd werd geapplaudisseerd toen een vrouw de kijkers welkom heette bij haar programma en het studiopubliek uitnodigde over hun vakantierampen te vertellen.

Twintig minuten later werd Gribbin, terwijl de bewoners van de rustige, doodlopende straat tegen de ramen gedrukt stonden, naar buiten gebracht met een bloederige zakdoek tegen dat wat er van zijn neus over was.

Aan het einde van de middag waren de eerste verhoren afgerond. De hoofden begonnen te hangen. Hoewel er nog wel een paar dingen moesten worden nagetrokken, was toen al vrij duidelijk, althans voor Thorne, dat Gribbin in het geheel niets met de moord op Douglas Remfry van doen had.

Even voor elven ging de telefoon. Die stem kon maar van één iemand zijn.

'Ik denk dat u wel eens geluk zou kunnen hebben gehad, meneer Thorne.'

'Ik luister, Kodak.'

'Niet gelijk te enthousiast, want hoe dan ook moeten we nog een paar dagen wachten, maar het ziet er goed uit. Weet u nog dat ik een grapje maakte over het feit dat ik uw werk deed...?'

Thorne luisterde. Het klonk zeer veelbelovend, maar na het fiasco met Gribbin kon hij maar moeilijk enthousiast worden. Het was lastig om iets als meer te zien dan weer een strohalm waar je je aan kon vastklampen.

Hij liep zijn slaapkamer in en ging liggen.

Het begon wat koeler te worden.

De varens onder hem voelden kletsnat aan en de lucht boven hem werd donkerder.

3 augustus 1976

'Je stinkt. Je stinkt naar dood. Je meurt, verdomme...'

Haar ogen waren uitdrukkingsloos. Geen gekwetstheid door die beschuldiging, geen ontkenning, geen pijn van het gewicht dat op haar armen drukte terwijl zijn gezicht op maar een paar centimeter van het hare verwijderd was.

Hij duwde zich van haar af en kroop naar het voeteneind van het bed, waar het dienblad nog onaangeroerd stond.

'Ik heb hier verdomme genoeg van,' zei hij. 'Als jij je wilt doodhongeren, dan moet je dat zelf weten, maar laat mij dan niet die shit voor je koken, oké?'

Ze hees zich hoger op het kussen en staarde langs hem heen.

'Wat?' zei hij. Schreeuwde hij. 'Wat?'

Minstens een minuut lang keek hij naar haar. Haar gezicht was zoals altijd zo uitdrukkingsloos dat hij zich kon inbeelden dat het veranderde, dat hij de gelaatsuitdrukking kon creëren waarvan hij wist dat die er nadrukkelijk zou moeten zijn. Dat hij zich het neerslaan van de ogen voor de geest kon halen, de gespannenheid rond de lippen en het op elkaar klemmen van de kaken. Dat hij schaamte kon zien.

Hij greep het bord en smeet het tegen de muur boven haar hoofd. Ze kromp niet ineen, noch knipperde ze met haar ogen.

In de deuropening bleef hij staan, draaide zich om en keek naar haar. Haar ogen kleurloos als glas. Achter haar gleden bonen langs de muur naar beneden.

'In de rechtszaal probeerde men vast te stellen dat het, als je dan verkracht was, was alsof je erom had gevraagd. Vanwege de jurk en nog andere dingen. Ze bedoelden gewoon de manier waarop je je gedroeg, alsof je aan het flirten was, alsof je toenaderingspogingen deed. Ze wisten maar half wat er was gebeurd, hè?

Je hebt er inderdaad om gevraagd. Ik weet precies wat je gedaan hebt. Je hebt hem er letterlijk om gevraagd.

Je hebt hem verdomme vastgepakt, hem dat magazijn in gesleurd en het hem gevraagd. Hem gezegd wat je wilde...'

Toen hij de slaapkamerdeur achter zich dichtdeed, kon hij haar het woord steeds maar weer horen herhalen.

'Als... als... als...'

Zij kon het zichzelf niet horen zeggen. Het geluid van het geschreeuw in haar hoofd was al een tijdje het enige wat ze kon horen.

ACHT

Op Charing Cross Road sloeg Thorne rechtsaf. Het was omstreeks elf uur 's ochtends en bloedheet. Hij trok zijn jack uit en gooide het over zijn arm toen hij Old Compton Street in liep.

Soho was zelfs onder de beste omstandigheden een wijk die moeilijk in een categorie viel in te delen, en dat was al die jaren waarschijnlijk juist het probleem van de buurt geweest. Was het bohémien of smerig? Karaktervol of verwaarloosd? Thorne wist dat het heden ten dage al die dingen tegelijk was en daarom waarschijnlijk des te leuker, maar het was wel een hele strijd geweest. De schurken die het in de jaren vijftig en zestig in Soho voor het zeggen hadden gehad, waren vier decennia later trendy geworden. Dankzij de nieuwe golf Britse gangsterfilms waren Billy Hill en Jack Spot en hun jongens, met hun vlotte pakken en hun achterovergekamde haar, nu officieel iconen. Ze mochten tegenwoordig dan sexy zijn, maar het waren deze mannen, en zij die hen in de jaren zeventig waren opgevolgd, die de bewoners van de buurt hadden verdreven en het luidruchtige hart ervan het zwijgen hadden opgelegd.

Het was voornamelijk aan de homo's te danken dat Soho's hart weer was gaan kloppen. Het was nu een van de weinige buurten in het stadscentrum waar werkelijk een gemeenschapsgevoel heerste; iets wat door de vreselijke bomaanslag op de Admiral Duncan-pub een paar jaar daarvoor alleen nog maar was versterkt. En al had Thorne zich daar niet helemaal op zijn gemak gevoeld, die paar keer dat Phil Hendricks hem er voor een drankje mee naartoe had genomen, hij kon niet ontkennen dat er een goede sfeer hing.

Thorne passeerde Greek Street en Frith Street. Het Prince Edward Theatre en de luifel van Ronnie Scott waren rechts van hem. Buiten voor de cafés zaten jongemannen van het warme weer te genieten, dé gelegenheid om met hun goed ontwikkelde lijven te pronken. Soho was nog altijd een uitstekende plek om te eten en te drinken, maar voor elke Bar Italia zat er nu ook een Starbucks of een Costa Coffee, en voor elke nog door een familie gerunde delicatessenwinkel, zaten er twee filialen van de sandwichketen Prêt à Manger...

Thorne had ineens honger en besefte dat hij een probleem had: hij had geen tijd om een vroege lunch te pakken, en als hij later at, liep hij het risico zijn diner te bederven, en daar verheugde hij zich nou juist zo op...

'Ach, waarom niet,' had Eve gezegd toen hij belde. 'We hebben al samen ontbeten en samen geluncht...'

Op de hoek van Dean Street zat een winkel die fetisjkleding verkocht. Thorne bleef staan en bekeek de opzichtige etalage. Een paspop was gekleed in rubber. Om de nek zat een hondenhalsband met spikes erop en een gasmasker verborg het gezicht. Hij dacht aan de foto's van Jane Foley, de reden dat hij hier was.

Hij keek op zijn horloge. Hij kwam te laat...

'Hebt u echt goed naar die foto gekeken?' had Bethell door de telefoon gevraagd.

'Wat?'

Bethell klonk aanmatigend, zelfingenomen. 'Hem echt bestudeerd, snapt u...?'

Thorne was in geen al te best humeur. 'Ik ben moe en ik heb een kutdag gehad, dus zeg nou maar wat je te zeggen hebt...'

'Of u er écht naar hebt gekeken, bedoel ik, meneer Thorne. In een van jullie labs of zo. Of u hem in zo'n hypermodern vergrotend apparaat hebt gestopt en hem in pixels hebt opgebroken...'

'We hebben het hier over de hoofdstedelijke politie, Kodak. Ik heb verdomme niet eens een ventilator op mijn kamer...'

'Ik heb binnen wat goeie spullen. Die gebruik ik om te airbrushen, weet u wel? Daar leg je 'm op en bingo!'

'Wat...?'

'De foto is genomen tegen een effen witte achtergrond, akkoord? Het gebruikelijke laken op een rol. Nou zit er rechtsonder in de hoek een klein vlekje, het lijkt wel een vuile veeg, weet u nog?'

'Nee, niet meer...'

Thorne ging rechtsaf en toen meteen weer links, Brewer Street in. Meer dan waar ook in Soho kon je hier het verlopene broederlijk naast het mondaine aantreffen. De peepshow naast de sushibar. Een salon voor shiatsumassage tegenover een pand waar een veel intiemer soort service werd verleend.

Een verveelde blondine in een hokje wenkte hem en nodigde hem uit een show te bezoeken die een 'live dubbelact' beloofde. Thorne vroeg zich af of er soms ook shows waren die dooie dubbelacts beloofden.

'Kom toch binnen, schatje,' zei de vrouw. Thorne schudde glimlachend zijn hoofd. Ze keek alsof het 'r geen bal kon schelen. Natuurlijk, het was in de seksindustrie altijd alleen maar om de poen gegaan, maar Thorne had wel hoeren gekend die dat beter wisten te verbloemen.

Over zijn favoriete hoer had hij alleen maar gelezen, maar hij zou het leuk hebben gevonden haar ook eens te ontmoeten. Het ging om een legendarische hoer, Miss Corbett genaamd, die in de achttiende eeuw in deze straten had gewerkt en haar heren een extra gienje had laten betalen voor elke tweeënhalve centimeter dat hun 'bonenstaak' korter was dan de drieëntwintig centimeter die zij toereikend achtte.

Tweehonderdvijftig jaar later was het het drugsteam en niet het team zedenzaken dat hier in deze straten avond aan avond zijn werk deed. De snuffelhonden deden datgene waarop ze getraind waren, maar naar Thornes mening was dat eigenlijk een verspilling van tijd en energie. Het was hard werken en kostte een heleboel geld om de een of andere onregelmatige gebruiker te snappen en als ze geluk hadden zo af en toe een ordinair dealertje...

'Weet u dat u altijd zegt dat je soms een beetje geluk nodig hebt?'

Thorne was intussen languit op de bank gaan liggen, terwijl hij de telefoon tegen zijn oor gedrukt hield en met zijn vrije hand naar beneden reikte om Elvis over haar buik te aaien. 'Kom je nou ooit nog 'ns terzake, Kodak?'

'Nou, hier is 't. Uw stukje geluk. Ik heb de foto in mijn computer gescand en hem enorm opgeblazen, oké? Als het origineel goed genoeg is, kun je er van alles en nog wat mee doen.' Thorne zou hebben beweerd dat het onmogelijk was, maar Bethells stem werd nog een ietsje pietsje hoger naarmate hij enthousiaster werd. 'Dus ik heb dat ding in pixels opgebroken, ingezoomd en toen zag ik ineens wat die bruine veeg was. Ik herkende dat plekje, begrijpt u.'

'Herkende je het?'

'Het is een brandplek, eigenlijk een schroeiplekje op het witte achterdoek. Ik herkende het omdat ik erbij was toen het ontstond. Negen maanden geleden was ik een triootje aan het fotograferen en een van die domme sletten, die een paar pillen te veel had geslikt, stootte een grote lamp omver. Het hele zaakje had verdomme wel in rook op kunnen gaan, maar het enige gevolg was die brandplek op de rol. Ik herinnerde me de vorm. Die krent die die studio runt, heeft nooit de moeite genomen om het ding te vervangen...'

Inmiddels zat Thorne rechtop. 'Naam en adres van die krent zou fijn zijn.'

'Charles Dodd. Charlie eigenlijk, maar hij staat erop om Charles te worden genoemd. Wil net doen of-ie chic is, terwijl die klootzak van Canvey Island komt...'

'Kodak...'

'Die studio zit boven een visboer in Brewer Street.'

Thorne kende die winkel. 'Goed, luister...'

'U moet helaas nog een paar dagen wachten, meneer Thorne. Hij zit op het vasteland van Europa. Heb ik gecheckt.'

Thorne overdacht de zaak. Moest hij echt wachten? Kon hij geen toestemming krijgen om de studio ondersteboven te keren terwijl Dodd weg was...?

'Volgens mij heb ik dat klusje behoorlijk goed geklaard, meneer Thorne,' zei Bethell. 'Wat vindt u?'

'Ik wil het onmiddellijk weten als hij weer terug is...'

Nu, drie dagen na dat gesprek, zag Thorne Dennis Bethell in de boekhandel aan de overkant van de straat. Hij stond tussen de afgeprijsde kunstboeken te snuffelen, al was zijn eigen waar, die wat pikanter was, hoogstwaarschijnlijk beneden te koop.

Thorne maakte aanstalten de straat over te steken en kwam ruw in botsing met een man die op hoge snelheid van links kwam. Thornes reactie was typisch Brits. 'Sorry,' zei hij. De andere man bromde, stak zijn hand op en liep door.

Bethell stond nu vanuit de boekhandel naar hem te zwaaien. Thorne knikte in de richting van het andere eind van de straat en begon te lopen. Bethell legde een salontafelboek met naaktfoto's van freakshows weg, glipte de winkel uit en kwam achter hem aan.

Welch lachte terwijl hij verder liep, Wardour Street in. Hij had een paar dingen geleerd in de jaren dat hij in verschillende gevangenissen had gezeten. Nooit sorry zeggen was er een van. Hoe een smeris te herkennen was er ook een...

Sinds zijn vrijlating had hij vaak maar zo'n beetje rondgelopen. Het pension was deprimerend, maar los daarvan had hij het gewoon erg prettig gevonden om buiten te zijn. Het weer was geweldig; een paar dagen in de buitenlucht en hij had al weer wat kleur gekregen. En hijzelf mocht er dan beter uitzien dan eerst, minder gevangenisbleek, maar hij vond dat de vrouwen die er rondliepen, haast zonder iets aan, er werkelijk adembenemend uitzagen. Ontzettend geil. Tjezus, als dit het broeikaseffect was, wie kon de ozonlaag dan ene reet schelen?

In de straat het ene raam na het andere met erachter advertenties voor nieuwe films. Welch bleef staan en bekeek er een paar die hem wel wat leken. Misschien kon hij een paar middagen films gaan inhalen wanneer zijn uitkering was gestort. Voordat hij de gevangenis in ging, had hij ook al van films gehouden en geprobeerd de meeste die uitkwamen te gaan bekijken, althans als ze niet te artistiekerig waren.

Ook de avond voordat hij werd gearresteerd, was hij naar de bioscoop geweest. Naar *The Blair Witch Project*. Ze zat toen voortdurend aan hem, kroop bij de enge scènes lekker tegen hem aan en had de hele film lang met haar hand op zijn knie gezeten. Ze was er echt voor in. Hij wist de signalen te interpreteren. Pas later besloot die trut van gedachten te veranderen. En hem te belazeren.

Tot op de dag van vandaag was hij er verbaasd over dat ze dat konden: een vent zover brengen dat hij opgewonden was, hem zover krijgen dat zijn ballen leken te exploderen, en zich dan omdraaien en nonchalant laten weten dat ze geen zin hadden. Dat het te veel te snel was, of flauwekul van gelijke strekking. Hij had besloten dat het inderdaad flauwekul was en dat ze gewoon niet wilde dat hij dacht dat ze een slet was. Dat ze alleen maar wat overreding nodig had...

Hij was verpletterd geweest toen de politie de middag daarop aan de deur had gestaan. Kon het gewoon niet geloven. Ook toen ze de DNA-monsters aan het nemen waren stond hij nog met zijn hoofd te schudden.

Hij kon zien dat de politieman ook dacht dat het onzin was en dat ze allemaal hun tijd aan het verdoen waren. Toen hij hen had verteld hoe geil dat stomme wijf in de bioscoop wel was geweest, knikte de mannelijke agent, de rechercheur, nota bene. Hij begreep precies wat er was gebeurd. Bij de vrouwelijke agent was het anders: zij had meteen de pik op hem.

'Dus jij bent goed in het interpreteren van signalen,' zei ze. Haar blik was uitdrukkingsloos en de spoeltjes van het bandje piepten terwijl ze in de cassetterecorder ronddraaiden. 'Vertel me dan maar eens wat ik op dit moment denk...'

'Dat je op me zou vallen als je geen lesbo was?'

Terwijl hij in de etalage stond te kijken, zag hij zichzelf glimlachen en hij herinnerde zich haar gezicht toen hij dat had gezegd. De glimlach verflauwde iets toen hij zich de uitdrukking op datzelfde gezicht acht maanden later voor de geest haalde – de grijns vanaf de andere kant van de rechtszaal terwijl hij werd vernederd.

Hij liep door naar het volgende raam. Daar hing een poster van de nieuwe Bruce Willis-kaskraker. Een of andere nieuwe raket, Bruces brutale lach en een smakelijke blondine met neptieten. Volgende week of de week daarna, afhankelijk van wanneer hij zijn uitkering kreeg, zou hij er misschien wel naartoe gaan. Op dit moment kon hij het zich nog niet veroorloven. Zijn zakgeld was al bijna op en bovendien had hij daar morgenavond flink wat van nodig om het hotel te betalen.

'Weet je zeker dat hij daarbinnen is?'

'Heel zeker, meneer. Hij is gisteren uit Nederland teruggekomen. Daar is-ie geweest om wat spullen op te halen.'

Thorne knikte. Bloemen waren niet de enige zaken die in vrachtwagens uit Nederland kwamen...

Ze stonden tegenover de visboer. Het knipperende neonlicht boven Raymond's Revue Bar weerspiegelde in de etalage. Het rood en het blauw danste over de glanzende zalm-, haring- en tarbotkoppen. Ernaast was een smalle bruine deur.

Bethell propte zijn handen in de zakken van zijn strakke leren broek en verplaatste zijn gewicht van zijn ene dure sportschoen naar zijn andere. 'Nou, dan ga ik maar, hè.'

Thorne pakte zijn portemonnee en vroeg zich onderwijl af of de strakte van Bethells broek soms enig verband hield met de hoogte van zijn stem. Hij telde vijftig pond uit in briefjes van tien. Bethell nam het geld aan en gaf hem daarvoor in de plaats een envelop.

'Hier hebt u de foto terug...'

Thorne zette een stap op het wegdek, draaide zich om en hield de envelop omhoog. 'Ik kan deze maar beter niet op internet zien opduiken, oké?'

Bethell lachte. Een reeks schrille piepjes. 'Ik wist niet dat u dat soort sites bezocht...' Thorne was al bezig over te steken. 'Hoor eens, u gaat mijn naam toch niet noemen, hè...?'

Thorne bleef staan om een auto te laten passeren en zei zonder zich om te draaien: 'O, dus ik kan niet zeggen: "Dennis heeft me gestuurd"?'

'Ik meen het...'

'Kalm nou maar, Kodak. Je reputatie blijft brandschoon... en die woordspeling was geen opzet.'

Thorne drukte op het knopje van de groezelige witte intercom en ging een stap achteruit. Boven zich keek hij tegen een grijs gordijn aan dat niet bewoog, en rechts van zich in het zwarte oog van een grote, lelijke vis waarvan hij niet wist wat voor soort het was. De gevel van de winkel was nog echt oud en de tegeltjes die het raam omrandden, waren sierlijk, maar de prijzen en het assortiment waren geheel in overeenstemming met de eenentwintigste-eeuwse hipheid van de locatie. De moten zwaardvis kostten vijf pond per stuk en van wulken was geen spoor...

'Ja...?'

'Meneer Dodd? Ik vroeg me af of ik met u zou kunnen praten over het huren van wat studiotijd...'

Thorne kon de argwaan in elk kraakje in het luidsprekertje horen. Hij keek nog eens naar de lelijke vis en merkte dat hij zijn wenkbrauwen optrok. *Wat denk je?*

De zoemer ging: hij kon boven komen.

Charlie Dodd stond boven aan een smalle, onbeklede trap. Hij was in de vijftig, had smalle lippen en hij had zijn weinige haar dwars over zijn hoofd gekamd. Glimlachend versperde hij de doorgang en probeerde dat een gastvrij onthaal te laten lijken.

Toen Thorne met zijn politiepasje in de hand boven aan de trap was gekomen, was de glimlach een grimas geworden.

'Hebt u een legitimatie?'

'Die heb ik niet nodig, u hebt me boven gevraagd.'

'Luister, het is duidelijk dat u niet een van hoofdinspecteur Daveys jongens bent. Alles is in orde gebracht...'

Veertig jaar later was veel in Soho nog hetzelfde. Thorne sloeg de naam in zijn geheugen op toen hij langs Dodd heen liep en een ongeverfde triplex deur openduwde.

Dodd stoof achter hem aan. 'Wat bent u goddomme van plan...?'

De studio was niet groter dan de gemiddelde tweepersoons slaapkamer en het belangrijkste wat erin stond, was ook een tweepersoonsbed. Maar in tegenstelling tot in de gemiddelde slaapkamer waren de muren zwart geschilderd, hingen er lampen aan een balk aan het plafond, en Thorne vermoedde dat de collectie seksspeeltjes en kostuums die er lag uitgestald verder alleen te vinden zou zijn in de slaapkamers van enkele prominente parlementsleden...

Een man die aan het voeteneind van het bed stond, tilde een grote videocamera van zijn schouder. Achter hem, een paar decimeter van het ledikant af, zag Thorne het witte achterdoek met de brandplek rechtsonder in de hoek.

Op het bed lagen twee dunne, bleke meisjes. De een trok haar arm onder de ander vandaan en raapte een pakje sigaretten van de vloer op. Het andere meisje staarde hem aan. Haar gezicht was uitdrukkingsloos en wit als onbeschreven papier.

'Wat gebeurt hier?' vroeg de man met de camera.

Thorne glimlachte. 'Let maar niet op mij...'

Dodd stak sussend zijn hand op naar de cameraman en wendde zich toen tot Thorne. 'Moet je horen, er gebeurt hier niks illegaals, dus waarom sodemieter je niet gewoon lekker op.'

'En dat spul dan dat je net uit Nederland hebt meegebracht, Charlie?' Thorne deed een stap naar voren en drong Dodd in een hoek van de kamer. 'Sorry, ik weet dat je de voorkeur geeft aan Charles...'

Dodd kneep zijn waterige groene ogen dicht, terwijl hij koortsachtig probeerde te bedenken wie er gepraat had. 'Wat wil je?'

Thorne haalde de foto uit de envelop. 'Deze foto is hier gemaakt.' Hij gaf hem aan Dodd. 'Ik wil alleen maar weten wie hem genomen heeft. Niks al te ingewikkelds...'

Dodd schudde zijn hoofd. 'Niet hier, makker.'

Thorne wurmde zich achter Dodds rug; hij stond zo dicht bij hem dat hij het zweet en de haarolie kon ruiken. Hij prikte over Dodds schouder met zijn vinger op de vuile veeg op de foto, tilde toen Dodds hoofd op en draaide het in de richting van de schroeiplek op het achterdoek.

'Kijk nog eens, Charlie...'

Dodd keek weer naar de foto. De man met de camera had het ding weer op zijn schouder gehesen. Hij mompelde iets tegen de meisjes op het bed, die loom van positie veranderden.

'Als-ie hier genomen is, dan was ik er op dat moment niet,' zei Dodd terwijl hij de foto aan Thorne teruggaf. Hij boog zijn hoofd in de richting van het bed. 'Bij zoiets als dit, wat doorsnee is, blijf ik meestal hier en ga ik andere dingen doen...'

Een van de meisjes begon overdreven te kreunen. Thorne keek even. De camera was gericht op het hoofd van het ene meisje, terwijl ze in het kruis van haar vriendin bezig was. Aan de andere kant van het bed lag het kreunende meisje naar het plafond te staren en onderwijl te roken.

'Je zegt dus dat je je niet meer herinnert dat deze foto is gemaakt.'

'Soms hebben klanten liever niet dat ik erbij ben. Begrijp je wat ik wil zeggen? Er worden misschien wel eens dingen gefotografeerd waar ik ook liever geen getuige van ben. En ze betalen goed geld voor de studio, dus...'

'Onzin.' Thorne duwde Dodd de foto in zijn gezicht. 'Zie jij hier ergens dieren? Of minderjarige jongetjes?'

Dodd mepte Thornes arm weg en schudde zijn hoofd.

'Dit is spul voor het bovenste plankje, harder dan dat is het niet. Er is een hele serie van en ze lijken allemaal erg op elkaar, dus je gaat maar eens in je geheugen graven, Charlie...'

Dodd begon angstig te worden. Hij gleed met zijn handen door zijn vettige haarslierten op en neer. Terwijl hij praatte, keek Thorne naar een witte spikkel opgedroogd speeksel die van zijn onder- naar zijn bovenlip bewoog en weer terug. 'Ik was er niet bij. Nou goed? Anders zou ik het me wel herinneren, ik kan me verdomme elk shot dat hier is genomen herinneren, vraag maar na. Zoals je zegt, de foto is onschuldig genoeg, dus wat zou ik voor reden hebben om je te belazeren?'

Het meisje dat onder handen werd genomen, leunde over het bed heen om haar sigaret op een schoteltje uit te drukken. De cameraman ging dichterbij staan. 'Ga door,' zei hij tegen het andere meisje. 'Steek je tong in d'r kont...'

'Oké,' zei Thorne. 'Probeer eens te bedenken wie je gevraagd kan hebben je uit de voeten te maken terwijl hij foto's aan het nemen was. In het afgelopen halfjaar ongeveer...'

'Jezus, weet je wel hoeveel mensen er van deze studio gebruikmaken?'

'Het is waarschijnlijk geen vaste klant, maar iemand die maar één keer is geweest.'

'Ja, maar toch...'

'Eén man en een meisje. Denk na...'

De cameraman schopte geërgerd tegen het voeteneind van het bed en draaide zich toen om. 'Kunnen jullie in godsnaam je mond dichthouden? Ik ben geluid aan het opnemen...'

Het meisje dat haar vriendin had liggen likken tilde haar hoofd op, draaide zich om en keek Thorne aan. Door de lampen zag ze er erg vermoeid uit en dit versterkte nog eens het effect dat de heroïne toch al had gehad. Dodd deed zijn mond open en wilde iets gaan zeggen, en Thorne was dankbaar voor deze goede reden om weg te kijken.

'Een maand of vier, vijf geleden is er eentje geweest. Inderdaad eenmalig, zoals je al zei. Hij wilde de studio maar voor een paar uurtjes hebben. Normaal gesproken blijf ik erbij om de lampen op te stellen, ook als ze niet willen dat ik bij de opnamen zelf aanwezig ben, maar deze kerel zei dat-ie het allemaal zelf zou doen. Hij zei dat-ie wist wat-ie deed.'

'En het meisje?'

'Een meisje heb ik niet gezien. Alleen hem...'

'Geef me zijn naam.'

Dodd snoof en keek Thorne ongelovig aan. 'Oké. Ik zal de boekhouding doorkijken, ja? Of misschien mijn secretaresse vragen om het op te zoeken. Godsamme zeg...'

Thorne zette een stap in de richting van de deuropening. 'Trek je jas aan, Charlie. Ik moet een foto van die hufter hebben, en in je eigen belang kan je geheugen voor gezichten maar beter net zo goed zijn als dat voor tieten en konten...'

'Sorry, maar dat gaat niet lukken. Dat is namelijk de reden dat ik me hem kan herinneren. Eerst dacht ik dat-ie een koerier was die wat negatieven kwam afgeven of zo. Van top tot teen in het leer met een donker vizier op zijn helm...'

Thorne wist meteen dat Dodd de waarheid vertelde. Hij had het gevoel dat er iets hard tegen zijn achterhoofd begon te drukken. Zijn stukje geluk veranderde in ellende.

'Je moet hem meer dan eens hebben gezien. Hij is niet zomaar op goed geluk komen aanzetten...'

'Eén keer voor de boeking en één keer op de dag zelf.' Dodd begon een tikje zelfvoldaan te klinken. 'Maar ik heb hem nooit goed kunnen bekijken. Allebei de keren had hij zijn motorkloffie aan. Ik weet nog dat hij met al dat leren spul aan op de trap stond te wachten tot ik wegging. Hij leek wel een huurmoordenaar...'

Aan de andere kant van de kamer begon een vibrator te zoemen. De camera draaide weer.

Thorne draaide zich om en trok de deur open. De verklaring kon later wel worden opgenomen, voor wat ze überhaupt waard was. Hij was weer frontaal tegen een muur opgelopen en die leek op dat moment net zo echt en zwart als de muur die om dat sjofele neukhol achter hem heen stond.

Hij rende met twee treden tegelijk de trap af. De schok die bij elke stap door zijn lichaam ging, was niet voldoende om het beeld dat zich in zijn hoofd had vastgezet te verdrijven. Het gezicht van het meisje op het bed toen ze haar hoofd ophief, zich omdraaide en hem aankeek...

Haar mond en kin glinsterden, maar haar ogen waren zo donker en doods als die van de vissen die in de etalage van de winkel ernaast op stenen plateaus lagen.

10 augustus 1976

Het was voor het eerst in lange tijd dat hij überhaupt enige uitdrukking op haar gezicht had gezien. Hij verwachtte weliswaar geen reactie, maar toch prikkelde het hem om haar mond een stukje te zien openvallen, en haar haar ogen te zien opensperren toen ze zag dat zijn hand zich steviger om de lampvoet klemde...

'Alsjeblieft,' zei ze. Alsjeblieft...

In de paar seconden dat hij de lamp boven zijn hoofd hield, dacht hij na over de verschillende manieren waarop dat woord kon worden gebruikt. Over de betekenissen die het kon aannemen. Over de verschillende, subtiele variaties daarin, die teweeggebracht werden door de kleinste veranderingen in de nadruk.

Hij dacht na over de vele manieren waarop het kon misleiden.

Niet doen, alsjeblieft.

Doe het, alsjeblieft.

Hou daar alsjeblieft niet mee op...

Alsjeblieft, bevredig me...

Smekend.

Terwijl hij de lamp met alle kracht die hij in zich had liet neerkomen, bedacht hij dat het al met al wel een toepasselijk woord was. Als haar allerlaatste woord.

Op z'n minst was het eerlijk, zoals ze het nu had bedoeld.

Met iedere klap werd zijn concentratie sterker en zijn denken minder wanordelijk, totdat hij zich uiteindelijk, toen ze onherkenbaar was, kon herinneren waar hij in de garage voor het laatst de sleepkabel had gezien.

NEGEN

Dat akelige gat tussen het moment dat je arriveert en het moment dat er daadwerkelijk iets gebeurt...

Het plasticfolie zou nu heel snel van de buffetschalen worden afgehaald, zo was hun verzekerd, en de dj zou niet al te lang nodig hebben om zijn spullen te installeren. Er lag honderdvijftig pond achter de bar, dus ze konden allemaal een paar drankjes nemen en nog eens op de bruid en de bruidegom toosten, terwijl ze wachtten tot het feest zou beginnen. De gasten konden een praatje met elkaar maken...

Tragisch genoeg waren er niet genoeg mensen in de bar van de rugbyclub om een gedruis van enige betekenis te laten ontstaan. Er was geen behaaglijke deken van geluid waar Thorne zich onder kon verstoppen. Hij haalde een glas bitter bier voor zijn vader en een halve Guinness voor zichzelf en keek waar het dichtstbijzijnde hoekje was. Hij zat van zijn bier te nippen en probeerde de vereiste geestdrift op te brengen voor Schotse eieren, varkensvleespastei en koude pastasalade. Hij hief zijn glas naar iedereen wiens blik hij kruiste en probeerde niet al te verveeld of ongelukkig te kijken, en ook niet, God verhoede, alsof hij moest worden opgevrolijkt.

Bij zijn vader was dat laatste in elk geval beslist niet nodig. Jim Thorne zat op een stoel aan de bar hof te houden. Hij vertelde moppen aan een stel giechelende tienerjongens die van hun shandy's nipten. Hij bracht alle vrouwen die maar wilden luisteren ervan op de hoogte dat hij een geheugen als een zeef had omdat hij die ziekte met die gekke naam had – hij was het vergeten, hoe heette die ook al weer? En hij vroeg met een knipoog om vergeving voor het geval hij met een van hen had geslapen en zich dat niet meer kon herinneren.

Thorne vond het heel plezierig zijn vader zo goed op dreef te zien; te zien dat hij zich amuseerde. Dat was een enorme opluchting na het telefoontje een etmaal daarvoor, dat hem zijn avond met Eve Bloom had gekost...

De grote, geschuurde, grenen tafel in de keuken was gedekt voor vier. De anderen moest Thorne nog ontmoeten. Eve, die aan het fornuis stond, draaide zich om.

'Voor het geval je je dat al afvroeg: ze zijn in haar kamer.' Ze sprak op luide fluistertoon. 'Denise en Ben. Ik denk dat ze ruzie hebben gehad...'

Thorne schonk in twee van de glazen wijn. Hij fluisterde terug. 'Ja, ja. Erge ruzie? Moet ik soms een paar couverts wegruimen...?'

Eve liep naar de tafel en pakte haar wijn. 'Nee, hoor. Ben laat zich door een meningsverschil zijn dineetje niet ontnemen. Proost.' Ze nipte ervan en nam haar glas toen mee naar de halogeen kookplaat, waar verschillende grote, koperen pannen op stonden. Ze knikte naar de deur toen het geluid van voetstappen en luide stemmen klonk, dat van elders in huis kwam. 'Die twee houden wel van een goeie ruzie, en die zijn altijd behoorlijk heftig maar in de regel van korte duur...'

Thorne probeerde nonchalant te klinken: 'Heftig?'

'Niet fysiek bedoel ik. Ze schreeuwen alleen veel. Af en toe wordt er met iets gesmeten, maar nooit met breekbare spullen...'

Thorne keek even naar haar. Ze stond weer aan het fornuis met haar rug naar hem toe. Hij staarde naar haar nek. Naar haar schouderbladen, die bruin afstaken tegen het roomkleurige linnen van haar topje.

'Ik ben meer een binnenvetter,' zei ze.

'Daar zal ik dan alert op zijn.'

'Maak je geen zorgen, je merkt het toch wel wanneer er iets aan de hand is...'

Thorne keek de keuken rond. Een paar ingelijste filmposters in zwart-wit. Een chromen waterkoker, broodrooster en blender. Een grote koelkast die er duur uitzag. Het leek erop dat de winkel behoorlijk goed liep, al wist hij niet welke spullen van Eve waren en welke van haar huisgenote. Hij vermoedde dat de uitgebreide collectie kruiden in terracotta potjes van Eve afkomstig was, evenals de Latijnse namen – naar Thorne aannam van bloemen – die op het enorme schoolbord waren gekrabbeld dat een groot deel van een van de wanden in beslag nam. Het deed hem genoegen zijn eigen naam en telefoonnummer linksonder in de hoek te zien staan.

'Waar hebben je vrienden ruzie over? Het is toch niks ernstigs...?'

Ze draaide zich om en likte onderwijl haar vingers af. 'Over Keith. Weet je nog? Die jongen die me op zaterdag helpt. Hij was hier toen Ben arriveerde. Ben denkt dat hij een beetje op Denise valt en toen zei Denise dat hij niet zo belachelijk moest doen...'

Thorne herinnerde zich nog hoe Keith naar hem had gekeken toen hij in de winkel met Eve had staan praten. Misschien was Denise wel niet de enige op wie hij een beetje viel...

'Wat denk jij van Keith en Denise?' vroeg hij.

Er piepte een deur die vervolgens dichtsloeg, en even later duwde een slanke, blonde vrouw de keukendeur open. Ze was op blote voeten en droeg een wijde, legerachtige korte broek en een zwart herenhemd. Ze liep op Eve af en kneep even flink in haar kont.

'Het ruikt verrukkelijk!'

Ze draaide zich om en keek Thorne stralend aan. Haar haar was iets korter en een tint lichter dan dat van Eve. Hoewel ze tenger leek, bood het hemd zicht op duidelijk gespierde armen en schouders. Haar fijne trekken werden scherper toen een enorme glimlach twee jukbeenderen omhoogduwde waarlangs je bacon in plakjes kon snijden.

'Hallo, jij bent Tom, hè? Ik ben Denise.' Ze holde zowat door de keuken, greep zijn uitgestrekte hand beet en plofte neer op een stoel aan de andere kant van de tafel. 'Tom, dus. Of Thomas?' Ze pakte de wijnfles en begon voor zichzelf een glas heel vol te schenken.

'Tom is prima...'

Ze leunde over de tafel en praatte alsof ze oude vrienden waren. 'Eve heeft het tot misselijkmakends aan toe over je, wist je dat?' Haar stem was verrassend laag en een tikje theatraal. Thorne had geen idee wat hij moest zeggen en nam daarom maar een slokje wijn. 'Ze is vol van je, echt waar. De enige reden dat ze juist nu resoluut weigert zich om te draaien, is denk ik dat ze vuurrood is aangelopen...'

'Hou je smoel,' zei Eve lachend, zonder zich om te draaien.

Denise slikte een slok wijn door en lachte nog eens breed naar Thorne. 'Nou, in levenden lijve,' zei ze. 'Een man die moordenaars in de kraag vat.'

Thorne had behoefte aan ontspanning na die ochtend in Soho, en hij begon zich nu lekker te voelen. Dit mens was duidelijk zo gek als een deur, maar ook wel innemend. 'Op dit moment ben ik een man die ze niet in de kraag weet te vatten...'

'We hebben allemaal onze slechte dagen, Tom. Morgen grijp je er waarschijnlijk een heel stel.'

'Ik zou al tevreden zijn met die ene...'

'Mmm.' Ze hief haar glas alsof ze toostte. 'Een hele goeie dan.'

Thorne ging naar achteren zitten en keek even naar Eve. Ze draaide zich om alsof ze voelde dat hij keek, ving zijn blik en lachte.

Thorne wendde zich weer tot Denise. 'En jij? Wat doe jij?' Hij staarde naar de kleine, glinsterende stud in haar neus en dacht: actrice, dichteres, performancekunstenares...

Ze rolde met haar ogen. 'O god, ik zit in de IT. Sorry. Dodelijk saai, helaas.'

'Ach...'

'Ah joh, ik zie je nu al glazig kijken. Grote goden, hoe denk je dat ik me voel? Ik ben de hele dag omringd door *Lord of the Rings*-lezers die grappen maken over slappe dit, harde dat en steeds "Kut-pc" roepen.'

Eve stond aan het fornuis te lachen. Thorne wist meteen dat ze precies hetzelfde dacht als hij. 'Ik snap het ja,' zei hij. 'Waar ik werk, betekent "Kut-pc" iets héél anders – pc, politiecommissaris...'

Toen de man van wie Thorne aannam dat het Ben was de keuken binnenkwam, was het Denise die als eerste ophield met lachen. Hij liep naar het aanrecht, ging naast het fornuis staan waar Eve stond te koken en begon op een vingernagel te kauwen. Hij stak zijn kin in Thornes richting omhoog. 'Hai...'

Thorne knikte terug. 'Hoi. Ben jij Ben?'

Boven het geluid van de in haar glas klokkende wijn uit zei Denise bits: 'Ja, dat is Ben.' Ben leek niet al te verheugd over de ontzettende namaakglimlach die ze hem toewierp toen ze vinnig zijn naam zei.

Eve gooide haar een theedoek toe. 'Oké, ophouden jullie.' Ze boog zich naar Ben toe en gaf hem een kus op zijn wang. 'Het eten is over vijf minuten klaar...'

Ben liep naar de koelkast, trok hem open en haalde er een blikje pils uit. Hij draaide zich naar Thorne om en hield het blikje omhoog. 'Jij ook een?'

Thorne tilde zijn wijnglas op. 'Nee, bedankt...'

Ben liep achter zijn vriendin langs en ging naast Thorne zitten. Hij was lang en goed gebouwd, had golvend blond haar, een rossig geitensikje en netjes bijgeknipte, puntige bakkebaarden. Hoewel hij in de dertig en er duidelijk vijftien jaar te oud voor was, droeg hij skateboardkleding, althans dat dacht Thorne. Hij stak zijn hand uit en stelde zich voor. 'Ben Jameson...'

Thorne deed hetzelfde en voelde zich ineens een beetje opgelaten en iets te netjes gekleed in zijn kaki broek en zijn zwarte poloshirt van Marks & Spencer...

'Ik sterf van de honger,' zei Ben.

Eve kwam met vier borden naar de tafel gelopen. 'Goed zo. Er is een heleboel...'

Een halve minuut lang, terwijl het eten werd opgediend, was alleen het geluid te horen van tinkelend porselein en glas, van messen en vorken die over de borden, en stoelen die over de vierkante vloertegels schraapten.

'Het ziet er heerlijk uit,' zei Thorne.

Denise en Ben knikten en bromden instemmend, Eve glimlachte, en toen was het stil. Thorne draaide zich naar rechts. 'Zit jij ook in de IT, Ben?'

'Pardon?'

'Ik vroeg me af of jullie elkaar op het werk hadden leren kennen...'

'God, nee. Ik ben filmmaker.'

'Ah ja. Kan ik iets van je gezien hebben?'

'Alleen als je veel naar trainingsvideo's voor bedrijven kijkt,' zei Denise.

Thorne voelde dat zijn voet onder de tafel ergens tegenaan drukte. Hij duwde ertegen in de hoop dat het Eves voet was. Ze keek naar hem op...

'Ja, dat is wat ik op dit moment doe,' zei Ben. Hij tikte met zijn vork ritmisch tegen de rand van zijn bord. 'Maar ik ben ook bezig een eigen projectje van de grond te tillen.'

Denise stak haar hand uit en legde die over die van Ben heen om de beweging van de vork te stoppen. Op hinderlijk bevoogdende toon zei ze: 'Tuurlijk, schatje. Tuurlijk...'

Ben schoof zijn pasta een beetje rond en zei zonder van zijn bord op te kijken: 'En wat is er over jouw werk voor nieuws te melden, Denise? Nog opwindende systeemcrashes? Interessante virussen waar je ons iets over zou kunnen vertellen...?'

Thorne nam zijn eerste hap en zocht Eves blik. Ze glimlachte en haalde lichtjes haar schouders op. Toen keek hij even naar Denise en Ben, die elkaars blik ontweken. De ruzie mocht officieel dan voorbij zijn, ze waren duidelijk vastbesloten een beetje ten koste van elkaar te gaan zitten scoren.

'Oké.' Eve sloeg haar armen over elkaar. 'Als jullie elkaar nou geen kus geven en het weer goed maken, dan sodemieter je maar op naar hiernaast en bestel je maar een pizza. Redelijk toch?'

Eerst sloeg Denise haar ogen op naar Eve, die haar best deed serieus te kijken, en toen Ben. Geconfronteerd met Eves quasi-ergernis leek de antipathie tussen de twee weg te smelten. Ze schudden vlug hun hoofd, zoenden elkaar in de nek en zeiden sorry dat ze zo stom bezig waren. Thorne keek hoe ze alle drie elkaars handen vastpakten, waarna ze zonder gêne hun verontschuldigingen aanboden, aan hem en aan elkaar. Hij was getroffen door de dynamiek tussen deze mensen, die duidelijk heel goede vrienden waren, en door de warmte en de hechtheid van hun vriendschap.

Hij glimlachte en wuifde hun verontschuldigingen weg – hij was ervan onder de indruk en er jaloers op...

Toen zijn telefoon ging, leunde Denise naar voren: ze leek het echt spannend te vinden. 'Dit zou wel eens de eerste van die moordenaars kunnen zijn, Tom...'

Er verstrakte iets in zijn binnenste toen hij de naam van de beller op het schermpje zag verschijnen. Heel even overwoog hij de keuken uit te lopen alvorens het gesprek aan te nemen, en misschien zelfs wel te doen alsof het inderdaad om werk ging. Maar hij bedacht dat hij de zaak dramatiseerde, zei geluidloos 'sorry' en beantwoordde toen de telefoon.

'Dit is erg, Tom. Heel erg. Ik ben bezig mijn spullen voor morgen klaar te leggen. Klaar voor de trip. Ik leg alles op bed, probeer een keuze te maken en nu is er een probleem met dat blauwe pak...'

Thorne luisterde en keek hoe Eve en haar vrienden net deden alsof ze niet luisterden, terwijl zijn vader met angstwekkende snelheid van panisch compleet hysterisch werd. Toen hij alleen nog maar gesnik door de telefoon hoorde, schoof hij zijn stoel achteruit, richtte zijn ogen op de vloer en liep van tafel af.

'Pa, luister eens, ik ben er morgenvroeg, zoals ik beloofd heb.' Hij liep naar het keukenraam en keek uit over de London Fields. Het licht boven op Canary Wharf knipoogde terug. Onderwijl stond hij zich af te vragen of Eve en de anderen het gehuil konden horen, en dacht hij na over wat hij zou doen.

Eve stond op en kwam naar hem toe. Ze legde haar hand op zijn arm.

'Niks aan de hand, pa,' zei Thorne. 'Luister, ik moet eerst naar huis, akkoord? Ik moet mijn spullen pakken en dan de huurauto ophalen. Rustig nou maar. Oké? Ik kom zo snel mogelijk...'

De verwaande trut achter de receptiebalie keek Welch aan alsof ze dacht dat hij wat zou gaan pikken. Alsof hij een stuk stront was dat een van die zakenlieden die luid lachend in de bar zaten onder zijn schoen naar binnen had gelopen. Terwijl dit nou ook niet bepaald het Ritz was...

'Ik heb een paar dagen geleden gebeld om te reserveren,' zei Welch.

De receptioniste keek op haar computerscherm en pleisterde een glimlach op haar gezicht die tegelijk nep en ijzig was. 'Ik zie het, ja,' zei ze. 'Eén nacht maar, hè?'

Welch had zin om over de balie te gaan hangen en haar een klap te verkopen. Hij wilde al bijna naar de manager vragen om de service en de beleefdheid te eisen waar hij verdomme recht op had. 'Ja, één nacht ja. Ontbijt zit erbij in, toch?'

Het meisje keek niet op. 'Ja, meneer, het ontbijt is bij de kamerprijs inbegrepen.'

Ineens vroeg Welch zich af wat er zou gebeuren als ze 's ochtends met z'n tweeën naar beneden zouden komen. Hij wist niet of ze voor het ontbijt zou willen blijven. Hij dacht erover ernaar te vragen, maar besloot dat toch maar te laten.

'Een ogenblikje, meneer...'

Terwijl de receptioniste op haar toetsenbord zat te rammen keek Welch rond in de lobby. De planten waren van plastic. Het grijze tapijt zag eruit alsof het je zou ontvellen als je erop viel. Naast de balie stond een bord met daarop 'Het Greenwood Hotel in Slough heet Thompson Mouldings Ltd. van harte welkom'...

'Zo, meneer. Als u dit even zou willen invullen.' Ze schoof hem het boekingsformulier toe. Hij moest een paar seconden nadenken voordat het adres van het pension hem te binnen schoot. 'Ik heb ook een slip met uw creditcardgegevens nodig. Er zal niets op in rekening worden gebracht, maar...'

'Dat is niet nodig. Ik betaal contant.' Hij ondertekende het formulier en stak zijn hand in de zak van zijn jasje, waar het pak tientjes in zat.

'Prima.'

Welch haalde het geld tevoorschijn. Hij had wel een creditcard die hij had kunnen gebruiken, maar hij wilde dat zij het contante geld zag. Hij schoof het elastiekje eraf en begon het bedrag af te tellen. Het pension was een godsgruwelijk oord, maar het had zo zijn voordelen om 'zonder vaste woon- of verblijfplaats' te worden vrijgelaten. Het zakgeld dat je dan bij vrijlating kreeg, was ruim tweemaal zo hoog als normaal.

'Vooraf betalen hoeft niet. U rekent af wanneer u uitcheckt.' Ze legde een sleutelkaart boven op de stapel geldbriefjes en schoof het hele zaakje naar hem terug. 'Kamer 313. Derde verdieping.'

Hij pakte zijn geld en probeerde niet te schreeuwen. 'Dat weet ik ook wel. Ik weet best wat je geacht wordt te doen, ja?'

De receptioniste begon te blozen en draaide zich van hem af.

Welch pakte de plastic zak van de grond met daarin een tandenborstel, condooms en een schone onderbroek en sokken voor 's ochtends. Hij overwoog zich in de bar bij de club van Thompson Mouldings te voegen en even snel iets te drinken. Maar bij nader inzien ging hij toch maar meteen naar zijn kamer, om eventueel een douche te nemen en te proberen van elke minuut te genieten...

Hij liep naar de lift en grijnsde naar niemand in het bijzonder.

Dit waren dingen die zich alleen op familiebruiloften voordeden. Thorne wist gewoon dat ze elders nooit konden gebeuren: een oude vrouw, op z'n minst zeventig, die in een hoekje onhandig met een klein jongetje stond te dansen; twee vrouwen van in de veertig die over de tafel heen naar elkaar zaten te schreeuwen en hun stem zo verhieven dat hun opmerkingen over het eten/de jurk/de bediening boven Madonna/Oasis/George Michael uit te verstaan waren; kleine kinderen die op hun knieën over de geboende dansvloer gleden, terwijl nog kleinere kinderen schreeuwden, of vochten om ondanks de luide muziek wakker te blijven.

Tussen sommigen bestond een bloedband, tussen anderen bestond maar voor een paar uur een band. Ze lonkten naar elkaar, of staarden elkaar aan tot een van de twee de ogen neersloeg. Voor een wip of een vechtpartij was niet veel meer nodig dan een blik of een pilsje...

Het was twintig minuten geleden dat het gelukkige paar de vloer op was gegaan om op 'Lady in Red' de dans te openen, en Thorne was nog niet van zijn stoel in de hoek af gekomen. Hij kon van daaraf zien wat er in de grote zaal gebeurde en tegelijkertijd zijn pa in de smiezen houden.

Hij keek naar de overkant van het zaaltje. Zijn vader zat niet meer aan de bar. Thorne stond op, bestelde nog een Guinness en terwijl zijn bier helder stond te worden, liep hij de grote zaal in.

Hij passeerde mensen die hij niet goed of helemaal niet kende en wier gezicht gekleurd werd door de ongelofelijk armoedige lichtinstallatie van de dj – eerst rood, dan groen, dan blauw. Aan de andere kant van de zaal gekomen keek Thorne naar rechts, en door de gewelfde doorgang die naar een ander, kleiner zaaltje leidde, zag hij zijn vader in zichzelf mompelend langs het buffet schuifelen en veel meer dan hij ooit zou opeten op een papieren bord stapelen...

'Rustig aan, pa. Hoeveel kippenpootjes kan een mens nou helemaal op?'

'Bemoei je met je eigen zaken...'

'Het is te veel... kijk uit, hou je hand eronder...'

'Verdomme...'

Het dunne karton boog door, het kon zoveel voedsel niet dragen. Het bord klapte in elkaar. *De matras zakte door onder het gewicht van de dode man...*

Ineens was Thorne boos op zijn vader, boos omdat hij voor verzorger moest spelen. En nog bozer omdat hij wist dat er geen moer zou gebeuren, ook al was hij nu thuis: aanknopingspunten waren er niet meer en nieuwe perspectieven evenmin. Er was geen reden waarom hij gemist zou worden.

Hij bukte zich om het eten dat op de grond was gevallen op te rapen, maar hij bedacht zich en schopte het onder de tafel.

De kamer was werkelijk allejezus groot. Of misschien leek hij alleen maar groot. Hij wist dat zijn gevoel voor perspectief nog wat vervormd was. Christenenzielen, wat een luxe om zonder gezelschap te kunnen schijten...

Welch had de grootste moeite om zich te bedwingen en niet naar de badkamer te hollen om zich af te trekken. Toen Jane in het pension contact met hem had gezocht, had hij dat wel gedaan: hij had een van haar foto's gepakt en zich afgerukt. Hij had haast niet kunnen geloven dat ze voorstelde wat ze voorstelde.

Hij was verpletterd geweest: hoe had ze geweten waar hij was? Niet dat het hem ene moer kon schelen, hij was gewoon dolgelukkig. Hij had niet gedacht nog iets van haar te horen. Hij had verondersteld dat ze zo'n stomme slet was die het lekker vond om naar gevangenen te schrijven zolang ze vast zaten, maar zich uit de voeten maakte zodra ze vrijkwamen. Hij was daar zelfs zo zeker van geweest, dat hij de brieven die ze hem in de gevangenis had geschreven toen hij vrijkwam had weggegooid. Maar de foto's had hij natuurlijk gehouden. Nooit van z'n levensdagen zou hij die weggooien...

Hij haalde de enige foto van Jane die hij had meegenomen tevoorschijn. Godallemachtig, wat zag ze er adembenemend uit. Hij droomde ervan dat ze de hoofdkap zou meebrengen en misschien zelfs de handboeien. Stiekem had hij de foto meegenomen in de hoop dat zij samen datzelfde nog eens in het echt zouden kunnen beleven.

Hij had heel lang geprobeerd zich een voorstelling te maken van hoe ze er onder de kap uit zou zien, of met haar gezicht uit de schaduw getild, maar nu hij op het punt stond haar te ontmoeten kon het hem in alle eerlijkheid niks schelen. Hij kende haar lichaam, hij wist dat ze het aan hem zou uitleveren en dat ze hem zou toestaan het te gebruiken. En afgezien daarvan had hij altijd gevonden dat het als het erop aankwam niet uitmaakte hoe een vrouw eruitzag zolang ze seksueel beschikbaar was.

Welch liet langzaam een lange zucht ontsnappen en keek op zijn horloge. Hij streelde zichzelf door zijn broek heen en wist niet of hij zich wel zou kunnen beheersen als ze niet een beetje opschoot...

Er klopte iemand op de deur. Drie keer. Zachtjes.

Op weg terug naar de bar, zijn vader was nu in veiligheid, was Thorne door zijn tante Eileen bij z'n lurven gepakt. Ze vroeg of hij zich amuseerde en of hij niet eventjes wilde praten met een van haar neefjes, die overwoog om bij de politie te gaan. Thorne bedacht dat hij nog liever een lijk zou wassen, zei toen dat hij dat natuurlijk graag deed en baande zich een weg terug naar de plek waar hopelijk zijn bier nog zou staan...

Hij sloeg in één keer eenderde ervan achterover en terwijl het bier naar binnen gleed, zag hij dat er aan de andere kant van de bar norse blikken werden uitgewisseld: een neef en de getuige van de bruid leken wel zin te hebben in een robbertje vechten. Thorne besloot dat hij geen vinger zou uitsteken, al ramden ze elkaar onder zijn ogen de hersens in.

Hij besefte dat hij het bij het verkeerde eind had gehad: dit soort dingen gebeurde niet alleen bij bruiloften in familiekring. Mogelijk met uitzondering van de disco, kon je dit alles ook bij begrafenissen in familiekring hebben. Het sleutelwoord was 'familie', met een langgerekte tweede lettergreep en uitgesproken met een spreekwoordelijke priemende vinger, tenminste als je een personage uit *Eastenders* of een tv-persoonlijkheid met een aangeleerd Londens accent was, of als je uit een bepaald deel van zuidoost-Londen kwam.

Thorne keek naar de andere kant van de bar. Hij vermoedde dat de narigheid pas later zou beginnen. Op de parkeerplaats misschien.

Het waren gebeurtenissen zoals deze, bedacht hij – geboortes, huwelijken en sterfgevallen – waardoor onderdrukte gevoelens aan de oppervlakte kwamen en instabiel werden. Waardoor ze opborrelden en in draaikolken van bier en bacardi begonnen te wervelen. Sentimentaliteit, agressie, jaloezie, argwaan en hebzucht.

Geschiedenis. De banden, de kabels die je binden, maar waar een kink in zit...

Dit waren de dingen die gereserveerd waren voor de mensen die het dichtst bij ons stonden, die voor vreemdelingen verborgen werden gehouden, ook al waren de meesten van je familieleden juist vreemdelingen voor je.

Thorne zag een knul van een jaar of zestien, zeventien door de bar op hem af komen. Dat was waarschijnlijk het neefje dat carrièreadvies wilde. Bij nader inzien was Thorne precies in de juiste stemming om hem wat raad te geven...

Misschien zou hij beginnen met een paar cijfers. Zoals het aantal moorden dat werd gepleegd door personen die het slachtoffer niet kende. En hoe klein dat was in vergelijking met het aantal dat werd gepleegd door personen met wie het slachtoffer een bloed- of relationele band had. Hij zou de jongen vertellen dat hij, wanneer het op families aankwam, op de spanningen binnen families en op de daden die in hun naam werden gepleegd, nooit maar dan ook nooit ergens verbaasd over moest zijn. Hij zou dat stomme, gretige jonge ventje vertellen dat families gevaarlijk waren.

Dat ze tot alles in staat waren.

Toen de man de deur was binnengekomen, begreep Welch onmiddellijk dat hij in de sores zat.

De man had een uitdrukking op zijn gezicht die Welch herkende en die hij in al zijn jaren in de gevangenis had proberen te vermijden. Het was de uitdrukking die hij vaak op de gezichten van gewone, onvervalste moordenaars en gewapende overvallers had gezien. Dezelfde uitdrukking van minachting, van bedreiging, die Caldicott daar beneden in die waskamer moest hebben gezien voor ze in een flits zijn gezicht hadden verbrand.

Welch bedacht dat hij misschien meer had moeten tegenstribbelen, maar hij kon maar weinig doen. Die man was veel sterker dan hij. Zijn jaren in de bak hadden hem mentaal harder gemaakt, maar zijn lichaam was zacht en kwabbig geworden. Hij had te veel tijd doorgebracht met lezen en bij lange na niet genoeg in de sportzaal...

In zijn laatste momenten bedacht Welch dat pijn zoveel erger was wanneer je er niet tegen kon vechten, wanneer je niet tegen de aanwezigheid ervan kon protesteren...

De schreeuw in zijn keel werd geblokkeerd door wat er om zijn nek werd gegooid, wat het ook was, en teruggebracht tot een gesmoord, pruttelend gesis. Ook zijn lichaam kon niets doen. Het trok zich instinctief bij de pijn vandaan, maar elke ruk weg van het trekken en de stekende pijn verstrakte slechts de greep van de waslijn die de lucht uit hem perste.

Welch drukte zijn hoofd omlaag naar het tapijt en voelde de waslijn dieper in zijn nek en zijn tanden dieper in zijn tong dringen. Hij verzette zich tegen de handen die zijn nek weer omhoogtrokken, hij verdraaide zich en in de laatste seconden voor zijn dood nam zijn lichaam een foetushouding aan.

Ik sterf als een baby, dacht Welch. Zijn ogen waren opengesperd, maar zagen niets binnen in de kap, en eindelijk begon er een zachtere, donkerder duisternis over hem neer te dalen...

Thorne had zojuist zijn vader in bed gestopt. Hij stak net de gang over naar zijn eigen kamer, toen zijn telefoon ging. Hij liet hem rinkelen tot hij in zijn kamer was.

'Je bent nog laat op...'

'Mooi toch?' zei Eve. 'Morgen uitslapen. En, hoe was de bruiloft?'

'Perfect. Saaie speeches, smerig eten en een vechtpartij.'

'En de huwelijkssluiting zelf...?'

'O dat? Ja, die ging wel...'

Ze lachte. Thorne ging op bed zitten, klemde de telefoon tussen schouder en kin en begon zijn schoenen uit te trekken. 'Hé, het spijt me echt van gisteravond...'

'Doe niet zo gek. Hoe is het met je vader?'

'Nou ja, vervelend. Maar goed, dat was-ie daarvoor ook al...' Thorne dacht dat hij aan de andere kant van de lijn verkeersgedruis kon horen. Hij vermoedde dat Eve uit was geweest, maar besloot niet te vragen waar. 'Nee, maar serieus. Sorry dat ik er ineens vandoor ging. Is het eten nog opgegaan?'

'Maak je geen zorgen, dat komt nog wel op...'

'Sorry...'

'Het geeft niet. Er zou sowieso een massa zijn overgebleven. Ik had een hele lading gemaakt en Denise eet haast niks, dus ik zou me maar geen zorgen maken.'

Thorne begon zijn overhemd open te knopen. 'O ja, wil je Denise en Ben trouwens nog bedanken voor het vermaak...'

'Dat was goed, hè? Ik denk dat ik er iets te vroeg een eind aan heb gemaakt. Ik weet zeker dat er iemand een glas wijn in zijn gezicht had gekregen als ik nog een minuut had gewacht...'

'Volgende keer beter.'

Ze gaapte luidruchtig. 'O god, sorry...'

'Ik laat je maar naar bed gaan,' zei Thorne. Hij stelde zich voor dat ze achter in een taxi zat die voor haar huis stopte.

'Slaap lekker, Tom.'

Thorne ging op z'n rug op bed liggen. 'Hé, weet je nog, die schaal van een tot tien? Mag ik omhoog naar acht...?'

Acht uur later ging Thornes telefoon opnieuw. Het hardnekkige gepiep haalde hem uit de diepten van een diepe slaap omhoog; het trok hem uit een droom waarin hij het doodbloeden van een man probeerde te voorkomen. Steeds als hij zijn vinger op een gaatje legde, verscheen er een ander, alsof hij Chaplin was die een lek probeerde te dichten. Net toen het erop leek dat hij alle wonden had bedekt, begon het bloed uit een aantal gaten in hemzelf te spuiten.

'Je moest maar terugkomen,' zei Holland.

'Vertel op...'

'De moordenaar heeft weer een krans besteld...'

DEEL TWEE

Als licht

27 november 1996

Toen hij bukte om de autosleutels die hij had laten vallen op te rapen, kromp Alan Franklin ineen van de pijn. Het was veertien dagen voor zijn pensioen, en als een precisiewekker maakte zijn lichaam hem duidelijk dat het exact het juiste moment was. De rugpijn en het gepraat over een huisje voor hun oude dag waren vrijwel op dezelfde dag begonnen...

Hij kwam overeind en zijn luidruchtige uitademing echode door de vrijwel verlaten parkeergarage. Ze zouden er vanavond waarschijnlijk wel weer over praten, zij tweeën, met een fles wijn erbij. Sheila voelde het meest voor Frankrijk, terwijl hij graag naar Spanje wilde. Hoe het ook zij, ze gingen weg. Er was per slot van rekening niets dat hen hier hield. De drie kinderen die hij met Emily had, waren volwassen en kregen nu zelf kinderen. Natuurlijk zou hij zijn kleinkinderen missen, maar Sheila en hij zouden toch niet ver weg zitten. Ze waren niet echt aan iets of iemand gebonden...

Hij tastte naar het sleuteltje van de Rover en bracht het naar het slot.

Sheila zou uiteindelijk waarschijnlijk haar zin krijgen, zo ging dat gewoonlijk. Het moest gezegd dat ze het vaak bij het rechte eind had. Zo ook deze ochtend, toen ze tegen hem had gezegd dat het zou gaan vriezen en dat hij zich dik moest aankleden.

Hij draaide de sleutel om en de centrale vergrendeling kwam omhoog.

Toen hij zijn hand naar de portierkruk uitstak, zoefde er iets voor zijn ogen langs wat keihard in zijn hals snoerde en hem naar achteren trok, zodat hij viel...

Hijzelf raakte de grond eerder dan zijn koffertje, nog voordat hij de kans had gehad te schreeuwen. Eén been lag gebroken en gebogen achter hem, het andere gestrekt voor hem, zijn handen schoten naar zijn keel en zijn vingers wurmden zich tussen zijn hals en de waslijn.

Vreemde handen graaiden naar zijn eigen handen, rukten aan zijn vingers, trokken ze weg. Er dreunde een vuist tegen de zijkant van zijn hoofd, en terwijl hij nadeinde van de schok voelde hij zijn vingers, verstijfd en onder het bloed, onder de waslijn vandaan glijden. En hete adem achter in zijn nek...

Hij zag zijn been uitschieten en zijn voet wanhopig tegen de vuile grijze wieldop van de Rover aan schoppen.

Ineens herinnerde hij zich het gezicht van de vrouw onder zich. Rook hij zichzelf, de aftershave die hij vroeger zo lekker vond. Voelde hij weer die kracht in zijn armen.

Hij zag haar benen tegen de dozen aan schoppen die aan beide kanten van het magazijn hoog opgestapeld stonden. Hoorde het doffe gebons van haar kousenvoeten tegen het karton. Hij voelde de beweging onder zich afnemen en toen stoppen, en hij zag dat ze haar ogen stijf dichtkneep.

Het leek heel snel donker te worden. Misschien was het licht in de parkeergarage op een soort tijdklok aangesloten en dimde het langzaam om elektriciteit te sparen. Hij kon nog net zijn voet zien, de hiel van zijn gaatjesschoen beukte nog tegen de wieldop aan, steeds weer opnieuw. Het goedkope plastic scheurde.

Toen was er alleen nog maar zwart en het ruisen van zijn bloed en het geluid van zijn hartenklop die in zijn oogbollen bonkte, terwijl de waslijn zich strakker trok.

Hij zag zijn echtgenote, die vanuit de tuin naar hem lachte, en de vrouw onder zich die haar hoofd probeerde weg te draaien, en toen weer zijn echtgenote en toen weer de vrouw, en uiteindelijk de vrouw waar zijn echtgenote had moeten staan die tegen hem zei dat het heel koud zou worden.

Die lachte en hem eraan herinnerde dat hij zijn sjaal niet moest vergeten…

TIEN

Carol Chamberlain was altijd een vroege vogel geweest, maar toen haar man even over zevenen met een wazige blik de keuken binnen schuifelde, was ze al enkele uren op. Hij knipte de waterkoker aan en liep wat voor zich uit te knikken. Hij had donders goed geweten dat ze na dat telefoontje maar moeilijk zou kunnen slapen.

Het was de avond daarvoor gekomen, tijdens het reclameblokje tussen *Stars in Their Eyes* en *Blind Date* in. Zodra de beller zich bekend had gemaakt en was begonnen te vertellen wat hij wilde, had Carol begrepen waarom Jack zo'n vragende uitdrukking op zijn gezicht had gehad toen hij haar de hoorn gaf.

Ze had alles wat de commandant te zeggen had, aangehoord. Door de hoorbare wrevel in zijn stem was duidelijk dat ze veel meer vragen had gesteld dan hij had verwacht. Na een kwartier had ze ermee ingestemd na te denken over wat haar was gevraagd.

Het nieuwe team was opgezet, zo werd haar verteld, om een deel van de werkkracht die in de jaren daarvoor – hoe had hij het nou gezegd? – was verspild, weer te benutten. Het idee was eigenlijk dat oud-agenten die heel bekwaam waren geweest, hun waardevolle, langjarige ervaring konden inzetten voor het opnieuw onderzoeken van oude, onopgeloste zaken. Dat ze er met een frisse blik naar konden kijken...

Sinds ze had opgehangen en weer samen met Jack naar de zaterdagavondtelevisie zat te kijken, had Carol het grootste deel van de tijd op twee gedachten zitten hinken. Ze was beslist 'verspilde werkkracht', maar al wilde ze nog zo graag iets doen, dolgraag zelfs, ze had ook iets aarzelends in de stem van de onbeschrijfelijk jonge commandant gehoord. Ze voelde onmiddellijk dat hij, en ook vele anderen, al hordes oud-agenten op leeftijd voor zich zagen die met stokken en rollators uit Eastbourne kwamen aan schuifelen, met politiepasjes met ezelsoren wapperden en riepen: 'Ik kan nog goed mee, hoor. Ik ben pas tweeëntachtig, moet je weten...'

Jack zette een mok thee voor haar neer. Zachtjes zei hij: 'Je gaat het doen, hè liefje?'

Ze keek naar hem op. Haar glimlach was nerveus, maar wel breder dan al enige tijd het geval was geweest.

'Ik kan nog goed mee,' zei ze.

Terwijl Thorne uit Hove terug naar huis was geracet en de gehuurde Corsa over drie verschillende snelwegen had gejaagd, had Brigstocke de plaats delict in het Greenwood Hotel afgezet. Toen Thorne arriveerde, was het bijna drie uur geleden dat ze het lijk hadden ontdekt dat later zou worden geïdentificeerd als dat van Ian Welch, en meer dan twaalf uur geleden dat hij was omgebracht. Thorne kon niet veel meer doen dan een tijdje naar hem staan staren.

'Mmm, het is wel een iets mooier hotel,' zei Hendricks.

Holland knikte. 'Ze hebben zelfs koffie laten brengen...'

'Er hangen ook bewakingscamera's in de lobby,' zei Brigstocke. 'Vrij eenvoudige apparatuur denk ik, maar je weet nooit.'

Het was een klassiek zakenliedenhotel. Broekpersen, waterkokers en theezakjes, en heel ordinaire zeep in de badkamer. Het verschil tussen deze eenvoudige, schone kamer en het hol waar ze drie weken daarvoor in hadden gestaan, had niet groter kunnen zijn. Afgezien natuurlijk van dat ene, gruwelijke element dat ze gemeenschappelijk hadden.

Net als toen in Paddington was het bed afgehaald en het beddengoed verdwenen. De kleren lagen overal verspreid, maar het lichaam zelf was heel exact gepositioneerd. Precies in het midden met het hoofd naar de muur, een riem om de polsen en witte handen waar het bloed uit getrokken was. En de kap, de kring rond de nek, de opgedroogde roodbruine sporen die als jusvlekken langs de dijen omlaag kronkelden...

Deze man leek wat ouder dan Remfry. Achter in de veertig misschien.

Brigstocke vertelde Thorne het weinige dat ze wisten. Staand bij het raam, met één oog op de velden achter de doorgaande weg, nam Thorne de informatie in zich op. Ze bevonden zich op twee minuten van de snelweg en op vijftig meter van een grote rotonde, maar op deze zondagochtend hoorde Thorne niets anders dan vogelgekwetter en het geritsel van een lijkzak.

Dit keer had de moordenaar zijn bloemenhulde persoonlijk besteld. De order was even na halfnegen de avond ervoor geplaatst bij een bloemist die dag en nacht open was, en betaald met de bankpas van het slachtoffer. Dankzij dat feit wisten ze al hoe de overledene heette...

'Hij wilde dit keer geen bericht inspreken,' zei Brigstocke.

Thorne haalde zijn schouders op. Ofwel de moordenaar had van zijn fout geleerd, ofwel hij had al gedaan wat hij moest doen door zijn stem op het antwoordapparaat van Eve Bloom achter te laten.

'Een bloemist die dag en nacht open is?' Thorne schudde zijn hoofd. 'Wie heeft er nou in godsnaam midden in de nacht bloemen nodig?'

'Ze zijn niet echt dag en nacht open,' zei Brigstocke. 'Maar tot minstens tien uur is er wel altijd iemand. Ze garanderen niet dat je bloemen de volgende ochtend worden bezorgd, maar kennelijk hebben ze in dit geval vanwege de aard van de bestelling extra hun best gedaan...'

Om negen uur 's ochtends was een bezorger met de rouwkrans de hotelreceptie binnen komen wandelen. Ietwat overdonderd had de receptioniste kamer 313 gebeld, en toen ze geen gehoor kreeg, had ze de bezorger gevraagd even te wachten en was ze naar de kamer gegaan. Vijf minuten later had haar gegil het merendeel van de hotelgasten gewekt.

'Meneer...?'

Thorne draaide zich van het raam af en zag Andy Stone binnenkomen. Hij had een stuk papier in zijn hand, grijnsde en kwam haastig naar Thorne en Brigstocke toe gelopen.

'Welch heeft onder zijn eigen naam ingecheckt,' zei Stone.

Brigstocke haalde zijn schouders op. 'Er was voor hem toch niet echt reden om dat niet te doen? Hij dacht dat hij hier kwam om genaaid te worden.'

'Nou, genaaid is-ie zeker,' zei Holland.

Toen Stone uitgelachen was, trok Thorne zijn aandacht weer. 'Ga door...'

Stone keek op het papier. 'Ian Anthony Welch.' Hij draaide zich half naar het lijk om. 'Acht dagen geleden vrijgelaten uit Wandsworth. Na drie jaar van een gevangenisstraf van vijf wegens verkrachting.'

Tegen niemand in het bijzonder zei Thorne: 'Ik weet niet waarom we daar niet eerder aan hebben gedacht. Remfry is niet omgebracht om wíe hij was. Welch en hij zijn omgebracht om wát ze waren. Tjezus, dit is het soort zaak waar wij normaal gesproken door anderen voor worden ingeroepen...'

Brigstocke rekte zich uit en zijn plastic overall kraakte. 'Nou, dit keer hebben we onze eigen zaak.'

Er gingen nu dingen veranderen. In de voorgaande week tot anderhalve week waren de prioriteiten verlegd. Oudere zaken die vlak na de Remfry-moord waren gedegradeerd, waren drie onsuccesvolle weken later ineens weer naar voren geschoven. Een aantal leden van het team zat plotseling tot aan zijn ellebogen in de voorbereidingen voor een proces over een geval van huiselijke geweldpleging, was bezig met de administratieve afhandeling van de arrestatie van een tiener die zijn vriend had neergestoken voor een computerspelletje, of was de papieren aan het verzamelen met betrekking tot een drugsgerelateerde schietpartij. Deze herverdeling van werkkracht was normaal en zou nu opnieuw moeten plaatsvinden. Nu de Remfry-moord plotseling de Remfry- en Welch-moorden waren geworden, zouden de simpeler zaken weer op een lager pitje worden gezet.

Team 3 zou nu helemaal geen andere zaken meer behandelen...

'Een, twee, drie...'

Thorne keek hoe vier agenten het lijk van de matras op de zwarte lijkzak tilden die naast het bed op de grond was uitgespreid. De riem was verwijderd, maar de handen lagen nog strak ineengeklemd en met verstrengelde vingers op de rug. De rigor mortis was al uren daarvoor ingetreden, en het lijk rolde vreemd op z'n zij met de knieën tegen de borst. De agenten keken elkaar aan en na enkele seconden stapte er een brigadier naar voren. Hij legde zijn hand op de borstkas en terwijl hij het lijk op de rug draaide, duwde hij de benen zover mogelijk naar beneden. Hij kreeg het lichaam net plat genoeg om de zak te kunnen dichtritsen.

'Wat ik nog vergeten ben te vragen,' zei Brigstocke, 'hoe was de bruiloft?'

Thorne stond nog naar de brigadier te kijken, die zijn ogen dichthield zolang zijn handen met het naakte lichaam in contact waren.

'Niet heel veel gezelliger dan dit,' zei Thorne.

Een kwartier later, net na twaalven, verzamelde het kernteam zich in de lobby. Ze zouden zo dadelijk ieder huns weegs gaan. Om twee uur zou de lijkschouwing erdoor worden gejaagd. Thorne zou dan achter Hendricks aan naar het Wexham-ziekenhuis rijden, en Brigstocke en de anderen zouden teruggaan naar het bureau.

Terwijl de hoofdinspecteur eerst met Jesmond aan de telefoon was en toen met Yvonne Kitson, die zich in de projectkamer bevond, zaten de anderen met een pot koffie in nepleren fauteuils. Wat minder geanimeerd dan het groepje hotelpersoneel en gasten keken ze door de dikke glazen ramen van de receptie hoe het lijk in de lijkwagen werd geladen.

Brigstocke liet zijn mobieltje weer in de binnenzak van zijn jack glijden en kwam bij hen zitten. 'Zo, iedereen weer bijgepraat, inclusief ikzelf...'

'Wat heeft de alwetende recherchechef voor wijze woorden gesproken?' vroeg Thorne. Buiten reed de lijkwagen weg. Hendricks zwaaide toen hij in zijn auto stapte en erachteraan ging. Ten antwoord stak Thorne zijn hand op.

'Niks waar ik iets tegenin te brengen heb,' antwoordde Brigstocke. 'We hebben hier al verslaggevers staan voordat ze nieuwe lakens op het bed hebben gelegd. Dus... officieel kunnen we een verband met de Remfry-moord bevestigen noch ontkennen.' Hij liet een stilte vallen om zich ervan te verzekeren dat de boodschap overkwam. 'Dat is verstandig. Voor de sensatiepers zou dit een buitenkansje zijn. Die zou tekeergaan over burgerwachten en opiniepeilingen houden. "Doet de moordenaar goed werk? Ja of nee?"'

'Behoort dat tot de mogelijkheden, denkt u?' vroeg Stone. 'Dat dit het werk van een soort burgerwacht zou zijn?'

Thorne pakte de koffiepot en schonk zichzelf nog een kopje in. 'Dit is iets heel persoonlijks. De man die dit doet, doet het niet voor jou of voor mij...'

'Misschien,' zei Brigstocke. 'Maar hoe het ook zij, er zullen toch mensen zijn die zich afvragen of we de dader niet dankbaar zouden moeten zijn...'

De hotelmanager kwam zachtjes pratend met een groepje gasten in golfkledij door de receptie gelopen. Bij de hoofdingang bleven ze staan en babbelden nog wat. Toen gaf de manager hen een hand en keek vervolgens hoe de verbijsterde golfers hoofdschuddend onder het afzetlint van de politie door doken. Thorne moest niet veel hebben van golf, maar ze hadden bij de eerste tee nu wel iets anders om over te praten dan nieuwe auto's en vakanties, vermoedde hij.

Brigstocke schraapte zijn keel. 'Oké. De technische jongens werken zo hard als ze kunnen, maar terwijl we daarop wachten, is er voor ons ook nog genoeg te doen...'

'Dat gaat niks opleveren,' zei Thorne. 'Deze kamer is weliswaar schoner dan die andere, maar het is altijd nog een hotel. Ze zullen tot volgende week bezig zijn met sporen verzamelen.'

'Wie weet hebben we geluk,' zei Holland.

'De kans dat je zaterdagavond zes getallen goed hebt, is groter...'

Brigstocke tikte met een lepeltje tegen zijn koffiekopje. 'Laten we het opvijzelen van het moreel even onderbreken en bespreken wat we wel kunnen doen, akkoord...?'

Holland stak zijn hand op. 'Ik vraag officieel toestemming om als ik zaterdag inderdaad zes goeien heb, van de zaak af te gaan en 'm met een topmodellentweeling naar Rio de Janeiro te smeren.' De paar seconden dat er gelachen werd, deden iedereen goed.

'Ik wil exact weten wat Ian Welch heeft gedaan sinds hij is vrijgekomen,' zei Brigstocke. 'Waar hij heeft overnacht en wie hij heeft ontmoet...'

Stone kwam ertussen: 'Hij had geen vaste woon- of verblijfplaats. De gevangenis heeft me het adres van een pension gegeven...'

Brigstocke knikte. 'Goed zo, en je zult nog heel wat meer gevangenisdirecteuren bellen voordat we hiermee klaar zijn. We moeten contact opnemen met alle gevangenissen in het land waar zedendelinquenten zitten en met iedereen praten wiens vrijlating aanstaande is. En dat is dan nog het makkelijke gedeelte. Verder gaan we alle aanranders, verkrachters en potloodventers die in het afgelopen halfjaar zijn vrijgelaten, opsporen om na te gaan of zij misschien ook brieven hebben ontvangen, en om ze te waarschuwen mocht dat het geval zijn.'

'Over hoeveel mensen hebben we het dan?' vroeg Holland.

Brigstocke pakte een pakje koekjes met plastic eromheen. Hij liet het tussen twee vingers bungelen. 'Op basis van de laatste cijfers van het ministerie van Binnenlandse Zaken denk ik dat er elke dag wel ergens in het land een ernstige zedendelinquent wordt vrijgelaten.' Hij trok het pakje met zijn tanden open, spuugde het plastic uit en keek de andere mannen om de tafel aan. 'Tja. Afschrikwekkend hè? Als we alleen maar tot het begin van het jaar teruggaan, moeten we al op zoek naar zo'n honderdvijftig mensen...'

Stone trok zijn wenkbrauwen op. 'Nou ja, van de meesten zouden we moeten weten waar ze zijn, althans in theorie. Maar evengoed is het misschien wel een gigantische klus.'

'Ja, misschien wel ja,' zei Brigstocke.

'Kunnen we dit wel verantwoorden? Ik bedoel, dit zijn natuurlijk niet bepaald onschuldige slachtoffers, zoals u al zei.'

Brigstocke knipperde met zijn ogen en deed zijn mond open om te gaan schreeuwen. Maar Thorne was hem voor. 'Dat is niet jouw zorg, Andy.'

'Weet ik. Ik zei het alleen maar...'

Thorne stak zijn hand op. 'Wat we in elk geval niet kunnen verantwoorden, zijn lijken...'

Ze liepen naar hun auto's. Brigstocke liep bij de anderen vandaan op weg naar zijn Volvo, en Thorne liep met hem mee. Hij wierp een blik in de richting van Andy Stone.

'Praat jij 'ns met 'm...'

Thorne knikte. 'Hmm, maar hij zei zo'n beetje wat jijzelf ook al had gezegd. Remfry, Welch, als je nagaat wat dat zijn en wat ze hebben gedaan. Sommige mensen denken misschien inderdaad wel zo...'

Brigstocke drukte op de afstandsbediening en met een schril geluidje werd het autoalarm uitgeschakeld. 'Ik heb het niet over wat hij net zei. Ik heb het over de Gribbin-kwestie.'

Dit had Thorne wel zien aankomen. Hij had geweten dat Stones gedrag tijdens de inval niet zomaar vergeten zou worden. 'O...'

'Maak je geen zorgen, het komt niet voor het Directoraat voor Professionele Maatstaven. Het is allemaal op de bescherming van dat meisje gegooid. Maar toch, ik wil graag dat jij hem laat weten dat hij over de schreef is gegaan.'

'Dat snap ik wel, ja...'

Brigstocke stapte in de auto en startte de motor. Langzaam reed hij weg. 'Bel me vanuit het Wexham zodra Phil klaar is...'

Terwijl Thorne naar de Corsa liep, kwam Holland met soepele tred over het grind aanlopen. 'Heb je zin om straks een biertje te pakken?'

'Waarschijnlijk wel meer dan een ook,' antwoordde Thorne.

Holland liet zijn hand over het voorspatbord van de huurauto glijden. 'Zo'n soort wagen zou jij ook moeten nemen.'

'O ja? Wanneer?'

'Ach kom op, die auto van jou is een wrak. Deze is mooi...'

'Hij is wit... en mijn auto is geen wrak...'

'Noem dan eens één ding dat er goed aan is.'

Thorne deed het portier van de Corsa open en aarzelde met instappen. 'Wat, zo uit m'n hoofd?'

Holland lachte en boog zich naar voren toen Thorne instapte. 'Als dit over een vrouw ging, dan had je haar gedumpt.'

Het elektrische raam gleed omlaag. 'Jij hebt een hele rare manier van denken, Holland.'

'Hoe gaat het trouwens met die bloemiste?'

'Dat gaat je niks aan.'

Er klonk wat gerommel toen de motor startte. Thorne keek opzij en zag dat Stone vanachter het stuur van zijn zilverkleurige Ford Cougar naar hen zat te kijken. Hij knikte naar het ding. 'Wat vind je van de auto van Stone?'

'Beetje opzichtig,' zei Holland.

Thorne zag dat Stone met zijn handpalm op het stuur sloeg. 'We moesten maar eens gaan. Zo te zien wil hij graag terug.'

Holland zette een stap bij de auto vandaan, maar bleef toen weer staan. 'Heeft je vader het leuk gehad op de bruiloft?'

'Mijn vader? Ja, ik denk van wel...'

'Wat ik je trouwens nog zeggen wou...' Stone toeterde. 'William Hartnell was de eerste Dr. Who. Heb ik op internet opgezocht.'

'Ik zal het tegen hem zeggen...'

Thorne draaide het contactsleuteltje om en keek hoe Holland naar Stones auto holde en instapte. Hij hoorde dat de muziek harder werd gezet toen de sportwagen langs hem heen de weg op raasde, haast zonder dat Andy Stone keek of er soms iets aan kwam.

Thorne keek op zijn horloge en zette de motor weer af. Het was nog niet eens één uur. De lijkschouwing zou pas om twee uur beginnen en het was maar tien minuten rijden naar het ziekenhuis. Hij bleef een paar minuten zitten en probeerde een keuze te maken tussen slapen en een zondagskrant. Toen hoorde hij in de verte ineens geschreeuw, een juichkreet en af en toe handgeklap. Het was een herkenbaar en aanlokkend geluid, dat op de warme middaglucht gemakkelijk ver droeg.

Het kostte hem twintig minuten om de plek waar ze speelden te vinden, bijna een halve kilometer verderop in een parkje langs de weg. Het seizoen begon pas over anderhalve maand, maar zondagvoetballers gaven net zo weinig om de kalender als om trivialiteiten zoals techniek en conditie. Een elftal in het rood en een elftal in het geel en een tiental gekken die toekeken en elke niet-mooie seconde ervan meebeleefden.

Thorne had niet contenter kunnen zijn. Hij stond aan de zijlijn en verloor zich in het spel. Over minder dan een uur zou hij toekijken hoe organen nauwgezet werden uitgesneden en hoe het vlees deskundig werd ingesneden en opzij geklapt...

Hij vond het lekker om een poosje naar een elftal in rood en een elftal in geel te kijken, terwijl ze rondrenden, schreeuwden en elkaar verrot liepen te schoppen.

Thorne pakte zijn biertje van de bar en draaide zich om. Behalve Yvonne Kitson en Russell Brigstocke, van wie een kind ziek was, waren de meeste wat hoger in de hiërarchie staande teamleden meegekomen. Er was een onuitgesproken behoefte aan ontspanning, aan een avondje uit waar ze de komende periode misschien niet veel tijd meer voor zouden hebben, nu de zaak in een hogere versnelling was gekomen. Nu er een tweede lijk was gevonden.

Thorne was niet van plan lang te blijven. Hij was kapot. Eén biertje, misschien twee, en dan ging hij naar huis...

Ze zaten aan een paar vrij kleine tafeltjes. Aan de ene kant zaten Holland en Hendricks met Andy Stone en Sam Karim, een brigadier die de officemanager was. Ze speelden 'neuken of sterven', een spelletje waarbij je moest kiezen tussen twee even onaantrekkelijke sekspartners dat de laatste paar weken op de hele afdeling Ernstige Delicten populair was geworden. De keuze tussen Ann Widdecombe en Camilla Parker-Bowles was aanleiding tot een verhitte discussie. Phil Hendricks probeerde zich verstaanbaar te maken en stelde dat hij als homo met geen van beiden zou moeten hoeven slapen. Zijn argument werd uiteindelijk geldig bevonden en hij mocht nu gaan piekeren over de keuze tussen Jimmy Saville en recherchechef Trevor Jesmond...

Als de Royal Oak al een themapub was, dan was niemand er ooit achter gekomen wat dat thema dan was, behalve veel drinken. Behalve dat het de pub het dichtst bij Becke House was, had de tent niets aanbevelenswaardigs. Er zat haast nooit iemand die geen politiepasje had, maar dat had misschien iets te maken met de vrij constante aanwezigheid van agenten.

Thorne keek rond. Het was zondagavond en de pub was vrijwel uitgestorven. Aan een tafeltje bij de wc's zat een stel in hun drankjes te staren alsof ze ruzie hadden gehad. Het was stil, op de seksueel expliciete beraadslagingen van zijn team na en de blikkerige muziekfragmenten die uit een ongebruikte quizautomaat in de hoek kwamen.

Er waren nauwelijks meer mensen dan eerder die dag in de snijkamer bij elkaar waren gekomen: Phil Hendricks; een drietal mortuariumassistenten; de leider van het technisch onderzoek; een forensisch fotograaf; een cameraman voor de video; de agent die als eerste in het Greenwood Hotel was aangekomen en moest bevestigen dat dit inderdaad het lijk was dat hij op het bed in kamer 313 had gezien; en Thorne...

Negen mensen bij elkaar in een koel vertrek met aansluitingen voor waterslangen, gemakkelijk schoon te houden oppervlakken en afvoerputten in de vloer. Het geringste gemompel of het gekraak van pepermuntjes werd versterkt en kaatste op de gebarsten, crèmekleurige tegels terug. Een klein groepje dat wachtte tot de bedekking van het lijk van Ian Welch werd afgenomen en het lichaam uit elkaar werd gehaald.

Thorne was al bij honderden lijkschouwingen aanwezig geweest, en hoewel het een proces was waarin hij had berust, had hij de laatste tijd gemerkt dat hij het toch maar moeilijk achter zich kon laten. Dat hij het maar moeilijk van zich af kon schudden. Alleen deed de aanslag op de ingewanden op zich hem nu veel minder dan de kleine details, de zintuiglijke bijzonderheden, die hem na zo'n sessie wel dagen konden bijblijven...

Een stel hersenen dat zachtjes in een glazen pot plofte, wanneer hij in de vroege uurtjes wakker schrok.

Het korte slurpgeluidje, dat leek op het zuigende geluid van het vlees rond de vinger die erin werd geduwd, wanneer hij zijn zojuist geschoren gezicht bette en het water spiraalsgewijs wegliep.

Een geur op zijn werk, de lucht van iets heel rauws die zich ergens diep in het mengsel van zweet en kantinevoedsel schuilhield...

Negen mensen, vreemden voor elkaar, die samen als de gegeneerde gasten op een bizar feestje stonden te wachten. *Dat akelige gat tussen het moment dat je arriveert en het moment dat er daadwerkelijk iets gebeurt...*

Uiteindelijk had Hendricks het witte laken weggetrokken en de even witte agent gevraagd te bevestigen dat dit het lijk was dat hij eerder had gezien. De man keek alsof het enige wat hij kon bevestigen razendsnel uit zijn maag omhoogkwam. Hij slikte moeizaam.

'Ja,' zei hij.

En weg waren ze...

Holland was naar de bar gelopen om een rondje te bestellen en Thorne ging op zijn plaats naast Andy Stone zitten. Karim boog zich naar hem over, hij wilde Thorne graag in het spel betrekken. Maar voordat hij iets kon zeggen, draaide Thorne zich van hem af, de hoek in, waar Stone zat.

'Wat een idioot spel,' zei Stone. Thorne was er nog maar net, maar Stone klonk alsof hij drie of vier biertjes op hem voor lag. 'Als je moet kiezen tussen neuken of sterven, dan neuk je toch met iedereen? Dus waar slaat dit nou op?'

Thorne slikte een slok bier door en boog zich nog een stukje dichter naar Stone toe. 'Ik moet even met je praten over wat er is gebeurd bij het oppakken van Gribbin.'

Als Stone al op weg naar dronkenschap was geweest, dan ontnuchterde hij heel snel. 'Ik wilde dat kind beschermen. Ik wist niet wat hij zou gaan doen...'

'Dat is ook precies wat de hoofdinspecteur zal gaan zeggen. Maar toch zeg ik je hier, officieus, dat je over de schreef bent gegaan. Dat niemand dat nog eens wil zien gebeuren. Akkoord?' Stone staarde voor zich uit en zei niets. 'Andy...?' Thorne nam nog een slok bier. Hij had zijn glas alweer halfleeg. 'Niemand heeft het erg op kerels als Gribbin begrepen, maar jij hebt het te bont gemaakt.'

'Er zijn er gewoon zoveel van. Ik snap niet hoe het kan dat er zoveel gewoon los rondlopen.'

'Luister...'

Stone draaide zich om. Hij praatte zacht en snel, alsof hij gevaarlijke informatie prijsgaf. 'Een vriend van me zit in het Kinderbeschermingsteam in Barnes. Hij vertelde me over een keer dat ze in Schotland achter een kindermoordenaar aan zaten. Die vent had al drie kinderen omgebracht, ze hadden een signalement en een vrouw had beweerd dat ze hem op een vrije dag ergens op het strand had gezien, oké? Dus riepen ze mensen op om met hun vakantiekiekjes langs te komen om te kijken of iemand toevallig een foto van die klootzak had...'

Thorne knikte. Hij kon zich de zaak nog wel herinneren, maar had geen idee wat Stone hem wilde gaan vertellen.

'Er werden honderden filmpjes ingeleverd. Die werden allemaal ontwikkeld en de foto's werden bekeken. Het waren er duizenden.' Stone pakte zijn glas op en staarde er een moment in. 'De vrouw kon de man die ze had gezien er niet uit halen, maar de politie trof op de foto's godbetert wel dertig bij hen bekende kindermisbruikers aan. In één weekend op één strand. Dertig...' Stone dronk zijn glas leeg. 'Goed. Tijd voor het toilet...'

Thorne keek Stone na en dronk toen ook zijn glas leeg. Hij besloot de Corsa op de parkeerplaats bij Becke House te laten staan. Hij kon net zo gemakkelijk met de metro naar huis gaan...

De rest van de avond vloog op aangename wijze om. Thorne boekte enig succes met een paar van zijn vaders moppen; Holland maakte over de telefoon ruzie met Sophie, trok gezichten naar de jongens en probeerde het lacherig af te doen; niemand kon kiezen tussen Vanessa Feltz en Esther Rantzen; Holland sprak nogmaals met Sophie en zette toen zijn telefoon af; Thorne wedde om tien pond met Hendricks dat de Spurs het aanstaande seizoen boven Arsenal zouden eindigen; en Hendricks dronk één Guinness te veel en vertelde Holland dat verschillende van zijn homovrienden op hem vielen...

Stone pakte Thorne bij de arm toen ze met z'n allen de heldere, warme avond in stapten en afscheid begonnen te nemen. 'Die vriend van mij vertelde me nog iets. Ze hadden die kerel gearresteerd die al die kinderfoto's van internet had gehaald, weet u wel? Die had hij op zijn computer gedownload. Honderden. Hij zei dat hij die foto's allemaal doornam, dat hij naar de gezichten keek in de hoop op een dag de foto's van zichzelf te vinden...'

Voorzichtig probeerde Thorne zich los te maken, maar Stone hield zijn arm stevig vast.

'Dat is toch onzin?' zei Stone. 'Dat is flauwekul. Dat is een excuus, denkt u niet? Dat is toch zeker niet waar?'

Thorne kwam door de voordeur de hal binnen die hij met het stel in het appartement boven hem deelde. De zucht die hij liet ontsnappen, was lang en luidruchtig. Hij raapte de post op, scheidde de rekeningen van de bezorgpizzamenu's en graaide naar zijn huissleutel.

Zodra de deur open was, wist hij het. Hij voelde het briesje dat er niet had moeten zijn. En het was ook de geur die het met zich meevoerde...

Vlug stapte hij zijn eigen halletje binnen. De kat wreef langs zijn scheenbeen. Hij zette zijn tas neer, legde de brieven op het tafeltje naast de telefoon en ging de hoek om, de woonkamer in.

Hij staarde naar de plek waar de video had gestaan. Keek omhoog naar de stoffige plank die hij nooit had geschilderd en waar zijn geluidsinstallatie op had gestaan. De snoertjes waren weg, wat betekende dat ze wel even binnen waren geweest. Dieven die haast hadden, trokken de spaghetti aan de achterkant er gewoon uit en lieten de snoeren achter.

Hij bukte om een paar verspreid liggende pockets op te rapen die voorheen door zijn Bose-speakers overeind werden gehouden. Degenen die zijn speakers nu hadden, waren duidelijk geen grote lezers. Maar ze hadden wel alle cd's meegenomen.

Die hufters zouden zijn hele collectie voor een eendagsportie heroïne van de hand doen.

Thorne liep door naar de keuken en staarde naar het raampje waar ze doorheen waren geklommen. Het raam dat hij open had laten staan: twee avonden daarvoor, toen hij zijn spullen voor de bruiloft bij elkaar had gegooid en in de haast niet fatsoenlijk had afgesloten omdat hij liep te rennen om die verrekte vader van 'm te gaan kalmeren...

Afgezien van de duidelijk zichtbare gaten lag zijn flat er zo te zien wel ongeveer bij zoals hij hem had achtergelaten. Hij vermoedde dat er uit de kledingkast in de slaapkamer wel een paar koffers zouden ontbreken. Daarmee waren ze dan door de voordeur naar buiten gegaan, achteloos zo je wilt, alsof ze iets heel zwaars mee op vakantie namen.

Zodra hij de slaapkamerdeur opendeed, kwam de geur hem tegemoet, en Thorne had wel zo'n idee waarvan die afkomstig was. Hij deed zijn hand voor zijn mond, maar moest daarvoor eerst zijn vuist ontspannen. Toen hij het dekbed opengooide, was zijn eerste gedachte dat je nog heel wat in huis moest hebben om het zo nauwkeurig te doen, precies midden op het bed.

Vlug liep Thorne de kamer weer uit, zijn ingewanden sputterden. Elvis liep aan zijn voeten te miauwen, ofwel van de honger, of om de verantwoordelijkheid voor de drol op het bed af te wijzen, het was het een of het ander. Thorne vroeg zich af of het al te laat was om zijn vader te bellen en even tegen hem aan te schreeuwen.

Hij keek op zijn horloge. Het was tien over twaalf...

Hij was zojuist drieënveertig geworden.

Steeds wanneer hij zich lekker begon te voelen moest hij weer aan dat ellendige bericht denken, de hele zondag lang, en dan raakte hij geprikkeld en geïrriteerd. Het stond op zijn antwoordapparaat toen hij op zaterdagavond terugkwam uit Slough. Hij had het genegeerd, was uitgeput in bed gerold en had meteen de volgende ochtend het bandje teruggespoeld. Dit kon hij nou net niet gebruiken. Het verpestte de zaak.

Maar hij moest er wel wat mee.

Terwijl hij door zijn appartement liep en zich aankleedde, kwam hem weer de uitdrukking op Welch' gezicht voor de geest toen hij de hotelkamer was binnengekomen. Dat gezicht was nog het beste van alles. Bij Remfry was het net zo geweest. Het was de blik die op iemands gezicht verschijnt wanneer hij denkt dat hij iets bepaalds gaat krijgen en dan beseft dat hem een heel ander soort ervaring te wachten staat.

Hij vroeg zich af of zijzelf die uitdrukking ook hadden gezien op de gezichten van de vrouwen die ze hadden verkracht.

De bijzonderheden van hun vergrijpen kende hij niet, maar die interesseerden hem ook niet. Verkrachting was verkrachting, punt uit. Hij wist dat de meeste van die misdrijven niet in donkere steegjes of op verlaten bushaltes plaatsvonden. Hij wist dat de meeste verkrachters bekenden van hun slachtoffers waren. Vrienden, collega's of echtgenoten...

Dat verschrikkelijke besef hadden ze vast wel tot uitdrukking zien komen op de gezichten van de vrouwen die ze lastigvielen. De schrik en de verbazing. Het allerlaatste wat ze hadden verwacht.

De allerlaatste van wie ze het hadden verwacht.

Hij genoot ervan te zien hoe diezelfde uitdrukking de zelfvoldane, verwachtingsvolle gezichten van die mannen verwrong. Hij liet zich het genoegen een paar tellen smaken, alvorens naar het bed te lopen en het mes en de waslijn tevoorschijn te halen...

... en weer een geheel nieuwe gezichtsuitdrukking te creëren.

Hij trok zijn jack aan, pakte zijn sleutels en bekeek zichzelf even in de spiegel bij de voordeur. Hij blikte omlaag op het antwoordapparaat. Dat bericht, daar zou hij echt later wel iets mee doen.

ELF

Het was maar tien minuten lopen vanaf het metrostation, maar Thorne zweette toch behoorlijk toen hij bij Becke House aankwam. Bij de hoofdingang hing iemand rond, omkranst door sigarettenrook. Thorne was verbaasd toen de gestalte zich omdraaide en het Yvonne Kitson bleek te zijn.

'Morgen, Yvonne.'

Ze knikte, ontweek zijn blik en bloosde als een vierdeklasser die achter het fietsenhok met een sigaret wordt betrapt. 'Morgen...'

Thorne wees naar de sigaret, die bijna tot aan de filter was opgerookt. 'Ik wist niet dat jij...'

'Dan weet je het nu.' Ze deed haar best te glimlachen en nam nog een trekje. 'Ik ben helaas niet helemaal volmaakt...'

'Goddank,' zei Thorne.

Kitsons lachje werd wat warmer. 'O sorry. Begon je soms bang van me te worden?'

'Nee, zeg, ik niet. Maar een paar jongere jongens geloof ik wel een beetje.' Kitson lachte en Thorne zag dat ze haar tas nog over haar schouder had. 'Ben je nog niet eens binnen geweest?' vroeg hij. Ze schudde haar hoofd en blies de rook via de zijkant van haar mond uit. 'Tjezus, dan moet je wel ontzettend gestrest zijn.' Kitson trok haar wenkbrauwen op en keek hem aan alsof hij niet half wist waar hij het over had.

Zo stonden ze daar een paar seconden, keken ieder een andere kant op en zeiden niets. Thorne besloot maar verder te lopen voor ze het nog over het warme weer moesten gaan hebben. Hij legde één hand tegen de glazen deuren. 'Ik zie je boven wel,' zei hij.

'O, shit.' Alsof het haar zojuist te binnen schoot. 'Wat vervelend van die inbraak trouwens...'

Thorne knikte, haalde zijn schouders op en duwde de deuren open. Hij sjokte de trap op, verwonderd over de ongelofelijke snelheid en efficiëntie waarmee de tamtam binnen de hoofdstedelijke politie zijn werk deed.

Een wachtcommandant in Kentish Town kent een rechercheur in Islington die iemand in Colindale belt...

En dan gooide je nog wat 'Chinees gefluister' in het mengsel en je had een cultureel divers geheel van geruchten, roddel en nonsens dat beter functioneerde dan om het even welk systeem dat zij voor de misdaadbestrijding gebruikten...

Het kostte Thorne bijna vijf minuten om van de ene kant van de projectkamer naar de andere te komen, met alle vernederende steken onder water en kwinkslagen die hij moest doorstaan. Een kopje koffie uit de herstelde automaat in de hoek was de beloning die hem wachtte.

'Vervelend, man...'

'U ziet er wat woest uit. Op de bank geslapen?'

'Nooit een inbraakpreventieseminar gevolgd, Tom?'

'Nog vele jaren...' Dat was Holland.

Thorne had het stil willen houden. Hij had de avond tevoren in de pub met opzet niks gezegd. Hij moest Holland een keer de datum hebben verteld. 'Bedankt.'

'Niet zo'n leuk cadeau om thuis aan te treffen. Ik bedoel de inbraak, niet...'

'Nee, inderdaad.'

'Iemand zei dat ze ook je auto hebben meegenomen...'

'Wat zit je nou te grijnzen, Holland?'

'Helemaal niet...'

De avond daarvoor: Thorne was bezig de matras door de voordeur naar buiten te slepen, toen hij bedacht dat hij de Mondeo niet had zien staan toen hij thuiskwam. En hij herinnerde zich ook niet de autosleutels op het tafeltje te hebben zien liggen toen hij binnenkwam. Hij had warempel wel andere dingen aan zijn hoofd gehad...

Hij liet de matras op de grond vallen en ging de straat op. Misschien had hij de auto elders geparkeerd.

Maar nee. De klootzakken...

'Straks in de Oak een biertje drinken op je verjaardag?' vroeg Holland.

Thorne liep langs hem heen. De koffieautomaat was nu bijna binnen handbereik. Hij draaide zich om en terwijl hij in zijn zak naar kleingeld graaide, zei hij zachtjes: 'Maar wel rustig dan, goed?'

'Mij best...'

'Niet zoals gisteravond. Alleen jij en Phil misschien.'

'Prima...'

'Misschien vraag ik Russell of hij ook zin heeft...'

'We kunnen het ook een andere dag doen als je er niks voor voelt.'

Thorne douwde wat muntjes in de koffieautomaat. 'Luister, als ik eenmaal de bijproducten van ons tweede lijk heb afgehandeld, en god mag weten hoe lang met verzekeringsmaatschappijen voor inboedel en auto aan de telefoon heb gezeten, plus met de gemeentelijke dienst die verantwoordelijk is voor het weghalen van strontmatrassen, dan ben ik denk ik wel toe aan een biertje...'

Nadat Holland was vertrokken, stond Thorne nippend van zijn koffie naar het grote, witte opschrijf-en-uitveegbord te kijken dat een groot deel van een van de wanden in beslag nam: met zwarte stift getrokken kronkelige lijnen die de kolommen en rijen markeerden; pijlen naar adressen en telefoonnummers; de 'acties' voor de dag met bij alle teamleden de taken die hun door de officemanager waren toebedeeld; de namen van de mensen die maar zijdelings in het onderzoek betrokken waren; en de namen van de mensen die er centraal in stonden. REMFRY. GRIBBIN. DODD...

En in een kolom voor zichzelf: JANE FOLEY??

Onder Dougie Remfry stond nu een tweede naam en daaronder was nog genoeg ruimte voor meer. Het kopje boven die kolom was nog niet veranderd. Niemand had er nog aan gedacht een S achter SLACHTOFFER te zetten, maar dat kwam nog wel.

Thorne hoorde gesnuif, draaide zich om en trof Sam Karim naast zich.

'Hoe is het met het hoofd?'

Thorne keek hem aan. 'Wat?'

'Na gisteravond. Ik heb een houten kop...'

'Ik voel me prima...' zei Thorne.

Samir Karim was een gezette Indiër die graag mensen om zich heen had. Hij had een dikke bos zilvergrijs haar en een zwaar Londens accent, dat met honderdvijftig kilometer per uur uit zijn mond kwam. Hij plantte de helft van zijn aanzienlijke achterwerk op de hoek van een bureau. 'Er is op die tapes trouwens geen moer te zien...'

'Welke tapes?'

'Die uit de bewakingscamera's in het Greenwood.'

Thorne haalde zijn schouders op; het verbaasde hem niet.

'Een paar mogelijke kandidaten,' zei Karim. 'Maar alleen op de rug. De camera's beslaan eigenlijk alleen de bar en het gebied rond de balie en de liften. Je kunt ongezien binnenkomen en direct de trap opgaan, als je weet waar de camera's hangen...'

'En dat wist hij,' zei Thorne.

Ze keken enkele ogenblikken op het bord. 'Dat is het verschil tussen ons team en al die andere, hè,' zei Karim.

'Wat?'

'Zij hebben een slachtoffer. Wij hebben een lijst...'

In films en tv-programma's is er altijd een moment, een bepaald shot, een cliché om het ogenblik dat het kwartje valt aan te duiden. Voor echte mensen betekent dit dat ze zich herinneren waar ze de autosleutels hebben neergelegd, of dat de naam van een liedje waar ze zich aan lopen te ergeren hen te binnen schiet. Voor de tv-rechercheur gaat het in de regel om een openbaring van duisterder aard. Dat ogenblik brengt de doorbraak in een zaak. En wanneer dat pure en briljante inzicht doordringt, zoomt de camera in op het gezicht van de held, heel vlug of soms kruipend langzaam. Hoe dan ook, de camera komt tot vlak erbij, blijft daar en laat zien hoe het licht van het besef in de ogen langzaam sterker wordt...

Maar Thorne was geen acteur. Er volgde geen knikje dat ijzeren vastberadenheid uitdrukte, geen raadselachtige blik. Hij stond daar als een halve gare met open mond en het koffiekopje in zijn hand.

Een lijst...

Het kwam aan als een cricketbal, zo zeker was hij ervan. Hij voelde uit elke porie van zijn lichaam even een zweetdruppel opkomen en vervolgens weer terugzakken. Tintelend, eerst warm toen koud.

'Voel je je wel goed, Tom?' vroeg Karim.

Tot heel dichtbij inzoomen en dan vasthouden...

Thorne voelde niet dat de hete koffie over zijn pols klotste toen hij het vertrek door, het gangetje in en daarna Brigstockes kantoor binnenstampte.

Brigstocke keek op, zag de uitdrukking op Thornes gezicht en legde zijn pen neer.

'Wat is er...?'

'Ik weet hoe hij ze vindt,' zei Thorne. 'Hoe hij erachter komt waar de verkrachters zitten...'

'Hoe dan?'

'Het zou wel eens heel simpel kunnen zijn. Misschien werkt onze man in het gevangeniswezen of hangt hij rond in de pubs rond Pentonville en Wormwood Scrubs in de hoop maatjes te worden met een cipier, maar dat betwijfel ik. Uiteindelijk is het namelijk niet zo ontzettend moeilijk om erachter te komen waar verkrachters opgesloten zitten. Via familie, via rechtbankverslagen... als hij zou willen, zou hij gewoon naar het krantenarchief kunnen gaan en de lokale bladen kunnen doorpluizen...'

'Tom...'

Thorne deed een snelle stap naar voren, zette zijn koffiebekertje op Brigstockes bureau en begon door het kantoortje te ijsberen. 'Het gaat erom wat er daarna gebeurt. Het gaat om data van vrijlating en om adressen. Ik had al wel bedacht dat er misschien een of andere connectie met de families was, maar Welch had geen onderkomen. Zijn familie heeft hem verstoten en is jaren geleden verhuisd.' Hij keek Brigstocke aan alsof hij het allemaal heel helder schetste. Maar Brigstocke knikte en was nog in afwachting. 'Gegevens over vrijlatingen zijn veranderlijk, akkoord? Gevangenen worden overgeplaatst, data van voorwaardelijke invrijheidstelling gewijzigd, en er worden soms extra dagen aan een gevangenisstraf vastgeplakt. De moordenaar moet toegang hebben tot up-to-date, accurate informatie...'

'Moet ik even een vriend bellen?' vroeg Brigstocke. 'Of vertel je me nou verdorie eens hoe het zit? Hoe vindt hij ze dan?'

Thorne veroorloofde zich een zweem van een glimlach. 'Op dezelfde manier als wij.'

Achter zijn brillenglazen knipperde Brigstocke twee keer langzaam met zijn ogen. De verwarring op zijn gezicht veranderde in iets wat misschien wel spijt was. Of een vooruitlopen daarop. 'In het Register Zedendelinquenten.'

Thorne knikte en pakte zijn koffie. 'Mijn god, ze zouden ons moeten afschieten. Dat het ons zó lang heeft gekost...'

Brigstocke ademde diep in. Hij begon langzaam heen en weer te lopen op het stukje tussen de muur en de rand van zijn bureau, en probeerde deze belangrijke maar schrikwekkende nieuwe informatie tot zich te laten doordringen. 'Ik hoef het toch niet te zeggen, hè?' zei hij uiteindelijk.

'Wat?'

'Dat dit niet mag uitlekken...'

Thorne keek langs Brigstocke heen. De zon schoof achter een wolk, maar toch was het in het piepkleine kantoortje nog bloedheet. Hij voelde dat het zweet zich onder zijn huid ophoopte. 'Dat hoef je niet te zeggen, nee.'

'En niet alleen maar omdat dit... gevoelig ligt. Al is dat wel zo.'

Thorne wist dat Brigstocke gelijk had. De kwestie van het register was al jaren iets wat de boulevardpers graag een 'politiek heet hangijzer' noemde. En dit was nou net iets waardoor het debat over *naming and shaming* weer zou oplaaien. Toen hij Brigstocke weer aankeek, glimlachte de hoofdinspecteur.

'Maar dit zou wel eens de manier kunnen zijn om hem te pakken te krijgen, Tom.'

Daar rekende Thorne inderdaad op...

Brigstocke kwam achter zijn bureau vandaan. 'Goed, laten we beginnen met de instanties die geïnformeerd worden over de registratie-eisen met betrekking tot een dader, en steeds automatisch de nieuwste gegevens krijgen.' Hij begon ze op zijn vingers af te tellen. 'Het maatschappelijk werk, de reclassering...'

'En wij natuurlijk,' zei Thorne. 'We moesten de meest interessante maar niet vergeten, hè Russell?'

Macpherson House was gelegen in een zijstraat van Camden Parkway. In de loop van een eeuw was het gebouw een theater, een bioscoop en een bingohal geweest. Nu was het weinig meer dan een casco waarin tijdelijk een pension was gevestigd.

'Godallejezus,' zei Stone. Hij strekte zijn hals en keek omhoog naar het groezelige, afbrokkelende plafond hoog boven zich.

Ook Holland keek omhoog. Er zaten nog sporen van verguldsel op het lijstwerk. Decoratieve krullen van gipsen bladeren kropen over het plafond en vervolgens omlaag naar vier sierlijke pilaren die elk in een hoek van het vertrek stonden. 'Dit moet er wonderbaarlijk mooi hebben uitgezien...'

Er lag een *Daily Star* van een week oud op de vloer, die Stone met zijn voet opzij schoof. Hij snoof de muffe lucht op en trok een vies gezicht. 'Doodzonde...'

Terwijl ze rondliepen, deed Holland Stone de eenvoudige, ironische geschiedenis van het gebouw uit de doeken. Het theater dat een bioscoop was geworden. De bioscoop die in de jaren zeventig was verslagen door het populairdere vermaak van de bingohal. En de bingohal die dertig jaar later overbodig was geworden door de Nationale Loterij en de zo gemakkelijk verkrijgbare krasloten.

'Van het variététheater tot de idiotenbelasting,' zei Holland.

Stone proestte. 'Dus met die zes getallen is het niks geworden?'

'Ik ben toch nog hier?'

Hun voetstappen weerklonken op de afgesleten stenen vloeren, of werden gedempt als ze over her en der liggende lorrige kleden of opkrullende vierkanten tapijt liepen. 'Ik zie niet wat er voor de loterij in de plaats moet komen, jij?'

Holland schudde zijn hoofd. 'Zolang er vraag naar is niets, nee.'

Ze liepen zo'n tien meter achter Brian, de pensionbeheerder, een dikke man van in de vijftig met lang grijs haar, een grote oorring en een veelkleurig vest. Zonder zich om te draaien spreidde hij zijn armen uit en keek de ruimte rond.

'Naar iets als dit is toch altijd vraag...'

Maar vijf meter onder de vergane rococoglorie werd de ruimte nu in beslag genomen door gebarsten wastafels en metalen bedden. Door een keuken met een luik voor de bediening. Door een paar kleine televisies, elk met een ketting en een hangslot aan de radiators er vlakbij vastgelegd. Langs de muur achter de bedden stond de ene na de andere rij bekraste en gedeukte kluisjes – sommige zonder slot, vele zonder deurtje. Allemaal verroest en onder de graffiti.

'Die heeft het stadsdeel voor een habbekrats op de kop getikt toen het zwembad verderop werd afgebroken,' zei Brian. 'Diezelfde week hebben ze van de Mecca Bingo-keten dit gebouw gekocht.'

Holland keek onder het lopen naar de vloer. Onder veel van de bedden stonden schoenen, sportschoenen vooral. Hier en daar een aftandse koffer. Tientallen plastic zakken.

Stone deed zijn jack uit. 'Grotendeels daklozen zeker?'

Brian keek over zijn schouder. Holland vond dat hij er sterk uitzag, alsof hij zichzelf in de hand had. Dat was af en toe waarschijnlijk ook wel nodig. 'Alle soorten en maten. Langdurig daklozen, weglopers, verslaafden. Soms een ex-gevangene zoals Welch...'

'Waar zijn ze overdag?' vroeg Holland.

De gezette man hield de pas in en liet Holland en Stone op gelijke hoogte komen. 'Ze zwerven rond, bedelen, proberen een slaapplaats te vinden.' Hij glimlachte toen Holland perplex keek. 'Het is hier warm en ze kunnen wat te eten krijgen, maar veel geslapen wordt er hier niet. De meesten zijn bang dat hun spullen gestolen worden. Maar zelfs al willen ze een dutje doen: honderd kerels die hoesten en op krakende beddenveren liggen te draaien, dat is erger dan een buurman met een drumstel...'

'Mijn ex-vriendin hield me ook altijd de halve nacht wakker,' zei Stone. 'Ze praatte in haar slaap en knarste met haar tanden...'

Brian glimlachte flauwtjes. 'Nu is het hier rustig, maar tegen etenstijd kan je jezelf niet eens horen denken. Zodra het donker wordt, komen ze weer binnendruppelen. Om negen uur is het hier stampvol.'

Holland keek naar de bedden die soms drie, soms vier rijen dik stonden. En stelde zich voor hoe dat eruitzag.

Full house! Bingo!

De beheerder bleef staan, tikte op een openstaand kluisdeurtje en zette zich toen onmiddellijk weer in beweging. 'Deze was van meneer Welch. Als u iets nodig hebt: ik ben voor in het kantoor...'

Ze trokken allebei handschoenen aan. Terwijl Stone het kluisje doorzocht, ging Holland op handen en knieën zitten, en voor de tweede keer in iets meer dan twee weken ging hij onder het bed van een onlangs vermoorde verkrachter zitten rommelen.

In minder dan twee minuten hadden ze Welch' wereldse goederen verzameld: een gehavende groene weekendtas vol kleren die naar de liefdadigheid stonken, een plastic zak met vuile onderbroeken en sokken, een radio met witte verfspatten erop, een elektrisch scheerapparaat en een paar goedkope pockets...

Achter in het kluisje, tussen de bladzijden van een van de boeken, zaten de foto's van Jane Foley.

'Hier is ze,' zei Stone en hij hield de foto tussen zijn vingertoppen omhoog. 'Lieftalliger dan ooit.'

Holland stond op en liep naar Stone om even te kijken. 'Hoeveel zijn het er?'

'Een half dozijn. Brieven zie ik niet. Die heeft-ie zeker weggegooid...'

Stone liet de foto's in een bewijszakje glijden en stopte dit in een van zijn binnenzakken. Holland deed de rest in een zwarte vuilniszak. Toen hij klaar was, tilde hij de zak op. Die was niet zwaar. 'Niet veel hè?' zei hij.

Stone duwde het kluisdeurtje dicht en haalde zijn schouders op. 'Dat krijg je ervan.'

Het was bijna twaalf uur en het begon echt warm te worden. Holland veegde het zweet uit zijn nek. Hij dacht na over wat er naar zijn vermoeden in Stone omging. 'Kan het je nou geen zak schelen omdat Welch een ex-gevangene was?' vroeg hij. 'Of omdat hij niet alleen een ex-gevangene, maar ook een verkrachter was? Eerlijk, dat interesseert me...'

Stone dacht na. Holland liet de vuilniszak tegen zijn knieën stuiteren.

'Ik denk dat het me wel iets meer zou kunnen schelen als hij een oplichter was geweest,' zei Stone. 'En minder als hij een half dozijn schoolmeisjes had vermoord...'

Holland keek naar de uitdrukking op Stones gezicht. Onwillekeurig moest Holland lachen, terwijl ze op weg terug naar de ingang gingen. 'Ongelofelijk. Jij hanteert dus een glijdende schaal. Tjezus...'

Ze liepen de Parkway af naar de parkeerplaats waar Stone de Cougar had neergezet. Met regelmatige tussenpozen werden vuilniszakken zoals Holland die nu droeg hoog op de stoep opgestapeld. De zondagsmarkt in Camden was tegenwoordig de op een na populairste toeristenattractie in de stad, na Madame Tussaud, en de schoonmaak naderhand was een gebed zonder end aan het worden.

'Hoe lang nog tot de baby geboren wordt?' vroeg Stone.

Holland zwaaide de vuilniszak van zijn ene hand in zijn andere. 'Tien weken.'

'Sophie moet langzamerhand de omvang van een olifant hebben...'

Holland glimlachte en keek bij een Japans restaurant door het raam. Plateautjes met plastic sushi in rood, geel en roze. Hij beloofde zichzelf dat hij een dezer dagen eens wat sushi ging proberen.

Ze sloegen linksaf en Stone haalde de auto op afstand van het slot. 'En? Spannend?'

'Ja, ze vindt het heel spannend.'

Stone opende het portier en keek over het dak heen naar Holland. 'Nee jij, bedoelde ik...'

'Omhoog met die kont. Hup, de lucht in. Zo, ja. En laat nou je vingers hun werk maar doen...'

Charlie Dodd maakte zich nuttig. De studio was verhuurd voor een webcamsessie en hij had gratis zijn diensten aangeboden. Hij was opgewekt bezig het verveeld kijkende meisje instructies voor de opname te geven, toen de telefoon ging.

'Kreun maar even een poosje, schatje...'

Met zijn glibberige hand aan de hoorn mompelde hij een begroeting en wachtte af.

'Ik heb uw bericht gehoord...'

Dodd herkende de stem onmiddellijk. Zonder om te kijken maakte hij het meisje met een handgebaar duidelijk dat ze door moest gaan. Toen bracht hij zijn hand naar zijn mond en haalde zijn sigaret eruit.

'Ik vroeg me al af wanneer ik van je zou horen.'

'Ik heb een druk weekend gehad.'

Dodd pakte een plastic bekertje en tikte zijn sigarettenas af in de paar centimeter koude thee op de bodem. 'Interessante zaken?'

Een paar seconden lang was er niets anders te horen dan het gekraak van statische elektriciteit. 'U zei dat u me een dienst zou bewijzen of zoiets.'

'Ik heb je al een dienst bewezen, man,' zei Dodd. 'Heb ik al gedaan. Een grote dienst.'

'Vertel...'

Dodd vond dat de man aan de andere kant van de lijn ontspannen klonk. Hij deed waarschijnlijk maar alsof natuurlijk, en probeerde kalm te klinken omdat hij wel zo'n vermoeden had wat er zou komen. Omdat hij wist dat hij misschien wat moest dokken en de situatie meester wilde zijn voor het geval er kon worden afgedongen. Maar het was een behoorlijk overtuigend toneelstukje. Hij klonk alsof hij wist wat Dodd zou gaan zeggen...

'De politie is langs geweest met een van die foto's die je hebt gemaakt. Een foto van dat meisje met die kap op.' Dodd wachtte op een reactie, maar kreeg er geen. 'Ze hebben me een heleboel vragen gesteld...'

'En hebt u leugens verteld, meneer Dodd?'

Dodd hield zijn sigaret stevig tussen duim en wijsvinger en nam een laatste trekje. 'Een paar om bestwil, ja. En één hele grove.' Hij liet de peuk in het plastic bekertje vallen, draaide zich om en keek naar het meisje op bed. 'Ik heb gezegd dat ik je gezicht nooit had gezien. Dat je je helm nooit had afgedaan...'

Het achterste van het meisje wipte en schommelde op en neer, heen en weer. Dodd vond het gekreun een beetje overdreven – die teef klonk alsof ze een voedselvergiftiging had. Er zaten rode spikkels op haar bovenbenen. Eindelijk zei de man aan de andere kant van de lijn iets...

'Kom op, meneer Dodd, voor de draad ermee. Niet zo verlegen.'

Dodd pakte nog een sigaret uit het borstzakje van zijn hemd. 'Ik ben helemaal niet verlegen, man...'

'Goed zo, want daar is echt geen reden toe...'

'Niet wat geld betreft tenminste.'

De man lachte. 'Ah, daar zijn we. Het heeft geen zin om de zaak heen te draaien. Als ik me goed herinner, is er bij de studio om de hoek een pinautomaat, klopt dat...?'

Thorne was ergens tussen Brent Cross en Golders Green toen hij het moeilijk begon te vinden om wakker te blijven...

Hij had zich gehouden aan de belofte die hij zichzelf en Holland die ochtend had gedaan en was op tijd uit de Royal Oak weggegaan om de laatste metro zuidwaarts te kunnen halen. Hij was moe en er was thuis nog genoeg te doen, dus het ging hem niet erg aan het hart om voor sluitingstijd uit de pub weg te gaan.

Hij was vertrokken op het moment dat Phil Hendricks voluit was gegaan. Die had al ettelijke malen duidelijk gemaakt wat zijn gevoelens over de Wet op de Zedendelicten waren, en toen in de pub het onderwerp register ter sprake kwam, was hij niet meer te stuiten geweest...

'Vergeet de homomannen niet,' had Hendricks gezegd. 'Die slechteriken die zo pervers zijn om te genieten van liefdevolle, met wederzijdse instemming bedreven seks met hun zeventienjarige vriendje.' Hij gooide de woorden eruit en door de platte Manchesterse klinkers kreeg de ironie een zweem van echte woede.

Thorne vond dat Hendricks het volste recht had om kwaad te zijn. Het was belachelijk dat mannen die werden veroordeeld voor wat nog altijd 'grove schennis van de goede zeden' heette, op één hoop werden gegooid met kindermisbruikers en verkrachters. Zelfs als ook voor homo's de leeftijd waarop seksueel verkeer niet strafbaar meer was naar zestien werd verlaagd, wat ooit zou gebeuren, dan nog zouden degenen die vóór deze gelijkstelling waren veroordeeld in het Register Zedendelinquenten opgenomen blijven, wist Thorne.

Hij kon het alleen maar eens zijn met de kernachtige vaststelling van zijn vriend, waarvan hij de laatste woorden opving toen hij de pub uit liep...

'Het is een vrijbrief voor potenrammers,' had Hendricks gezegd.

Toen hij naar metrostation Colindale onderweg was, had Eve gebeld om hem te feliciteren met zijn verjaardag. Al pratend passeerde Thorne de Kentucky Fried Chicken, de friettent en verschillende shoarmatenten. Zijn maag spoorde hem er aanvankelijk toe aan naar binnen te gaan, maar veranderde van gedachten toen hij Eve over de inbraak vertelde en over het presentje dat voor hem was achtergelaten.

'Nou ja, het is tenminste wel origineel,' had Eve gezegd.

Thorne lachte. 'Ja, ja, en een zelfgemaakt cadeautje is ook véél attenter, niet dan?'

Thorne liep langzaam. Hij ging op in het gesprek, maar was zich zoals altijd ook scherp bewust van waar hij was en wat hij deed. Hij hield alle bewegingen aan de overkant, op de straathoeken voor hem en achter de geparkeerde auto's in de gaten. Hij was hier weliswaar niet in Tottenham of Hackney, maar toch, je moest geen onnozele dingen doen wanneer mensen voor een mobiele telefoon van 9,99 pond werden neergeschoten...

'En... wanneer ga je dat bed vervangen?' had Eve gevraagd.

'O, daar zal ik ooit nog wel eens aan toekomen, denk ik...'

'Dat hoop ik van harte.'

Ze grapten maar wat, maar toch voelde Thorne plotseling een verandering. Een zweem van ongeduld. Het was alsof zij het tempo bepaalde en wilde dat hij zijn achterstand wat inliep.

'We kunnen toch altijd naar jouw huis?' zei Thorne.

Het was even stil. Toen antwoordde ze: 'Dat is wat lastig. Denise kan nogal raar doen over zoiets...'

'Wat, als jij mannen over de vloer hebt?'

'Als er mannen blijven slapen...'

Thorne hoorde Eve zuchten, het leek erop dat ze een dergelijk gesprek al eerder had gevoerd. Hoogstwaarschijnlijk met Denise zelf. 'Maar wacht even, Ben komt toch ook bij haar slapen?'

'Klopt ja, het is krankzinnig. Maar geloof me, het is de moeite niet waard om er nu verder op door te gaan...'

Toen kwam Thorne bij het metrostation aan en beëindigden ze het gesprek. Terwijl hij kleingeld in de kaartautomaat stond te gooien hadden ze haastig een afspraak voor de week daarop gemaakt. Zij had afscheid genomen toen hij op de roltrap stapte, en voordat ook hij dag had kunnen zeggen was de verbinding verbroken.

De metro was vrijwel leeg. Helemaal aan de andere kant van het rijtuig zat een tienerstelletje. Het hoofd van het meisje lag op de schouder van haar vriendje. Hij streelde haar haren en mompelde dingen waar ze om moest glimlachen.

Thorne ademde diep in en uit. Hij had het gevoel dat zijn brein een dot watten was. Hij had maar een paar biertjes op, maar zijn hoofd werd troebel en met iedere ruk- en slingerbeweging van de trein zwaarder.

Hij moest wakker blijven. Hoe verleidelijk het ook was om zijn ogen te sluiten en zijn hoofd achterover te laten zakken, het laatste wat hij wilde was indutten en pas in Morden weer wakker worden.

Hij dacht na over zijn gesprekje met Eve. Waarom had hij er niet op aangedrongen elkaar wat eerder te zien, toen ze een afspraak maakten? Was het paniek wat hij had gevoeld toen ze het over het bed had? Misschien had hij met de zaak, zijn ouwe heer en de inbraak te veel andere dingen aan zijn hoofd. Misschien stelde hij onbewust prioriteiten. Maar in elk geval was hij veel te kapot om überhaupt ergens helder over te kunnen nadenken...

Op Hampstead kwam er rechts van Thorne een man binnen en ondanks de beschikbaarheid van zitplaatsen koos hij ervoor aan het eind van het rijtuig te gaan staan. Hij hield zich vast aan de stang boven zijn hoofd. Thorne keek naar hem. Hij was heel lang en dun, had scherpe gelaatstrekken, een dikke bos grijs haar en een hele reeks bizarre tics in zijn gezicht, waar Thorne zijn blik onmogelijk van kon afwenden.

Het werd al snel duidelijk dat de tic, waarvan Thorne dacht dat het het syndroom van Gilles de la Tourette was, uit drie gedeelten bestond. Eerst trok de man theatraal zijn wenkbrauwen omhoog, waarop zijn kin omhoogschoot. Een tel later draaide hij met een ruk zijn hoofd opzij, en ten slotte klapten zijn kaken luidruchtig op elkaar, waarbij zijn tanden klapperden als castagnetten. Thorne keek schuldig en gebiologeerd toe terwijl het drieledige patroon zich steeds maar weer herhaalde, en hij betrapte zich erop dat hij aan elk afzonderlijk spasme een woord toekende, een geluidseffect. De wenkbrauwen, het draaien van de nek en het opeen klappen van de kaken. Drie bewegingen die elkaar snel opvolgden en uiting leken te geven aan verbazing, interesse en uiteindelijk bittere teleurstelling. Bewegingen die voor Thorne als volgt klonken: 'Ooo! Héhé! Klak!'

Echt waar? Klinkt interessant! Ach, schijt...

Na een minuut of twee leek de man de aanval onder controle te krijgen, en uiteindelijk draaide Thorne zelf zijn hoofd en ogen af. Het jonge stel links in het rijtuig was uitgestapt en hun plaats was ingenomen door een stel dat flink ouder was en minder handtastelijk. De vrouw keek Thorne recht aan en richtte haar blik vervolgens met een ruk omlaag, alsof ze iets smerigs op de vloer smeet.

Thorne draaide zijn hoofd af en keek naar rechts. De man die zich aan de stang vasthield, bewoog inmiddels niet meer en staarde hem recht aan.

Thorne ging achterover zitten tot hij voelde dat zijn hoofd, groot en wiebelig als dat van een baby, het raam raakte. Het glas was koel tegen zijn schedel.

Hij deed zijn ogen dicht.

Het was nog maar een paar stations naar Camden, waar hij moest overstappen. Hij kon het zich net veroorloven om een minuutje of twee weg te dromen, klaarwakker en de stations tellend, en naar zijn heuvel toe te zweven.

Vrijwel op het moment dat Thorne deze gedachte had afgerond, sliep hij.

Hij had meer dan genoeg te doen, hij moest nog een paar foto's uit de camera downloaden en afdrukken, maar hij vond dat hij wel een korte pauze had verdiend. Tien minuten, een kwartiertje rondneuzen op internet, dat kon geen kwaad, en dan ging hij weer verder met het echte werk. De foto's verzamelen en ze op de post doen...

Hij genoot van het werk aan de computer, nu hij het gevoel had dat hij het onder de knie had. Hij had het moeten leren, dus dat had hij gedaan. In slechts een paar jaar was hij van een beginneling iemand geworden die met vrijwel elke machine uitstekend uit de voeten kon.

Hij opende de bookmark en trommelde met zijn vinger op de muis terwijl hij wachtte tot de pagina verscheen...

Wanneer je eenmaal handig in iets was, kon je er gemakkelijk van genieten. Het was net als met wat hij, met het mes en de waslijn, met die klootzakken deed. Daar genoot hij beslist ook van. Het was grappig, bedacht hij, dat 'genoot' en 'dood' op elkaar rijmden.

Hij had deze site gevonden toen hij op zoek was naar inspiratie, naar hulp met de foto's van Jane. Nu bezocht hij hem af en toe nog eens om op de hoogte te blijven. Gewoon om even te kijken...

Het was al met al een rare week geweest. Hij had eigenlijk andere dingen moeten doen, maar hij was gedwongen geweest zijn schema om te gooien en de zaken wat anders in te delen met het oog op zijn akkefietje met Dodd. Meer dan een kleinigheid was het niet. Het was snel opgelost.

Er waren verschillende nieuwe links op de site bijgekomen sinds hij hem voor het laatst had bezocht. Een paar ervan smeekten er werkelijk om te worden bekeken. Hij richtte het pijltje, klikte en hield zijn adem in...

Hij zat te popelen om verder te gaan met het serieuze werk. Niet in de laatste plaats vanwege de uitdaging om zijn werkwijze te veranderen. Nu de gevangenissen waren gewaarschuwd, konden er geen brieven meer worden verstuurd...

'Jezus...'

Het hoofd van de vrouw was kaalgeschoren en ze was gekneveld. Er liep een ketting van een ring in haar halsband naar de leren riem tussen haar enkels. Het aangegespte tuigje kronkelde zich als een spinnenweb over haar gezicht, met in het midden haar mond met daarin een grote rode mondprop...

Jammer. Had hij nog meer foto's gebruikt, dan was dit nou net iets geweest waarvoor hij misschien wel was gegaan – maar dat was nu niet meer relevant. Met Remfry en Welch was het een heerlijke, lange, langzame plagerij geweest. Met de volgende zou het eenvoudig en direct moeten zijn. Wat minder subtiel.

Hij hoopte dat dat net zo leuk zou zijn als iemand geleidelijk voor zich proberen te winnen.

TWAALF

Carol Chamberlain voelde zich twintig jaar jonger. Gedachten kwamen net iets sneller op, gevoelssensaties waren net iets sterker dan voorheen. Ze was hongeriger en alerter. De avond daarvoor was ze tegen haar man aan gaan liggen en had het godbetert 'met zichzelf gedaan', wat hem beslist verbaasd en ook verrukt had. Misschien dat de beduimelde groene map op haar schoot voor hen allebei de redding zou blijken te zijn...

Twaalf uur later, toen hij haar een bord met toast bracht, had Jack nog steeds een glimlach op zijn gezicht. Ze blies hem een kusje toe. Hij pakte zijn jack van de standaard in de hoek: hij ging even een krant halen.

Carol was tweeënvijftig en tien jaar hoofdinspecteur bij de recherche, toen ze uit het korps was verdreven door het bespottelijke beleid van de Londense politie van gedwongen pensioen na dertig jaar. Dat was drie jaar daarvoor geweest. Het had aan haar geknaagd, elke dag, drie jaar lang, tot en met het moment dat uit het niets dat telefoontje was gekomen.

Carol was hoogst verbaasd geweest en ontzettend opgelucht...

Ze wist hoeveel ze te bieden had, nog steeds, maar ze besefte ook dat deze kans op het allerlaatste moment was gekomen. Als ze eerlijk was, moest ze toegeven dat ze zich recentelijk langzaam gewonnen was gaan geven, dat ze de handdoek in de ring gooide, eigenlijk net zoals haar man had gedaan.

Ze hoorde het hekje krakend dichtgaan, draaide zich om en keek Jack na terwijl hij de straat uitliep. Op z'n zevenenvijftigste een oude man...

Carol pakte de map op die op haar knieën lag. Haar eerste *cold case*. Op een sticker in de rechterbovenhoek stond UHM.

De Unit Heronderzoek Moordzaken, stond er boven aan het papier. Zelf zagen ze zich als het Cold Cases Team, en in de kantine werden ze simpelweg het Rimpelteam genoemd.

Ze mochten haar noemen hoe ze wilden, het kon haar geen moer schelen, zij zou haar werk gewoon net zo goed doen als ze het altijd had gedaan...

De dag daarvoor, toen ze het dossier bij het Centraal Informatieregister in de wijk Victoria had opgehaald, was haar meteen opgevallen dat het nog maar drie weken tevoren door een rechercheur van de Afdeling Ernstige Delicten was geraadpleegd. Dat was interessant. Ze had de naam van de man genoteerd en zich voorgenomen hem te bellen om te weten te komen waar hij naar op zoek was geweest...

Drie jaar weg. Drie jaar koken en tuinieren, en alle boeken lezen waar ze nooit aan toe was gekomen, drie jaar tijd inhalen met vrienden met wie ze om heel goede redenen het contact had verloren, en zich enigszins onwel voelen wanneer *Crimewatch* op tv was. Drie jaar ertussenuit, maar de opwinding in haar buik was er nog: de vlinders die het stof van hun vleugeltjes schudden en rond gingen fladderen toen ze de map opensloeg en begon te lezen.

Een man die zeven jaar daarvoor in een lege parkeergarage was gewurgd...

Tom Thorne had nu één week van zijn vierenveertigste levensjaar achter zich. Gezien het feit dat de ontdekking van zijn uitgebrande auto bij lange na nog niet het dieptepunt was, was hij er al vrij zeker van dat het geen jaar van bijzondere kwaliteit zou worden. Het was zeven dagen geleden dat hij na een bruiloft haastig was teruggereisd om bij een lijkschouwing aanwezig te zijn. Zeven dagen waarin de enige ontwikkelingen in de zaak ongeveer zo welkom waren geweest als de drol die in zijn bed op hem had liggen wachten.

Welch' doen en laten tussen zijn vrijlating uit de gevangenis en de ontdekking van zijn lijk was nauwgezet gereconstrueerd, maar had niets opgeleverd.

De foto's die uit het kluisje in Macpherson House waren gehaald, waren in forensisch opzicht een zwart gat.

Er waren meer dan honderd verhoren afgenomen, van iedereen die ook maar iets zou kunnen hebben gezien, en er was geen woord gezegd dat de bloeddruk zou kunnen verhogen.

De ACTIES op het witte bord waren omlijnd en afgevinkt. Aan iemand toegewezen en toegewijd uitgevoerd: contact opnemen met de zedendelinquenten die op hun beurt toegewijd waren geweest als het erom ging op tijd een handtekening in het register te komen zetten; degenen opsporen die niet zo vlijtig waren, die het misschien waren vergeten, die de dagen in hun agenda door elkaar hadden gehaald, of 'm naar een ander deel van het land waren gesmeerd en ondergedoken waren; het checken en dubbelchecken van alle verklaringen, van die van de getraumatiseerde receptioniste van het Greenwood Hotel tot die van de halfdronken dakloze die in het bed naast dat van Ian Welch had gelegen, in de paar dagen voordat hij werd vermoord...

Dit was wat in werkelijkheid negenennegentig procent van het politiewerk uitmaakte. Het waren vaststaande procedures zoals deze, tezamen met een beetje geluk, die zo ongeveer de beste, nee de enige kans op resultaat boden. En uiteraard haatte Thorne elke saaie minuut ervan.

Terwijl hij wachtte tot dat ongrijpbare gelukje zich zou voordoen, bleek zelfs zijn enige moment van echte inspiratie nutteloos te zijn geweest...

Thorne – het was maandagochtend en zo voelde hij zich ook – zat in Brigstockes kantoortje te luisteren, terwijl hem werd verteld hoe ongelofelijk nutteloos het wel niet was. Hij had gedacht dat de mogelijkheid dat de moordenaar toegang had tot het Register Zedendelinquenten wellicht de sleutel zou zijn met behulp waarvan hij kon worden opgepakt. Maar recherchechef Trevor Jesmond zag er helemaal geen been in hem die illusie af te nemen...

'Feit is,' zei Jesmond, 'sensatiepers of geen sensatiepers, dat de informatie al publiek bezit is. Elk korps heeft een informatiebeleid voor de gemeenschap. Zogenaamd wordt van zaak tot zaak bepaald wie er op de hoogte moet zijn. Er worden gegevens vrijgegeven aan scholen, jeugdclubs, enzovoort, maar zoals dat met alles is: we weten niet precies waar die informatie daarna nog terechtkomt.'

Brigstocke keek even naar Thorne en trok zijn wenkbrauwen op. Jesmond begon net opgewarmd te raken...

'Ja, misschien is het een politieagent. Maar het kan net zo goed een vriend van een vriend van een leraar zijn die zijn mond voorbijpraat. Of iemand die naast een indiscrete maatschappelijk werker woont die graag kletst terwijl ze op zondagmorgen hun auto's staan te wassen...'

'Zegt u nou dat we een week van onze tijd hebben zitten verdoen?' vroeg Thorne.

De recherchechef haalde zijn schouders op alsof hem was gevraagd of hij was afgevallen of te lang in de zon had gezeten. 'Vraag me dat nog maar eens wanneer we hem te pakken hebben...'

Jesmond leek van dit soort momenten te genieten. Thorne keek naar hem en dacht: Je vindt het echt lekker, hè, om me mijn illusies te ontnemen.

'Ik begrijp wat u zeggen wilt,' zei Thorne. 'Maar het kan toch geen kwaad, voor de korte termijn bedoel ik dan, om ervan uit te blijven gaan dat de moordenaar direct contact heeft met een van de instellingen waar we het nu over hebben. Het maatschappelijk werk, de reclassering...'

Jesmond kantelde zijn hoofd, hij was sceptisch. Brigstocke probeerde te helpen. 'Dat is een respectabel uitgangspunt voor een onderzoek,' zei hij.

Thorne snoof. 'Ons enige respectabele uitgangspunt...'

'Ik denk dat je er maar beter voor kunt zorgen dat het daar niet bij blijft,' zei Jesmond. 'Vind je niet?'

Thorne zei niets. Hij keek naar de hand die de bosjes rossig haar naar achteren duwde, en naar het vreemde gebied aan weerszijden van de neus waar webben van adertjes en groepjes sproeten elkaar ontmoetten. Hij keek naar de droge lippen die zich barstend in een glimlach trokken, en het viel hem zoals altijd op dat Jesmond met zijn ogen dicht glimlachte.

Thorne glimlachte zelf ook bij de herinnering aan de wijze waarop hij Jesmonds gezicht ooit aan Holland had beschreven. 'Je kent zulke gezichten wel,' had hij gezegd, 'als je er één keer op hebt geslagen, kun je niet meer ophouden.'

Jesmond boog zich over zijn bureau naar voren. 'Maar even serieus, laten we eens nadenken over wat jij zegt. Waarom kijken we bijvoorbeeld niet naar de mogelijkheid dat de moordenaar een directe relatie heeft met het politieapparaat...'

'Met een politieagent,' zei Thorne.

Jesmond herhaalde zichzelf eenvoudigweg en hield aan. 'Een directe connectie met het politieapparaat. Nog afgezien van de enorme aantallen waar we dan over praten, is het ook nog eens zo dat de methodes die men aanwendt voor toegang tot en gebruik van het Register Zedendelinquenten van korps tot korps enorm variëren. Sommigen komen er via de Nationale Politiecomputer in, anderen zetten registerinformatie over op bestaande systemen of bouwen er speciale databases voor...'

Brigstocke liet de lucht uit zijn wangen ontsnappen. Thorne voelde al aan dat de dingen op afstand kwamen te staan, hij voelde dat hij afdreef.

'Sommige korpsen werken nota bene nog met pen en papier en gebruiken nog handmatige systemen,' zei Jesmond. 'En we weten allemaal hoe veilig die zijn.'

Brigstocke knikte. 'Hoe veilig welk systeem dan ook is!'

Thorne sloot zich af en dacht aan de tamtam...

'Feit is dat het hele systeem een rommeltje is,' zei Jesmond. 'Er is geen eenduidige strategie voor het beheren en delen van informatie over zedendelinquenten, ofwel met andere instellingen ofwel onder elkaar. Sommige mensen menen dat algehele toegang voor lokale politiemensen essentieel is om ten volle profijt te kunnen trekken van de informatie. Andere districten en andere bureaus hebben simpelweg een speciaal daarvoor aangewezen agent die geïnformeerd wordt wanneer het register wordt bijgewerkt...'

Thorne rook nog een drol in zijn bed...

Als je afging op de manier waarop het hier werd voorgesteld, dan had de moordenaar zijn verkrachters zowat overal kunnen vinden. Op internet of in een prullenmand. Het was duidelijk een hopeloze zaak om de man waar ze achteraan zaten op te sporen zoals hij had gehoopt dat het zou lukken, al zaten er tien of zelfs honderdmaal zoveel agenten op de zaak.

'En het gaat ook niet alleen om ons,' zei Brigstocke. 'De rechtbanken worden geacht ons te informeren wanneer iemand zich moet laten registreren en voor hoelang, en dit moet worden bevestigd door de gevangenis, het ziekenhuis of wie dan ook, wanneer hij wordt vrijgelaten. Althans in theorie. Maar godallemachtig, soms hoor je nota bene voor het eerst dat er in jouw district een zedendelinquent woont wanneer zo iemand het je zelf vertelt...'

Jesmond ging achterover in zijn stoel zitten en glimlachte. Ogen gesloten. 'Dus als ik zeg dat jullie maar beter een ander respectabel uitgangspunt voor een onderzoek kunnen zoeken, dan ben ik gewoon praktisch. Ik denk aan de beste, dat wil zeggen de snelste manier om deze man te pakken te krijgen...'

Thorne knikte en mompelde binnensmonds: 'Ooo! Héhé! Klak!'

In de projectkamer ging alles zijn gewone gangetje, hoewel alle agenten zich er scherp van bewust waren dat er wel eens dingen konden gaan veranderen. Elke man of vrouw die aan de telefoon of over zijn papieren gebogen zat, keek af en toe in de richting van Brigstockes kantoortje, in de wetenschap dat daar achter die gesloten deur beslissingen werden genomen die hun allemaal zouden aangaan.

Elk terloops gesprekje was doortrokken van onuitgesproken zorgen. Waarvan sommige meer met overwerk te maken hadden dan andere. Waarvan sommige in wezen geen donder met het werk te maken hadden...

'Jesmond keek ontzettend lelijk toen hij hier de kamer door liep,' zei Kitson.

Holland keek op van zijn computerscherm. 'Als je het mij vraagt, zag hij er net zo uit als altijd...'

'Ik snap wat je bedoelt,' zei Kitson. 'Het is een ellendige vent. Toch denk ik echt dat we iets verkeerd doen. Ze zitten daar al een hele poos.' Ze keek naar het punt waar de projectkamer uitmondde in de gang met het rijtje kantoortjes – dat van Brigstocke, dat van Thorne en haar en dat van Holland en Stone...

Kitson ging op de hoek van het bureau zitten. Ze legde haar hand op de computer waar Holland aan zat te werken. 'Kun je dit niet op je eigen kamer doen?'

Holland tuurde op zijn scherm. 'Daar zit Andy te werken...'

Er zat viezigheid op de computer. Kitson haalde een tissue tevoorschijn, spuugde op een hoekje en begon over de muis van haar hand te wrijven. 'Er is toch niks?'

Holland keek op. 'Nee hoor. Soms kan ik me hier gewoon beter concentreren...'

Kitson knikte en ging door met wrijven, ook al was haar hand al weer schoon. 'Ik hoor van Sam Karim dat je je voor flink wat overwerk beschikbaar stelt, op allerlei verschillende tijdstippen...'

Holland klikte verwoed met zijn muis. 'Shit!' Hij keek op en knipperde met zijn ogen. 'Wat zei je...?'

'Goed idee om te proberen een spaarpotje aan te leggen voordat de baby er is.'

Hollands gezicht betrok even. De glimlach die hij te voorschijn toverde, wist de donkerte rond zijn ogen niet helemaal te verdrijven.

'Inderdaad,' zei hij. 'Ik bedoel, ze zijn duur, toch?'

'Als jij denkt dat luiers prijzig zijn, wacht dan maar tot ze cd's en de nieuwste sportschoenen willen. Is het een jongetje of een meisje? Weet je dat al?'

Holland schudde zijn hoofd. Hij keek Kitson een halve tel recht in de ogen, toen gleed zijn blik omlaag naar haar kin. 'Sophie wil het niet weten.'

'Ik altijd wel.' Kitsons stem was iets lager geworden. Ze sloeg de tissue open en begon hem in kleine stukjes te scheuren. 'Mijn partner wilde afwachten, maar ik heb nooit zo van verrassingen gehouden. Nadat we de scan hadden gehad, heb ik hem de kamer uitgestuurd, zodat ze het me konden vertellen. Heb ik bij al mijn kinderen gedaan. En het is me steeds gelukt het tot aan de geboorte geheim te houden...'

Holland glimlachte. Kitson kneep de stukjes tissue in haar vuist samen en stond op. 'Neem je naderhand nog vrij?'

'Naderhand?'

'Met al dat overwerk dat je nu opspaart, kun je je waarschijnlijk wel een vrije periode veroorloven en een tijdje bij Sophie en de baby thuis blijven. De vakbond vecht nota bene nog altijd voor een vaderschapsverlof van langer dan twee dagen. Twee dagen! Het is een grof schandaal...'

'Daar hebben we het nog niet echt over gehad...'

'Ik weet zeker dat ze dat wel zou willen.' Kitson zag iets in Hollands ogen en knikte begripvol. 'Ze vindt het vast maar niks, al dat extra werk dat je op dit moment moet doen...'

Holland haalde zijn schouders op en liet zijn hoofd weer tot recht voor zijn computerscherm zakken. 'Ach, weet je...'

Kitson zette een stap bij het bureau vandaan. Ze opende haar hand boven de prullenmand en strooide de stukjes vuile tissue erin.

Holland keek haar na toen ze wegliep en dacht: Nee, waarschijnlijk weet je het helemaal niet.

Dat dacht hij verkeerd.

Thorne stak zijn hoofd om de deur van de projectkamer en probeerde niet te kokhalzen toen hij warme lucht vermengd met gistende aftershave inademde. Hij zwaaide naar Yvonne Kitson. Ze merkte hem op en kwam vlug naar hem toe gelopen.

'Breng iedereen aan die kant van de kamer bij elkaar,' zei Thorne. 'Briefing over een kwartier.'

Zonder op een antwoord te wachten draaide Thorne zich om en liep weer terug de gang in, naar zijn kantoortje...

Hij had het gevoel dat Jesmond waarschijnlijk gelijk had. Hij wist dat hij gelijk had wat betreft het register, maar dat zelfs als de moordenaar een maatschappelijk werker, een reclasseringsambtenaar of een diender was, ze hem op een andere manier te pakken moesten zien te krijgen.

Hij gooide zijn jack op zijn bureau en plofte in zijn stoel. Er lag een klein stapeltje post, dat hij begon te sorteren...

Stel dat het een diender was?

Thorne zou er geen weddenschap op hebben afgesloten. In al die jaren had hij meer dan genoeg rotte appels gekend en z'n portie etterbakkerige collega's wel gehad, maar er was nooit een moordenaar bij geweest. Het was een interessant idee, een verleidelijk idee zelfs, maar het mocht in tv-series dan handig zijn, hij had er niet veel aan.

Hij gooide een stapel enveloppen in de prullenmand. De exemplaren die duidelijk circulaires of vervelende interne memo's bevatten, gingen er ongeopend in. De interessant uitziende bewaarde hij altijd voor het laatst...

Er waren nog immer kanten aan de zaak die hem dwarszaten en die hij tijdens de briefing te berde zou brengen. Om te beginnen het beddengoed dat was afgehaald. En dat andere. De gedachte die hij niet kon verwoorden, die hij niet kon determineren, noch bij de staart grijpen.

Het was iets wat hij wel en iets wat hij niet had gelezen...

Al met al leidde het helemaal nergens toe. Geen fatsoenlijk aanknopingspunt, geen greintje geluk. Hij kon alleen maar hopen dat een of andere slimmerik tijdens de briefing met iets nuttigs op de proppen kwam.

Toen de foto's uit de witte envelop vielen, duurde het een paar seconden voordat Thorne begreep waar hij naar zat te kijken. Toen zag hij het. Zijn hart maakte een sprongetje en ging vervolgens in galop.

Zoals het hart van een sporter zich sneller herstelt naarmate zijn conditie verbetert, zo reageerde Thorne, althans fysiek, steeds minder heftig op beelden zoals deze, die algauw over zijn hele bureau verspreid zouden liggen. Het gebonk in zijn borstkas vertraagde al weer toen hij zijn hand in een la stak, een schaar tevoorschijn haalde en het elastiekje doorknipte dat het stapeltje foto's bijeenhield. Toen hij ze met de punt van een potlood van elkaar haalde, kon hij al weer gemakkelijker ademhalen. En tegen de tijd dat hij had besloten ze nader te bekijken en hij weer wist waar hij de benodigde handschoenen kon vinden, was zijn hartslag al weer langzaam en regelmatig.

Er was geen zichtbare beweging meer, geen trilling van het vlees waar zijn overhemd vochtig tegen zijn borst geplakt zat...

Thorne stond op en liep de gang in, op weg naar de projectkamer. Onder het lopen voelde hij zich verbazingwekkend kalm en helder in het hoofd. Hij trok schokkende conclusies en nam onbetekenende beslissingen.

De moordenaar was nog koelbloediger dan hij had gedacht...

Hij had een afspraak met Eve voor later. Het was duidelijk dat hij die zou moeten afbellen. Misschien had ze morgen tijd...

Zodra hij de projectkamer binnenliep, kwam Kitson van rechts naar hem toe gelopen. Ze wilde hem graag ergens over spreken. Hij stak zijn hand op en wuifde haar weg. De doos stond, een beetje uit de toon vallend, op een archiefkast in de hoek aan de andere kant van het vertrek, precies waar hij zich herinnerde hem te hebben gezien. Hij trok de plastic handschoenen eruit alsof hij tissues uit een kartonnen houder griste. De transparante vingers van het volgende paar kwamen tevoorschijn.

Holland stond achter hem en zei iets wat hij niet verstond, toen hij zich omdraaide en terug wilde lopen...

De briefing, wanneer ze die ook hadden, zou nu beslist wat levendiger worden. Wat Jesmond ook dacht van de richting die het onderzoek uit ging, het was in elk geval een moeizame zaak geworden. Maar die foto's en wat daarop te zien was, zou het weer op weg helpen.

Als een startkabel.

Niet helemaal een gelukje, maar goed, het zat er dicht genoeg tegenaan...

Toen Thorne zijn kamer binnenkwam, liep hij direct naar zijn bureau. Terwijl hij bezig was, terwijl hij de handschoenen aantrok en een van de foto's voorzichtig aan de rand oppakte, besefte hij dat hij waarschijnlijk zijn tijd aan het verdoen was. Hij moest natuurlijk de procedures volgen, maar de handschoenen waren vrijwel zeker onnodig. Hij wist wel dat er op het oppervlak van een foto heel goed een vingerafdruk kon zitten, maar hij wist ook dat de man die hem had genomen uiterst voorzichtig was. Behalve de afdrukken van postmedewerkers en gevangenispersoneel of haar en dode huid van de slachtoffers hadden ze tot dusverre nog niets van de foto's en brieven af kunnen halen. Het ging hier per slot van rekening om een moordenaar die het beddengoed weghaalde van de plekken waar hij zijn moorden pleegde.

Toch maakte iedereen wel eens een fout...

Thorne keek de foto's vlug door: de close-ups van het toegetakelde en bebloede gezicht, de dunne lippen die waren opgezwollen en vervolgens gebarsten. Op de foto's waar het slachtoffer ten voeten uit op stond, was de beweging in een misselijkmakende waas vastgelegd. De foto's waren, ongelofelijk maar waar, genomen toen het slachtoffer nog leefde. En worstelde...

De kiekjes van het interieur legde hij opzij en hij boog zijn hoofd verder naar voren om na te gaan of de moordenaar soms één bepaalde fout had gemaakt. Heel geconcentreerd keek hij naar de foto die welbewust boven op de stapel was gelegd. Die waarvan het de bedoeling was dat hij hem als eerste zou zien. De etalage van de winkel ernaast...

Een moordenaarsgrapje.

Thorne was zich vagelijk bewust van de gestaltes van Holland en Kitson, die vanuit de deuropening toekeken terwijl hij naar de foto zat te turen. In de hoop een vervormde beeltenis te zien die waarschijnlijk totaal onbruikbaar zou zijn, maar die zou aantonen dat hij met feilbaar vlees en bloed te maken had. Tevergeefs speurend naar een reflectie van de cameraman in een piepklein zwart spiegeltje.

Op zoek naar het gezicht van de moordenaar in het oog van een dode vis.

Hij wist vrij zeker dat hij een goede had uitgezocht.

De lijst moest zorgvuldig worden doorgekeken. Hij kon niet zomaar een exemplaar uitprinten en dan willekeurig iemand prikken. Niet dat hij zoveel tijd had om te kijken, wanneer hij überhaupt gelegenheid had, maar hij werd beter in het snel selecteren van de geschikte kandidaten. Bij de eerste twee had hij er een aantal uitgekozen die acceptabel leken en pas later meer nauwgezet de bijzonderheden doorgenomen, toen hij de tijd had. Bij deze had hij het weer zo gedaan: een paar had hij er om praktische redenen verworpen – locatie, huiselijke omstandigheden enzovoort – en toen had hij een goede kanshebber overgehouden.

Maar jezus, er waren er zoveel waaruit hij kon kiezen. De ernstige gevallen, die waarin hij geïnteresseerd was, zouden voor onbepaalde tijd in het register blijven staan. En degenen die uiteindelijk, na vijf, zeven of tien jaar, van de lijst af kwamen, waren tegen de tijd dat hun namen werden geschrapt al in honderdvoud vervangen.

Het was een groei-industrie...

Met deze stond het er zo te zien uitstekend voor. Hij woonde alleen in een mooie, rustige straat. Vrienden waren tot dusver een onbekende grootheid, maar het zag er niet naar uit dat er familie was. Het was misschien zelfs mogelijk dat hij niet tot het gebruik van een hotel over zou hoeven te gaan...

Hij was daar ambivalent over. Het zou eenvoudiger zijn om het in een huis of appartement te doen, maar dat bracht wel een onvoorspelbaarheid met zich mee die hij onprettig vond. Het zou lastig zijn van tevoren binnen te komen en de indeling van het huis te bekijken. Hij kon er niet op rekenen dat een woning in forensisch opzicht even gunstig was als de gemiddelde hotelkamer. Een onverwacht bezoek van een buurman kon niet worden voorkomen met een NIET STOREN*-bordje op de deur.*

Bij Remfry en Welch had hij natuurlijk geen keus gehad, maar het gebruik van hotels had tot nu toe gewoon ook heel goed gewerkt en hij voelde er niet zoveel voor om een succesvolle formule te veranderen. In hotels had je weliswaar veel meer potentiële getuigen en een beveiligingssysteem dat je moest zien te omzeilen, maar dat was geen al te groot probleem. Hij had wel geleerd dat mensen geen moer zagen als ze niet echt keken, en camera's zagen nog minder als je wist hoe je ze moest ontwijken.

Hij slaagde er al heel lang in niet te worden opgemerkt, niet wérkelijk althans.

DERTIEN

'Ik vroeg me af hoeveel het zou kosten om iemand een bos bloemen te sturen...'

'Nou, we rekenen vijfenhalve pond voor het bezorgen en een boeket heb je vanaf dertig pond...'

'Jezusmina, zoveel wil ik niet uitgeven. Ik heb nog niet eens met d'r gezoend...'

Eve lachte. 'Weet je zeker dat dat er überhaupt wel in zit?'

'Heel zeker,' antwoordde Thorne. 'Zij is er helemaal voor in...'

'Shit, ik heb een klant. Ik moet ophangen...'

'Luister, het spijt me dat ik gisteravond heb afgezegd. Ik kon niet...'

'Geen punt. Hou die gedachte vast, oké? Van dat zoenen bedoel ik. Tot straks.'

'Ja, eh, ik kan alleen nog niet zeggen hoe laat.'

'Bel me maar vlak voor je vertrekt. Dan kunnen we even iets gaan drinken of zo...'

'O ja...'

'Maar even serieus. Mocht je ooit in de verleiding komen: bloemen zouden nog geen zoenpartij garanderen hoor. Met bonbons daarentegen krijg je zowat alles gedaan...' Ze hing op.

Glimlachend stak Thorne zijn hand in zijn overall en liet de telefoon in de zak van zijn jack vallen. Hij nam een flinke teug uit een fles mineraalwater. Toen hij zich omdraaide, stond er een familie rugzaktoeristen tegenover hem. Vader, moeder en twee blonde kinderen, die alle vier met rugzakken van afnemende grootte liepen te pronken, staarden hem vanachter de afzetting verwachtingsvol aan. Thorne staarde terug tot ze ten slotte weg kuierden, na te hebben geconcludeerd dat er niet echt iets zou gaan gebeuren.

Zes uur daarvoor, toen er wel iets was gebeurd waar ze hun vrienden thuis wellicht over hadden kunnen vertellen, was het ietsje lastiger geweest om de toeschouwers weg te houden. Toen liepen de disco's leeg en waren de straten vol en had zich al snel een aanzienlijke drom mensen verzameld die zich vanachter het afzetlint had staan vergapen. Op honderd meter afstand, richting Wardour Street aan de ene kant en Regent Street aan de andere kant, hadden ze opgewonden staan toekijken.

De dronkaards joelden en de toeristen namen foto's, toen het lijk van Charles Dodd naar buiten werd gedragen.

Toen het eenmaal was ingeladen en weggereden, was het afgezette gebied een stuk verkleind. Er liep nu alleen nog blauwe tape in een rechthoek van de smalle opgang naar Dodds studio tot aan de verste hoek van de visboer ernaast. Zachtjes wapperend...

'Wat gebeurt er daarbinnen?'

Thorne keek in het gezicht van een klein, mager individu met vogelstrontkleurige highlights en een onwaarschijnlijke hoeveelheid sieraden om, die hem vanachter de tape toeknikte. De man, die een satijnen trainingsbroek en een mouwloos camouflagejack droeg, nam snel achter elkaar drie trekjes van een sigaret en smeet die toen in de goot.

'Een razzia,' zei Thorne. 'Door de modepolitie. Als ik jou was, zou ik maken dat ik wegkwam...'

De man wipte tweemaal op de bal van zijn voet, grimaste en sjokte toen weg. Aan de overkant van de smalle straat stond een meisje in een minuscuul leren rokje en een naveltruitje tegen het betaalhokje van een peepshow geleund een broodje bacon te eten. Ze lachte naar Thorne, het was duidelijk dat ze het gesprekje had opgevangen. Thorne glimlachte terug. Het was even over negenen 's ochtends, maar klaarblijkelijk niet te vroeg om te proberen wat beweging te krijgen in de shorts van de passerende mannelijke klandizie. Het was ook al zo warm dat de terrastafeltjes van een café volzaten met cappuccino drinkende en zoete croissants schranzende klanten. Die deden net alsof ze zich op een exotischer plek bevonden.

Thorne keek naar ze en wenste dat hij zelf ergens anders was. Hij dacht aan dingen die iedereen de lust tot ontbijten zouden doen vergaan...

Toen ze de avond tevoren de deur hadden geforceerd, wist Thorne exact wat ze zouden aantreffen. De lucht, indringend tegen zijn gezichtsmasker, had het hem sowieso wel duidelijk gemaakt, maar toen hij de smalle trap beklom, was hij zich zeer bewust van wat hem boven wachtte. Hij had de foto's al gezien.

In het echt – enkele lange, warme dagen na de gebeurtenissen – was het nog veel erger.

Het lichaam was opgehangen. De waslijn was in een geïmproviseerde lus rond Dodds nek geknoopt en over een van de lichtbalken boven de studiovloer gegooid. De lijn was aan het voeteneind van het bed vastgemaakt en door het gewicht van het lijk was het bed aan één kant dertig centimeter van de grond gekomen. De foto, die was genomen toen Dodd nog leefde, had de stuiptrekkingen getoond, het wanhopige geklauw aan de nek en het trappen van de benen. Het lijk, dat al enkele dagen dood was, hing er stijf en bewegingloos bij. Het kwam alleen door het gedreun van de metrotreinen van de Bakerloo-lijn die onder hen door reden en heel lichte trillingen veroorzaakten, dat het lijk een klein beetje heen en weer begon te schommelen...

Steeds opnieuw had Thorne gevochten tegen zijn bizarre neiging om de beweging te stoppen. Om erheen te lopen en de benen die als opgezwollen bloedworsten onder een vuile korte broek uitstaken vast te pakken. Om de paarsige voeten die tegen de bandjes van de plastic sandalen gekneld zaten vast te grijpen.

Thorne had midden in de studio bij het bed gestaan en teruggedacht aan een stel bleke meisjes dat op nylon lakens lag te kronkelen.

Hij had toegekeken hoe een technisch rechercheur over de matras heen hing en iets weg schraapte wat van het lijk dat erboven bungelde omlaag was gedruppeld.

Hij had omhooggekeken naar de tong die uit Dodds mond stak, blauw en zo groot als een mannenhand, en die hem zeggen wilde dat hij moest opsodemieteren.

Zodra Dodds lijk was losgesneden en ingeladen deed Thorne maar al te dankbaar exact wat het leek te vragen: op huis aan voor andere kleren en voor eten dat hij niet door z'n keel zou krijgen. Voor vier uur niet slapen en vervolgens terug naar de plaats delict.

Het meisje tegenover hem nam de laatste hap van haar broodje. Ze veegde met de rug van haar hand langs haar mond en bukte achter het hokje om haar handtas te pakken. Ze haalde haar schouders op richting Thorne en begon haar lippen te stiften.

Toen Thorne de deur hoorde opengaan draaide hij zich om. Holland kwam naar buiten en liep op Thorne toe. Ondertussen ritste hij zijn overall open en ademde de frisse lucht met grote teugen in.

'Godallemachtig, wat is het daar warm.'

Thorne gaf Holland de fles water. 'Hoe lang nog?'

'Bijna klaar, denk ik.'

Holland stond naast Thorne en leunde tegen het raam van de visboer. Allebei keken ze naar de peepshow en het café met terras. Een ober glimlachte naar hen. Ze hadden net zo goed vrienden kunnen zijn die van het mooie weer genoten, want hun plastic outfits waren bij lange na niet de meest zonderlinge die er te zien waren.

'Dus hij ruimt mensen naderhand gewoon uit de weg,' zei Holland. 'Hij vermoordt Dodd zodat hij zeker weet dat hij niks kan zeggen.'

'Misschien...'

Holland draaide zich om en drukte zijn handen tegen het raam, dat inmiddels met vingerafdrukpoeder bestoven was. Men had de visboer maar heel weinig tijd gegeven om zijn voorraad naar de koelruimte te brengen en helemaal geen tijd om daarna nog schoon te maken. Holland keek naar de roze poel van bloed en visseningewanden die op het water in een metalen schaal dreven. 'Hij wist dat jij het zou snappen.' Hij knikte naar het raam. Vliegen botsten tegen het glas en zoemden om de verspreid liggende lellen gerimpeld vel heen. 'Hij wist dat jij zou begrijpen wat die foto betekende.'

Thorne knikte. 'O, hij wist zonder twijfel dat ik hier was geweest.' Holland keek hem van opzij aan en trok een wenkbrauw op. 'Nou moet je niet meteen te enthousiast worden. Ja, misschien heeft hij me gevolgd, of misschien is hij Trevor Jesmond die de stem van de duivel hoort, maar waarschijnlijk is er een eenvoudiger verklaring.' Holland draaide zich om en luisterde. 'Ik denk dat jij gelijk hebt. Ik denk dat Dodd is vermoord om wat hij ons zou kunnen vertellen. En omdat hij daarmee dreigde.'

'Dodd heeft geprobeerd de moordenaar te chanteren?'

Thorne sloeg zijn armen over elkaar. 'Alleen wist die stomme zak toch niet dat hij een moordenaar was? Ik kan hier uiteraard niets van bewijzen...'

'Het klinkt aannemelijk,' zei Holland.

'Dodd heeft natuurlijk gelogen. Die lulkoek dat de moordenaar zijn helm had opgehouden en dat hij nergens notities had. Ik had hem goddomme moeten inrekenen...'

'Dat kon je toch niet weten?'

'Tuurlijk wel. Rukkers als Dodd liegen zodra ze hun mond opendoen. Hij wist niet wie we zochten of waarom, maar dat maakte niet uit. Zelfs al had-ie gedacht dat ik achter iemand aan zat die zijn kijk- en luistergeld niet had betaald, dan nog had-ie gelogen dat-ie barstte. Zolang hij maar een mogelijkheid had gezien om er iets aan te verdienen.'

Ze keken naar een man van middelbare leeftijd die bij het hokje voor de peepshow betaalde en toen vlug naar binnen ging. De blik van het meisje kruiste die van Thorne. Ze legde haar duim tegen de toppen van haar vingers en maakte een aftrekgebaar. Thorne wist niet of ze aangaf wat de man zou gaan doen of wat ze van hem dacht. Of van hen beiden...

Holland schraapte zijn keel en nam een slok. 'Dus nadat jij langs bent geweest en hem de foto van Jane Foley hebt laten zien, neemt hij contact op met de moordenaar...'

Thorne liep bij het raam vandaan, draaide zich om en keek omhoog naar de tweede verdieping, waar de studio was. 'Ik heb de ruimte doorzocht en er is nergens ook maar een spoor van een adressenboekje of iets dergelijks...'

'Misschien heeft de moordenaar dat meegenomen,' zei Holland.

'Dat zou kunnen.' Thorne hief zijn hand om zijn ogen tegen de zon te beschermen. 'Laten we de ruimte nog eens centimeter voor centimeter doorzoeken. Als er ook maar één stukje papier ligt met een adres of telefoonnummer erop, dan wil ik het vinden.'

'En gespreksoverzichten?'

Thorne knikte, blij dat Holland zo snel dacht en hem qua gedachtegang op de voet volgde. 'Daar heb ik Andy Stone al op zitten. Ik wil alles hebben, van vaste telefoon én mobiele als hij die had. Alle keren dat hij heeft gebeld sinds de dag dat ik hier ben geweest...'

'Misschien is hij gewoon langsgegaan, als hij een adres had...'

'Dan zitten we.' Thorne pakte de fles water. Hij nam een slok en hield het inmiddels lauwe water een poosje in zijn mond alvorens het door te slikken. 'Maar we zijn nog niks wijzer geworden wat betreft de vraag hoe de moordenaar aan Dodd is gekomen. Mensen zoals Dodd adverteren niet. Dat gaat via mondreclame, via contacten...'

'We hebben al met iedereen die we konden vinden gepraat,' zei Holland. 'Iedereen die ooit ook maar een kiekje van zijn vrouws tieten heeft gemaakt, heeft een verklaring afgelegd.'

'Praat nog maar eens met ze. En zoek er een paar voor me die jullie nog helemaal niet hebben gesproken.' Holland kreunde en liet zijn hoofd achterover tegen het glas zakken. 'Kom op, Dave, aan de slag,' zei Thorne. 'Yvonne kan wel een nieuwe lijst samenstellen. Ik spreek je later nog wel.'

Terwijl Holland uit zijn overall stapte, zag Thorne hoe twee jonge mediatypes van hun tafeltje voor het café aan de overkant opstonden en elkaar een hand gaven. Ze gingen nonchalant gekleed in korte broek en sportschoenen, maar hun superdure mobieltjes en hun designzonnebrillen verrieden hen. Misschien hadden ze overeenstemming bereikt over een reclamecampagne of had een tv-project het groene licht gekregen.

Hij vroeg zich af of ze wisten dat John Logie-Beard bijna tachtig jaar daarvoor op slechts een paar honderd meter afstand, op een zolderkamer boven een koffiebar in Frith Street, de allereerste openbare demonstratie van de televisie had gegeven.

Thorne deed de deur open en bleef een paar seconden staan voordat hij weer naar binnen ging...

God, wat zou een reclameonderbreking nou fijn zijn. En een voor de tv gecreëerde moordenaar die te pakken was nog fijner. Hij had net zo goed daadwerkelijk een tv-rechercheur kunnen zijn: voor de zoveelste keer die ochtend keek Thorne naar een voorbijganger die hem, de overall en het afzetlint in de smiezen kreeg... en toen gretig om zich heen keek waar de camera stond.

Na de lijkschouwing in het mortuarium in Westminster liepen ze naar een Italiaans restaurantje vlak bij de Abbey en praatten over pizza en Peroni.

'Ik denk dat Dodd eerst geslagen is tot hij min of meer bewusteloos was,' zei Hendricks. 'Toen heeft de moordenaar de waslijn om zijn nek geknoopt, het ding over de lichtbalk gegooid en hem omhoog gehesen.'

Thorne knikte en nam een slok bier. 'Dat moet de nodige kracht hebben gekost...'

'Dan weten we nu dus dat het geen slappeling van zestig kilo is. En verder?'

'Het is een gore hufter...'

'Dat wisten we al.'

Hendricks goot wat chiliolie over wat er nog van zijn American Hotpizza over was. 'Wanneer Dodd begrijpt wat er aan de hand is, komt hij heel snel bij zinnen, maar dan is het al veel te laat. De moordenaar bindt de lijn vast, pakt zijn camera en begint foto's te maken.'

'Hoe lang heeft het geduurd?' vroeg Thorne.

'Hij zal binnen een paar minuten bewusteloos zijn geraakt.' Hendricks spietste een schijfje pikante worst aan zijn vork en stopte het in zijn mond. 'Waarop vrij snel de dood is ingetreden door cerebrale hypoxie...'

Thorne liet het bezinken. Dodd was een smerig stuk stront geweest, maar hij had het niet verdiend om aan het eind van een lijn te bungelen, net als de dingen in de winkel ernaast. Terwijl hij aan het vlees van zijn eigen hals trok. Terwijl hij met halfgesloten ogen naar de verantwoordelijke maniak keek die kalm kiekjes stond te maken en hem van zijn beste kant probeerde vast te leggen...

'Wanneer men het heeft over moordenaars zoals deze gebruikt men woorden als "georganiseerd" en "chaotisch",' zei Thorne. 'Twee hoofdcategorieën. Degenen die het zorgvuldig plannen en een haast geritualiseerd patroon van moorden en opruimen afwerken. En degenen die gewoon uit instinct handelen en niet veel controle hebben over wat ze doen...'

'En waar hoort deze gek in thuis?'

Thorne legde zijn vork en mes neer. De helft van de pizza was nog over, maar hij had genoeg gehad. 'Daar zit ik net over na te denken. Deels is hij georganiseerd: de brieven aan de mannen in de gevangenis; Dodd moet uit de weg worden geruimd, dus doet hij dat; de waslijn; het gebrek aan sporen; de brieven die hij mij heeft gestuurd...'

'Daar wordt-ie echt geil van, zeker weten...'

'Maar waarom slaat-ie die vent eerst halfdood? Dodds gezicht leek net goedkoop gehakt. Waarom geeft hij hem niet gewoon een knal tegen zijn achterhoofd en hangt hij hem dan op?' Er drentelde een serveerster rond die haar best deed niet te luistervinken. Thorne hield zijn bord omhoog. Ze nam het behoedzaam aan en liep toen vlug weer weg. 'In zekere zin zijn ze altijd kwaad, weet je. Ik heb nog nooit een moordenaar ontmoet die niet op de een of andere manier ergens pissig over was.' Thorne dronk zijn glas leeg. Terwijl hij het bier doorslikte, zag hij de lijken van Welch en Remfry voor zich en de bende die er van hun hals was gemaakt. Van hun binnenste. 'Maar godklere, deze vent valt qua gekte van de schaal af...'

'Doe jij vanavond iets?' Hendricks veegde zijn mond af. 'Ik zou langs kunnen komen.'

'Wat?'

Hendricks keek naar de serveersters die vlak bij de kassa bij elkaar stonden. 'Ik verander maar van onderwerp. Voor ze de politie bellen.'

'Ze staren vanwege jouw uiterlijk, man, niet vanwege ons interessante tafelgesprek. En nee, je kan niet langskomen. Ik heb een afspraak met iemand die er heel wat beter uitziet dan jij.'

'Het is niet waar.'

'Zonder gênante piercings...'

Hendricks grinnikte. 'Je weet nooit. Misschien heeft ze ze wel op speciale, geheime plekjes.'

Daar was de serveerster weer. Ze pakte het bord voor Hendricks' neus weg. Hij had een volmaakte ring van pizzakorst overgelaten.

'Weet je wel dat je nooit zult leren fluiten als je die korst niet opeet?' zei Thorne.

Hendricks tuitte zijn lippen en zei: 'Ik word toch liever nagefloten dan dat ik zelf naar iemand fluit...'

De middag was uitgevloeid in de avond en toen Thorne eindelijk op weg was naar het tafeltje naast de sigarettenautomaat, waar Eve zat, was het al bijna tijd voor de laatste ronde. Ruimschoots genoeg tijd dus nog om samen een fles wijn soldaat te maken. En voor Thorne om zich te verontschuldigen voor het feit dat hij zo met haar solde, en voor Eve om te zeggen dat dat dwaas was. Meer dan genoeg tijd voor Thorne om haar haast niets te vertellen over wat voor dag het was geweest.

Het was een kleine, gemoedelijke pub vlak bij het Hackney Empire Theatre. Ze stapten naar buiten, Mare Street op, en keken links en rechts de straat in. Ze maakten onnodig knopen aan jassen dicht en bestudeerden geparkeerde auto's om een plotseling ongemakkelijk moment op te vullen.

Eve zette een stap naar hem toe en legde haar handen op zijn schouders. 'Wat dat zoenen betreft...'

Dat liet Thorne zich geen twee keer zeggen.

Ze kusten elkaar. Zijn handen gleden om haar middel en de hare naar zijn nek en achterhoofd. Ze beet zachtjes op zijn onderlip. Hij duwde het puntje van zijn tong in het spleetje tussen haar tanden. Toen verbreedde zijn mond zich tot een glimlach en ze weken weer van elkaar.

'Ik wist wel dat je ervoor in was,' zei Thorne.

Eve liet haar hand zakken en kneep even flink in zijn kont. 'Ik ben overal voor in.'

Ze waren maar op een paar minuten lopen van Eves huis en een kort ritje met bus of taxi van dat van Thorne. Dit was niet de reden voor de onzekerheid die Eve in Thornes gezichtsuitdrukking zag.

'Je hebt nog steeds geen nieuw bed gekocht, hè?'

Thorne deed zijn best om te kijken als een schuldbewuste schooljongen. Hij stelde zich voor dat hij er daardoor ontwapenend uitzag. 'Ik heb nog geen tijd gehad...'

Eve pakte zijn hand en ze begonnen te lopen.

'Ik had eigenlijk alleen afgelopen zondag en toen moesten er allerlei rotklussen worden gedaan.' Thorne besloot er niet verder over uit te wijden. Hij verklaarde niet nader dat die rotklussen inhielden: het vervangen van de stereo en van de circa vijfentwintig cd's die hij echt niet kon missen. Gezien het feit dat hij zijn nachten opgerold op de bank doorbracht, zouden sommige mensen wellicht vraagtekens bij zijn prioriteitstelling zetten. Hij moest zelf ook erkennen dat die krankzinnig leek, nu een nacht gezellig met Eve Bloom op de bank een heel wel te bereiken vooruitzicht leek.

Ze liepen een stukje Mare Street in, sloegen linksaf de spoorlijn over en staken toen door over de London Fields. Het was niet zo'n zwoele avond als er recent wel waren geweest, maar het was nog wel warm. Er waren veel mensen buiten.

'Je zit toch niet op de verzekering te wachten?' vroeg Eve plotseling.

'Hoezo?'

'Om een nieuw bed te kunnen betalen, bedoel ik.'

Thorne lachte. 'Een nieuw bed kan ik me nog wel veroorloven, denk ik. Het gaat trouwens alleen om een nieuwe matras, dus dat kost me de kop niet. Maar ik heb de verzekering wel nodig voor een nieuwe auto. Ik begin genoeg te krijgen van de bus en van die roestbakken uit het wagenpark van de politie...'

'Wat neem je er voor een?'

Thorne wist niet waar hij de week daarvoor nou meer tijd aan had gespendeerd: het telefonisch achter de broek zitten van de verzekeringsmaatschappij, of het aan zijn keukentafel over autobladen gebogen zitten. 'Het kan me niet echt veel schelen,' zei hij.

Eve kwam iets dichter naast Thorne lopen om een jogger te laten passeren. 'Knoeien smerissen ook met hun verzekering, net zoals andere mensen?'

'Nou, knoeien is een beetje sterk uitgedrukt. Misschien zit ik er met het merk en het model van de stereo net effe naast. Oké, en met de prijs ook. En bij het maken van een inventaris van mijn cd's heb ik er hier en daar misschien een cd-box op gezet, maar allejezus, ik ben waarschijnlijk ook wel weer dingen vergeten.'

Ze liepen een minuutje of zo zwijgend verder en bleven aan de rand van het park staan. Ze keken naar een groepje jongens dat een balletje trapte, belicht met dank aan een paar straatlantaarns en een volle maan.

Thorne dacht terug aan het spelletje waar hij ruim een week daarvoor naar had staan kijken, in het park in de buurt van het hotel in Slough. Dat was juist vlak vóór een lijkschouwing geweest...

'Er was vandaag weer een lijk,' zei Thorne. 'Dat wil zeggen, gisteravond en vandaag. Daarom moest ik afzeggen.'

Eve gaf een kneepje in zijn hand. 'Weer door dezelfde man? Die dat bericht op mijn antwoordapparaat had achtergelaten?'

Ze liepen weg bij het potje voetbal, de straat in die parallel liep aan die waar Eve woonde en werkte.

'Hij vermoordt mannen die vrouwen hebben verkracht en daarvoor in de gevangenis hebben gezeten,' zei Thorne. 'Met degene die we gisteren hebben gevonden, zat het ietsje anders, maar in de grond van de zaak is dat wat hij doet. God mag weten waarom hij het doet of wanneer hij het opnieuw gaat doen, en god mag weten hoe ik hem ga tegenhouden.'

'Doe dat dan niet.'

Thorne lachte en staarde naar de stoep. Stapte om de hondenpoep heen. 'Ik ben niet degene die daarover beslist...'

'Hij hakt toch geen oude dametjes in mootjes?'

Ze sloegen een zijstraatje in en liepen langzaam over het midden van de weg, hand in hand met een armlengte afstand tussen hen in.

'Ik lees altijd maar over de grote personeelskrapte bij de politie,' zei Eve. 'Dus waarom worden de mensen dan niet ingezet voor iets wat meer de moeite waard is?'

'Meer de moeite waard dan een moordenaar?'

'Ja, maar moet je zien wie hij vermoordt...'

Thorne ademde diep in en uit. Hij had niks moeten zeggen. Hij had absoluut geen zin om het hierover te hebben. 'Kijk, wat je ook denkt van wat die mannen hadden gedaan, wat wij daar allemaal ook van denken, ze hadden ervoor in de gevangenis gezeten. Ik heb niet zo heel veel ontzag voor het rechtssysteem, maar ongetwijfeld...'

'Oké. Maar beschouw die vent dan als iemand die het recidivepercentage omlaag brengt.'

Thorne keek haar aan. Ze glimlachte, maar er was iets straks rond haar ogen. Ze was duidelijk heel uitgesproken over wat ze zei en Thorne wist dat het moeilijk was er iets tegenin te brengen. 'Zo kan ik niet denken, Eve. Die kant kan ik niet opgaan...'

'Als politieagent bedoel je? Of gewoon... persoonlijk?'

Ze kwamen het straatje uit. De winkel van Eve, op de hoek aan de overkant, was in duisternis gehuld. Thorne veranderde net zo abrupt van onderwerp als Hendricks onder de lunch had gedaan, en die had hij daarvoor nog op de vingers getikt.

'Luister, hoe lastig zou het nou echt met Denise zijn als ik bleef slapen?'

Eve slaakte een diepe zucht. 'Dat heb ik je al gezegd. Ze doet er altijd een beetje raar over...'

'Zijn er geen nachten dat zij er niet is? Blijft ze nooit bij Ben slapen?' Eve schudde haar hoofd. 'Waarom niet?'

'Ik weet niet. Hij is net zo getikt als zij. Kom op, je hebt ze zelf gezien samen...'

Ze liepen langs de winkel en bleven bij Eve voor de deur staan. Eve stak haar hand in haar tas om de sleutels te pakken.

'Ze heeft het recht niet om jou voor te schrijven wie er bij je mag blijven slapen,' zei Thorne.

Eve drukte haar handpalmen tegen zijn borst. 'Dat doet ze ook niet echt. Luister, het is het gedoe niet waard.' Ze pakte de revers van Thornes leren jack vast en trok hem naar zich toe. 'Vooral niet aangezien jij gewoon een matras kunt kopen. Ik kan het ook voor je doen als je wilt...'

Ze stopten met zoenen toen de voordeur van Eves appartement plotseling van binnenuit openzwaaide. In de deuropening stond Denise verbaasd te kijken. Achter haar tekende zich een gestalte af, en Thorne herkende daarin de man die hij de eerste dag dat hij er binnen was geweest in de bloemisterij had zien werken.

'Hallo, Eve,' zei de man.

Denise stapte naar buiten. De man kwam achter haar aan. 'Keith kwam langs om te zeggen dat hij voortaan niet meer kan komen op zaterdag,' zei Denise.

Eve stapte op Keith af en legde haar hand op zijn schouder. 'Alles oké, Keith?'

Hij schudde zijn hoofd en werd rood. 'Het is moeilijk...'

Eve wendde zich tot Thorne. 'Keiths moeder is al een poosje ziek...'

Ze stonden er een beetje ongemakkelijk bij met z'n vieren. Denise ging over haar blote armen staan wrijven, want er was een briesje opgestoken en ze rilde een beetje. Keith trok het spijkerjasje aan dat hij bij zich had.

'Ik ga naar huis.' Keith knikte een paar keer voor zich uit, draaide zich toen om en beende snel weg. De anderen keken hem na.

'Ik ga naar bed, schat,' zei Denise. 'Ik ben helemaal kapot.' Ze sprong op Eve af en sloeg haar armen om haar nek. 'Tot morgenochtend...'

Thorne keek hoe ze Eve op beide wangen een kus gaf en was enigszins overdonderd toen ze zich naar hem overboog en ook hem een kus gaf. Half op zijn wang, half op zijn mond.

'Slaap lekker, Tom...' Ze draaide zich om, stapte haastig het huis weer in en duwde achter zich tegen de deur, tot die bijna maar niet helemaal dicht was.

Thorne keek op zijn horloge. Hij kon waarschijnlijk nog wel een late bus naar Kentish Town of Camden halen.

'Ik moest ook maar eens thuis zien te komen,' zei hij.

Eve keek hem met een schertsend-wellustige blik aan. 'Als jij geen nieuw bed koopt, dan kom je helemaal nergens! Met niemand niet. Ik neem je in het weekend wel mee naar IKEA...'

'O god, nee, alsjeblieft niet,' zei Thorne.

Zo'n honderd meter voor zich zag Thorne Keith voortstappen. Hij hield zijn pas in en probeerde om hem niet in te halen. Hij voelde zich ongemakkelijk nu ze al afscheid van elkaar hadden genomen, en wilde dat niet nog eens hoeven doen. Thorne was opgelucht toen hij Keith een zijstraat in zag slaan. Keith keek achterom en staarde hem enkele seconden aan alvorens uit het zicht te verdwijnen.

Toen Thorne de zijstraat bereikte en opzij keek, was hij nergens meer te bekennen.

Terwijl hij zich naar de bushalte op Dalston Lane haastte, bekende Thorne iets nogal onbegrijpelijks aan zichzelf. Dat over dat bij Eve blijven slapen had hij haar juist gevraagd omdát ze hem al had verteld over Denise. Omdat hij heel goed wist dat het niet zou gebeuren. En dat vond hij eigenlijk maar wat prettig...

Tegenover de bushalte stond een niet al te fris uitziend hamburgertentje en ineens stierf Thorne van de honger. De bagelbakkerij die tot laat open was, was vijf minuten lopen. Hij moest kiezen tussen een voedselvergiftiging en het risico de laatste bus te missen.

Tien minuten later kwam de bus ronkend in zicht en Thorne wilde al weer dat hij die hamburger niet had genomen. Terwijl hij in zijn jack naar gepast geld zocht, vroeg hij zich af waarom hij in hemelsnaam zoiets als opluchting voelde over het feit dat hij in z'n eentje op weg was naar huis.

De man op het apparaat naast hem stopte met trappen en zat eventjes met zijn ogen dicht op adem te komen. De man stapte af en liep naar het waterkraantje. Terwijl hij zelf nog hard aan het trappen was, keek hij hoe de man gulzig water dronk, zijn handdoek om zijn nek sloeg en naar de ruimte voor de krachttraining liep.

Toen het liedje waar hij naar zat te luisteren was afgelopen, haalde hij zijn koptelefoon los, stapte van de fiets en ging hem achterna.

Howard Anthony Southern was een gewoontedier én hij vond het belangrijk om goed voor zichzelf te zorgen. Die twee dingen samen betekenden dat het niet alleen gemakkelijk maar ook best aangenaam was om hem in de gaten te houden en hem te leren kennen. Hij deed sowieso aan fitness, maar een paar uur extra in de week konden geen kwaad. Het was makkelijk zat om naar dezelfde sportschool te gaan en te zorgen dat hij daar zo vaak hij kon tegelijk met Southern was. Dat was natuurlijk niet altijd even simpel, soms kon hij niet weg. Maar hij had al genoeg van de man gezien om te weten waar hij mee te maken had.

Sowieso wist hij al genoeg. Dat Southern had gedaan wat hij gedaan had, dat zijn naam op de lijst stond, was meer dan genoeg. Toch was het goed om nog wat meer te weten te komen. Om zeker te weten dat hij veel sterker was dan Southern en dat het makkelijk zou zijn om hem te pakken als het moment daar was. Om zijn verwrongen en van het zweet druipende gezicht te zien. Om van tevoren al even te kijken hoe het zou zijn als hij aan het wurgkoord rukte...

Hij liep naar de krachttrainingsruimte. Southern zat de butterfly-borstoefening te doen. Hij ging naast hem zitten en ging met de latissimus-trekstang aan de slag.

Hij zag meteen dat Southern naar een vrouw aan de andere kant van de zaal zat te loeren. Ze stond te rekken en te strekken en haar vlees spande strak tegen het zwarte lycra. Kreunend van inspanning drukte Southern zijn onderarmen naar elkaar toe en onderwijl keek hij via de spiegelwand onophoudelijk naar de vrouw.

Hij wist dat Howard Southern hier om die reden kwam.

Hij vroeg zich af of Southern sinds zijn vrijlating al weer over de schreef was gegaan. Was hij voorzichtiger nu hij een keer gepakt was? Misschien had hij wel jaren ongestraft zijn gang kunnen gaan. Overwoog hij zich aan de vrouw op te dringen, terwijl hij in de spiegel naar haar keek? Zat hij zich met zijn ogen als zweterige handen op haar lichaam op te fokken, en zichzelf ervan te overtuigen hoe graag ze het wel niet wilde...?

De gewichten vielen kletterend terug toen Southern de armsteunen losliet. Hij draaide zich om en blies de lucht uit zijn wangen.

'Waarom doen we dit eigenlijk?'

Dat was een meevaller. Hij was toch al van plan geweest om vandaag een praatje met Southern te maken. Om terloops een gesprekje aan te knopen, aan de sapbar misschien, of in de kleedkamer...

'Ja, het is gekkenwerk, hè?' Southern knikte in de richting van de vrouw in het zwarte gympakje. 'Zit ik me hier uit de naad te werken voor types zoals zij.'

Hij glimlachte terug naar Southern en bedacht dat het idee wel klopte, maar dat hij een heel andere reden had.

VEERTIEN

Carol Chamberlain vormde drievierde deel van een team van twee.

Ze had een onderzoeksrechercheur toegewezen gekregen, maar ex-brigadier Graham McKee was, om een lievelingsuitdrukking van haar man te gebruiken, ongeveer zo bruikbaar als een theepot van chocola. Als hij niet in de pub zat, maakte hij wel zonneklaar dat Carol naar zijn mening degene zou moeten zijn die de koffie zette en de telefoontjes pleegde, terwijl hij op pad was om verhoren af te nemen.

Een paar jaar geleden had ze er wel voor gezorgd dat hij zich zijn ondermaatse ballen uit z'n broek zou werken. Maar nu deed ze al het werk gewoon zelf, haar eigen en dat van hem. Het duurde misschien wat langer, maar dan gebeurde het tenminste behoorlijk. Daar geloofde ze in. Helemaal zeker wist ze het nog niet, maar als de zaak waar ze nu op zat de eerste keer meteen goed was behandeld, was het misschien helemaal niet nodig geweest dat zij nu nog iets deed.

De rit naar Hastings had niet zo lang gekost als ze had gedacht, maar ze had het zekere voor het onzekere genomen en was vroeg vertrokken. Jack was tegelijk met haar opgestaan en had een ontbijtje gemaakt terwijl zij zich aan het wassen en aankleden was. Ze begreep wel dat hij niet blij was met het feit dat ze op een zondag wegging, maar hij had geprobeerd het met een grapje af te doen.

'Verdraaid ongezellige werktijden. De hele zondag naar de knoppen. Nu weet ik echt zeker dat je weer voor de politie werkt...'

Voor ze uit de auto stapte, checkte ze haar make-up in de spiegel. Ze had misschien iets te veel foundation gebruikt, maar het was nu te laat. Over haar haar was ze wel tevreden. Ze had er de avond tevoren een kleurspoeling in gedaan en het meeste grijs was verdwenen.

Jack had gezegd dat ze er geweldig uitzag.

Ze liep naar de voordeur en klopte aan. Ze zei tegen zichzelf dat ze moest kalmeren, dat ze dit al duizend keer had gedaan en dat het niet nodig was om het handvat van haar koffertje vast te houden alsof dat haar overeind hield...

'Mevrouw Franklin? Ik ben Carol Chamberlain van de UHM. We hebben elkaar aan de telefoon gehad...'

Carol kon duidelijk merken dat de vrouw die de deur opendeed niet iemand verwachtte die eruitzag zoals zij, ongeacht de kleurspoeling. Voor elk jaar dat ze uit het korps was, was ze vijf kilo aangekomen, en ze wist heel goed hoe dat eruitzag bij haar lengte van één meter vijfenvijftig. Haar haar mocht dan nog zo modieus en kunstmatig kastanjebruin zijn, maar – wat voor leugens Jack haar ook vertelde – aan de rest kon ze niet veel veranderen. Hoe bijdehand ze zich ook voelde, ze wist dat die dertig jaar werken aan haar gezicht waren af te lezen. Soms staarde ze 's ochtends in de badkamerspiegel naar zichzelf. Dan keek ze in haar donkere, diepliggende ogen en zag krenten in een cakebeslag wegzakken...

De vrouw deed de deur iets verder open. Carol hoopte dat de goede oude Britse gereserveerdheid zou voorkomen dat Sheila Franklin er iets over zou zeggen, hoe teleurgesteld of perplex ze ook mocht zijn.

'Ik zal water opzetten,' zei ze ten slotte.

Terwijl de thee werd gezet, praatten ze in de keuken over weer en verkeer. Ondertussen maakte Sheila Franklin het aanrecht schoon en waste ze een paar theelepeltjes af. Toen ze enkele minuten later in de kleine, eenvoudig ingerichte woonkamer zaten, vertrok haar gezicht in een frons van verwarring.

'Sorry, maar ik dacht dat u zei dat de zaak heropend werd...'

Dat had Carol niet gezegd. 'Het spijt me als ik u op het verkeerde been heb gezet. Ik onderzoek de zaak opnieuw, en als het de moeite waard wordt geacht, wordt de zaak misschien heropend.'

'O...'

'Hoe lang waren uw man en u getrouwd?'

Alan Franklins weduwe was een lange, heel magere vrouw, die Carol midden tot eind vijftig schatte. Niet veel ouder dan zijzelf. Haar haar was achterover gekamd en haar gezicht werd gedomineerd door groene ogen die niet langer dan een paar seconden ergens op gefixeerd bleven. Terwijl ze Carols vragen beantwoordde, dwaalde haar blik vanachter de rand van haar theekopje rond als die van een stokstaartje.

Ze had Franklin in 1983 leren kennen. Hij was toen eind veertig, tien jaar ouder dan zij. Een paar jaar daarvoor had hij zijn eerste vrouw en zijn baan in Colchester verlaten en was naar Hastings verhuisd om daar opnieuw te beginnen. Ze hadden elkaar op het werk ontmoet en waren een paar maanden later al getrouwd.

'Alan ging snel te werk,' zei ze lachend. 'Hij was echt een vleier. Maar ik heb ook niet veel verzet geboden.'

Zoals altijd had Carol haar huiswerk gedaan. De zeer weinige bijzonderheden die er waren, kende ze. 'Hoe reageerden zijn kinderen? Hoe oud waren die toen? Zestien? Zeventien...?'

Sheila glimlachte, maar het had iets geforceerds. 'Zoiets ja. Ik weet niet eens hoe oud ze nu zijn. In al die tijd dat we getrouwd waren, heb ik de jongens één keer gezien, denk ik. Maar eentje heeft de moeite genomen op Alans begrafenis zijn gezicht te laten zien...'

Carol knikte alsof dat volstrekt normaal was. 'En zijn eerste vrouw?'

'Celia heb ik nooit ontmoet. Ik heb haar ook nooit aan de telefoon gehad. Ik weet eerlijk gezegd niet eens of Alan haar nog wel eens heeft gezien of gesproken nadat ze uit elkaar zijn gegaan.'

'Ja, ja...'

Sheila boog naar voren en zette haar kopje en schoteltje neer. 'Het klinkt waarschijnlijk een beetje gek, maar zo was het nu eenmaal. Het was Alans verleden...'

Carol probeerde geen enkele reactie op haar gezicht tot uitdrukking te laten komen, geen enkel oordeel over het leven van deze mensen – maar dat was lastig. Jack en zij waren relatief laat getrouwd en er waren tijden dat zijn relatie met zijn ex-vrouw enigszins gespannen was, maar ze waren wel altijd beleefd tegen elkaar. Ze accepteerden elkaar. En Jacks dochter was altijd deel van hun leven geweest.

'Ik heb wel mijn best gedaan met de kinderen,' zei Sheila. 'Een tijdlang heb ik geprobeerd Alan ervan te overtuigen dat hij wel met ze om moest gaan, dat hij moest proberen bruggen te bouwen. Hij deed er altijd een beetje raar over.'

'Misschien dacht hij dat zijn ex-vrouw hen tegen hem had opgezet.'

'Dat heeft hij nooit gezegd. De kinderen waren ook al zo'n beetje volwassen en we hebben nog kort geprobeerd samen kinderen te krijgen.' Ze begon de theeattributen weer op het dienblad te zetten waarop ze ze had binnengebracht. Ze pakte het blad vast en stond op. 'Ik was toen bijna veertig en er is nooit wat van gekomen...'

Carol liep achter Sheila aan terug naar de keuken. 'Praatte uw man nooit over de reden waarom hij van zijn eerste vrouw was gescheiden?'

'Niet echt, nee. Ik denk dat het onaangenaam was.'

Afgaand op wat Carol hier beluisterde, was dat waarschijnlijk een understatement. 'Maar er werd toch vermoedelijk wel alimentatie betaald? Dan moeten ze via advocaten gecommuniceerd hebben...'

'De laatste paar jaar wisten we niet eens waar ze woonden. De zoon die naar de begrafenis is gekomen, wist alleen maar dat Alan dood was omdat hij het op het nieuws had gezien.'

'Ja, ja...'

De kopjes en schoteltjes werden meteen weer afgewassen. Sheila stond aan het aanrecht, en toen ze zich omdraaide, zag Carol dat ze iets van haar gezicht kon aflezen. Misschien dat oordeel dat ze had proberen te verbergen...

'Kijk, Alan en ik waren altijd met z'n tweeën,' zei Sheila. 'We hadden genoeg aan onszelf. Wat er daarvoor was gebeurd, leek er niet toe te doen. En voor mij was het eerlijk gezegd net zo. Ik heb me nooit met vroegere vriendjes beziggehouden of zo, en mijn familie zagen we ook niet vaak. Alan had geen contact meer met het gezin dat hij had gehad, omdat hij toen mij had.' Ze zette een stap in Carols richting, die in de deuropening stond. Er drupte water van een theekopje op het linoleum. Haar gezicht leek zachter te worden terwijl ze sprak. 'Dat zei hij altijd. Dat ik nu zijn leven was. Wat hij daarvoor had gehad, was niets geworden, dus wilde hij daar niet meer aan denken. Alan probeerde van zijn oude leven weg te komen...'

Carol knikte. 'Mag ik even van de wc gebruikmaken...?'

Carol Chamberlain stond tegen de wasbak geleund en liet het water een poosje lopen.

Ze had nooit erg op intuïtie gewerkt, maar ze had in die dertig jaar wel geleerd haar intuïtie een adempauze te geven. De voornaamste reden dat de moord op Alan Franklin in 1996 onopgelost was gebleven, was het feit dat er geen motief voor leek te zijn.

Ze rook aan de zeep en begon haar handen te wassen...

Het was op z'n minst een mogelijkheid dat Alan Franklin in die parkeergarage uiteindelijk was ingehaald door datgene waaraan hij hier in dit huis, met zijn nieuwe baan en zijn leuke nieuwe vrouw, had proberen te ontsnappen.

Sheila Franklin stond onder aan de trap op haar te wachten.

'Hebt u nog oude spullen van uw man?' vroeg Carol. 'Ik bedoel geen kleren of...'

'Op zolder staan een paar dozen. Papieren en zo, denk ik. Toen we hier introkken, heeft Alan die daar neergezet.'

'Zou ik misschien even mogen gaan kijken?'

'God ja, natuurlijk. Doet u me een plezier en neemt u ze mee.' Sheila keek langs Carol heen omhoog. Ze knikte langzaam en er verscheen een filmpje over haar ogen. 'Opruimen zou geen kwaad kunnen...'

Vergeleken met een montagefoto stelde het niet veel voor, maar het had toch niet veel zin gehad zo'n foto te maken...

Terwijl de trein Kings Cross Station uit reed, had Thorne het plaatje uit zijn tas gehaald. Vervolgens had hij het op het tafeltje voor zich gelegd en er tien minuten naar zitten kijken.

De ober van het café tegenover Dodds studio had de dag nadat het lijk was gevonden een verklaring afgelegd. Hij had een motorkoerier beschreven die er een paar dagen eerder had rondgehangen. Hij had de man met de donkere helm en de leren kleding echter niet daadwerkelijk naar binnen zien gaan, of zelfs maar naar de deur toe zien lopen. Het was een warme middag geweest en hij moest een heleboel tafeltjes bedienen...

Een woensdag, bijna veertien dagen geleden. Vijf dagen voordat ze de smalle bruine deur hadden geforceerd en een plaats delict hadden geroken waar een moord was gepleegd.

Charlie Dodd had dus niet alleen maar wat uit z'n nek zitten kletsen. De man aan wie hij zijn studio had verhuurd, had inderdaad een helm op gehad. Thorne vermoedde dat de leugen was geweest dat hij het gezicht eronder niet had gezien. Het was een leugen waaraan Charlie Dodd had gedacht een paar pond te kunnen verdienen, maar die hem uiteindelijk veel meer had gekost.

Toen hij de restauratietrolley piepend door het gangpad hoorde komen, keek Thorne op. Het eten van de Britse spoorwegen was niet zijn favoriete zondagochtendontbijt, maar hij had honger. Hij tastte in zijn zak naar kleingeld.

Dodd had zich waarschijnlijk volstrekt veilig gevoeld toen de man in de motoroutfit halverwege de middag de trap op kwam. Het was aannemelijk dat hij het gevoel had gehad de zaak in de hand te hebben, en dat hij klaarstond om de sufferd af te persen voor elk bedrag dat hij krijgen kon. Hij had geen idee gehad van het soort man met wie hij te maken had.

Geen enkele getuige van de moord op Remfry of Welch had gemeld iemand met een helm op te hebben gezien, maar toch moest het worden gecheckt. In Soho zag het op elke willekeurige middag zwart van de motoren, scooters en brommers die scripts, video's, sandwiches en sushi bezorgden. Het had zowat twee dagen gekost om alle koeriers die voor koosjere zaken in de wijk waren geweest op te sporen en af te strepen. Twee dagen verknoeid om bevestigd te zien wat Thorne toch al wist sinds die ober had beschreven wat hij had gezien.

Het gezicht achter dat vizier was dat van de moordenaar geweest en in de zwarte rugzak over zijn schouder had een stuk blauwe waslijn gezeten.

'Zegt u het maar.'

De trolley was bij Thornes tafeltje. Hij koos voor thee en een KitKat. Hij haalde het deksel van het kartonnen bekertje, depte met zijn servetje de onvermijdelijke spatten op en dompelde het theezakje onder.

Hij keek weer naar het plaatje dat hij een paar dagen eerder was begonnen te tekenen. Een man met een helm op was te algemeen om een officieel plaatje van welke aard dan ook te rechtvaardigen, maar Thorne was aan zijn keukentafel gaan zitten schetsen en had er in de daaropvolgende dagen verder aan gewerkt, aan zijn bureau of in de metro van en naar Hendon. Thorne kon ongeveer net zo bekwaam tekenen als middeleeuws dansen, maar toch zag hij wel wat in zijn dikke en onhandige arcering. Iets in de grove potloodlijnen van de kruisarcering suggereerde achter dat vizier iets duisters. Zwarter en harder dan getint plastic...

Hij keek naar het landschap dat langstrok. Hij zag het groener worden, en toen de trein Hertfordshire binnenreed, zag hij de huizen groter worden.

Thorne dronk zijn thee en at zijn chocola. Hij keek via de reflectie in het raam naar de oude man tegenover zich, die zat te dubben over wat hij zou bestellen. Een van de vrouwen achter de trolley rolde met haar ogen naar de ander, en een ongeduldige tiener in een joggingpak die erlangs wilde, slaakte een luide zucht.

Een paar dagen daarvoor had Eileen hem 's avonds vanuit Brighton gebeld. Zijn vaders huishoudelijke hulp was door gordelroos geveld en nu was er enige consternatie ontstaan. Eileen had iemand uit de buurt ingeschakeld die op vrijdag met een stoofschotel langskwam en ze had geregeld dat er een tijdelijke hulp zou komen, maar die kon niet eerder dan maandag beginnen en als er niemand was om erop toe te zien... dan zou die man niets eten...

Thorne had zich schuldig gevoeld over het feit dat ze het had gevraagd alsof het een gunst was. En op een paar kilometer van St. Albans, met een pakje van zijn vaders favoriete pepermunt in zijn zak, voelde hij zich nog schuldiger over het feit dat hij liever elders zou willen zijn. Hij dacht aan een zondag met Eve in een pub aan de rivier.

De automatische deur aan het eind van de coupé schoof open. De twee vrouwen manoeuvreerden de trolley langs de tiener met het joggingpak, die nu bij de wc's van een verboden sigaret stond te genieten. Hij haalde zijn schouders naar hen op, draaide zich om en blies de rook door het raam naar buiten.

Thorne dacht aan Yvonne Kitson met haar sigaret voor Becke House. Hij zag haar niet echt als een vriendin – ze hadden nog nooit iets afgesproken buiten het werk om – maar iets aan die ontmoeting was bij hem blijven hangen. Zonder er al te veel over na te denken haalde Thorne de telefoonlijst uit zijn tas, zocht Kitsons thuisnummer op en draaide het. Ze zat vast en zeker tot aan haar ellebogen in de voorbereidingen voor de zondagse lunch...

Een man, vermoedelijk Kitsons echtgenoot, nam op.

'Goeiemorgen, zou ik Yvonne kunnen spreken?' zei Thorne.

'Die is er niet.'

Thorne wachtte op wat nadere informatie, maar die kwam niet. 'Het is niet belangrijk. Wilt u tegen haar zeggen dat Tom Thorne heeft gebeld? Ik probeer het misschien straks nog een keer...'

'Dat kunt u doen. Ik weet niet wanneer ze terugkomt, maar ze zei dat ze maar een paar uurtjes weg zou zijn...'

Vijf minuten later, toen hij het station van St. Albans uit liep en op zoek was naar een taxi, liep Thorne nog over het gesprekje na te nadenken. Misschien was Yvonne Kitsons man van nature een knorrige gozer. Misschien had hij de pest in omdat hij op de kinderen moest passen terwijl hij had willen gaan golfen of de zondagkranten had willen lezen. Maar misschien was het ook iets totaal anders. Wat ook de reden van zijn kwaaiigheid was, hij zag er kennelijk geen been in om een volstrekt onbekende te laten merken dat hij pissig was.

'Ze zéi dat ze maar een paar uurtjes weg zou zijn...'

Voor zijn neus zag Thorne een jong stel in de enige beschikbare taxi stappen. Hij dacht weer aan Eve en aan de dingen die ze nu hadden kunnen doen. Maar wat kon het hem bommen, hij had weten te voorkomen een zondag lang door de IKEA te worden rondgesleept.

Toen Thorne in de woonkamer had geopperd iets te koken, was zijn vader rood aangelopen en had hem 'een imbeciel' genoemd. Maar een halfuur later in de pub leek zijn vader zich al weer heel wat beter te voelen. Een glas bitter bier en een bord worstjes met friet konden in de oude man net zulke extreme stemmingswisselingen veroorzaken als de veranderende chemie in zijn hersenen teweegbracht.

'Dit is nummer drie van mijn lijstje met regels, weet je dat?' zei zijn vader.

Ze zaten aan een tafeltje in de hoek: Thorne, zijn vader en zijn vaders vriend Victor. Vroeger was er altijd een heel groepje, dat twee of drie avonden per week in deze pub kwam. Maar sinds de diagnose Alzheimer was gesteld, kwamen zijn vaders andere vrienden niet meer zo vaak. Victor was de enige die niet leek te denken dat het besmettelijk was...

'Wat is die regel dan?' vroeg Thorne.

Glunderend hield zijn vader zijn glas omhoog. 'Dit. "Geen bier." Dat is nummer drie, na "niet in de keuken komen" en "niet alleen naar buiten". Mijn lijstje met idiote regels, begrijp je?'

Thorne knikte. Hij begreep het...

'Geen drank.' Jim Thorne schraapte zijn keel en ging zachter praten: hij probeerde te klinken als een dj. 'Rechtstreeks op nummer drie in de Alzheimer-hitlijst...' Thorne en Victor lachten. Thornes vader begon het deuntje van *Top of the Pops* te neuriën, maar ineens stopte hij en keek met een van paniek vertrokken gezicht naar Victor. 'Wat is de topdrie van de hitlijst aller tijden, wat betreft aantal weken in de hitparade, bedoel ik...?'

Victor boog zich naar voren. De stemming had plotseling iets urgents. 'Elvis... Cliff Richard...'

'Ja, hè hè, natuurlijk,' zei Jim geagiteerd. 'Maar de derde, daar kan ik verdomme niet opkomen. Jezus, ik weet het wel...'

Thorne probeerde te helpen. 'The Beatles...?'

Met de perfecte timing van een dubbelact uit het variété keken zijn vader en Victor eerst naar elkaar en toen naar Thorne, alvorens gelijktijdig antwoord te geven: 'Nee.'

Thorne zag dat zijn vader begon te zweten en zwaar ging ademen, en het feit dat hij twee truien over elkaar aan had, deed de zaak geen goed. 'Ik zie zijn gezicht goddomme voor me. Je weet wel, een kerel die op andere kerels valt.' Hij begon harder te praten. 'Jezusmina, hij speelt eh... zo'n ding met toetsen, met zwarte en witte toetsen...'

'Een piano,' zei Thorne. Zijn vader praatte vaak zo wanneer het juiste woord hem niet te binnen schoot. *Dat ding dat je in de mond stopt om je tanden mee te poetsen.* Bacon en... *die dingen die uit een kip komen.*

Victor sloeg triomfantelijk met zijn vuist op tafel. 'Elton John,' zei hij.

'Weet ik wel,' zei Jim. 'Dat weet ik verdomme wel...' Hij begon driftig in het ene na het andere frietje op zijn bord te prikken en het leek alsof hij elk moment in huilen kon uitbarsten.

'Ik zal nog wat te drinken bestellen,' zei Thorne vlug. 'Als je toch een van je regels overtreedt, dan kun je het maar beter goed doen...'

Victor dronk zijn bier op en gaf zijn lege glas aan Thorne. 'Tuurlijk, je vader is misschien helemaal niet aan het dementeren...'

Thorne wierp hem een blik toe. Dit soort discussies was zinloos, al had Victor strikt genomen gelijk. Alzheimer kon nooit ofte nimmer met zekerheid worden vastgesteld. Maar ze waren voor negentig procent zeker, en beter – of slechter – dan dat werd het niet.

'Hetzelfde, Victor?'

'Jim, luister je?' zei Victor. 'Je weet niet helemaal zeker of je wel dementeert...'

Thorne legde zijn hand op Victors arm. 'Victor...'

Toen wierp Victor hém een blik toe en ineens begreep Thorne wat er gebeurde: hij was bezig het aangevertje voor een van zijn vaders favoriete grappen te vertrappen. Hij was misselijk van schaamte...

Zijn vader legde zijn mes en vork neer en reageerde op zijn claus. 'Inderdaad, Vic. De specialist zei dat er maar één manier is om het zeker te weten, en dat is een lijkschouwing. Toen heb ik gezegd: "Nee, dank u feestelijk. Daar zit ik nog niet zo op te wachten!"'

Victor en zijn vader zaten nog altijd hard te lachen toen Thorne inmiddels aan de bar op zijn beurt stond te wachten...

De 'middenfase' van dementie, zo hadden ze het genoemd. Het klonk wat vaag allemaal, maar Thorne dacht dat het nog wel een poosje zou gaan, zolang er nog een volgende fase was. Zolang de slechte grappen talrijker waren dan de momenten van angst en wanhoop zou hij proberen zich geen al te grote zorgen te maken.

Heel even, een paar minuten, had Carol zich afgevraagd wat ze eigenlijk aan het doen was en erover gedacht met haar echtgenoot van plaats te ruilen. Hemel, ze was per slot van rekening een vrouw van middelbare leeftijd! Ze zou net als Jack binnen moeten zitten en op de bank genesteld naar *Heartbeat* moeten kijken, in plaats van ingepakt in een windjack in een ijskoude garage in stoffige kartonnen dozen te rommelen.

Dat was voor ze eraan begonnen was. Zodra ze begon te spitten in alles wat er van Alan Franklins verleden over was – zijn eerste verleden – voelde ze de kou niet meer. Ze had dat bizarre en opwindende gevoel herontdekt dat je kreeg als je ergens naar op zoek was, als je ergens achteraan zat zonder ook maar de flauwste notie te hebben wat het precies was.

Overal om haar heen, in de woonkamers en keukens in haar rustige straatje in Worthing, zaten vrouwen van haar leeftijd kruiswoordpuzzels op te lossen, of ze gingen op in waardeloze romannetjes of deden alvast ontbijtgranen voor de volgende ochtend in kommetjes...

Carol trok een stapel stoffig, blanco papier uit een van de dozen en veegde met de zijkant van haar hand het vuil eraf. Ze zou met geen van die vrouwen willen ruilen...

In allebei de dozen zat een hele hoop papier. Hele stapels, van verschillend formaat, ooit waarschijnlijk wit maar nu vergeeld en een beetje vochtig. Ook zaten er enveloppen in en kleinere pakketjes archiefkaarten, stickers en roestige nietjes. Franklin had Sheila ontmoet toen hij voor een verzekeringsmaatschappij in Hastings werkte, maar hij had klaarblijkelijk een paar aandenkens aan zijn werkende leven van daarvoor willen bewaren.

Geen van de overige spullen had bij de *Antiques Roadshow* de harten sneller laten kloppen: een paar ongebruikte agenda's van Letts van 1975 en 1976, een bosje sleutels aan een Ford Escort-sleutelhanger, in oude kranten gewikkelde borden en theekopjes, en een paar polaroids in een manilla envelop – twee jongetjes, de één een baby, de ander een peuter, en later als een stel strak kijkende, onhandige tieners.

Carol haalde de droge krant af van iets wat een grote zilveren bierkroes bleek te zijn. Ze legde het ding opzij en streek de verkreukelde krantenpagina op de garagevloer glad. Hij kwam uit een plaatselijke krant. Ze keek naar de datum – vermoedelijk de datum waarop Franklin bij zijn vrouw was weggelopen of door haar het huis uit was gezet. Het leek erop dat er die dag in Colchester niet veel was gebeurd: een kleinschalig protest tegen een geplande ringweg, een vrijetijdscentrum dat na een verbouwing werd heropend en een etalagediefstal bij de juwelier in de hoofdstraat...

Carol moest glimlachen om dat woord. Dat had ze al jaren niet meer gehoord. Een etalagediefstal. Het was niet veel meer dan twintig jaar geleden, maar zelfs de misdrijven leken toen op de een of andere manier onschuldiger...

Ze pakte de bierkroes op, die toen ze nog eens beter keek verzilverd bleek te zijn. Ondanks de krant was hij aan één kant een beetje zwart geworden, maar ze kon nog wel een inscriptie onderscheiden. Ze hield het ding in het licht van het kale peertje en las:

VAN DE JONGENS VAN BAXTERS, MEI 1976.
WELKOM TERUG.
NEEM ER EEN OM HET TE VIEREN, OF MEER DAN EEN OM
DE HELE ZAAK TE VERGETEN!

Carol overwoog Sheila Franklin te bellen, maar intuïtief wist ze dat zij geen erg grote hulp zou zijn. Haar man had haar geen deelgenoot van zijn verleden gemaakt. Misschien ging hij eens in de zoveel tijd naar zolder en gluurde hij er dan even naar, of wellicht probeerde hij het zelf ook te vergeten. Hoe dan ook, Carol wist wel zeker dat ze het in haar eentje zou moeten uitdokteren. Morgen zou ze beginnen. Het kon niet al te moeilijk zijn. Ze zou die luilak van een McKee wel een paar telefoontjes laten plegen.

Huiverend van de pijn hees Carol zich op van de plek waar ze op haar knieën op de grond had gezeten. Ze had een kussentje op het beton gelegd, maar desalniettemin deden haar knieën erg zeer. Ze deed het licht in de garage uit en bleef een paar seconden in het donker staan alvorens het huis weer in te gaan.

Ze vroeg zich af wat Alan Franklin in 1976 te vieren had gehad. En wat hij misschien had willen vergeten...

Tijdens de treinreis van St. Albans terug naar Londen, die vijfentwintig minuten duurde, had Thorne de hele coupé voor zichzelf.

Hij pakte zijn diskman en een paar cd's uit zijn tas. Hij klikte het hoesje open van een cd van een band die Lambchop heette – een verjaarscadeautje van Phil Hendricks, en tot een paar dagen na de inbraak de enige cd die hij in zijn bezit had gehad. Totdat hij bij Tower Records driehonderd pond op tafel had gelegd. Het was 'alternatieve country' had Hendricks hem gezegd. Kennelijk moest Thorne een beetje met zijn tijd meegaan...

Thorne drukte op PLAY, wachtte en dacht na over de eigenaardige manier waarop het afscheid van zijn pa was verlopen.

Een halfuur nadat Victor was vertrokken, toen de thee die nog in de pot zat inmiddels ijskoud was geworden, stonden Thorne en zijn vader samen op de drempel en probeerden allebei, maar om heel verschillende redenen, de juiste woorden te vinden.

Jim Thorne was nooit iemand geweest die lijfelijk blijk gaf van zijn genegenheid. Af en toe een handdruk, maar vandaag niet. In plaats daarvan had hij zich met een twinkeling in zijn ogen, alsof hij een pareltje van geleerdheid onthulde, naar Thorne overgebogen en hem verteld dat 'Three Steps to Heaven' van Eddy Cochrane op zijn geboortedag nummer één in de hitparade stond.

Thorne schopte zijn schoenen uit en legde zijn voeten op de zitting tegenover zich. Wat zijn vader had gezegd, dat wat hij zich had herinnerd, dat was ergens wel aandoenlijk vond hij...

De muziek op zijn koptelefoon was langzaam, overdadig en vreemd. Thorne kon geen touw aan de tekst vastknopen en er werden godbetert hoorns gebruikt. Geen Tijuana-trompetten in de stijl van *Ring of Fire*, of Mariachi-trompetten, maar echte hoorns, zoals je die op een soulplaat hoort...

Thorne zette de cd van Lambchop af en stopte hem terug in zijn *jewel case*. Andere keer misschien. Hij zette 'Train a Comin'' van Steve Earle op en deed zijn ogen dicht.

Soul was best wel leuk en aardig, maar er waren momenten dat muziek met kloten een stuk beter klonk.

Het was doodsimpel.

Hij was er altijd weer verbaasd over hoe zielig die schoften waren, en hoe eenvoudig het was om ze om je vinger te winden. Als je ze met die vinger maar op de juiste plaats kietelde – tussen hun benen...

Het was nog niet eens een week geleden dat de eerste terloopse opmerkingen waren uitgewisseld, en nu al kon hij gaan nadenken waar en wanneer Southern precies zou worden vermoord. Het was zo'n eitje geweest dat hij de moeite die hij bij de anderen had gedaan half en half betreurde – die maanden van planning, het opbouwen, de brieven. Het was misschien wel zo gemakkelijk geweest om te wachten tot ze waren vrijgekomen en ze dan ergens in een bar in de kraag te grijpen. Gewoon glimlachen en groeten.

Dat soort mensen, mensen zoals Southern, gaven niks om subtiliteit. Dat begrepen die rukkers toch niet, dat herkenden ze niet. Die ge-

bruikten hun pik als een bot instrument...

Hij had Southerns vertrouwen snel gewonnen en de rest was nu vrij eenvoudig. Tijden en plaatsen. Voorzorgsmaatregelen.

Vertrouwen was alles, het verwerven en het behouden ervan. Hij was goed in het winnen van vertrouwen. Mensen schonken hem voortdurend hun vertrouwen, als een gift, zonder dat hij erom hoefde te vragen.

Hijzelf daarentegen gaf nooit ofte nimmer iemand zijn vertrouwen. Niet meer althans. Hij wist heel goed wat er kon gebeuren als je dat wel deed.

VIJFTIEN

Carol pakte de hoorn op en terwijl ze het nummer op haar blocnote tweemaal checkte, drukte ze toets na toets voorzichtig in. De telefoon aan de andere kant ging over en onderwijl streek ze een foto aan de wand glad.

Ze had het geklooi van McKee maar even kunnen aanzien en toen het heft in handen genomen. Ze had tweeënhalve dag aan de telefoon gezeten en in het nationaal handelsregister archiefstukken zitten doorploegen. Ze had zich zitten opvreten en zichzelf nog eens in herinnering gebracht hoe klote het werk meestentijds eigenlijk was.

'Niemand heeft je ertoe gedwongen,' had Jack gezegd. 'Er zou geen mens slechter over je gaan denken als je er de brui aan gaf.'

Niemand behalve zijzelf...

Het traceren van Baxters, het bedrijf in Colchester waar Alan Franklin bijna dertig jaar eerder had gewerkt, was een ontzettend frustrerende kwestie gebleken. Ze was er al snel achter gekomen dat het bedrijf, een groothandel in kantoorbenodigdheden, begin jaren tachtig niet alleen uit die streek was weggetrokken, maar ook van naam was veranderd. Ze begon dus zo ongeveer op nul. Alle bedrijven in het zuiden van Engeland die maar zoveel als een gewone bruine envelop konden leveren, had ze gesproken, en ze was helemaal niets opgeschoten. En toen, net op het moment dat Jack over scheiden begon te praten, had ze eindelijk geluk. De personeelschef van een firma in Northampton kende werkelijk iedereen in de kantoorbenodigdhedenbusiness: hij speelde golf met de meesten van hen, God sta hem bij! Hij wilde haar met alle genoegen exact vertellen waar ze degene die ze moest spreken, kon vinden en gaf haar de naam van een bedrijf in King's Lynn...

'Bowyer-Shotton, waarmee kan ik u helpen?'

'Goedemorgen,' zei Carol, 'ik zou graag Paul Baxter spreken.'

'Ik verbind u door.'

Andy Stone zat in zijn witte linnen overhemd te zweten. Maar een klein gedeelte van zijn hersenen was bij het rapport dat hij aan het schrijven was...

Hij dacht aan de vrouw naast wie hij wakker was geworden. Hij herinnerde zich haar gelaatsuitdrukking van de avond tevoren en de manier waarop ze hem had aangekeken toen ze die ochtend zonder een woord te zeggen uit bed was geglipt.

Een paar weken daarvoor, toen Ian Welch was omgebracht, had ze in het Greenwood Hotel een of andere saaie conferentie bijgewoond. Stone had haar verhoord en haar zijn nummer gegeven voor het geval haar later nog iets te binnen zou schieten. Ze had onthouden dat ze hem leuk vond en hem gebeld om te vragen of hij zin had om iets te gaan drinken.

Hij vermoedde dat ze viel op het feit dat hij politieman was. Veel vrouwen leken dat spannend te vinden. De macht, de handboeien, de stoere verhalen. Maar wat ook de reden was, zodra het nieuwe eraf was, leken de meesten hun belangstelling voor hem weer snel te verliezen.

Maar intussen was de seks in de regel best goed...

Hij wilde in bed de touwtjes in handen hebben. Hij lag graag bovenop – de vrouw met haar armen boven haar hoofd, zijn handen om haar smalle polsen – en dan drukte hij zich op haar omhoog terwijl hij het deed. Hij had aan krachttraining gedaan en zijn borst- en armspieren zodanig getraind dat hij die positie zo lang als nodig kon volhouden.

Het was de vorige avond heel goed begonnen. Ze had hem met wijdopen ogen aangekeken en de juiste dingen gezegd, precies het soort tekst dat hij in zijn fantasieën altijd hoorde. Ze zei dat hij te groot was en haar misschien pijn zou doen. Hij gooide zijn hoofd naar achteren, zette zijn tanden op elkaar en duwde nog harder...

En toen had ze het verpest. Ze was gaan kreunen, had hem bij de schouders gepakt en gezegd dat ze ruw lekker vond. En toen had ze tussen haar ademstoten door gezegd dat ze juist wilde dat hij haar pijn deed.

Binnen een paar seconden was hij slap geworden en uit haar gegleden. Hij was neergeploft en had zich op z'n zij gerold. Hij had haar horen zuchten en gemerkt dat ze langzaam naar haar kant van het bed kroop, zodat hun lichamen elkaar niet meer raakten...

Stone keek op toen er een collega langs zijn bureau liep en groette. Hij glimlachte en ging toen weer verder met typen. Hij herinnerde zich het warme gevoel van zijn hand, als een kommetje tussen zijn benen, en het geluid van het lichaam van de vrouw dat over het laken van hem weg schoof.

Carol was in de wacht gezet...

Ze zat waarschijnlijk nog maar een paar minuten naar Céline Dion te luisteren, maar ze voelde zich een heel stuk ouder worden.

Op dit soort momenten, in de lege minuten die zo'n groot deel van elke zaak uitmaakten, was ze blij dat ze de baan had geaccepteerd op de ondubbelzinnige voorwaarde dat ze van huis uit kon werken. Ze had zo het vermoeden gehad dat de Unit Heronderzoek Moordzaken nou niet bepaald de chicste kantoorfaciliteiten tot zijn beschikking zou krijgen, en gezien de manier waarop zij werkten (of geacht werden dat te doen), in teams van maar twee mensen, had ze geluk gehad als ze een kast had gekregen.

Jack had in de logeerkamer een plek voor haar vrijgemaakt. Ze hadden de oude computer geïnstalleerd die zijn dochter vroeger had gebruikt, en voor twintig pond een extra draadloze telefoon aangeschaft. Haar archief bestond uit gele stickertjes die rondom op een fotolijstje waren geplakt, haar man deed dienst als koffieautomaat en wanneer Carol in de spiegel boven haar bureau keek, zag ze stoffige hoedendozen, oude lampen zonder stekker en een verzameling porseleinen hondjes die haar een paar jaar eerder wel leuk hadden geleken.

De kamer was vol, maar ze hield er juist van haar spullen om zich heen te hebben.

De dag dat ze haar intrek in haar nieuwe kantoor had genomen, had Jack achter haar gestaan. Ze hadden samen in de spiegel gekeken, en Carol had aan haar bureau zitten glimlachen bij het zien van de troep die ze in de loop van de jaren hadden verzameld en die nu op het eenpersoonsbed achter haar lag opgestapeld. De reflectie van haar gepensioneerde zelf.

'Dat zal er wel voor zorgen dat je je niet te veel laat meeslepen,' zei Jack.

De muzak was tot een abrupt en genadig einde gekomen. 'Wat kan ik voor u doen?' vroeg een man.

'Ik zou graag Paul Baxter spreken...'

'Verkeerde afdeling, mevrouwtje. U zit nu bij de boekhouding. Ik zal proberen u over te zetten...'

Tien seconden geklik en toen een bekende stem. De moed zonk Carol al in de schoenen toen ze zei: 'Paul Baxter graag...'

'Bent u daar weer? Sorry, u bent terug bij de centrale. Ik verbind u door...'

Tegen de middag had de zon, die zelfs door het vuilste van de grote ramen nog fel heen scheen, de projectkamer in een sauna veranderd. Yvonne Kitson hoefde niet echt nieuwe lippenstift op te doen, maar ze deed het toch. Elk excuus om een paar minuten in de koelte van de wc's door te brengen was welkom.

Ze had doorgaans niet veel make-up op. Genoeg om zich lekker te voelen, maar dat was dan ook alles. Meer dan in andere beroepen was het in het hare zo dat mensen hun oordeel snel klaar hadden, dat ze zich meteen een mening vormden die rondging en in beton was gegoten voordat je zelfs maar je werkplek op orde had.

Ze wist heel goed wat de mensen van haar dachten. Ze wist wat ze in de ogen van lieden als Tom Thorne was en deed. Maar ze wist ook hoever zij ernaast zaten.

Met make-up – de kleuren, hoeveel, wanneer je het op had – gaf je een signaal af. Het maakte duidelijk dat je zus was of zo. Of je iets verborg, of je loog, of je een masker droeg...

Ze stond een paar minuten in de gebarsten spiegel naar zichzelf te kijken. Ze bewoog haar hoofd een paar centimeter opzij tot de barst precies midden over haar gezicht liep, totdat het er ongeveer uitzag zoals het eruit moest zien.

Ze zou nog één minuut wachten...

Ze begon in haar hoofd af te tellen. Nog vijfenvijftig seconden en dan zou ze de hoorn erop smijten, een kop thee zetten en een poosje tegen haar man gaan staan schreeuwen. Of nee, ze zou de hoorn weer oppakken, McKee bellen en tegen hém schreeuwen...

Carol begon zachtjes te vloeken. *Godverdegodver.* Hiervoor had ze nou het tuinieren, 's middags oude films kijken en de *Reader's Digest* de rug toegekeerd...

'Toestel Paul Baxter...'

Ze juichte zowat. 'Goddank. Is de heer Baxter aanwezig?'

Zo te horen wist de vrouw het niet zeker. 'Hij was hier zonet nog. Misschien is hij vroeg gaan lunchen. Ik kijk even of ik hem kan vinden...'

Toen de hoorn werd neergelegd, klonk er gekletter en toen was het stil. Een halve minuut later hoorde Carol stemmen en vervolgens gedempt gelach dat plotseling luider werd, voordat de hoorn weer werd opgepakt en abrupt opgelegd. Toen hoorde ze alleen nog de kiestoon.

Carol ademde diep in en uit en toetste opnieuw het nummer in. Ze bonkte op de toetsen alsof het de oogbollen van de medewerkers van Bowyer-Shotton waren.

'Bowyer-Shotton. Hebt u een ogenblikje...?'

'Nee!' riep Carol.

Maar het was al te laat...

Dave Holland was in een heel behoorlijk humeur, totdat dat huftertje brutaal begon te worden.

'Ik hoef toch zeker niet in details te treden...'

'Dat hangt ervan af, zou ik zeggen,' antwoordde Holland. 'Dat hangt ervan af hoe vervelend je wilt dat ik word.'

'Ik heb daar af en toe model gestaan. Nou goed?'

'Oké. Voor catalogi, zei je? De herfstcollectie van Debenhams...?'

'U wilt weten wat mijn connectie met Charlie Dodd was en dat vertel ik u. Ik was geboekt voor een paar filmopnames, oké?'

'Heb je het daar ooit met andere mensen over gehad?' vroeg Holland. 'Heb je Dodds naam aan iemand doorgegeven? Of misschien iemand over de studio verteld?'

Er klonk een holle, blaffende lach aan de andere kant van de lijn. 'Ha. Omdat ik zo trots was op dat werk zeker? Ik bedoel, *Londense gays* en *Stoute jongens*, dat zijn klassiekers. Misschien kent u ze ook wel...'

Holland hing op en streepte de volgende naam op de lijst door.

Charlie Dodd had veel mensen gekend. Ze hadden zich door alle nummers op zijn gespreksoverzichten heen gewerkt en iedereen leek een geldige, zij het soms povere reden te hebben om zijn vriend of zakenpartner te zijn geweest. Fotografen, filmontwikkelaars en -leveranciers, videoproductiebedrijven, prostituees. Iedereen werd gevraagd de namen op te geven van mensen van wie ze dachten dat ze Dodd misschien hadden gekend. Tezamen met nog enkele contacten die Thornes informant met zijn schrille stem had aangeleverd, had dit een tweede, veel langere lijst opgeleverd die moest worden afgewerkt.

Holland onderdrukte een geeuw. Uiteindelijk zou dit waarschijnlijk resulteren in niet meer dan een handige contactenlijst om aan Zedenzaken door te spelen. Het was bepaald niet aannemelijk dat het een spoor naar de moordenaar zou opleveren, want in tegenstelling tot wat Thorne had gezegd, had Dodd ontdekt dat adverteren wel degelijk loonde. Een van de eerste nummers op de lijst bleek dat van een in SM gespecialiseerd tijdschrift te zijn. Daar was men gepast bedroefd te vernemen dat een zeer gewaardeerde klant voortaan geen reclameadvertentietjes voor zijn faciliteiten meer zou plaatsen...

Holland ging achterover zitten, gooide zijn armen in de lucht en rekte zich uit. Hij zat zijn tijd te verdoen, net als de avond tevoren thuis, toen hij telefoontjes had zitten plegen die best hadden kunnen wachten, en namen van de lijst had zitten schrappen. Een excuus, een vlucht...

Sophie was in haar kamerjas binnengekomen met haar ene hand op haar buik en in haar andere hand een mok thee. Die had ze voor Holland neergezet en toen had ze haar hand op zijn hoofd gelegd en over zijn schouder staan meekijken op de papieren op tafel.

Ze had zachtjes gelachen. 'Die kleine deugniet ligt me al de hele dag verrot te schoppen...'

Toen Holland een halve minuut later had opgekeken, stond ze in de deuropening. Hij had zijn thee gepakt en bij wijze van bedankje geglimlacht.

'Ik weet dat je denkt dat ik wil dat je een keuze maakt,' had ze gezegd. 'Maar dat is echt niet zo. Ja, soms haat ik wat je doet en ben ik boos op je eigenwijze baas en boos over het feit dat jij zo idolaat van hem bent. Maar dat weet je allemaal wel. Ja, ik zou het fijn vinden als je een poosje vrij nam en nee, ik wil niet dat je nu iets stoms doet. Maar ik zou je niet vragen om te kiezen, Dave.' Toen had ze zich omgedraaid en even uit het raam gestaard. 'Ik zou te bang zijn...'

Een paar seconden lang was slechts het geluid van het door Old Kent Road razende verkeer te horen geweest, en dat van een radio in het appartement beneden. Holland had de hoorn van de haak gehaald en zijn pen gepakt. 'Kunnen we het hier straks over hebben?' Hij had naar de papieren op zijn bureau gekeken, naar die nutteloze namenlijst. 'Dit is echt belangrijk...'

Thorne zag hoe zijn team plichtmatig zijn werk deed. Holland, Stone, Kitson...

Hij zag ook nog tientallen andere agenten en burgermedewerkers praten, schrijven en denken – maar de vaart raakte eruit. Het leek wel of de lucht door de warmte geconcentreerder was geworden en je daarom moeilijker vooruit kwam.

Hij stond in de deuropening van de projectkamer te kijken en dacht aan de zwiepende ledematen van een lichaam dat dicht bij de dood was...

Het patroon was altijd hetzelfde. In de dagen meteen na de ontdekking van een moordslachtoffer was er sprake van koortsachtige activiteit. Het team was dan in de greep van een gevoel van urgentie, van de wetenschap dat ze in de uren en dagen onmiddellijk na de moord de beste kansen hadden. Na Dodd waren ze van hot naar her gerend, ze hadden documenten gecheckt, contacten getraceerd, verhoren afgenomen en waren achter koeriers aan gegaan. Wachtend op iets, om het even wat.

En zoals altijd was de bedrijvigheid geleidelijk afgenomen, net zoals de bewegingen van het slachtoffer naarmate de dood naderbij kwam. De vlaag van opwinding werd tot eentonig werk. Op de automatische piloot werden de telefoons opgenomen en de verklaringen afgenomen, terwijl het sprankje hoop sputterde tot er niets meer van over was, tot het lichaam van het onderzoek zelf begon te verstijven en af te koelen, en doelloos heen en weer begon te zwaaien...

Zowel de zaak zelf als de mensen die eraan werkten, hadden behoefte aan een oppepper om er weer wat leven in te krijgen. Een kracht van buiten, zoals de passerende trein die het lijk van Charlie Dodd in beweging had gebracht.

Maar Thorne had geen idee wat die zou moeten zijn of waar die vandaan zou kunnen komen.

'Paul Baxter...'

'Spreek ik inderdaad met Paul Baxter?'

'Ja, en met wie spreek ik?'

Carol voelde dat de spanning in haar rug en nek begon af te zwakken. 'U spreekt met Carol Chamberlain van de Londense politie, van de Unit Heronderzoek Moordzaken. U hebt er geen idee van hoe moeilijk het is geweest om u te pakken te krijgen...'

'Mij...?'

'Ja, u, uw bedrijf....'

'We staan gewoon in het telefoonboek...'

'Dat kan zijn, maar ik heb gezocht op Baxters...'

Het was even stil. Carol hoorde dat Baxter een slokje van iets nam en slikte. 'Jeetje, dat is lang geleden. Mijn vader is, geloof ik, in 1982 uitgekocht. Ik ben verkoopleider gebleven toen we hiernaartoe verhuisden. Dat maakte deel uit van de overeenkomst...'

'Hoe dan ook...'

'Maar wat kan ik voor u doen?' Paul Baxter lachte. Hij had een lage, sexy stem. Gladjes als die van een dj. 'Heeft de Londense politie soms nieuw postpapier met briefhoofd nodig?'

'Herinnert u zich een medewerker Alan Franklin? Hij zou zijn weggegaan in...'

Baxter onderbrak haar. 'God ja, natuurlijk. Ik werkte toen voor mijn vader en sprong bij in het magazijn in de tijd dat dat allemaal is gebeurd. In de aanloop naar Kerstmis meen ik...'

'Toen wat allemaal is gebeurd?'

Ze hoorde verwarring en zelfs argwaan in Baxters stem toen hij antwoord gaf. 'Nou ja, we zullen het wel nooit zeker weten, maar ik herinner me uiteraard de rechtszaak. God nou, en al die akelige dingen daarna...'

Ineens besefte Carol dat ze rechtop stond, op haar bureau geleund. In de spiegel zag ze het gezicht van een vrouw die voor het eerst in drie lange jaren de kick weer voelde. Ze voelde het in haar borst als een hartaanval en in haar hoofd als een gat dat in één tel alle lucht wegzoog. Ze voelde het als licht door haar bloed en botten suizen.

Alsof ze nieuw leven ingeblazen had gekregen.

'Hallo...?'

Vaag nam ze Baxters stem aan de andere kant van de lijn waar. Ze ging op haar stoel zitten en nam nog één tel de tijd voordat ze verderging.

'Goed, meneer Baxter, wanneer kan ik bij u langskomen?'

Hij was er helemaal klaar voor...

Het voorstel was van Southern zelf gekomen. Wat dat niet magnifiek? Een uitnodiging om naar Howards appartementje in Leytonstone te komen was beleefd afgeslagen. Hij had al besloten het toch op een hotel te houden. Met dat idee had Southern meteen ingestemd – net als de anderen. Een hotel gaf het rendez-vous voor hen iets opwindends. Voor hem gold dat natuurlijk net zo, maar hij wist dan ook hoe opwindend het werkelijk zou worden...

Tot dusver hadden de hotels die hij had uitgekozen steeds perfect gepast bij de sfeer van de gebeurtenis en het karakter van de persoon waar het om ging. Daar dacht hij altijd een beetje over na, net zoals over de noodzakelijke kwesties omtrent de beveiliging. Als Remfry de kans had gehad, had hij het in een steegje gedaan, op een roestig olievat. En het hotel in Paddington had precies dat vervallene waar hij op kickte, de smerigheid die hem opwond. Welch daarentegen had iets gewild wat een beetje mooier was. Hij was duidelijk een man met aspiraties, met ideeën die zijn stand te boven gingen. Voor hem was het Greenwood prima geschikt geweest.

Het hotel dat hij nu weer had gevonden, was ideaal voor Southern. Het was een klein, landhuisachtig hotel in lommerrijk Roehampton, aan de rand van Richmond Park. Uit enkele van de slaapkamers had je een romantisch uitzicht op het bosgebied.

Hij wist zeker dat het goed zou bevallen. Howard Southern hield erg van het platteland – had hij zijn eerste slachtoffer niet beestachtig in elkaar geslagen en verkracht op een voormalig ruiterpad in Epping Forest?

Hij was er helemaal klaar voor.

ZESTIEN

Twee achten en een zeven. Twee achten en een zeven...

De cijfers die ze te zien moest krijgen wanneer ze eind augustus de envelop openmaakte. Met het aanbod van de universiteit waar ze naartoe wilde. De cijfers die ze moest halen om in Manchester aan de toneelopleiding te kunnen beginnen. Twee achten en een zeven. In de weken sinds haar laatste examen was dit Fiona Meeks mantra geworden.

De meeste van haar vrienden waren het einde van de examenperiode nog aan het vieren. Een handjevol mensen dat rijkere ouders had dan zij was op reis gegaan, en de rest was op de een of andere manier geld over de balk aan het smijten. Er waren er maar een paar die net als zij hadden besloten een zomerbaantje te nemen en zo wat geld opzij te zetten. Ze was zich ervan bewust dat ze soms wat al te verstandig was, maar ze vond het niet erg om niet mee te doen. Het deed haar niets als haar vrienden de spot met haar dreven. Ze zouden wel anders piepen als hun beurs halverwege het eerste semester al op was.

Het was echt het perfecte baantje en er waren veel mensen die het wel wilden hebben. Maar een vriend van haar vader was de hospitality manager van het bedrijf en had een goed woordje voor haar gedaan. Het beviel haar wel om twee diensten per dag te draaien. Het was vroeg beginnen, maar dan was ze halverwege de ochtend klaar en hoefde ze pas om zes uur weer. Overdag was ze dus vrij.

Fiona zwaaide toen ze verderop in de gang een van de andere meisjes een kamer uit zag komen en vuile handdoeken in de wasmand zag gooien. Ze zette haar eigen karretje stil en begon zeep en shampoo in een emmertje te laden. Het was een vertrouwde geur – van de berg spullen die ze inmiddels zelf thuis op de badkamer had liggen.

De kamerdienst van zeven tot tien was het zwaarst. Ze had zich er in de afgelopen weken vaak over verbaasd wat voor zwijnenstal sommige mensen ervan maakten als ze niet thuis waren. Ze was nog geen echt smerige dingen tegengekomen – gebruikte condooms of zo – maar toch, sommige mensen gedroegen zich als beesten. Net zo eigenaardig waren de kamers die eruitzagen alsof er helemaal niet in was gelogeerd. Waar de handdoeken netjes opgevouwen lagen en de bedden waren opgemaakt. Dit was, vermoedde Fiona, het soort mensen dat hun huis opruimde voordat de werkster kwam.

Hoe dan ook, terwijl ze de kamers door ging en de toiletartikelen en de zakjes koffie aanvulde, de lakens gladstreek en de minibars checkte, probeerde ze zich in deze mensen, van wie ze er haast nooit een ontmoette, te verplaatsen. Ze probeerde meer invulling te geven aan levens waar ze alleen maar naar kon gissen op basis van de merkjes op de schoenen van onbekenden, de luchtjes in hun badkamer en de boeken naast hun bed.

Dit was voor een actrice allemaal een goede oefening, dacht ze. Als ze ooit de kans kreeg er een te worden. Twee achten en een zeven. Twee achten en een zeven...

Ze schoof de plastic sleutelkaart in een slot en duwde een kamerdeur open.

Heel veel moorden werden niet opgelost, maar vergeleken met het oplossingspercentage voor inbraken hield Thorne het erop dat hij en ook anderen zoals hij het nog helemaal niet zo slecht deden.

'Tjezusmina, Chris, het is al bijna drie weken geleden. Jij moet de meeste gozers in de buurt die in aanmerking komen toch kennen...'

Brigadier Chris Barratt, wachtcommandant op het bureau in Kentish Town, zat aan de andere kant van de lijn te schaterlachen. Thorne had het idee dat dit gesprek zijn dag helemaal goed maakte. 'Je zit toch zelf bij de politie, Tom,' zei Barratt. 'Je weet toch hoe het is. Zo vroeg op een zaterdagochtend mag je je gelukkig prijzen dat er überhaupt iemand is om de telefoon aan te nemen...'

Thorne wist dat veel wijken met personeelskrapte kampten. De aandacht werd, heel terecht, gericht op gewelddadige straatcriminaliteit, en van alledaagse Londense trivialiteiten zoals eenvoudige inbraken werd geüniformeerd personeel afgehaald. Hij was zich ervan bewust dat ze, omdat hij zelf bij het korps was, waarschijnlijk twee keer zoveel moeite deden als normaal om degene die zijn flat overhoop had gehaald te pakken te krijgen. Maar hij wist ook dat twee keer niks niet veel was.

'Maar het is al drie weken geleden, Chris...'

'We hebben je auto gevonden.'

'Ja, en nul sporen...'

'Hij was uitgebrand...'

'Alleen vanbinnen.'

De Mondeo was gevonden op een complex met gemeentewoningen achter Euston Station. Het interieur was in brand gestoken, de wielen waren gestolen en op het dak waren met verf de woorden POLITIE

KLOOTZAKKEN gespoten. Nog meer reden tot vermaak in de projectkamer in Becke House...

'En helers?' vroeg Thorne. 'Die hufter moet toch iets voor mijn cd-speler hebben gekregen...'

'Poeh! Daar hebben we niet aan gedacht...'

Thorne zuchtte. Hij haalde de kauwgum waar hij op had zitten kauwen uit zijn mond en gooide hem door het raam naar buiten. 'Sorry, Chris, maar enig resultaat zou nu verdomme wel eens fijn zijn, oké?'

'Met de verzekering is alles geregeld, toch?'

'Ja, geen probleem.' Thorne wachtte nog op de storting van het geld voor de auto en de inhoud ervan, maar er was geen reden om aan te nemen dat het niet zou komen...

'Zit je er echt zo mee?'

Het was een broeierige zaterdagochtend. Hij begon langzaam bezweet te raken. Het staartje van een week die naar zijn gevoel een smalle tunnel was waar hij zich niet doorheen kon persen omdat hij te groot was.

'Ja, echt,' zei Thorne. 'En jij zou er ook mee moeten zitten. En wanneer jullie dat schooiertje dat mijn slaapkamer als plee heeft gebruikt eindelijk te pakken krijgen, dan zal die er goddomme ook heel erg mee zitten...'

Een gast in een net pak schoot langs haar heen richting de lift. Fiona zei goedemorgen en drukte de in een rubberen handschoen gehulde rug van haar hand tegen haar mond om een geeuw te onderdrukken. Ze liep naar de volgende kamer in de gang en bedacht onderwijl wat ze later die dag zou gaan doen.

De vroege avonddienst was doorgaans een makkie en gaf haar gelegenheid om onder het schoonmaken van de tafeltjes in de bar met haar favoriete ober te flirten of al stofzuigend met de meisjes van de receptie te roddelen. Al een paar keer was het haar gelukt al haar klusjes dubbel zo snel te doen en vervolgens ergens uit het zicht een rustig hoekje te vinden waar ze kon gaan zitten lezen.

Als ze niet al te afgepeigerd was, ging ze misschien nog wat drinken en bijkletsen met een stel vrienden. Misschien kon ze een paar minuten vroeger van haar werk wegglippen...

De avond daarvoor had ze geen geluk gehad. Er waarde een zomergriepje rond en er was gebrek aan personeel. Ze had de centrale receptie helemaal alleen moeten doen en dacht net dat ze misschien wel weg kon, toen ze zich had laten paaien om boven in de vergaderzaal een handje te komen helpen bij het dekken van de tafel voor een zakelijk ontbijt dat daar de volgende ochtend, zaterdag, zou plaatsvinden.

Ze had het karretje, volgeladen met bestek en tafellinnen, de lift in gereden en toen op het knopje voor de hoogste verdieping gedrukt. Op het moment dat de deuren dichtgingen, was er een stel ingestapt. De vrouw was aantrekkelijk en droeg een chique rok met een zijden blouse. De man was heel erg aantrekkelijk en ging iets informeler gekleed.

Op de eerste verdieping stapte de vrouw uit. Ze waren dus geen stel. Toen de deuren weer dichtgingen, keerde de man zich naar haar toe en glimlachte. Fiona voelde dat ze rood werd, keek naar de grond en begon de vorken en messen te tellen.

Toen de lift op de bovenste verdieping aankwam, ging het belletje. Fiona zette de wieltjes van het karretje recht in de richting van de deur. De man deed een stap naar voren en hield de deur voor haar open. Hij glimlachte nog eens toen ze het karretje met luid kletterend bestek langs hem heen naar buiten duwde.

Toen ze een meter de gang in was gereden, draaide ze zich om en keek hem aan. Ze was een beetje confuus omdat hij zelf niet uit de lift was gestapt. Op het moment dat de deuren weer dichtgingen, had de man in het leren motorjack haar blik opgevangen. Hij had zijn handpalmen naar boven gedraaid en zijn hoofd geschud om zijn eigen stupiditeit.

'Heb nog een eind te gaan. M'n verdieping gemist...'

Er waren momenten dat een politieonderzoek in duisternis gehuld leek. Dat in de vertrekken waar aan een zaak werd gewerkt, daar waar de voortgang in het grijpen van de moordenaar werd besproken en geëvalueerd, het licht was verflauwd, ongeacht het seizoen of het tijdstip. Onder degenen die in het donker rondtastten, heerste dan altijd het frustrerende gevoel dat er iets belangrijks zou worden onthuld, als er maar iemand was die met een zaklantaarn in de juiste richting kon wijzen. Dán zouden de schaduwen korter worden en wegglijden. Maar niemand wist dus waar hij met het licht moest schijnen.

De dag kwam maar langzaam op gang, maar Brigstocke leek ook niet in de stemming om al te haastig aan het werk te gaan. Thorne vond het prima. Hij had het gevoel dat het iedereen goed zou doen om nog tien minuten bij elkaar te zitten en over niks bijzonders te praten, voordat ze aan de slag gingen.

Dat dat een paar schaduwen korter zou maken...

Ze zaten aan en om drie bureaus in de projectkamer. Ze rekten het leegdrinken van hun kopjes koffie en thee. Ze bladerden door kranten en tijdschriften, staarden in het niets en wierpen blikken op de klok.

'Nog iemand die een leuke vrijdagavond tegemoet gaat?' vroeg Thorne. Niemand leek zin te hebben om antwoord te geven. Thorne lachte. 'Godallemachtig, stelletje feestbeesten!' Hij keek naar Stone. 'Kom op, Andy, jij bent jong en single...'

Stone keek op, maar niet meer dan een tel. 'Te moe...'

Holland lachte. 'Weekdier...'

'Zodra moeder de vrouw een kind heeft, lach jij niet meer,' zei Brigstocke.

'Inderdaad.' Kitson liep naar de recent geïnstalleerde waterkoeler. 'Jij zou juist nu het beste van je vrijdagavonden moeten maken, Dave. Binnenkort is het daarmee afgelopen...'

Holland bromde en richtte zijn aandacht weer op de sportpagina van de *Daily Mirror*. Thorne rekte zijn nek om de kop te kunnen lezen. Het laatste nieuws in een verhaal over de Spurs, die op het punt zouden staan een of andere grillige Italiaanse middenvelder te contracteren.

'En de rest van het weekend?' Thorne stelde de vraag aan iedereen. 'Nog plannen?'

Er werd eigenlijk net zo gereageerd als de eerste keer: met een hoop vaag schouderophalen. Thorne begon te denken dat zijn eigen sociale leven, zoals het er nu voor stond, in vergelijking met dat van de anderen wel bijzonder spannend leek. Maar goed, het was de laatste tijd dan ook een heel stuk verbeterd...

'In het Brigstocke-huishouden zijn de zondagen heilig en onveranderlijk.' De hoofdinspecteur pakte zijn koffertje en ging op weg naar zijn kantoortje. 'De hond uitlaten, de was doen en het bloedbad van de zondagse lunch bij het ene of het andere stel grootouders. O ja, en een tripje naar het tuincentrum of als ik heel veel geluk heb de bouwmarkt...'

Thorne lachte en keek rond. Hij wilde zijn lol met de anderen delen. Hij dacht terug aan wat hij de zondag daarvoor zelf had gedaan. En iets wat Brigstocke had gezegd, riep nog een andere herinnering bij hem op. Hij draaide zich om en zag Yvonne Kitson terug komen lopen. Ze liep uit een kartonnen bekertje koud water te drinken.

'Heb je afgelopen zondag mijn boodschap gekregen?' Ze slikte door en keek hem uitdrukkingsloos aan. 'Ik heb je gebeld. Aan het eind van de ochtend denk ik...'

Kitson gooide het lege bekertje in de prullenbak. 'Met een speciale reden?'

'Nou, als ik die had, ben ik hem nu straal vergeten,' zei Thorne.

Kitson keek hem een seconde of twee aan met een blik die niets weggaf. 'Nee, ik heb de boodschap niet gekregen.'

Thorne haalde zijn schouders op. 'Maakt niet uit.' Hij knikte naar de plek waar Brigstocke tot een paar minuten daarvoor had gezeten. 'Ik dacht dat dat een goed tijdstip zou zijn om je te pakken te krijgen. Ik ging ervan uit dat jij op zondag ook een vast gezinsprogramma zou hebben.'

Kitson liep langs hem heen, pakte het tijdschrift dat ze had zitten lezen en stopte het in haar tas. Ze zette een stap in de richting van de wc's, maar draaide zich toen naar Thorne om alsof haar zojuist iets te binnen was geschoten. 'Ik was op de sportschool...'

De projectkamer begon tot leven te komen en zich met geluid en beweging te vullen. Holland kwam aanlopen en ving klaarblijkelijk het staartje van het gesprek tussen Thorne en Kitson op.

'Je zou eens met Stoney moeten afspreken,' zei hij. 'Die zit helemaal in de gewichten en zo.' Holland keek naar Andy Stone, die op de punt van een bureau met een rechercheur in opleiding zat te kletsen. 'Hij mag dan een lange slungel zijn, maar zonder overhemd ziet hij eruit als een lichte zwaargewicht...'

Kitson keek naar Thorne en trok haar wenkbrauwen op. Haar gezicht was weer open en ontspannen, en haar toon was kameraadschappelijk en suggestief toen ze tegen Holland zei: 'Rustig aan, wildebras.'

Holland wilde ook weer iets zeggen, maar Thorne liep al bij hen vandaan. Aan het eind van de dag zou hij zich door de warmte en de frustraties omtrent de zaak zo gespannen voelen als de E-snaar op een pedal-steelguitar, dat wist hij. Hij wilde naar zijn kamer om Eve te bellen en iets te regelen dat die spanning een beetje zou helpen verminderen.

'Tjezus, je klinkt alsof je nog zwaarder geïrriteerd bent dan ik...'

'Ik heb je toch al gezegd dat zaterdag de drukste dag is.'

'Is Keiths moeder nog steeds niet opgeknapt?'

'Wat zeg je?'

'Is Keith er niet om je te helpen?'

'O. Nee...'

Thorne keek op toen Kitson binnenkwam en naar haar bureau liep. Aan haar blik kon hij zien dat ze exact wist met wie hij zat te praten. Thorne dempte zijn stem.

'Heb je zin om vanavond naar de film te gaan?'

'Ja, waarom niet. Ik heb thuis de *Time Out* liggen. Ik zal eens kijken wat er draait...'

Uit het niets en zonder een onmiddellijk duidelijke reden drong de zaak hun gesprek binnen. In Thornes hoofd. Het beeld dat maar niet scherp wilde worden. De gedachte die zich maar niet wilde openbaren.

Iets wat hij wel en iets wat hij niet had gelezen...

Toen hij Eves stem hoorde, verdween de spookgedachte weer net zo snel als ze was opgekomen. 'Tom?'

'Ja... prima. Misschien kunnen we morgen wat inkopen gaan doen.'

Het was even stil. 'Ergens in het bijzonder?'

Thorne ging nog zachter praten en legde zijn hand om de hoorn heen. 'In de beddenwinkel...'

Eve lachte en toen ze weer begon te praten bleek ook zij haar stem te hebben gedempt. Te oordelen naar het lawaai vermoedde Thorne dat ze een winkel vol klanten had. 'God zij gedankt,' zei ze.

'Blij dat jij blij bent,' zei Thorne.

'Nou ja, het werd wel tijd zeg. Ik had besloten om het er niet meer over te hebben. Ik wilde niet te smachtend overkomen.'

Thorne keek op. Kitson zat over een stapeltje papieren gebogen. 'Hmmm, ik heb vanochtend lang in de spiegel naar mezelf staan kijken en ik zou zeggen dat "smachtend" er wel een goed woord voor is...'

Fiona hoefde nog maar een paar kamers.

Wat betreft de verdiepingen en de gangen en zo werkten de meisjes doorgaans volgens een vast schema, maar de volgorde waarin de afzonderlijke kamers werden schoongemaakt, varieerde van dag tot dag. Kamers waar het NIET STOREN-bordje aan de deur hing, werden natuurlijk later gedaan dan kamers waar een dienblad met de resten van het ontbijt voor de deur stond, en sommige kamers werden doorgeschoven naar een volgende dienst.

Aan het eind van de gang op de eerste verdieping moesten nog twee kamers worden gedaan. Fiona keek op haar horloge. Het was tien over halftien...

Ze pakte een emmer vol sponzen, spuitbussen en flessen en duwde de stofzuiger met haar voet langzaam naar de deur. Ze klopte aan, telde tot vijf en dacht onderwijl aan eieren met spek en aan haar bed. Het was bijna elke ochtend hetzelfde. Als ze aan het eind van de gang was gekomen, dacht ze aan thuis, aan een laat ontbijt en aan nog een paar heerlijke uurtjes lekker warm onder haar dekbed.

Nog twintig minuten. Als het meezat, kreeg ze beide kamers misschien nog gedaan voordat haar dienst afliep, maar dat hing natuurlijk af van de staat waarin ze verkeerden.

Ze pakte de sleutel die aan een plastic spiraaldraad om haar pols hing...

Er zat een melodietje in haar hoofd: het liedje waarmee ze was gewekt door de klokradio, een cadeautje van haar oma toen de examens achter de rug waren. Het was een heel ouderwets liedje, alleen een zanger met een gitaar, maar de melodie was haar de hele ochtend bijgebleven.

Behoedzaam schoof ze de kaart in het slot en haalde hem er weer uit. Het lichtje onder de deurklink sprong op groen. Ze duwde de klink naar beneden en ging tegen de deur aan staan...

Vanuit haar ooghoeken zag ze in de gang iemand op haar afkomen. Het leek een van die verwaande trutten van de huishoudelijke dienst. Maar ze kon het niet met zekerheid zeggen, want haar gezicht ging zowat helemaal schuil achter een enorme bos lelies.

Ze draaide een kwartslag en duwde met haar heup voorzichtig de deur open. Ze schopte de stofzuiger over de drempel heen, liet hem daar staan zodat de deur op een kier open bleef en liep toen terug naar haar karretje om de andere spulletjes te pakken...

Twee maanden later zou Fiona haar kans krijgen, haar plaats op de toneelopleiding in Manchester. Maar ze zou er geen gebruik van maken. In elk geval niet in september van dat jaar. Ze zou haar twee achten en een zeven krijgen, maar veel zou dat niet voor haar betekenen. Twee maanden later zou haar moeder het papier uit de envelop halen, de resultaten oplezen en proberen enthousiast te klinken, maar haar dochter zou nog altijd niet veel horen. De gil die acht weken daarvoor door haar lichaam was geraasd, zou nog altijd in haar hoofd nagalmen en vrijwel alles overstemmen.

Het geluid van een gil en een beeld van zichzelf, het beeld van een jong meisje dat een deur binnenkomt en zich omdraait. Dat zich geconfronteerd ziet met een eigenaardig soort van viezigheid. Vlekken die ze nooit zou kunnen verwijderen met de bleekmiddelen, de boenwas en de doeken die uit haar emmertje staken, dat met veel kabaal op de slaapkamervloer viel.

Het was nog maar net over tienen, maar Thorne begon zich al af te vragen wat de lunchspecial in de Royal Oak zou zijn, toen de vrouw op leeftijd zijn kantoor binnenkwam.

'Ik ben op zoek naar rechercheur Holland,' zei ze.

Ze was zonder te kloppen binnen komen lopen. Thorne had het dus meteen al niet zo op haar begrepen, maar hij probeerde zo aardig mogelijk te doen. De vrouw was klein en plomp en liep waarschijnlijk tegen de zestig. Ze deed hem een beetje aan zijn tante Eileen denken, en ineens had hij een vermoeden wie ze was.

'O, ja, ja, bent u Daves...?'

De vrouw kapte hem af en al pratend trok ze vanachter Kitsons bureau een stoel weg, plantte die voor Thorne neer en ging zitten.

'Nee, dat ben ik niet. Ik ben Carol Chamberlain. Ex-hoofdinspecteur Chamberlain van de UHM.'

Thorne pakte pen en papier om aantekeningen te gaan maken en dacht: tjezus, het Rimpelteam, daar zit ik echt op te wachten. Hij boog zich over zijn bureau heen en stak zijn hand uit. 'Inspecteur Thorne...'

Carol Chamberlain negeerde de hand, maakte haar koffertje open en ging erin zitten rommelen. 'Goed zo. Nog beter. Ik vroeg alleen maar naar Holland...' – ze haalde een gehavende, met gele Post It-stickertjes volgeplakte dossiermap tevoorschijn en hield deze omhoog – '... omdat zijn naam hierop stond.' 'Zijn' benadrukkend liet ze de map op Thornes bureau vallen.

Thorne bekeek de map even en stak zijn handen op. Hij deed zijn best om vriendelijk te klinken toen hij zei: 'Kunnen we dit misschien een andere keer doen? We zitten tot onze ellebogen in een heel grote zaak en...'

'Ik weet precies welke zaak dat is, waar jullie tot je ellebogen in zitten,' antwoordde ze. 'Dat is juist de reden dat we het nu moeten doen.'

Thorne staarde haar aan. De stem van deze vrouw had iets onverzettelijks, wat erop duidde dat het geen zin zou hebben tegen haar in te gaan. Met een zucht trok hij de map over het bureau naar zich toe en begon erin te bladeren.

'Vijf weken geleden heeft rechercheur Holland het dossier over een onopgeloste moord uit 1996 tevoorschijn gehaald.' Naast iets onverzettelijks had haar stem ook het verworven raffinement dat vaak met rang samenging. Maar daaronder dacht Thorne, hoe zwak ook, de restanten van een Yorkshire-accent te ontwaren. 'De naam van het slachtoffer was Alan Franklin. Hij is vermoord in een parkeergarage. Gewurgd met een waslijn.'

'Dat herinner ik me nog,' zei Thorne. Hij sloeg een paar bladzijden om. Dit was een van de zaken die Holland uit STRAFINFO had gehaald. 'We hebben een paar van dit soort dossiers bekeken, maar ze toen toch weer terzijde gelegd. Niets wees erop dat...'

Chamberlain knikte en liet haar blik naar het dossier gaan. 'Dit is mij gegeven als een cold case. Toevallig mijn éérste cold case...'

'Ik heb over het initiatief gelezen. Het is een goed idee.'

'Ik ben de moord op Franklin opnieuw aan het bekijken...'

'Goed...' Thorne stopte. Hij nam een minuscuul spoortje vreugde waar, nog zo'n ragdun lijntje om haar mond dat even een halve seconde openscheurde en toen weer weg was. Maar het was genoeg om een reactie bij hem op te roepen, een sensatie van iets wat zoals altijd achter in zijn nek begon...

'Wij, degenen die zijn moord in 1996 hebben onderzocht, hadden van Alan Franklin af moeten weten. Zijn naam had bij een routineonderzoek moeten komen bovendrijven...'

Thorne wist dat hij niet hoefde te vragen hoezo dan. Hij wist dat zij hem dat zo dadelijk zou vertellen. Hij keek, luisterde en voelde de tinteling sterker worden en zich door zijn lichaam verspreiden.

'In mei 1976 heeft Franklin voor de rechtbank in Colchester terechtgestaan. Hij werd beschuldigd van verkrachting. En vrijgesproken.'

Thorne ademde in en liet de lucht toen langzaam weer ontsnappen. 'Jezus...'

Als een lichtbundel die in de juiste richting scheen...

Later, toen Thorne en de vrouw van wie hij had gedacht dat het Dave Hollands moeder was elkaar beter kenden en ook mochten, zou Carol Chamberlain hem bekennen dat dit een van die zeldzame momenten was geweest die ze het meest van alles had gemist: die seconden dat ze naar Thorne had zitten kijken, vlak voor ze het meest significante feit van allemaal onthulde.

Ze had toen heel erg haar best moeten doen om niet te glimlachen.

'Alan Franklin werd beschuldigd van de verkrachting van een vrouw die Jane Foley heette...'

DEEL DRIE

Gevaar

Het gegrom leek van ergens heel diep te komen. Een geluid van inspanning en een geluid van immense bevrediging, dat uit zijn buik opsteeg en ontplofte, meegevoerd op warme adem die tussen vieze, misvormde tanden uit kwam. Onder die dierengeluiden – hondengeluid, apengeluid, varkensgeluid – komt het contrastelement van het doffe kletsen van warm vlees tegen koud, terwijl hij zichzelf ertoe aanzet het nog eens te doen, en nog eens en nog eens.

Hij weigert te versnellen. Geeft geen indicatie dat het snel voorbij zal zijn.

Neemt de tijd om te genieten.

Brengt de ander zijn eigen pijn toe.

Hoe had dit kunnen gebeuren? Naïviteit en vertrouwen waren het perfecte complement van frustratie en haat gebleken. Het was in een tel gebeurd. Hoe lang was dat geleden? Een kwartier? Een halfuur?

Zich verzetten lijkt weinig zin te hebben. Er komt uiteindelijk wel een eind aan, dat moet wel. Het heeft geen zin te denken aan wat er daarna zal gebeuren. Waarschijnlijk een verlegen glimlach, misschien een verontschuldiging, een sigaret en een opmerking over signalen en de verkeerde interpretatie daarvan.

Hufter. Hufter. Hufter.

Maar tot die tijd…

Ogen die het niet verdragen kunnen om open te blijven worden stijf dichtgeknepen en een nieuw beeld dient zich aan. Eerst klein en ver weg. Geposeerd, wachtend in een lichtcirkel in de verte aan het eind van de tunnel.

Nu is het het grommen en kletsen dat in de verte begint te verdwijnen, terwijl het beeld dichterbij komt. Het komt door de tunnel aangestormd en zuigt de duisternis op totdat het volledig gevormd is en duidelijker dan het tevoren steeds was.

Duidelijker ook eigenlijk dan het eerder ooit is geweest. De kleuren zijn levendiger: de rode vochtigheid tegen het witte overhemd; het kobaltblauw van de kronkels in de waslijn rond de nek is als een exotische slang om zijn nek. De geluiden en geuren die het lichaam en de lijn voortbrengen, zijn oorverdovend en penetrant. Knerpend en faecaal.

Het gevoel: de ongeëvenaarde gruwelijkheid van het zien ervan. Van het zien van de onbeschrijfelijke smart in die ogen, juist vanwege het gezien worden.

Dan kijkt hij ten slotte. Voelt hij dat er iets vecht om te ontsnappen en uiteindelijk vrij te komen, naar boven zwevend, weg van het lichaam dat aan het eind van een gerafelde en vettige lijn langzaam ronddraait.

ZEVENTIEN

Zo'n macaber verhaal over geschonden lichamen en beschadigde levens had Tom Thorne nog nooit gehoord...

Het was een week geleden dat Carol Chamberlain in Thornes kantoortje zat en de zaak weer helemaal had opengegooid. Holland zat aan het stuur van een Laguna uit het wagenpark van de politie toen ze Essex binnenreden, op weg naar Braintree. De twee mannen voelden zich voldoende bij elkaar op hun gemak om stiltes te laten vallen, maar die van vandaag was wel bijzonder geladen. Thorne kon alleen maar hopen dat wat er in Hollands hoofd omging heel wat minder duister was dan wat er in het zijne omging.

Zo'n macaber verhaal...

Jane Foley was door Alan Franklin verkracht. Thorne was daarvan overtuigd, al was het zeer onwaarschijnlijk dat de waarheid drie decennia later alsnog boven water zou komen, als het destijds niet was bewezen. Wat niemand betwijfelde, toen of nu, waren de bizarre en brute maatregelen die haar echtgenoot Dennis vervolgens had getroffen; wat hij Jane en vervolgens zichzelf in de middag van 10 augustus 1976 had aangedaan.

Thorne zou waarschijnlijk nooit helemaal zeker weten wat zich in dat huis exact had voorgedaan, wat er tussen die twee mensen was gebeurd en wat toen tot die laatste, intieme momenten van gruwelijkheid had geleid. Wat Thorne wel wist, was dat hij behoorlijk wat tijd zou spenderen aan het zich voorstellen van die momenten: de angst van Jane Foley terwijl haar man op haar af kwam; het schuldgevoel, de smart en de angst van een man die zojuist een moord had gepleegd; het nog niet opgedroogde bloed aan zijn handen, de kabel die er glibberig van werd toen hij een geïmproviseerde strop maakte.

Het ergste van alles was het onbegrip van de twee kinderen toen ze de lichamen van hun ouders vonden...

Thorne schrok een beetje toen Holland met zijn handpalmen op het stuur sloeg. Hij deed zijn ogen open en zag dat ze op een rij langzaam rijdend verkeer waren gestuit. Al sinds ze van de M11 af waren gekomen, zat het vast. Het was midden op de ochtend op een zaterdag en er was geen reden voor deze file, maar toch was hij er.

'Shit,' zei Holland. Het was het eerste woord dat een van hen beiden in bijna een uur had gesproken.

Als Thorne tijd besteedde aan nadenken over wat er tussen Jane en Dennis Foley was gebeurd, dan moest hij ook stilstaan bij iets wat net zo pijnlijk was. Iets wat, God helpe hem, helemaal op zichzelf ook voor gruwelen verantwoordelijk kon zijn.

Thorne had namelijk geblunderd. En wel zo erg – erger kon hij zich niet herinneren, en dat wilde wat zeggen voor hem...

Carol Chamberlain had aangenomen dat de rechercheurs die in 1996 aan de moord op Franklin hadden gewerkt, ook hadden geblunderd. Het leek alsof zij hadden nagelaten Franklin in het Centraal Informatieregister in Victoria op te zoeken, wat zijn aandeel in de verkrachtingszaak van Jane Foley twintig jaar daarvoor boven water zou hebben gebracht.

In feite was gewoon vastgelegd dat die rechercheurs het CIR wel degelijk hadden gebeld. Wat niet was vastgelegd en wat een vermoeden moest blijven, was dat de hersendode pennenlikker aan de andere kant van de lijn – een man die allang gepensioneerd was en naar Thorne hoopte ook allang dood – Franklins naam over het hoofd had gezien. Met één oog op zijn kruiswoordpuzzel had het andere oog de naam gewoon gemist. Het was een kapitale fout geweest.

Maar die van Thorne was nog kapitaler geweest.

In tegenstelling tot de rechercheurs in 1976 had Thorne niets gecheckt. Jane Foleys naam was nooit langs het CIR gegaan en nooit door het systeem gehaald. Strikt genomen was het niet Thornes taak geweest om dat te doen, maar dat deed er niet toe. Wat Thorne betreft, draaide hij ervoor op. Hij had zich er nooit van verzekerd dat het was gebeurd. En zelfs al had hij eraan gedacht, het zou hem nog niet als iets belangrijks zijn voorgekomen.

Waarom zouden ze de naam moeten checken van een vrouw die niet bestond? Jane Foley was toch de verzonnen naam van een verzonnen persoon? Jane Foley was een fantasie...

Thorne wist heel goed dat als ze... hij... wie dan ook het wél had gecheckt en na het vinden van Remfry's brieven één eenvoudig telefoontje had gepleegd, dat Ian Welch dan misschien nog in leven zou zijn. Net als Howard Anthony Southern...

Het verkeer was weer in beweging gekomen. Holland trok de versnellingspook naar beneden en zette de auto in z'n twee. 'Ik zou er niet mee zitten, maar er is ook nooit eens een behoorlijke kettingbotsing aan het eind van zoiets...'

Het lichaam van het derde slachtoffer was ontdekt in een hotel in Roehampton op ongeveer hetzelfde tijdstip waarop de vrouw van het

Rimpelteam Thornes kantoortje was binnengekomen en haar zeer welkome bom had laten ontploffen. Ze zat er nog toen het telefoontje binnenkwam, en Thorne had haar uitgenodigd mee te gaan naar de plaats delict. Dat leek hem wel het minste wat hij kon doen.

In die hotelkamer, met technisch rechercheurs, pathologen-anatoom en een onvervalst lijk, had Thorne gevonden dat Carol Chamberlain, al stond ze op de achtergrond, zo blij leek als een kind in een snoepjesfabriek...

In de dagen daarna begon het onderzoek zich in twee afzonderlijke richtingen te ontwikkelen. Terwijl het laatste slachtoffer werd geconserveerd en de verandering in het patroon van de moorden onder de loep werd genomen, begonnen Thorne en degenen die het dichtst bij hem stonden op een nieuw front te werken. Zij gingen aan de slag met het belangrijke nieuwe spoor waar Carol Chamberlain hen op had gezet.

Holland stuurde de auto een doorsnee straat in met kleurloze jarenzestighuizen erlangs, en stakerige bomen die het geheel ook niet veel goed deden. Ze hadden een van de teamauto's met airco weten te krijgen en de straat leek wel een sauna toen ze uit de auto stapten. Grimassend trokken ze hun jacks aan.

Terwijl ze naar Peter Foleys huis toe liepen dacht Thorne na over aanknopingspunten. Dat aanknopen moest altijd wel razendsnel gebeuren, want sommige van die punten hadden de nare neiging weer aan je te ontsnappen, hoe onbezield ze ook waren en hoe vlug jij ook dacht te zijn.

Dennis Foleys jongere broer, het enig overgebleven familielid van Dennis of Jane dat ze hadden weten op te sporen, was niet de allerhoffelijkste gastheer.

Thorne en Holland zaten op het randje van twee bevlekte velours fauteuils in hun jacks te zweten: ze waren niet aangespoord ze uit te trekken. Tegenover hen zat Peter Foley onderuitgezakt op de bijpassende bank in een slobberbroek en een opzichtig hawaïhemd dat tot zijn middel openstond. Hij had een blikje bier in zijn hand dat hij wanneer hij er niet van dronk, over zijn magere borstkas heen en weer rolde.

'Was u inderdaad elf jaar jonger dan Dennis?' vroeg Holland.

Foley slikte een slok bier door. 'Klopt, ik was de vergissing.'

'Dus u zat nog op school toen het gebeurde.'

Hij schudde zijn hoofd. 'Nee. Het minste wat u kan doen is zorgen dat u de feiten kent. Ik was in 1976 tweeëntwintig. Ik had het jaar daarvoor mijn opleiding afgemaakt...' Hij had een ordinair accent en zijn stem was hoog en piepte een beetje.

'En wat deed u in die tijd?' vroeg Thorne.

'Geen donder. Lanterfanten, de punk uithangen. Ik ben een poosje sjouwer geweest voor The Clash...'

Thorne was ook punk geweest, ook al was hij zes jaar jonger dan Foley, die tegen de vijftig liep. De man die tegenover hem zat, zag er beslist niet uit alsof hij nog veel naar 'White Riot' luisterde. Hij was mager, al waren zijn armen goed gespierd. Daar was naar Thorne vermoedde aan gewerkt om de *gothic* tatoeages beter te laten uitkomen. Zijn grijzende haar zat in een paardenstaart en zijn piekerige baard was in een punt gekamd. Te oordelen naar zijn uiterlijk en naar de exemplaren van *Kerrang!* die onder de salontafel lagen, stelde Thorne zich voor dat Peter Foley een beetje een heavy-metalfan op leeftijd was.

'Wat denkt u dat er met Jane is gebeurd?' vroeg Thorne.

Foley kwam overeind, haalde een pakje Marlboro uit de zak van zijn shorts en zonk weer neer. 'Wanneer? U bedoelt toen Den...?'

'Nee, daarvoor. Met Franklin.'

'Die hufter heeft haar toch verkracht.' Het was geen vraag. Hij stak zijn sigaret aan. 'En daar was-ie verdomme ook de bak voor ingegaan als jullie niet...'

Holland steigerde een beetje en deed zijn mond open, maar Thorne was hem voor. 'Wat bedoelt u, meneer Foley?' Hij vroeg het wel, maar hij wist al precies wat Foley bedoelde en ook dat hij gelijk had. Het korps stond in die tijd niet bepaald bekend om de fijngevoeligheid waarmee het verkrachtingsslachtoffers behandelde.

'Lees de transcriptie van het proces er maar op na, makker. Bekijk maar eens een paar van de dingen die men voor de rechter over Jane heeft gezegd. Die klonken alsof ze een slet van de bovenste plank was. Vooral die smeris die het had over wat ze aanhad...'

'De zaak is slecht afgehandeld,' zei Thorne. 'In die tijd kwamen veel verkrachters ermee weg, zo simpel is het. U hebt vast gelijk met wat u zegt over wat er met Jane is gebeurd. Over Franklin.'

Foley nam een trekje, vervolgens een slok en ging toen knikkend achterover zitten. Hij keek naar Thorne alsof hij hem nog eens taxeerde.

Thorne wierp een blik naar Holland. Tijd om op te stappen. Ze hadden geen systeem uitgewerkt wat het verhoor betreft – wie wat zou vragen, wie het voortouw zou nemen –, dat deden ze nooit. Holland maakte aantekeningen. Maar verder dan dat ging het niet.

'Wist u dat Alan Franklin dood is?' vroeg Holland. 'Hij is in 1996 overleden.'

Nu was het Thornes beurt om een taxatie te maken. Hij bestudeerde Foleys gezicht, probeerde zijn reactie te duiden. Alles wat hij zag, of dacht te zien, was een kortstondige schok en toen vreugde.

'Geweldig,' zei Foley. 'Ik hoop dat het pijnlijk was.'

'Dat was het. Hij is vermoord.'

'Des te beter. Wie moet ik een bedankbriefje schrijven?'

Thorne stond op en ging rondlopen. Foley begon zich wat al te zeer op zijn gemak te voelen. Thorne beschouwde de man niet als verdachte, althans niet op dit moment, maar hij vond het altijd prettiger als degene die hij verhoorde zich een beetje in het defensief gedrongen voelde...

'Waarom denk je dat hij het gedaan heeft, Peter?' vroeg Thorne. 'Waarom heeft Dennis haar vermoord?' Foley staarde hem aan en zoog op zijn tanden. Hij liet de rest van het bier in zijn mond lopen en kneep het blikje met zijn hand in elkaar. 'Waarom heeft je broer zijn vrouw vermoord?'

'Hoe moet ik dat nou weten?'

'Geloofde hij dat het waar was wat men voor de rechter over Jane had gezegd?'

'Weet ik niet...'

'Hij moet er op z'n minst over na hebben gedacht...'

'Den dacht over veel dingen na.'

'Dacht hij dat zijn vrouw een sloerie was?'

'Nee, verdomme, natuurlijk niet...'

'Misschien hadden ze naderhand problemen in bed...'

Ineens kwam Foley naar voren zitten en liet het blikje naast zijn voeten vallen. 'Luister, Jane is daarna raar gaan doen, oké? Ze is ingestort. Ze ging niet meer naar buiten, praatte met niemand meer, deed helemaal niks meer. Ze was bevriend met het meisje dat in die tijd mijn vriendin was, en we gingen altijd met z'n vieren uit en zo, maar na het proces, nee... na de verkrachting, toen was ze er met haar hoofd gewoon niet meer bij. Den deed net alsof alles in orde was, maar hij kropte alles op. Dat deed hij altijd. Dus toen Franklin de rechtbank uit kwam alsof hij Nelson Mandela was, alsof híj verdomme het slachtoffer was geweest...'

Thorne keek hoe Foley naar achteren ging zitten, achterover op de bank viel eigenlijk, en aan een van de half dozijn zilveren ringen aan zijn linkerhand begon te draaien.

'Moet u horen, ik weet niet wat Den dacht, oké? Hij heeft in die tijd wel wat geschifte dingen gezegd, maar hij was ook helemaal de kluts kwijt. Ze zorgen dat je aan dingen gaat twijfelen, toch? Dat was hun taak in die rechtbank, twijfel zaaien bij de jury, en dat hebben ze verdomd goed gedaan. Ik bedoel, je wordt toch geacht de politie te vertrouwen, ze te geloven...?'

Foley keek naar Holland en verlegde zijn blik toen naar Thorne. Voor het eerst leek hij zo oud als hij was. Thorne keek naar de barstjes in Peter Foleys gezicht, zag harddrugs in zijn verleden en misschien ook wel in zijn heden.

'Er is iets geknapt,' zei Foley zacht.

Zonder dat hij er een reden voor kon bedenken, zette Thorne een stap naar voren en bukte zich om het bierblikje op te rapen. Hij legde het op een stoffige plankenset van chroom en glas naast de tv en wendde zich toen weer tot Foley.

'Wat is er met de kinderen gebeurd?'

'Sorry...?'

'Met Mark en Sarah. Je neefje en nichtje. Wat is er naderhand met hen gebeurd?

'Meteen daarna, bedoelt u? Nadat ze hun ouders hadden gevonden?'

'Nee, later. Waar zijn ze naartoe gegaan?'

'Naar een kindertehuis. De politie heeft hen weggehaald en toen raakte het maatschappelijk werk erbij betrokken. Ze kregen wat begeleiding. De jongen meer dan het meisje, voorzover ik me herinner, hij zal acht of negen zijn geweest...'

'Hij was zeven, zijn zusje vijf.'

'Ja, dat lijkt me wel kloppen.'

'En toen?'

'Uiteindelijk zijn ze in een pleeggezin geplaatst.'

'Aha.'

'Kijk, er was alleen Janes moeder en die werd al een dagje ouder. Het kon eigenlijk niet anders. Ik heb gezegd dat ik de kinderen wel zou nemen, samen met mijn vriendin, maar daar was niemand erg enthousiast over. Ik was nog maar tweeëntwintig...'

'En je broer had natuurlijk ook net met een tafellamp hun moeders hersens uit haar hoofd geslagen...'

'Ik heb gezegd dat ik ze wel zou nemen. Ik wilde ze ook...'

'Dus je hebt ook contact met de kinderen gehouden.'

'Tuurlijk...'

'Heb je hen vaak gezien?'

'Een poosje wel, maar ze verhuisden steeds. Het was niet altijd makkelijk.'

'Heb je de namen en adressen nog?'

'Van wie?'

'Van de pleegouders. Je zegt dat de kinderen steeds verhuisden. Waren het er veel?'

'Een paar.'

'Heb je alle gegevens nog?'

'Nee. Ik bedoel, toen wel ja. We stuurden elkaar een kaart met Kerstmis en met de verjaardagen...'

'En toen ben je het contact verloren.'

'Ja, nou ja, zo gaat dat toch?'

'Dus je hebt geen enkel idee waar Sarah en Mark nu wonen.'

Foley knipperde met zijn ogen en lachte humorloos. 'Bedoelt u nou dat jullie het ook niet weten?'

'We hebben alle Mark Foleys in het land opgespoord. Alle Sarah Foleys en Sarah Huppeldepups, geboren Foley, en geen van allen herinneren ze zich de hal in te zijn gelopen en hun vader aan een touw te hebben zien bungelen. Niemand herinnert zich naar boven te zijn gegaan en mama met ingeslagen schedel in een plas bloed te hebben zien liggen. Je mag me ouderwets noemen, maar ik denk niet dat zoiets uit je geheugen wegglijdt.'

Foley schudde zijn hoofd. 'Ik kan u niet helpen. En al kon ik het wel, het zou me tegen de borst stuiten...'

Thorne keek naar Holland. Tijd om te gaan. Toen ze opstonden, zwaaide Foley zijn benen op de bank en pakte een tweede blikje bier van de grond.

'Voordat dat allemaal was gebeurd, voordat alles naar de kloten ging, waren Jane en Den normaal, begrijpt u? Gewoon een normaal stel met twee kinderen en een prima huis en alles. Ze waren een goed team, het ging goed met hen, en ik denk dat ze er wel overheen waren gekomen, over wat die klootzak Jane had aangedaan. Ik bedoel, zo gaat dat uiteindelijk toch bij stellen, en Den zou haar hebben geholpen, want hij hield van d'r. Maar wat er daarna is gebeurd, wat hen tijdens dat proces is overkomen en naderhand... daar kom je nooit meer overheen. En dat is jullie schuld.'

Foley had het over iets wat langgeleden was gebeurd. Hij had het over fouten die niet meer rechtgezet konden worden, daarvoor was het te laat, en over een rechercheur die allang gepensioneerd was.

Maar hij wees naar Thorne.

ACHTTIEN

Thorne dronk wel graag dure wijn, maar vaak dronk hij nog liever goedkoop bier. Dit specifieke merk, waar zijn oog bij de slijterij aan was blijven haken, was het merk dat Peter Foley ook had gedronken...

Weer een zaterdag waarop hij pas na tien uur thuis was gekomen. Eve was waarschijnlijk nog wel op geweest, hij had haar kunnen bellen, maar hij had niet de moeite genomen. In de afgelopen veertien dagen had hij haar maar één keer kunnen zien, en hoewel ze elkaar vaak telefonisch spraken, voelde hij dat er spanning begon te ontstaan. Hij begon zijn werkbelasting als excuus te gebruiken.

Thorne besefte heel goed dat hij eigenlijk uiterst laks was als het op relaties aankwam. Zo was hij geweest met de meisjes die hij versierde toen hij in de vijfde klas zat, zo was hij geweest met zijn eerste serieuze vriendinnetjes en zo was hij ook met zijn vrouw Joan geweest. Hij vond het geen probleem in een sleur terecht te komen en hij had weinig animo om het dan over een andere boeg te gooien. Uiteindelijk had Joan zelf het natuurlijk over een andere boeg gegooid. En was ze creatief geworden met haar docent Creatief Schrijven...

Allemaal omdat hij ergens was blijven steken en het daar wel prettig vond. En hij voelde dat het nu met Eve hetzelfde ging.

Om te beginnen was er de bedkwestie. Terwijl hij met zijn voeten op de bank lag, die spoedig weer voor een nacht zijn bed zou worden, dacht hij na over die hele dwaze kwestie van zijn verzuim om een nieuwe matras te kopen. Het tripje dat ze voor de week daarvoor hadden vastgelegd, was om voor de hand liggende redenen uitgesteld. Hij had tegen Eve grapjes gemaakt over inbrekers en moordenaars die samenspanden om hen van het neuken af te houden, maar in werkelijkheid was het uitstel hem goed uitgekomen. Een deel van hem, een akelig deel waarvan hij het bestaan niet graag erkende, vroeg zich bezorgd af hoe geïnteresseerd hij nou werkelijk in Eve zou zijn als hij haar eenmaal het bed in had gekregen. Maar dat was niet echt het punt. Uiteindelijk was hij gewoon ongelofelijk laks...

Uit zijn gloednieuwe speakers kwamen de treurige klanken van Johnny Cash, die zijn sublieme versie van Springsteens 'Highway Patrolman' zong. Terwijl Cash zong dat niets beter voelde dan bloed op bloed, bedacht Thorne dat als er één stem was die de liefde en de pijn, de haat en de genoegens van familiebanden kon uitdrukken, het de zijne wel was. Het hielp natuurlijk als je die zaken zelf ervaren had.

De poes stond op de vloer te miauwen en te smeken om te worden opgepakt. Thorne boog voorover, zette zijn blikje op het tapijt en trok haar op schoot.

Het kwam zo vaak op familie aan...

Hij dacht aan Mark en Sarah Foley, wier gezin voor hun ogen uiteen was gereten, waarna zij waren achtergebleven met niemand behalve elkaar. Eén generatie later waren ze nergens meer te vinden. Dat kon alleen maar zijn omdat zij het zo wilden.

Mark Foley: nu een man van halverwege de dertig, eens een met schrik vervuld jongetje dat professionele hulp nodig had. Was de angst terwijl hij opgroeide veranderd in haat, etterend in zijn binnenste? Had hij twintig jaar gewacht en toen de man vermoord die zijn moeder had verkracht, de man die hij verantwoordelijk hield voor haar dood en de zelfmoord van zijn vader? Op dit moment was Mark Foley de meest voor de hand liggende verdachte die ze hadden, maar wat was er gebeurd tussen 1996 en nu, tussen Alan Franklins dood en deze nieuwe stroom moorden? Wat had het aanpappen met en het vermoorden van deze verkrachters, die geen enkele connectie met elkaar hadden, uitgelokt?

Op de een of andere manier had Thorne altijd geweten dat verkrachting in deze zaak een belangrijke rol speelde. Had hij dat niet aan Hendricks proberen uit te leggen? Hij had altijd het gevoel gehad dat het verkrachtingselement in de moord op Remfry en Welch, en nu in die op Howard Southern, significant was. Significanter dan de moorden zelf. Nu wist Thorne waarom. En al begreep hij het nog niet volledig, hij begreep in elk geval dat er een geschiedenis aan vastzat...

En toch was er bij zoveel mensen die bij het onderzoek betrokken waren die ambivalentie. Een derde slachtoffer, en weer iemand die voor verkrachting veroordeeld was. Ouder, inderdaad, en al veel langer uit de gevangenis, maar toch, een zedendelinquent. Een verkrachter. Eentje om wie maar heel weinig mensen leken te rouwen, nog wel het minst de mensen die zijn moordenaar te pakken probeerden te krijgen.

En toch die ambivalentie, ook bij hemzelf als Thorne eerlijk was...

'Mij lijkt dat degene die Remfry heeft omgebracht iedereen een dienst heeft bewezen...'

'Er zullen toch mensen zijn die zich afvragen of we de dader niet dankbaar zouden moeten zijn...'

'Hij hakt toch geen oude dametjes in mootjes?'

Thorne vond het lastig iets tegen deze gevoelens in te brengen, maar als iemand die zijn hele volwassen leven lang er weliswaar niet altijd in was geslaagd moordenaars op te pakken, maar toch wel had geloofd dat wat zij deden verkeerd was, moest hij buiten deze discussie proberen te blijven.

In sommige gevallen was het eenvoudig. Haat de moordenaar, heb het slachtoffer lief. Thorne zou nooit de maanden vergeten waarin hij jacht had gemaakt op een man die vrouwen vermoordde terwijl hij eigenlijk probeerde ze in coma te brengen, in een staat van levend dood zijn. Of zijn laatste grote zaak: het opsporen van een tweetal moordenaars, de één een manipulatieve psychopaat en een ander die moordde omdat het hem werd opgedragen...

Dan had je de zaken waarin het niet zo duidelijk lag, waarin je je sympathieën niet zo gemakkelijk kon verdelen: bij de vrouw die ertoe was gedreven haar mishandelende echtgenoot om te brengen; bij de gewapende overvaller die om zeep was geholpen omdat hij zijn maten had verklikt; de drugdealer die door een rivaal aan stukken was gesneden...

En dan had je deze zaak.

Toen Thorne zijn benen van de bank zwaaide en opstond, sprong Elvis op en sloop grommend naar de keuken. Thorne liep achter haar aan. Hij deed de lege blikjes in de vuilnisbak en staarde zonder speciale reden een halve minuut lang in de koelkast.

Hij liep de slaapkamer in en pakte zijn dekbed en kussen van de bodem van de klerenkast.

Thorne verachtte verkrachters. Moordenaars verachtte hij ook. Maar niemand had er wat aan als hij zich verdiepte in de vraag wie hij het meest verachtte.

Eve en Denise hadden ieder bijna een hele fles rode wijn gedronken. Het gelach was luider en de taal heel wat grover geworden, sinds de pizza's op waren en de tweede fles wijn was opengetrokken...

'Als hij niet geïnteresseerd is, dan verrekt-ie toch lekker,' zei Denise.

Eve liet de wijn in haar glas walsen en keek erdoorheen. 'Maar dat is het 'm juist. Hij is wel geïnteresseerd, zeker weten.'

'Hoe weet je dat zo zeker?'

'Omdat hij niet moeilijk te krijgen was...'

Denise lachte wellustig. 'Dat betekent meestal juist dat ze helemaal niet geïnteresseerd zijn.'

Eve spuugde haar wijn zowat over de tafel. Toen ze uitgelachen was, stond ze op en pakte de pizzadozen bij elkaar. 'Ik weet niet waar hij op uit is. En ik weet ook niet zeker of hij dat zelf wel weet...'

Denise stak haar arm uit en pakte nog een laatste stuk koude pizzakorst voordat de dozen werden weggehaald. 'Misschien is hij schizo, net als sommige van die gekken die hij te pakken probeert te krijgen.'

'Misschien...'

'Praat hij veel over zijn werk? Over de zaken waar hij aan werkt?'

Eve vouwde de pizzadozen dubbel en propte ze in de vuilnisbak. Ze haalde haar schouders op. 'Niet echt.'

'Ah, kom op, hij zegt er toch zeker wel eens wat over?'

'Een paar weken geleden hebben we het over die vreemde moordzaak gehad.' Eve liep naar het aanrecht en begon haar handen te wassen. 'Dat liep uit op een soort ruzie en sindsdien heeft hij er met geen woord meer over gesproken.'

'Hmm. Behalve dan wanneer hij het als excuus aandraagt.'

'Misschien ben ik daar paranoïde over...'

Denise schonk het laatste restje wijn in haar glas. Ze hield de fles triomfantelijk omhoog. De bel ging.

'Daar zal je Ben hebben,' zei Denise. 'Hij moest laat werken, iets afmonteren.' Ze nam een flinke slok wijn en huppelde zo ongeveer de kamer uit.

Eve luisterde naar de voeten van haar huisgenote die de trap af stampten. Ze hoorde het gilletje toen ze de deur opendeed en het zachte gekreun toen Ben binnenkwam en ze elkaar op de drempel omhelsden...

Ze besloot snel naar bed te gaan voordat Ben bovenkwam. Ze zou nog een poosje gaan lezen en proberen niet al te veel aan Tom Thorne te denken en of hij de volgende dag misschien zou bellen. Ze liep de hal in, en toen ze haar slaapkamerdeur opendeed, riep ze naar beneden: 'Ik kruip maar vroeg onder de wol. Zie jullie morgenochtend...'

Het laatste wat ze wilde, was toekijken hoe die twee de hele tijd aan elkaar zaten te plukken.

Het zonlicht stroomde door twee enorme ramen aan de andere kant van het smalle vertrek naar binnen, en toch was het licht op de een of andere manier koud, alsof het terugkaatste op de gekoelde deuren en de metalen instrumenten in een autopsiezaal.

Verblindend wit licht, maar Thorne wist heel goed dat het midden in de nacht was.

Hij had zijn pyjama aan met daaroverheen zijn bruine leren jack. Met kwieke tred liep hij de kamer door, op de maat van een muziekje dat hij wel kon horen, maar niet goed kon plaatsen.

De drie bedden stonden op gelijke afstand in een exact rechte lijn naast elkaar. Door de metalen frames leken ze een beetje op brancards, maar ze waren groter en comfortabeler. Ze waren identiek: op allemaal lagen dikke kussens, een schoon wit katoenen laken en een lijk.

Thorne liep naar het voeteneind van het eerste bed, legde zijn handen om de metalen stang en keek neer op Doug Remfry. Zijn kont stak de lucht in, zijn gezicht lag in het laken verborgen. Hij begon aan het bed te schudden, aan het frame te rammelen, en schreeuwde boven het lawaai uit. Hij schudde en schudde en schreeuwde, vol minachting voor wie deze man ooit was geweest en voor wat hij ooit had gedaan.

'Kom op, opstaan luie zak. Er lopen buiten vrouwen rond die erom smeken. Hup, pak ze...'

En terwijl het lichaam op het bed lag te schudden, gleed de huid eraf tot die in hoopjes om de kale botten heen op het laken lag, als vuile kousen die naar beneden gerold om een paar enkels zaten.

Thorne lachte en wees naar wat er overbleef, naar de huid en het skelet van de verkrachter, losgelaten en ontwricht. 'Jezus, luiwammes, sta je nou nog eens op?'

Hij draafde naar het tweede bed en schudde het vlees van Ian Welch' botten af. Hij beschimpte hen voortdurend. Voelde niets voor deze doden. Voor deze vleesklompen...

Bij het bed van Southern bleef Thorne even staan en hij keek hoe het bed uit zichzelf begon te trillen toen er met veel lawaai iets onder de vloer door reed. Over de enorme ramen kwam een boogvormige schaduw voorbij en Thorne keek op. Hij keek naar de beweging, heen en weer, totdat hij de geur gewaarwerd.

Hij lachte toen hij weer naar de bedden keek en zag waarin de lijken waren veranderd; toen hij zag wat ze in feite al die tijd al waren geweest. Thorne moest aannemen dat ze allemaal kundig midden op het bed waren uitgepoept door het lijk dat hoog boven hen aan het eind van een touw hing te bungelen.

Zodra Thorne wakker werd, begon de droom weg te glijden. De beelden werden weer in de duisternis teruggezogen totdat er alleen nog gevoelens over waren: verachting, woede en schaamte.

Het was iets over halfdrie in de ochtend.

Toen ook die gevoelens waren weggeëbd, restten er nog slechts gedachten aan de vrouw wier ontering en dood lang daarvoor dit alles, zo leek het, had veroorzaakt. Ze bewoog zich nu door zijn zaak heen, met een zekerheid alsof ze nog stoffelijk was, en Thorne was klaar om haar in zijn armen te sluiten.

Ze was al bijna dertig jaar dood, evenals haar moordenaar, maar dat gaf niet.

In Jane Foley had Thorne eindelijk een slachtoffer gevonden om wie hij iets kon geven.

NEGENTIEN

Het was maandagochtend en op de dag af zeven weken geleden dat het lichaam van Douglas Remfry was gevonden. Het was meer dan vijfentwintig jaar geleden dat Jane Foley was verkracht en vervolgens doodgeslagen. Thorne was nog bezig uit te vissen wat het verband tussen die twee moorden was, en hij hoopte dat de vrouw die tegenover hem zat hem zou kunnen helpen...

Ondanks de enigszins twijfelachtige reputatie en de afgezaagde grappen over het IQ en de seksuele gewoonten van het vrouwvolk aldaar zat Essex vol met verrassingen. Als de oudste in de geschiedschrijving genoemde stad van het land en de hoofdstad van Romeins Brittannië, had Colchester een langere geschiedenis dan de meeste andere plaatsen. Toch was het laatste wat Thorne van een gemeentelijk gebouw midden in de stad verwachtte wel dat het eruitzag als een klein landhuis met een stuk grond eromheen.

Toegegeven, de receptie van de Dienst Adoptie en Pleeggezinnen zag er een beetje verwaarloosd uit, maar het was niettemin een indrukwekkende ruimte. Thorne had gedacht dat alle historische of imitatie-historische gebouwen in de streek al lang geleden door voetballers en gewapende overvallers zouden zijn opgekocht. De verwondering was kennelijk duidelijk van zijn gezicht af te lezen, toen Holland en hij door het hoofd van de dienst werden begroet en een groot kantoor werden binnengeleid met overal donker eiken lambrisering en zware houten balken die kruiselings over het bewerkte plafond liepen.

'Dit was oorspronkelijk het koetshuis. Ik weet het, het ziet er mooi uit, maar geloof me, het is een kreng om in te werken...' Joanne Lesser was een lichtgekleurde zwarte vrouw van halverwege de dertig. Ze was lang en – althans volgens Thorne – een beetje aan de magere kant. Haar haar was steil en met haarlak bewerkt en haar zware wenkbrauwen omlijstten een gezicht dat ernstig stond totdat er een glimlach op doorbrak. Toen was het maar al te gemakkelijk om je haar voor te stellen als ze onwillekeurig om een schuine mop moest lachen of aangeschoten was op het kerstfeest.

'Het gebouw staat zo ongeveer op instorten,' zei ze. 'We mogen maar een beperkt gewicht op de vloeren zetten, de archiefkasten moeten tegen bepaalde wanden aan staan, en niets is waterpas. Als je niet oppast, kan het zomaar gebeuren dat je je stoel van de ene naar de andere kant van de kamer ziet rijden...'

Thorne en Holland glimlachten beleefd en wisten niet of ze al klaar was of niet. Na een paar seconden haalde ze haar schouders op en trok een wenkbrauw op om aan te geven dat zij nu op hen wachtte.

Het enige geluid in de kamer kwam van een lawaaiige metalen ventilator die eruitzag alsof het ook een stuk antiek was. Op de bovenrand van een groezelige beige computer aan de andere kant van het bureau zat een heel leger trolachtige poppetjes, soldaatjes en knuffelbeestjes.

'U hebt hoofdinspecteur Brigstocke aan de telefoon gehad,' zei Thorne. Hij ging wat harder praten om zich boven het geluid van de ventilator uit verstaanbaar te maken. 'Mark en Sarah Foley?'

Lesser pakte een vel papier van haar bureau en bekeek het aandachtig.

'1976,' voegde Holland eraan toe in een poging wat voortgang te maken.

'Hmm. Nou, u verwachtte waarschijnlijk al niet dat het eenvoudig zou zijn...' Ze keek hen glimlachend aan. 'Alles wat ik u met enige zekerheid kan vertellen, is dat ze nooit in huis zijn geweest bij iemand die nu nog als actief pleegouder bij ons staat geregistreerd.'

Holland haalde zijn schouders op. 'Daar hadden we inderdaad vermoedelijk niet op mogen hopen...'

'Ja, ja,' zei Thorne. Hij had er wel op gehoopt; je kon nooit weten.

'We praten over vijfentwintig jaar geleden,' zei Lesser. 'Het is mogelijk dat de mensen bij wie ze in huis zijn geweest nog wel actief zijn, maar dat ze naar een andere streek zijn verhuisd.'

'Hoe kunnen we dat nagaan?' vroeg Thorne.

Ze schudde haar hoofd. 'Geen idee. Het is sowieso niet erg waarschijnlijk; ik zit eigenlijk alleen maar hardop na te denken...'

Thorne voelde een hoofdpijn opkomen. Hij schoof zijn stoel wat dichter bij het bureau en wees naar de ventilator. 'Sorry, maar zouden we...'

Ze boog naar opzij en zette de ventilator af.

'Bedankt,' zei Thorne. 'We zullen proberen dit zo snel mogelijk af te handelen. Waarom is dat wat u ons zonet vertelde het enige wat u ons met enige zekerheid kunt vertellen?'

'Omdat ik hier alleen toegang heb tot actuele dossiers. Dat zijn de dossiers die betrekking hebben op actieve pleegouders.'

'Is dat wat er in de computer zit?'

Ze snoof. 'Het is nog maar tien jaar geleden dat men überhaupt is begonnen met dingen in te typen, en zelfs nu nog is er een hele lading die handgeschreven is. Het is niet alleen het gebouw dat te oud is...'

Thorne knipperde langzaam met zijn ogen. Hij moest het net weer zo treffen dat hij de hulp nodig had van een organisatie waarvan de systemen nog waardelozer waren dan die waarmee hijzelf dagelijks werkte.

'Maar zijn er wel dossiers in een of andere vorm die verder teruggaan?'

'In een of andere vorm, ja, dat denk ik wel. Maar God mag weten in welke staat die verkeren, als u er al de hand op weet te leggen – een paar volgekrabbelde velletjes van bijna dertig jaar oud. O wacht even, sommige staan denk ik op microfiche...'

Thorne probeerde niet al te ongeduldig te klinken. 'Maar er zijn dus archiefstukken.'

'Oude dossiers...'

'Ja, ja, en zijn die oude dossiers met de gegevens uit het midden van de jaren zeventig ergens opgeslagen?'

'Ja, die zouden in Chelmsford moeten liggen, ten kantore van het graafschapsbestuur. We moeten ze volgens de wet bewaren.'

Holland mompelde: 'De Wet op de Gegevensbescherming.'

'Inderdaad. Iedereen die hulp van ons heeft gehad, heeft het recht om zijn dossier in te zien. Sommige mensen wachten er jaren mee. Die komen dan pas als ze in de veertig of vijftig zijn en op zoek zijn naar gegevens over de mensen die voor hen gezorgd hebben toen ze klein waren.'

'Hoe komt het dat ze er zo lang mee wachten?' vroeg Holland.

'Misschien is het de afstand die maakt dat ze het gaan waarderen. Op het moment zelf, als ze kind zijn, kan het wat traumatisch zijn...'

Thorne dacht aan Mark en Sarah Foley. Niets dat zij als pleegkinderen hadden doorgemaakt, kon traumatischer zijn dan wat er daarvoor was gebeurd. 'Wat zegt u tegen de mensen die hier komen zoeken?' vroeg hij.

'Veel succes.' Ze ging achterover in haar stoel zitten, nam de stof van haar blouse tussen duim en wijsvinger en trok hem van haar huid af. Ze wapperde hem heen en weer en blies op haar borstkas. 'We hebben de dossiers wel, maar ik kan u niet precies zeggen waar. Zoals ik al zei, ze zouden in Chelmsford moeten liggen, maar er daadwerkelijk de hand op leggen is een ander verhaal.'

Joanne Lesser liet een 'ik-kan-er-niets-aan-doen'-glimlach zien en Thorne herinnerde zich een vergelijkbaar moment, namelijk toen Holland en hij in vrijwel dezelfde opstelling in Tracy Lenahans kantoor in de Derby-gevangenis zaten. Dat leek al lang geleden. Een paar doden geleden...

Thorne rolde zijn hoofd op zijn nek rond. 'Ik weet dat we praten over zaken die ver teruggaan en u hebt duidelijk gemaakt dat het systeem niet helemaal naar behoren functioneert, maar er is toch zeker wel een centrale opslagplaats...?'

'Sorry, ik dacht dat ik dat al had uitgelegd. Wij hebben hier alleen de actuele dossiers, want elke keer als we verhuizen, steeds wanneer de dienst ergens anders gevestigd wordt, laten we de oude dossiers achter. Nu zouden die in theorie naar Chelmsford moeten worden gebracht en, zoals u al zei, ergens worden opgeslagen. Maar in werkelijkheid worden de spullen gewoon in dozen gegooid. En raken ze kwijt...'

'Maar waarom zou u verhuizen?'

'Omdat gemeentelijke gebouwen inwisselbaar zijn. Er kan morgen iemand besluiten dat dit het nieuwe hoofdkantoor van de sociale dienst of de gemeentereiniging moet worden. Tenzij de gemeente de huurperiode verlengt, kan dit gebouw over een paar jaar wel een hotel zijn.'

'Aha. En zijn jullie al vaak verhuisd?'

'Ik doe dit nog maar tien jaar en we zijn sinds ik hier ben begonnen drie, nee... vier keer verhuisd.' Thorne moest behoorlijk zijn best doen om niet te vloeken of een gat in de voorkant van het bureau te schoppen. 'En het wordt nog erger. Ik weet dat er een paar jaar geleden wat materiaal is vernietigd toen een deel van het archief was overstroomd...'

Thorne en Holland wisselden een blik. Het zat hen niet bepaald mee...

'Hoe zit het met schooldossiers?' vroeg Lesser. 'Daar hebt u misschien meer geluk mee...'

Holland wierp een blik in zijn aantekenboekje. 'Tot 1984 hebben ze hier in de buurt op de lagere en de middelbare school gezeten, maar van daarna zijn er geen dossiers meer.'

Dat liet ze even tot zich doordringen. 'Weet u wel zeker dat ze nog leven?'

'We weten helemaal niets zeker,' zei Thorne. In feite was het idee dat Mark en Sarah Foley misschien wel dood waren maar heel even in overweging genomen. Er was zelfs geopperd dat de zelfmoord van Dennis Foley misschien een tweede moord was geweest die zelfmoord had moeten lijken. Dat degene die er verantwoordelijk voor was de kinderen ook dood had willen hebben. Maar een halfuurtje lezen in de dossiers over de oorspronkelijke zaak en in het autopsierapport over Dennis Foley had met die slimme theorie afgerekend.

'We klampen ons hier waarschijnlijk aan strohalmen vast,' zei Holland, 'maar er werkt hier bij uw dienst zeker niemand meer die er ook in 1976 al werkte?'

'Nee, sorry. Het personeel wisselt hier ongeveer net zo vaak als er verhuisd wordt.'

'Een beetje zoals bij voetballers,' zei Holland.

'Ik wou dat we net zoveel betaald kregen als zij.' Thorne meende dat de glimlach die ze Holland schonk een heel ander karakter had dan de glimlach die ze hem had geschonken.

Thorne schoof op zijn stoel heen en weer. Dat was genoeg om Hollands blik van Joanne Lesser weer naar hem te verleggen. Tijd om te gaan.

'Goed, nou, bedankt...'

'Het is heel ver terug,' zei ze.

Holland pakte zijn jack. 'Er moet op dit tijdstip niet al te veel verkeer zijn...'

'Nee, ik bedoelde dat u wel heel ver teruggaat in uw zoektocht naar deze mensen, Mark en Sarah Foley. Ik bedoel, hebt u al aan de socialeverzekeringsadministratie gedacht? Of aan de Dienst Wegenbelasting? Sorry, ik wil geen open deuren intrappen, maar...'

'Geen punt,' zei Thorne.

Ze ging naar voren zitten. 'Waarom zoekt u hen eigenlijk?'

Holland stopte zijn aantekenboekje weg. 'Het spijt me, maar daar kunnen we moeilijk iets...'

Thorne onderbrak hem. Wat maakte het uit. 'Ze zijn in een pleeggezin geplaatst nadat hun ouders waren overleden. Hun vader heeft hun moeder vermoord en toen zelfmoord gepleegd. De kinderen hebben de lijken ontdekt.' Lessers onderkaak zakte een stukje naar beneden. 'We denken dat wat er toen is gebeurd verband houdt met een reeks moorden die we aan het onderzoeken zijn.'

'Een reeks?' Ze sprak het uit alsof het een magisch woord was.

'Ja.'

'Bedoelt u dat Mark en Sarah Foley er iets mee te maken hebben?'

Thorne zag dat zich rond haar sleutelbeenderen een blos ontwikkelde. Haar stem was plotseling wat hoger. Ze vond het spannend.

Thorne stond op en begon zijn leren jack aan te trekken. 'Mevrouw Lesser, we sturen morgen iemand naar Chelmsford om naar die dossiers te zoeken. U hebt het ongetwijfeld druk, maar we zouden u heel dankbaar zijn als u hem zoveel mogelijk hulp zou willen bieden...'

Ze reed haar stoel naar achteren en stond ook op. 'U hoeft niemand te sturen. Ik doe het graag zelf voor u. Ik bedoel, ik heb het inderdaad druk, maar ik kan er wel tijd voor vinden.' De blos was opgestegen tot aan haar keel. 'Alleen gaat het waarschijnlijk ook sneller. Dan loopt er niemand in de weg, snapt u...'

Thorne dacht na over haar aanbod. Het leek zo'n schot in het duister dat hij er waarschijnlijk alleen maar een rechercheur aan verspilde. Hij knikte. 'Bedankt.'

Terwijl hij bij de deur stond en Holland Lessers telefoonnummer noteerde en haar een kaartje gaf, staarde hij naar de posters op de muur naast de deur. Er was één plaatje in het bijzonder dat zijn aandacht trok: een jongetje en een meisje die hand in hand stonden en met hun vochtige, ronde, smekende ogen recht de camera in keken. Ze waren een stuk jonger dan Mark en Sarah Foley waren geweest, nog maar peuters eigenlijk, en het waren vrijwel zeker ook acteurs. Toch hielden hun gezichtjes Thornes aandacht vast...

Hij verstijfde een beetje toen hij Lessers hand op zijn arm voelde.

'Het is toch gek als je bedenkt dat mensen zomaar tussen de mazen van het net door kunnen glippen,' zei ze.

Thorne knikte en bedacht dat sommige mensen heel wat glibberig waren dan andere.

Terwijl ze door het stadscentrum terugreden, praatte Holland over Joanne Lesser. Hij maakte grapjes over het type vrouwen dat eruitzag alsof ze nog geen muis aan het schrikken kon maken, maar vervolgens thuis wel in bad ging liggen met in de ene hand een gruwelijk true-crimeboek, terwijl de andere hand...

Thorne luisterde niet erg. Hij had het gevoel dat iemand beton in zijn oren had gegoten. De gedachten spartelden in zijn hoofd rond, onaangenaam en somber, en zijn gezichtsuitdrukking was zoals altijd gemakkelijk te duiden.

'Zoals ze al zei, we gingen inderdaad wel heel ver terug,' zei Holland. 'En waarschijnlijk waren we onze tijd aan het verprutsen. We vinden ze wel ergens anders...'

Thorne bromde. Holland had gelijk, maar toch, hij had op iets positievers gehoopt.

Holland ging de snelweg op en reed de stad uit langs het traject van de Romeinse muur. Men zei dat er tijdens de Engelse Burgeroorlog bij de kerk St. Mary's at the Wall een enorm royalistisch kanon van deze muur was afgevallen, Humpty Dumpty genaamd, dat later is vereeuwigd in dat kinderliedje. Ze kwamen langs de oude stadstoegang, waardoorheen Claudius, de binnenvallende keizer, Colchester ooit op een olifant was binnengereden. Thorne vond het vreemd dat tweeduizend jaar later de veel recentere geschiedenis van gewone mensen, toevallig of met opzet, zo ondoordringbaar kon zijn.

'Wedden dat die Miss Marple daarginds al in haar oude dossiers zit te wroeten?' zei Holland. Hij lachte en Thorne dregde iets op wat een glimlach had kunnen zijn als de helft van zijn gezicht verlamd was geweest. 'Wat denk je?'

Thorne dacht dat hij gelijk had gehad wat aanknopingspunten betrof. Het had geklonken alsof er in dit aanknopingspunt geen enkele beweging zat, alsof het zou blijven waar het was. Maar inmiddels had het een enorme snelheid gekregen en Thorne had het gevoel dat hij alleen maar kon toekijken hoe het in de verte verdween.

Op de snee witbrood in Peter Foleys hand zaten zwarte vlekken van de drukinkt aan zijn vingers. Hij bekeek zijn handen. Er zaten nog korstjes op een paar knokkels en olie onder zijn nagels: hij had die ochtend aan zijn motor zitten prutsen. Hij gebruikte het brood om de laatste jus op te deppen, pakte toen zijn mok thee en leunde achterover op de rode plastic muurbank.

Hij keek uit het caféraam naar de auto's die langskwamen. Hij dacht aan zijn familie. Aan de doden en degenen die verdwenen waren.

Lanterfanten...

Dat had hij tegen die hufters gezegd toen ze vroegen wat hij destijds deed, toen het gebeurde, en het was ook zo ongeveer alles wat hij sindsdien had gedaan. Toen zijn leven eenmaal weer op gang was gekomen, was het moeilijk voor hem geworden om een baan te behouden. Hij had een neiging ontwikkeld om dingen verkeerd op te vatten, om verkeerd te reageren op een smakeloze opmerking of een rare blik. Hij kon natuurlijk niet met zekerheid zeggen of het gebeurde daarvoor verantwoordelijk was. Misschien was hij altijd al voorbestemd geweest om een *loser* zonder doel te zijn wiens handen wel eens loszaten. Maar dat kon hem geen ruk schelen, het was gewoon prettig om er iets de schuld van te kunnen geven.

Om er iemand de schuld van te kunnen geven.

Hij had naar een andere streek moeten verhuizen. Er was hier altijd nog wel een oud omaatje met een mening of een stelletje roddelende jonge moeders die hun kinderen afschermden. Altijd wel een hufter die zich ermee bemoeide en bereid was een vrouw met wie hij bevriend raakte alles over zijn gelukkige familie te vertellen. De mensen hadden een goed geheugen. Maar niet zo goed als het zijne...

Hij herinnerde zich de ruzie die hij een paar dagen voordat het gebeurd was met Den had gehad. Hij wilde langskomen en had Den gevraagd waarom Jane al een poosje door niemand meer was gezien, en of alles wel in orde was. Den was door het lint gegaan en had gezegd dat hij zich met zijn eigen zaken moest bemoeien, dat hij heel goed wist wat er gaande was. Hij herinnerde zich het gezicht van zijn broer en de trilling rond zijn mond, toen hij hem ervan beschuldigde een oogje op Jane te hebben en haast insinueerde dat ze achter zijn rug om hadden liggen wippen. Hij herinnerde zich zijn schuldgevoel, toen en naderhand, omdat hij inderdaad een oogje op Jane had gehad; dat was altijd al zo geweest.

En hij herinnerde zich de gezichten van de kinderen, de laatste keer dat hij ze had gezien, voordat die trut van het maatschappelijk werk was weggereden. Sarah was stil geweest, zij had waarschijnlijk niet echt begrepen wat er aan de hand was. Maar het gezicht van het jongetje, Marks gezicht, tegen de achterruit van de auto gedrukt, had onder de strepen van de snot en de tranen gezeten.

Hij gleed uit het zitnisje, pakte zijn krant en liep naar de kassa om zijn lunch af te rekenen.

Hij dacht aan zijn neefje en nichtje en hoopte dat ze samen waren, ergens ver weg. Op een plek waar niemand hen ooit kon vinden en hun nieuwe levens in de war kon schoppen.

De middag strekte zich voor hem uit. Hij zou naar huis gaan, op bed gaan liggen en wachten tot het donker werd. Dan zou hij wat heavy metal opzetten en gaan drinken. Blikje na blikje zou hij leegdrinken, totdat het lawaai in zijn hoofd minder luid was dan het gekrijs en gebeuk van de muziek die zijn slaapkamer vulde.

Toen ze op Becke House terug waren, praatte Thorne Kitson en Brigstocke bij over hoe het in Colchester was gegaan. Ze wisselden van gedachten over de voortgang op de andere flank van de operatie. De moord op Southern had veel gemeen met de moorden die eraan vooraf waren gegaan: de doodsoorzaak, de manier waarop de plaats delict erbij lag, de rouwkrans die persoonlijk was besteld bij een 24-uursbloemisterij – dit keer tot aan de deuropening van de hotelkamer gebracht en toen snel neergegooid, na één blik op de staat waarin de ontvanger verkeerde.

Maar er waren ook veel verschillen. Er waren nieuwe wegen die verkend moesten worden...

Southern was meer dan tien jaar daarvoor uit de gevangenis vrijgelaten. Hij was niet op dezelfde manier geselecteerd als de eerdere slachtoffers, en hij was in elk geval op een andere manier benaderd. In tegenstelling tot Remfry en Welch had hij een heel leven dat moest worden doorgespit, wilden ze erachter komen hoe de moordenaar zich precies onderdeel van dat leven had gemaakt. Er werden nog steeds verhoren afgenomen, vele honderden waren het er inmiddels, met iedereen die contact met Southern had gehad: de mensen met wie hij werkte, de vrienden met wie hij dronk, de leden van de fitnessclub waar hij trainde, en de vriendin met wie het recent was uitgegaan...

Het merendeel van de mensen die deel van Howard Southerns nieuwe leven hadden uitgemaakt, had er waarschijnlijk geen idee van dat hij ooit een gevangenisstraf had uitgezeten. En al had hij het wel eens aan iemand verteld – bij sommige mensen had het hem misschien prestige of een rondje opgeleverd – dan was de kans groot dat hij niet had verteld waarvoor hij dan had gezeten.

Helaas voor Howard Southern was er iemand die er wel achter was gekomen wat hij ooit precies had gedaan, en die had hem ervoor omgebracht.

Thorne zat in zijn kantoortje de post door te nemen. Zoals altijd waren het vooral circulaires. Nutteloze memo's, persberichten, misdaadstatistieken, korte beschrijvingen van nieuwe initiatieven. Hij keek de maandelijkse nieuwsbrief van de Politiefederatie door, met name een verhaal over een plaatselijk korps dat opnamen van zichzelf had gemaakt bij het fluiten van de herkenningsmelodietjes van bekende politieseries. Die opnamen werden in enkele van de gevaarlijkste wooncomplexen en winkelcentra afgedraaid in een poging om straatcriminelen af te schrikken.

Toen Thorne was uitgelachen, luisterde hij zijn berichten af. Joanne Lesser had al gebeld om te zeggen dat ze de volgende ochtend met het checken van de archiefstukken zou beginnen, en dat sommige dossiers klaarblijkelijk naar een nieuwe opslagplaats op een industrieterrein even buiten Chelmsford waren overgebracht. Het volgende bericht was van Chris Barratt van bureau Kentish Town. Van Eve was er geen bericht...

Thorne pakte de telefoon, verbaasd over de scherpe steek van teleurstelling die hij voelde. Terwijl hij een nummer koos, verwonderde hij zich over zijn ogenschijnlijk onuitputtelijke vermogen om besluiteloos te blijven en maar wat aan te klooien.

'Dat werd verdomme wel eens tijd zeg,' zei hij.

'Rustig aan,' zei Barratt. 'We hebben 'm nog niet. Maar we weten precies wie hij is. Morgenochtend vroeg rekenen we hem in.'

'Hoe hebben jullie hem gevonden?'

'Luister je? Het is namelijk heel grappig...'

'Ga door...'

'Hij had de stereo verkocht, oké? Waarschijnlijk dezelfde dag nog, en toen is-ie van de opbrengst enorm gaan trippen. Maar toen had-ie een probleem...'

'En dat was?'

'Jouw muzieksmaak.'

'Huh?'

'Die stakker moest uiteindelijk wel enigszins in het oog gaan lopen. We hebben het groene licht gekregen omdat we hoorden dat hij de afgelopen vier weken continu heeft geprobeerd om van jouw cd-collectie af te komen.'

'Wat?' Thornes opluchting werd bijna geheel tenietgedaan door zijn verbolgenheid...

Barratt deed inmiddels geen moeite meer om zijn geamuseerdheid te verbergen. 'We hoorden dat geen mens ze wilde hebben, al kreeg-ie er geld bij. Hij heeft alle markten en tweehandszaken in Londen afgesjouwd...'

'Lach maar, Chris. Zolang ik ze maar allemaal terugkrijg.'

'Luister, als ik jou was zou ik er een paar voor het raam zetten wanneer je ze weer terug hebt, op een plek waar de mensen ze kunnen zien. Als afschrikking, begrijp je...'

'Ik luister niet, hoor. Bel me maar zodra je hem hebt, oké?'

'Prima.'

'En dan wil ik graag vijf minuten.'

'Geen probleem. Ik ben hier de hele dag...'

'Niet met jou, slimmerik. Met hem...'

TWINTIG

Hij had op tv komieken gezien die het erover hadden dat vrouwen wel honderd gedachten tegelijk in hun hoofd konden hebben en een veelheid van taken naast elkaar konden uitvoeren, terwijl mannen niet eens twee dingen tegelijkertijd konden doen. Zich aftrekken en daarnaast een muis bedienen, dat was zo ongeveer wat een man aankon.

En al wist hij wel dat het onzin was, toch vond hij het een leuke grap. Terwijl hij aan het werk was en tegelijkertijd de volgende moord aan het plannen was...

Het gelijktijdig uitvoeren van meerdere taken was een beetje een specialisme van hem, dat moest ook wel, en al waren de dingen die maatschappelijk wat minder acceptabel waren het spannendst, hij vond wat hij overdag deed ook leuk. Hij was trots op wat hij deed. En natuurlijk had hij die andere dingen zonder die baan niet kunnen doen.

De volgende moord...

Hij wist nog niet zeker of de volgende ook de laatste zou zijn, al zou dat om allerlei redenen wel logisch zijn. Het zou een heel mooie afronding zijn. Deze zou natuurlijk op allerlei manieren anders zijn, symbolischer dan de andere, maar daarom beslist niet minder genoeglijk.

De datum moest nog worden bepaald, maar dat was het laatste detail. Het slachtoffer was al weken geleden geselecteerd. Eigenlijk had het zichzelf min of meer geselecteerd.

Als je het nou had over op de verkeerde tijd op de verkeerde plek zijn...

Thorne dacht terug aan de Echt-Rechtbijeenkomst die hij enkele weken daarvoor had uitgezeten. Hij herinnerde zich Darren Ellis en het gepiep van zijn glimmende, witte sportschoenen. Hij haalde zich het gezicht voor de geest van de oude man die ongeveer had gezeten op de plek waar hij nu zat...

Tegenover hem in de verhoorkamer op het bureau in Kentish Town zat een jongen van wie Thorne wist dat hij zeventien was. Maar op de uitgebluste ogen na had alles aan hem een willekeurige broodmagere vierdeklasser kunnen toebehoren. Noël Mullen stal auto's op bestelling, terwijl anderen van zijn leeftijd bij de Woolworth pennen en gemengd snoepgoed uit van die bakken pikten. Tegen de tijd dat zijn leeftijdgenoten stiekem naar de pub gingen en aan meisjes friemelden, had Noël zich al een flinke drugsverslaving en een groeiende reputatie bij de politie in noordwest-Londen verworven. Er was een kamer waar zijn naam op de deur had moeten staan – in het instituut voor jeugddelinquenten dat ook ooit zijn twee oudere broers welkom had geheten.

Hij zag eruit alsof zijn moeder zijn onderbroeken nog waste en de melk over zijn *rice crispies* goot...

'Waarom heb je in mijn bed gepoept?' vroeg Thorne.

De jongen slaagde er aardig in om onbeschrijflijk verveeld te kijken, maar het ogenschijnlijk nonchalante gerol met zijn hoofd had iets schokkerigs en zijn vingertopjes trilden een beetje. Thorne vroeg zich af hoe lang hij al geen shot meer had gehad. Misschien wel sinds het was mislukt om Thornes cd's te verkopen, om Cash in cash om te zetten en ermee te scoren...

'Kom op, Noël...'

'Waarom zou ik in godsnaam iets zeggen? Gaat u dan een goed woordje voor me doen? Het bij de rechter voor me opnemen...?'

'Geen sprake van.'

'Waarom zou ik dan met u praten?'

Thorne ging achterover zitten en sloeg zijn armen over elkaar. 'Luister, Noël, moet je vooral doen, dat inbreken. Dat is per slot van rekening je baan. Breek in en vervuil die huizen ook maar als je zo nodig moet terwijl je op zoek bent naar de geschikte dingen, naar het spul waar je de beste deal mee kunt scoren. Begrijp ik, dat je dat doet, echt waar.

En dan ook niet alleen de chique huizen. Niet alleen de rijke hufters nemen, die je misschien nog wel op legitieme gronden met genoegen berooft. Nee, waarom niet je eigen soort beroven? Waarom niet op je eigen stoep schijten? Gewoon de werkende dombo's te grazen nemen die in je eigen buurt wonen. Op dat klere-wooncomplex dat je naar beste vermogen toch al ietsje ellendiger hebt gemaakt dan het anders was geweest – door in de lift te pissen en overal op het veldje dat voor kinderspeelplaats moet doorgaan naalden achter te laten. Beuk bij je buren de deur in en kijk eens hoe high je van een zwartwit-tv kunt worden. Of van wat goedkope sieraden. En dat de goede spullen, de breedbeeld-tv's en de dvd-spelers toch maar gehuurd zijn, en dat die stomme eikels niet verzekerd zijn, is toch goddomme niet jouw schuld zeker...?'

'Jezus, bent u klaar...?'

'Je doet zoiets en voelt niks. Je ziet iets en neemt het mee, want het enige wat ertoe doet, is hoeveel je ervoor krijgen kunt. Je voelt helemaal geen ruk...'

‘U verspilt uw tijd.’

‘Geen ruk... Maar kijk eens hoe je je voelt als een van je maten op een dag geld nodig heeft en bij je moeder door het raam naar binnen klimt. Nikes maat 43 die door je moeders woonkamer stampen en haar laden doorzoeken. En misschien is die maat van je een beetje stoned of dronken en misschien ligt je moeder toevallig net in bed...’

‘Het komt omdat u een smeris bent.’

Thorne nam een pauze, ademde in en uit en wachtte.

‘Daarom heb ik op uw bed gekakt, nou goed?’

Het klonk niet onlogisch. Thorne was wel zo’n goed rechercheur dat hij had bedacht dat zijn appartement er mogelijk speciaal op was uitgezocht. Dat was het probleem met een buurtwacht. Je wist niet altijd welke buren er op wacht stonden....

‘Hoe wist je dat dan?’

‘Ik wist het niet van tevoren, ik kwam er pas achter toen ik al binnen was. Er was een foto achter een van de speakers gevallen. Van u in uw politie-uniform...’

Mullen ging achterover zitten en sloeg zijn armen over elkaar, precies zoals Thorne had gedaan. Hij keek naar hem zoals hij ook naar een stereo of een video zou kunnen kijken, taxerend, becijferend of het ding de moeite van het meenemen waard was.

‘Uw haar was destijds donkerder,’ zei Mullen. ‘En u was niet zo’n vetzak.’

Thorne knikte. Hij herinnerde zich de foto en had zich al afgevraagd waar hij gebleven was. Het was geen foto waar hij erg kapot van was, maar toch, Mullens reactie toen hij hem een paar weken daarvoor had gezien, was wat erg ruw geweest.

‘Dus jij werpt één blik op een oude foto en besluit dan mijn bed als plee te gebruiken. Zo ongeveer?’

Mullen grijnsde, hij begon het leuk te vinden. Zijn tanden werden bruin bij het tandvlees. ‘Ja, min of meer ja...’

‘Jij brutaal rottig klerelijertje...’

Door Thornes beweging en het schrapen van zijn stoel over de vloer schoot Mullen naar achteren en verstijfde, heel even in het defensief. Maar hij leek zijn zelfvertrouwen weer even snel te hervinden.

‘Het was niet persoonlijk bedoeld, hoor.’

‘Het is ook niet persoonlijk bedoeld als ik naar je toe kom, je tegen de grond mep en in je mond schijt, nou goed. Ik ben een smeris en jij bent een inbreker. Ja toch, Noël? Het is duidelijk dat er bepaalde dingen zijn die we nu eenmaal moeten doen...’

Mullens gezichtsuitdrukking lag dichter bij medelijden dan bij verveling. ‘U gaat helemaal niks doen.’

Behalve een houding aannemen in een poging zich iets minder klote te gaan voelen, kón Thorne niks doen. Hij vroeg zich af of de oude man die hij tegenover Darren Ellis had zien zitten zich ook zo waardeloos had gevoeld.

'Heb je spijt, Noël?'

'Wat?'

'Of je spijt hebt.'

'Ja. Ik heb verdomme spijt dat ik gepakt ben.'

Thornes glimlach was echt. Door Mullens eerlijkheid was een zeker verwrongen soort van geloof weer hersteld. Misschien zou Noël, geconfronteerd met enkele jaren streng regime, wel wat trucjes ontwikkelen en leren hoe hij zijn eerlijkheid net zo kon gebruiken als Darren Ellis had gedaan. Op dit moment had Mullens antwoord iets opbeurends. Het was op de een of andere manier geruststellend dat het hem echt geen ene moer kon schelen.

Er was een moment dat Thorne hem bijna wel mocht.

Maar dat moment ging voorbij en toen staarde Thorne wel een minuut of langer in Mullens uitgebluste ogen, totdat de jongen opsprong, haastig naar de deur liep en erop begon te bonken.

Stone nam het telefoontje aan en stak de hoorn naar Holland uit. 'Voor jou...'

Terwijl Holland van de ene naar de andere kant van hun kantoortje liep, legde Stone zijn hand over de hoorn. 'Ze klinkt ook sexy.'

Holland zei niets en pakte de hoorn aan. Met Stones arrogantie had hij wel min of meer leren omgaan, maar hij had nog altijd weinig geduld met de zelfingenomen lachjes, het schouderophalen en de veelbetekenende blikken die eigenlijk helemaal niets betekenden. Maar goed, hij had tegenwoordig maar met heel weinig dingen geduld.

'Met rechercheur Holland.'

'Met Joanne Lesser...'

'O, hallo Joanne.' Holland keek op en zag dat Stone met zijn ogen zat te rollen en geluidloos haar naam zei. Holland stak achteloos een vinger op.

'In de actuele dossiers heb ik nog niets gevonden,' zei ze. 'Ik heb gisteren een bericht ingesproken. Dat een aantal dossiers is verplaatst.'

'O ja. Dat heb ik niet gekregen, maar...'

'Maakt niet uit, ik ben er nog mee bezig. Maar ik heb wel iets anders uitgevonden.'

'O...' Holland pakte een pen en begon al luisterend poppetjes te tekenen.

'Een collega meent dat de oude archiefkaartjes van jaren geleden hier allemaal bij ons in de kelder liggen. Ik zal ze proberen op te diepen, aannemende dat ze niet zijn vergaan...'

'Denk je dat de kaarten van Mark en Sarah Foley daar ook bij liggen?'

'Daarom bel ik juist, ik zou niet weten waarom niet. Er staat waarschijnlijk niet veel op, het zijn maar van die kleine kaartjes, weet je wel. De echte dossiers zijn waarschijnlijk wel vijftien centimeter dik.'

'Wat staat er wel op?' Holland keek op en zag dat Stone geïnteresseerd naar hem zat te kijken.

'In de regel alleen de basisgegevens,' zei Lesser. 'Cliëntnummer, geboortedatum, de data van plaatsing in de gezinnen en de namen van de pleegouders...'

Holland stopte met poppetjes tekenen en noteerde 'namen & data'. 'Dat klinkt geweldig, Joanne. Heel nuttig...'

'Zal ik je bellen wanneer ik de informatie heb?'

'Kun je het ook e-mailen? Is denk ik veiliger...'

Toen hij haar nogmaals bedankte voor de moeite kon hij haar bijna hóren blozen.

'Klonk goed,' zei Stone nadat Holland had opgehangen.

'Ze denkt dat ze ons een lijst kan leveren van alle pleegouders van die kinderen,' legde Holland uit. 'Met de data dat ze in de gezinnen zijn geplaatst...'

Stone keek nadenkend. 'Gaat ze ook door met het zoeken naar de actuele dossiers?'

'Ze is waarschijnlijk niet te stuiten, maar ik denk eigenlijk dat we niet meer nodig zullen hebben dan deze namen en data.'

'Geef me een seintje wanneer je ze krijgt,' zei Stone. 'Dan help ik je er wel mee.'

Holland ging achterover zitten en rekte zich uit. 'Er zou niet veel aan te doen moeten zijn. Ik kan het waarschijnlijk wel alleen af...'

'Zoals je wilt.' Stone richtte zijn blik weer op zijn computerscherm en begon te typen.

Holland was zich ervan bewust dat dit een moment van nogal kleingeestige hoogmoed was geweest. Zeker gezien het feit dat hij dit eigenlijk niet de moeite van het onderzoeken waard vond. Thorne was erdoor geobsedeerd, dus Holland zou doen wat er gedaan moest worden, maar onwillekeurig dacht hij toch dat ze waarschijnlijk hun tijd aan het verdoen waren.

Hij zag niet in hoe de wetenschap waar Mark en Sarah Foley vijfentwintig jaar daarvoor waren geweest hen zou kunnen helpen erachter te komen waar ze nu waren.

Thorne kwam het metrostation uit en stond op Kentish Town Road. Hij ging op weg naar huis en liep in de richting van Camden, en van het politiebureau waar hij bijna twaalf uur daarvoor een ontmoeting met Noël Mullen had gehad.

Hij dacht na over wat de jongen had gezegd...

'Ik heb verdomme spijt dat ik gepakt ben.'

... en vroeg zich af of hij de moordenaar van Remfry, Welch, Southern en Dodd ooit spijt zou bezorgen. Hij had het gevoel dat als hij hem te pakken kreeg, dat dan wel ongeveer het enige was wat de moordenaar zou spijten.

Thorne stond op de stoep voor de Bengal Lancer te aarzelen toen zijn telefoon begon te piepen. Hij luisterde het bericht af en toetste vervolgens het hekje in om Eve meteen terug te bellen.

De verontschuldiging was niet het allereerste wat hij zei, maar het zat er wel dicht bij.

'Het spijt me...'

'Wat?'

'Zoveel dingen. Dat ik niet heb gebeld, om te beginnen.'

'Ik weet dat je het druk hebt.'

De eigenaar van het restaurant, een man die Thorne heel goed kende, zag hem door het raam heen staan. Hij begon te zwaaien en wenkte hem naar binnen. Thorne zwaaide terug, trok een gezicht en gebaarde naar zijn telefoon.

'Waar ben je?' vroeg Eve.

'Onderweg naar huis. Ik probeer te besluiten wat ik voor het avondeten zal doen.'

'Zware dag gehad?'

Misschien had ze het aan zijn stem gehoord. Hij lachte. 'Ik denk erover de pijp aan Maarten te geven en bloemist te worden.'

'Bloom en Thorne, bloem en doorn, klinkt goed...'

'Of nee, toch maar niet, ik denk niet dat ik het zou trekken om zo vroeg op te staan.'

'Luilak...'

Onmiddellijk kwamen de beelden, de geluiden en de geuren uit Thornes droom weer op. Hij rilde, al was het warm genoeg om met zijn jack over zijn arm rond te lopen.

'Tom?'

'Ja, sorry.' Hij knipperde de beelden weg. 'Je zei in je bericht iets over zaterdag.'

'Ik weet dat je waarschijnlijk tot laat moet werken.'

'Nee, dat hoeft nou eens niet. Ik hoef het grootste deel van de dag niet op het bureau te zijn. Tenzij er iets bijzonders is.' *Een dringende ver-*

gadering, een nieuw aanknopingspunt, een volgend lijk. 'Dus dat moet wel kunnen...'

'Het is niet zo belangrijk, maar Denise is jarig, dus zij, Ben en ik gaan zaterdagavond naar de pub. Dat is het eigenlijk. Kom ook als je zin hebt.'

'Wat, een dubbele date?'

'Nee. Ik dacht dat je dit misschien prettiger zou vinden. Geen druk...'

'Druk?'

'Nou ja, je bent tot nu toe nogal... eh... besluiteloos geweest...'

'Het spijt me...'

Het was even stil. Thorne kreeg de restauranteigenaar weer in het oog, die zijn handen in de lucht gooide. Hij hoorde dat Eve de hoorn van haar ene oor naar haar andere bracht.

'Mij ook,' zei ze. 'Ik wilde het er aan de telefoon niet over hebben. Laten we zaterdag gewoon wat gaan drinken. Daarna zien we wel weer.'

'Klinkt goed. Ik moet je dan ook iets laten zien.'

Thorne vond het fijn om te luisteren naar die lach die hij al een tijdje niet meer had gehoord. Hij zag het spleetje tussen haar tanden voor zich. 'Schei uit met die vieze praatjes,' zei ze, 'en ga wat te eten halen.'

Een paar minuten later, tien minuten nadat hij bij het restaurant was aangekomen, had Thorne nog niet besloten wat hij zou doen. Er lagen nog dingen in de ijskast die hij kon opeten. Moest opeten...

Hij duwde de deur open. De geur van het eten was gewoon niet te weerstaan. Zijn vriend, de eigenaar, had al een flesje Kingfisher opengemaakt.

EENENTWINTIG

'Voor wie ben jij vanmiddag, Dave?'

Holland keek op van zijn bureau en zag brigadier Sam Karim breed lachend op hem neerkijken. 'Wat bedoel je...?'

'Bij de Supercup. Wie wil jij dat er wint?'

Holland knikte. De traditionele wedstrijd aan de vooravond van het seizoen. De bekerkampioen van het jaar ervoor tegen de winnaar van de competitie.

'De tegenstanders van Manchester, wie dat ook mogen zijn,' antwoordde Holland.

'Je moet het zelf weten, makker, maar wij winnen toch op onze sloffen. Ik denk dat wij ook de competitie weer gaan winnen.'

'Ik begrijp iets niet, Sam. Jij komt toch uit Hounslow?'

Nog altijd glimlachend wandelde Karim weg. 'Je bent gewoon jaloers...'

Holland pakte de telefoon en begon het nummer te kiezen. Hij gaf eigenlijk helemaal niks om voetbal. Vrijwel alles wat hij van het spel wist en begreep, was in dat gesprekje van vijftien seconden vervat geweest.

De lijn was nog steeds bezet. Hij hing op en keek nog eens in zijn aantekeningen. Sinds Joanne Lesser de dag ervoor de informatie had geë-maild, was hij bijna non-stop bezig geweest met het doorwerken van de namenlijst. Het einde kwam in zicht, maar het was een frustrerende bezigheid. Zijn stoere woorden tegen Andy Stone ten spijt, was het soms verdomd lastig om mensen te pakken te krijgen, zelfs al hadden die mensen zelf geen enkele reden om het moeilijk te maken.

Het eerste halfjaar na de dood van hun ouders hadden de kinderen Foley in een pleeggezin voor de korte termijn gezeten. Vervolgens, in januari 1977, waren ze begonnen aan de eerste van een half dozijn langetermijnplaatsingen. Er waren twee paar pleegouders die Holland nog moest spreken, maar uit de gesprekken die hij tot nu toe had gevoerd, was al een patroon naar voren gekomen. Bijna elke keer leken de kinderen vrij snel te wennen, maar steeds werden ze geleidelijk aan nukkig en tegendraads, vooral in gezinnen waar al kinderen waren. De mensen met wie Holland had gesproken, gaven toe dat het moeilijk was geweest, maar ook dat ze het begrijpelijk vonden, in aanmerking genomen wat de kinderen hadden meegemaakt. In de grond van de zaak waren Mark en Sarah lieverdjes, maar ze hadden zich teruggetrokken, brachten steeds meer tijd alleen door en probeerden iedereen om hen heen buiten te sluiten...

Dat was allemaal best interessant, maar Holland was er nog altijd niet van overtuigd dat deze informatie ook maar van enig nut zou zijn. Het meest recente pleegouderpaar had hij nog niet gesproken, en wie weet zou dat nog iets opleveren waarmee ze aan de slag konden. Brigstocke was begonnen over het idee om foto's van de kinderen Foley te nemen, ze digitaal te verouderen en die beelden dan te verspreiden. Dat leek best een goed idee. Het echtpaar Nobel, dat tot begin 1984 voor de kinderen had gezorgd, zou later die dag van Mallorca terugkomen en zij zouden waarschijnlijk over de meest recente foto's beschikken...

Holland pakte de telefoon. Het nummer van de familie Lloyd, het derde pleegouderpaar, was nog in gesprek. Op het moment dat hij de hoorn weer neerlegde, ging de telefoon over.

Het was Thorne. 'Zin om vanavond iets te gaan drinken?' vroeg deze.

'Waarom niet.' Maar zodra de woorden uit zijn mond kwamen, wist Holland exact waarom niet, want hij voelde zich op slag schuldig. Hij wist dat hij eerst met Sophie moest overleggen, vooral op zaterdagavond. Maar hij wist ook heel goed dat ze zou lachen en zou zeggen dat ze het niet erg vond. 'Waar gaan we naartoe?'

'Een café in Hackney,' antwoordde Thorne.

Holland zag al voor zich hoe hij zijn jack zou pakken, zich bij de deur zou omdraaien en dan een glimp zou opvangen van het tranenwaasje dat zich binnen een tel op Sophies ogen zou hebben gevormd. Nu al hoorde hij de klap van de deur wanneer hij die achter zich dichttrok en voelde hij elke zware stap naar beneden als een lichte vuistslag.

'Hoe laat?' vroeg Holland.

'Rond halfnegen. Zal ik je komen ophalen?'

'Hè? Van Kentish Town naar Elephant en dan weer helemaal noordwaarts naar Hackney? Dat is kilometers om voor jou...'

'Maakt me niet uit.'

'Ik neem gewoon de metro naar Bethnal Green en vandaar ga ik lopen.'

'Nee echt, het is geen punt...'

'Hoe heet dat café? Ik zie je daar wel.'

'Ik ben om halfnegen bij je, Holland...' Door de toon waarop Thorne het zei, begreep hij dat het weinig zin had om tegen hem in te gaan.

Thorne had aangebeld en was toen teruggelopen om de bijpassende houding aan te nemen. Toen Holland naar buiten kwam, stond Thorne grijnzend op de auto geleund, als een ontzettend verlopen autoshow-model uit de jaren zestig.

'Aha,' zei Holland. 'Ik begrijp dat je het geld van de verzekering hebt ontvangen.'

'Nee, nog niet, maar dat komt wel. Ik heb wat bij de bank geleend.' Holland stond met zijn handen in zijn zakken te kijken en het leek erop dat hij absoluut niet wist wat hij ervan moest denken. 'Het is een BMW,' voegde Thorne er nog aan toe voor het geval Holland daarover in twijfel zou zijn.

'Het is vooral een hele oude BMW...'

'Het is een klassieker. Dit is een 3.0 CSi. Dat zijn superieure wagens, man.'

'Hij is geel.'

'Pulsargeel zal je bedoelen.'

'O sorry.' Holland liep langzaam om de auto heen. Thorne vond dat het net leek alsof hij een zojuist ontdekt lijk onderzocht.

Thorne wees door het raampje naar binnen. 'Er zitten leren stoelen in...'

Holland stond nu achter de auto. Hij keek naar de kentekenplaat. 'G? Van wanneer is dat?'

'In de achterbak zit een cd-speler ingebouwd. Daar kunnen tien cd's in...'

'Van welk jaar is-ie?'

Thorne wist dat hij het op geen enkele manier voordelig kon laten klinken. '1975...'

Holland lachte. 'Jezus, dan is-ie bijna net zo oud als ik.'

'Hij heeft maar 87.000 kilometer gereden.'

'Je bent gek geworden. Heb je hem op roest laten nakijken?'

'Ja, ik heb even gekeken. Ziet er goed uit...'

'Aan de onderkant, bedoel ik. Heb je hem laten opkrikken?'

'Hij is vier jaar geleden opgeknapt en die vent vertelde me dat hij maar 7.500 kilometer heeft gereden sinds de motor is gereviseerd.'

'Hoeveel heb je ervoor betaald?'

'De koppeling is bijna nieuw... of misschien was het de versnellingsbak. Een van de twee in elk geval...'

'Vijfduizend?' Thorne zei niets. 'Meer? Mijn god, zoveel krijg je voor de Mondeo in de verste verte niet.'

'Het is een cadeautje, akkoord? Ik heb verder helemaal niks om geld aan uit te geven.'

'Je weet geen bal van oude auto's. Voor dat geld had je een bijna nieuwe kunnen kopen, iets aardigs, zoals die huurauto van je. Dit kost je op termijn een fortuin.'

‘Maar hij is toch prachtig, vind je niet?’ Thorne haalde een papieren zakdoekje uit zijn zak en begon het plaatje op de motorkap op te wrijven.

Holland haalde zijn schouders op en deed het portier open. ‘Dat doet er toch niet toe als je op de vluchtstrook staat?’

Chagrijnig stampte Thorne om de auto heen naar de bestuurderskant. ‘Ik zou je verdomme bijna naar Hackney laten lopen. Eikel...’

‘Ik probeer gewoon praktisch te zijn. Wat gebeurt er als de drijfstangkop het begeeft als je op weg bent naar een plaats delict?’

Thorne plofte in zijn leren stoel en wendde zich tot Holland, die zich in de zijne liet zakken. ‘De volgende keer vraag ik Trevor Jesmond of hij zin heeft om iets mee te gaan drinken...’

Een uur later was Thornes humeur aanzienlijk opgeknapt. Zodra het voorstelrondje achter de rug was, waren Eve en de anderen naar buiten gehold om de auto te bekijken, en iedereen was het erover eens dat hij prachtig was. Maar dat weerhield Holland er niet van even later toch een medestander te zoeken, terwijl de meiden een rondje aan het halen waren.

‘Kom op, Ben, zou jij niet een iets nieuwere wagen hebben genomen?’

‘Nee, sorry, ik vind hem fantastisch,’ antwoordde Jameson. ‘Ik heb zelf ook een BMW.’

Thorne hield bij wijze van saluut zijn flesje omhoog en wierp Holland een sarcastische glimlach toe. ‘Zie je nou wel?’

‘Tom vertelt me dat je films maakt.’

‘Bedrijfsvideo’s vooral.’

‘Nou, daar verdien je dan zeker aardig mee. Een BMW...’

‘Het gaat wel, maar ik probeer iets van mezelf van de grond te krijgen. Iets wat ik zelf heb geschreven...’

Holland knikte. ‘Dat is moeilijk zeker?’

‘Het is gewoon een kwestie van geld. Ik moet nog wat meer voor Sony of de Deutsche Bank werken en een paar wat minder waardeloze instructievideo’s maken.’

‘Waar ben je op dit moment mee bezig?’ vroeg Thorne.

Jameson nam een teug uit een flesje Budvar. ‘O, hele meeslepende dingen. Een doorlopende klus voor de gemeente en een paar spots voor QVC-televisie.’

Thorne pakte wat chipjes uit een open zak die voor hem lag. ‘O, dus jij bent daar de schuld van.’

‘Sorry,’ zei Jameson lachend en hij stak zijn handen op.

Holland lachte zelfgenoegzaam naar Thorne. ‘Ik wist niet dat jij een fan van het thuiswinkelkanaal was.’

'Ik heb Sky natuurlijk voor het voetbal.' Thorne stopte de chips in zijn mond en veegde zijn vingers af. 'Maar als ik laat op de avond wel eens niks beters te doen heb, dan kijk ik inderdaad graag naar een mislukt acteur met een oranje gezicht die mij schoonmaakspullen probeert te verkopen.'

Ze zaten met z'n drieën een poosje zwijgend bij elkaar. Thorne keek uit het raam naar de plek waar hij de auto geparkeerd had. Holland nipte van zijn bier en zat op het ritme van een nummer van Coldplay dat zachtjes aan stond met zijn hoofd te wiegen, terwijl Jameson tandakkend naar Denise en Eve zat te kijken, die aan de bar stonden.

De auto stond veilig en zag er nog goed uit. Thorne draaide zich weer om en keek rond.

Het was een vrij nieuw eetcafé, dat al wel enigszins trendy was. Eve had gezegd dat er achterin een heel behoorlijk restaurant was, maar Thorne vond dat ze prima zaten, met Belgisch bier van de tap en schaaltjes olijven op de bar. Ze zaten in een hoek aan een bekraste reftertafel op een verscheidenheid aan stoelen. Thorne had een gehavende maar gemakkelijke leren fauteuil ingepikt en deed zijn best zo'n zelfde stoel naast zich vrij te houden voor Eve.

Hoewel het een populaire tent was, was het binnen niet druk. De meeste mensen leken graag te profiteren van de warme avond en waren aan de paar tafeltjes op de stoep gaan zitten. Het café had geen airco, maar boven hun hoofd zoefden ventilatoren rond, en het bier – zoveel als Thorne zichzelf toestond te drinken – was koud.

Deels was de auto verantwoordelijk voor zijn humeur, maar Thorne voelde zich hoe dan ook werkelijk ontspannener dan in tijden het geval was geweest.

Eve en Denise kwamen terug met meer bier en een fles wijn. Ze hadden elkaar aan de bar duidelijk staan opjutten en zaten Holland, Thorne en Jameson nu op milde wijze in de zeik te nemen, enkel en alleen omdat het kerels waren. Ondanks al hun protesten en ontkenningen genoten de mannen van elke minuut, en vooral Thorne schepte genoegen in de aandacht, omdat die van het soort was dat hij al heel lang niet meer had gehad.

Ze praatten over voetbal, televisie en de huizenprijzen. En onvermijdelijk ook over hun werk.

'Kom op, Dave,' zei Denise. 'Vertel ons nou over die mafkees waar jullie achteraan zitten, die vent die op Eves antwoordapparaat stond...'

Eve probeerde ertussen te komen. 'Den...!' Ze wendde zich tot Thorne. 'Sorry...'

Thorne haalde zijn schouders op, hij zat er niet mee. 'Geeft niet.'

'Nou ja, het is inderdaad een mafkees,' zei Holland. 'En we zitten inderdaad achter hem aan. Nog steeds.'

'Het klinkt alsof-ie getikt is,' zei Jameson. 'Maar wel fascinerend...'

Denise boog zich naar Holland over. 'Je weet natuurlijk wel dat er zulke mensen rondlopen. Maar wanneer je met zo iemand een connectie hebt, hoe oppervlakkig ook, dan wordt het toch bizar.'

'Maak je geen zorgen,' zei Holland. 'Jij bent z'n type niet.'

'Weet ik. Hij jaagt op mannen, hè? Op mannen die vrouwen hebben verkracht...' Er viel een korte, maar merkbaar ongemakkelijke stilte, die Denise doorbrak alsof er niets was gebeurd.

'Mensen zijn door dit soort dingen toch altijd gefascineerd? Het is natuurlijk wel een beetje morbide, maar het is heel wat interessanter dan computers...'

Thorne nam dit als aanleiding om ter wille van Holland nog eens zijn grap te vertellen over wat 'Kut-pc' bij hen op het werk betekende. De anderen lachten minzaam en Denise en Ben praatten met Holland verder over zijn werk. Of ze hem nou aardig vonden of er alleen voor probeerden te zorgen dat hij zich niet te veel voelde, het gaf Thorne in elk geval de gelegenheid om met Eve te praten.

Hij plantte zijn stoel dicht naast de hare en boog zich naar haar over.

'Dit was een goed idee,' zei hij.

'Je was niet zeker van je zaak, hè?' Ze knikte in de richting van Holland. 'Dus heb je versterking meegebracht...'

'Ben je pissig?'

'Een uur geleden wel ja. Maar inmiddels vind ik het prima.'

Thorne pakte zijn biertje. 'Ik wilde hem alleen maar de auto laten zien...'

Eve keek hem langdurig aan. Het was duidelijk dat ze hem niet helemaal geloofde. 'Nou, wat is er gebeurd tussen nu en de avond dat je bent komen eten, afgezien van het feit dat je zaak wat ingewikkelder is geworden?' Thorne sloeg zijn ogen neer, liet het bier in zijn glas rondgaan en zei niets. 'Ik dacht dat je het echt zag zitten. Dat zei je tenminste.'

'Dat was ook zo...'

'Maar die avond dat je met mij mee naar huis bent gelopen, nadat we in de pub waren geweest, deed je wel een beetje vreemd. Eigenlijk is dat al zo sinds je naar die bruiloft bent geweest...'

Thorne boog zijn hoofd en dempte zijn stem. 'Tja, ik word gewoon een beetje raar als het ernaar uitziet dat iets serieus wordt. Ik weet dan niet wat ik wil en dan word ik...'

'Serieus? We hebben nog niet eens samen geslapen.'

'Dat bedoel ik nou. Het leek erop dat dat zou gaan gebeuren. Het zat erin, begrijp je, dus misschien heb ik me toen gewoon een beetje teruggetrokken.'

'Vandaar al die flauwekul over dat nieuwe bed...'

'Waarschijnlijk, ja.'

Eve keerde zich naar hem toe. Ze wachtte een paar seconden totdat hij zijn hoofd oprichtte en haar blik ontmoette. 'Maar wat wil je nou, Tom?'

Langzaam verscheen er een glimlach op Thornes gezicht. Hij boog zich naar Eve toe en zijn arm zakte in de zitting van haar stoel en gleed achter langs om haar middel. 'Ik wil naar een hotel...'

Even keek Eve geschrokken, maar toen begon ook zij te lachen. 'Hè? Vanavond?'

'Waarom niet? De winkel is morgen toch dicht? Ik heb buiten een leuke auto staan...'

Eve keek naar Denise en Jameson, die nog altijd druk met Holland in gesprek waren. 'God nou, een fantastisch idee, maar het ligt wel een beetje moeilijk. Het is de verjaardag van Den.'

'Doe dan net alsof het de mijne is.'

'Ik weet 't niet hoor. Ik kan er niet zomaar tussenuit gaan.'

'Dat vindt ze vast niet erg.'

Ze pakte Thornes hand en kneep erin. 'Ik zal kijken wat ik kan doen...'

Toen ze een uur later buiten afscheid van elkaar stonden te nemen pakte Eve Thorne bij de arm en draaide hem rond. 'Ik geloof niet dat vanavond een goed idee is.'

'Heb je met Denise gepraat?' Hij keek naar Eves huisgenote, die Holland op beide wangen een kus gaf. Achter hen stond Jameson met zijn handen in zijn zakken te wachten. Denise ving Thornes blik op en glimlachte vreemd naar hem...

'Ik ben niet bepaald in vorm,' zei Eve. 'Ik had al een fles rode wijn achter de kiezen voordat jij je oneerbare voorstel deed...'

Thorne grinnikte. 'Geloof me, hoe dronkener je bent, hoe lekkerder het lijkt.'

'En volgend weekend? We zouden twee nachtjes in een leuk hotel aan de kust kunnen gaan zitten.' Ze keek naar hem op en knikte langzaam. Het moest aan zijn gezicht af te lezen zijn geweest. 'Oké, ik begrijp het...'

'Sorry. Totdat deze zaak voorbij is, kan ik me niet op zoiets vastleggen... shit, een heel weekend weg... dat zit er gewoon niet in.'

'Het was een dwaas idee.'

'Nee, een geweldig idee. Laten we volgende week een avond uitgaan. Zaterdag, of eerder...'

'Volgende week zaterdag is prima.'

'Oké dan...' Ze liepen een stukje over de stoep bij het café vandaan.

'Kom op, het is nog niet zo laat. Ik zou een moord doen voor een echt leuk hotel, eerlijk. Ergens in het West End, met een compleet Engels ontbijt...'

Ze legde haar handen in zijn nek en trok hem naar zich toe. Alvorens hem zachtjes op de wang te kussen fluisterde ze in zijn oor: 'Zaterdag...'

Terwijl ze uit elkaar gingen, keek Thorne even naar de anderen, die bij de deur van het café stonden, en zag een blik over Ben Jamesons gezicht glijden die iets als walging uitdrukte. En toen hij zich omdraaide, zag Thorne dat Jameson stond te kijken hoe Keith met een plastic zak in zijn armen haastig op het groepje afkwam.

Hij kon niet goed horen wat er werd gezegd, maar Thorne zag dat Keith in de zak dook en Denise iets gaf wat in rood papier verpakt was. Denise scheurde het pakje open en leek heel blij te zijn met wat eruitzag als een klein versierd doosje. Ze sloeg haar armen om Keiths nek en draaide zich toen om om het cadeautje aan Holland en Jameson te laten zien.

Keith keerde zich met een rood gezicht om en keek naar Eve, die hand in hand stond met Thorne. Ze zwaaide en liep naar hem toe. Holland slenterde de andere kant uit, richting Thorne, en lachte toen Eve en hij elkaar passeerden. Hij leek een beetje te schrikken toen Thorne een hand op zijn schouder plantte.

'Ik breng je wel naar huis, Dave.'

Holland keek niet-begrijpend. Hij wierp een blik over zijn schouder en keek hoe Eve zich bij haar vrienden voegde. 'Dat hoeft niet hoor. Ik kan best een taxi nemen...'

'Is niet nodig.'

Thorne reed zuidwaarts over Whitechapel Road richting Tower Bridge. Hij nam de tijd omdat hij nog moest wennen aan het stuur en de koppeling, maar ook omdat hij ervan genoot en de rit zo lang mogelijk wilde laten duren. Ze zaten naar de countryster Merle Haggard te luisteren terwijl ze langzaam het systeem van eenrichtingverkeer rond Aldgate in reden.

'Wat was dat daar nou allemaal?' vroeg Holland.

'Keith werkt af en toe bij Eve in de winkel. Ik geloof dat hij een beetje...'

'Nee, ik bedoel dat je mij op je avondje uit als vijfde wiel aan de wagen meeneemt.'

Thorne keek in de achteruitkijkspiegel. 'Ik wilde je de auto laten zien.' Hij geloofde het ook dit keer zelf niet, net zomin als toen hij het tegen Eve had gezegd.

'Alles kits met Eve en jou?'

Thorne aarzelde. Gesprekken zoals waar dit op begon uit te draaien waren tussen hen niet gebruikelijk, en welke kant het zou opgaan was onmogelijk te voorspellen. Zelfs in hun vrije tijd werd hun verschil in rang vrijwel nooit genegeerd. De onuitgesproken aanvaarding van de noodzaak een zekere afstand tot elkaar te bewaren was in de regel wel ergens aanwezig, en had een matigende invloed.

Maar vanavond waren ze gewoon twee vrienden die uit het café terug naar huis reden, en Thorne besloot maar in dat gevoel mee te gaan.

'Eerlijk gezegd heb ik een beetje met haar lopen aanrotzooien, Dave.'

'Wat?'

'Nee, zo bedoel ik het niet. We hebben het nog niet eens gedáán...'

'O...'

'Het is een lang verhaal, maar het komt erop neer dat zij denkt dat ik haar aan het lijntje houd, en dat is ook zo. Het ene moment heb ik er zin in, het volgende moment ben ik opgelucht dat het niet gebeurt.'

In de ongeveer tien seconden voordat Holland iets terugzei, leek hij na te denken over wat Thorne had gezegd. 'Waar gaat het dan eigenlijk over?'

'Ik weet 't niet...'

De waarheid was dat Thorne het inderdaad niet wist. En als híj al in de war was, dan kon hij alleen maar gissen naar wat er in hemelsnaam in Eves hoofd omging. Op de een of andere manier gaf de hele relatie hem het gevoel van iets tienerachtigs. Die ups en downs, die dubbelzinnige signalen...

Maar er was niets tienerachtigs en niets verwarrends aan het korte filmpje dat ineens in Thornes hoofd begon te draaien. Hij zag zichzelf met Eve in de lift die hen naar hun leuke hotelkamer bracht. Ze konden niet van elkaar afblijven: hongerig verkenden hun monden nekken en schouders en onderzochten hun handen de plekken onder gespen en bandjes.

Thorne pakte het stuur wat steviger vast en hoorde het happen naar lucht toen het kussen ophield en het gekreun toen het weer begon, daarna de bel toen de liftdeur openging en het geruis van Eves benen die zich onder haar rokje bewogen toen ze zo ongeveer naar hun kamer renden.

Hij zag zichzelf de kaart in de deur steken en keek hoe ze getweeën naar binnen gingen en giechelend naar het lichtknopje tastten.

Er lag een lijk op hun bed: bloedend en languit met het gezicht naar beneden. Het blauwe halssnoer, goedkoop en afschuwelijk, sneed diep in de nek.

Thorne trapte hard op de rem en kwam gierend voor een rood licht tot stilstand. Holland stak zijn hand uit en zette zich schrap tegen het dashboard.

'Sorry,' zei Thorne. 'Ik moet nog wennen aan hoe hij reageert...'

Zij zeiden een poosje niets, totdat de door schijnwerpers verlichte Tower of London in zicht kwam. Langzaam reden ze erlangs, de brug op.

Thorne stootte Hollands arm aan en knikte links en rechts naar de rivier. 'Fantastisch toch?'

Hij hield ervan 's avonds de Theems over te steken en werd het spectaculaire uitzicht over de zwarte rivier na het donker nooit moe. Van zuid naar noord over Waterloo Bridge deed hij het liefst – met het milleniumreuzenrad links boven zich en in de City oostwaarts de koepel van St. Paul's – maar op dit uur was het oversteken van bijna elke brug in willekeurig welke richting doorgaans genoeg om Thorne op te vrolijken. Vanavond lag links van hen Butler's Wharf, terwijl beneden rechts de HMS Belfast in vuilgeel licht gehuld leek en de rivier eromheen kleur kreeg van de lichtjes langs de kades.

Hoe smerig, puinhoperig en waardeloos de stad ook kon zijn, dit was een tochtje waarop Thorne zou aandringen bij iedereen die erover dacht uit Londen weg te trekken...

'Hoe is het met Sophie en jou?' vroeg Thorne. 'Zijn jullie er al helemaal klaar voor?'

Holland keerde zich glimlachend naar Thorne toe, maar hij zag eruit alsof hij moest overgeven. 'Ik doe 't in m'n broek, als je het echt wilt weten.'

'Begrijpelijk, het is een enge toestand. Ik heb er zelf geen, maar...'

'Het is niet alleen de baby. Het is ook wat de baby gaat betekenen.'

'Voor je werk, bedoel je?'

'Ik heb gewoon het gevoel dat ik word meegesleurd, snap je? Alsof ik geen controle meer heb over wat ik doe.' Thorne schudde zijn hoofd en deed zijn mond open om iets te zeggen, maar Holland ging verder en praatte nu harder en geanimeerder. 'Sophie zegt dat het aan mij is wat er naderhand gebeurt, maar zij blijft thuis met de baby en dan ben ik de enige die geld in het laatje brengt...'

'Zou ze liever hebben dat je wat anders deed?'

'Ja, maar dat was al zo voordat ze zwanger was. Ik bedoel, ze zou ongetwijfeld heel blij zijn als ik dit werk opgaf, maar ze zet me niet onder druk. Ik ben bang dat ikzelf degene zal zijn die gaat denken dat ik iets anders zou moeten zoeken. Iets wat beter betaalt, weet je wel.'

'En iets wat veiliger is?'

Holland draaide zich naar Thorne toe en keek hem indringend aan. 'Inderdaad.' Hij keerde zich weer af en staarde uit het raam naar de afbladderende schuttingen en de autoshowrooms aan New Kent Road, waar ze met bijna exact vijftig kilometer per uur langsreden.

'Ik ben bang dat ik wrok zal koesteren jegens het kind,' zei Holland. Zijn hoofd viel opzij tegen het raam. 'Vanwege de keuzes waartoe het me zal dwingen...'

Thorne zei niets. Hij drukte op een knopje op het bedieningspaneeltje van de geluidsinstallatie en zocht de cd af tot hij het nummer dat hij zocht, had gevonden. Toen het liedje begon, zette hij het geluid harder. 'Je moet hier eens naar luisteren.'

'Wat is dit?'

'Het heet "Mama Tried". Het gaat over een man in de gevangenis.'

'Daar gaan ze allemaal over, is het niet?'

'Het gaat over volwassen worden en verantwoordelijkheid aanvaarden. Het gaat over het maken van de juiste keuzes...'

Holland luisterde een minuutje, of hij deed alsof. Ondertussen naderden ze de rotonde bij Elephant & Castle, waar zijn straat maar een klein stukje voorbij lag. Plotseling schudde hij zijn hoofd en lachte. 'Volwassen worden? Ik ben hier niet degene met de midlifecrisisauto...'

Toen Thorne thuiskwam, stierf hij van de honger. Hij legde drie sneden brood onder de grill terwijl de video aan het terugspoelen was. Hij had de hele dag weten te vermijden de uitslag van de wedstrijd te horen, en hij had zin om er nu naar te gaan kijken.

Na een halfuur nogal saai spel vroeg Thorne zich af waarom hij de moeite had genomen...

Het was al meer dan een decennium geleden dat de Spurs voor het laatst om de Supercup hadden gespeeld. Thorne en zijn vader waren destijds naar de laatste paar wedstrijden toe geweest. Ze hadden in 1991 het 0-0-gelijkspel tegen Arsenal gezien, en ook de wedstrijden in 1981 en 1982, nadat ze op het nippertje de bekerfinale hadden gewonnen.

De eerste grote wedstrijd waar hij naartoe was geweest, was de Supercup van 1967. Het uitstapje naar Wembley was een extra cadeautje voor zijn zevende verjaardag geweest, nadat de Spurs Chelsea met 2-1 hadden verslagen en de beker hadden gewonnen. Thorne herinnerde zich het gebrul nog en zijn verbazing bij het zien van al dat groen, toen zijn vader hem de trap op naar hun zitplaats had geleid. In al die jaren dat ze daarna samen naar wedstrijden gingen, had hij die eerste blik op het gras steeds weer heerlijk gevonden, wanneer ze buiten in het lawaai en het licht kwamen en de tribune op White Hart Lane beklommen.

Hij vroeg zich af of zijn vader naar de wedstrijd van vandaag zou hebben gekeken. Zo ja, dan had hij er ongetwijfeld een mening over.

Thorne belde en luisterde twintig minuten lang naar grappen zonder clou.

TWEEËNTWINTIG

Toen Thorne met twee koffie bij het tafeltje terugkwam, legde Carol Chamberlain haar krant neer.

'Het ziet er niet goed uit,' zei ze.

Thorne keek naar de nieuwste sensationele kop en lepelde het schuim van zijn koffie. 'Dat is niet mijn probleem.'

Ondanks de inspanningen van Trevor Jesmond en degenen boven hem waren de media zo'n veertien dagen daarvoor, na de moord op Southern, toch aan het verhaal gekomen. Het was niet de boulevardpersrazernij geworden die Brigstocke had voorspeld, maar het was allemaal wel behoorlijk primitief. Eén krant had foto's van 'dichtgeritste' koppen van verkrachters afgedrukt met een rood kruis erdoorheen en eronder de kop DRIE MINDER. Een andere had getuigenissen van een half dozijn verkrachtingsslachtoffers verzameld en die geplaatst naast citaten als 'Geef deze man een medaille' en 'De enige goede verkrachter is een dode verkrachter'.

Op maandag behelsden de verhalen in de ochtendkranten onder meer klachten van mensen die opkwamen voor de rechten en de integratie van ex-gevangenen. Ook werd er geëist dat er meer zou worden gedaan om de moordenaar op te pakken, en de Londense politie werd ervan beschuldigd de zaak te traineren. De avond tevoren had Thorne bij *London Live* nog een verhitte discussie gezien tussen vertegenwoordigers van organisaties voor verkrachtingsslachtoffers, hun pendanten van belangengroepen voor de rechten van gevangenen, en hoge politiefunctionarissen. De assistent-hoofdcommissaris, geflankeerd door een enge vrouwelijke commandant en een zwetende Trevor Jesmond, had de ene pressiegroep eraan herinnerd dat de moordslachtoffers zelf ook waren verkracht, terwijl hij de andere ervan verzekerde dat al het mogelijke werd gedaan.

Thorne had het programma uitgezet, ongeveer op het moment dat Jesmond begon te lijken op een konijn dat in het schijnsel van een koplamp terechtkomt en zat te zwetsen dat je geen kwaad met kwaad moet vergelden...

'Je superieuren konden wel eens besluiten om het tot jouw probleem te máken,' zei Chamberlain.

Thorne glimlachte. 'Deed jij dat vroeger ook?'

'Natuurlijk. Ik gaf in Hendon seminars in verantwoordelijkheid afschuiven...'

Ze zaten aan een tafeltje in de schaduw voor het vegetarische cafétje midden in Highgate Woods. Het was er nogal biologisch en linksig naar zijn smaak, maar Carol wilde ergens buiten eten en het had hem gewoon een goede plek geleken.

Het pretentieuze brood was ontstellend duur, maar alles was op rekening van de baas...

Carol Chamberlains cold case was haar uit handen genomen zodra hij weer 'warm' was geworden. Ze had daar niks over te zeggen gehad en was alweer hard aan het werk aan iets anders. Maar Thorne wist hoeveel ze aan haar te danken hadden. En haar op de hoogte houden leek hem wel het minste wat hij kon doen. Bovendien beleefde hij plezier aan hun gesprekken, want hij vond Chamberlain ontzettend nuttig als klankbord. Sinds zij zijn kantoor was komen binnenvallen, hadden ze elkaar nog een paar keer ontmoet of aan de telefoon gesproken. Ze roddelden, klaagden en toetsten ideeën aan elkaar.

'Maar ze hebben tenminste nog geen verband gelegd met de moord op Foley,' zei ze. 'Ze weten nog niets van Mark en Sarah...'

Thorne pakte de krant en keerde hem om. Vluchtig las hij de voetbalverhalen op de achterpagina. 'Dat is slechts een kwestie van tijd.'

'Het zou natuurlijk ook goed kunnen zijn.'

'In welke zin dan?'

'Het zou de manier kunnen zijn om hen te vinden.'

'Of om hen voorgoed af te schrikken...'

Zodra ze hun koffie op hadden en hadden besloten geen toetje te nemen, stond Chamberlain op en begon de borden op te stapelen. 'Laten we de lange weg terug naar de auto nemen.' Ze wreef over haar maag. 'Om hier iets vanaf te lopen...'

'Ze vroeg naar jou, Dave.'

Nadat hij Holland uit zijn kantoortje had gehaald en de vrouw in kwestie had aangewezen, liet Karim hem alleen in de deuropening van de projectkamer staan. Stone kwam stilletjes naast hem staan en samen keken ze naar Joanne Lesser, die op een stoel bij het raam zat.

'Mmmmm,' kreunde Stone. '*Soul food...*'

Holland knikte en keerde zich naar hem toe. 'Racistisch en seksistisch in twee woorden. Dat gaat verdomd goed, Andy, zelfs voor jouw begrippen...'

'Fuck off.'

'Jeetje, je bent echt in topvorm, man...'

'Maar serieus, ze is echt lekker zeg. Geluksvogel.' Holland keek hem aan. 'En ze gaat ervoor, dat is duidelijk. Eerst is ze aan de telefoon en nu komt ze ook nog bij je langs...'

Holland ging voorop toen ze de projectkamer doorkruisten. Lesser stond enthousiast op toen Stone en hij naderden. Hij was er zeker van dat wat Stone had gesuggereerd alleen in zijn eigen, wat seks betreft verwrongen fantasie het geval was. Maar toch hoopte hij om meer dan alleen de voor de hand liggende redenen dat Joanne Lesser iets belangrijks te melden had.

Vijf minuten later zaten ze als de drie punten van een kleine driehoek in het kantoortje van Holland en Stone. Op de rand van het bureau stonden plastic bekertjes thee.

'Ik zit met de data,' zei Lesser.

'De data waarop ze in de gezinnen zijn geplaatst?' Holland begon door de aantekeningen op zijn schoot te bladeren.

'Tegenwoordig gaat het ietsje anders, maar destijds hielden we geen toezicht meer op een plaatsing zodra een kind zestien werd. Vanaf dat moment werd de Kinderbescherming er niet meer verantwoordelijk voor geacht.'

'Aha.' Holland was nog aan het zoeken.

'Ik heb de informatie op de archiefkaartjes nog eens gecheckt, je weet wel, de informatie die ik jou heb toegestuurd, en er klopt gewoon iets niet.'

'Wat dan?'

'De laatste vastgelegde controledatum is februari 1984. Het is het meest waarschijnlijk dat dat een huisbezoek is geweest. Of op z'n minst een telefoontje...'

Holland had de bladzijde gevonden die hij zocht. Hij liep met zijn vinger de lijst door en stopte bij de datum die Lesser had genoemd. 'De heer en mevrouw Noble.' Het echtpaar Noble moest intussen van vakantie terug zijn. Hij had ingesproken, maar ze hadden nog niet teruggebeld...

Lesser ging naar voren zitten en terwijl ze aan het woord was, keek ze van Stone naar Holland. 'Ik heb de geboortedata van de kinderen gecheckt, gewoon voor de zekerheid, maar er blijft een probleem.'

Holland keek naar de data. Hij sloeg de bladzijde om om iets anders na te zoeken, en toen hij dat had gevonden, zag hij wat er niet klopte. 'Ze waren nog niet oud genoeg,' zei hij.

Lesser knikte; haar blos begon rond haar nek. Holland had zelf haast ook wel kunnen blozen. Dit was iets wat hij had moeten zien, en ook zou hebben gezien als hij er de aandacht aan had gegeven die hij eraan had moeten geven. Maar hij was halfslachtig te werk gegaan en het had hem niet belangrijk genoeg geleken. Hij had de door Stone aangeboden hulp moeten aannemen. Nu zat Stone waarschijnlijk van elke minuut te genieten, terwijl een gewone burger eenvoudige, evidente feiten voor Holland zat uit te spellen...

'1984?' zei Stone. 'Dus toen waren de kinderen...'

'Vijftien en dertien,' antwoordde Lesser. 'Oké, Mark was bijna zestien. Als het alleen om hem zou gaan had ik me niet druk gemaakt, maar het meisje was nog lang niet zo oud dat de controle had kunnen worden stopgezet. Je begrijpt waarom ik dacht dat dit misschien belangrijk was...'

'Wat kunnen de redenen zijn om de controle op een cliënt stop te zetten?' vroeg Holland.

'Ik kan er eigenlijk maar twee bedenken. Als een familie verhuist, wordt de controle aan een ander district overgedragen, of zelfs aan een heel ander land.'

'Dat is het dan vermoedelijk,' zei Holland. Hij begon weer te bladeren tot hij het huidige adres van de familie Noble had gevonden. 'Is Romford ver genoeg weg?'

Lesser knikte. 'Ja, dat valt niet onder ons.'

'Maar staat er ook bij hoe lang ze daar al wonen?' vroeg Stone.

'Nee, dat moet ik nagaan. Maar de laatste registratie op een school in de omgeving stamt uit 1984, dus de kans is groot dat ze toen zijn verhuisd.' Hij wendde zich weer tot Lesser. 'En wat is de andere reden, Joanne? Je zei dat verhuizing één reden was...'

'Adoptie.' Holland en Stone keken haar allebei uitdrukkingsloos aan. 'Ook hier geldt dat het er tegenwoordig wat strenger aan toe gaat, maar toen was het einde verhaal zodra het adoptievonnis was getekend. Dan was het onze verantwoordelijkheid niet meer.'

'Ik heb het gevoel dat je dit al gecheckt hebt...'

Ze schokschouderde. 'Ik ken een vrouw bij adoptie, dus die heb ik gebeld. Hun gegevens zijn wat beter op orde dan die van ons. Heb je een pen?'

Holland kon een glimlach niet onderdrukken. Hij strekte zich uit en pakte een pen van zijn bureau. 'Hebbes...'

'Irene en Roger Noble hebben Mark en Sarah Foley formeel op 12 februari 1984 geadopteerd. Het kan best zijn dat ze kort daarna zijn verhuisd, maar in elk geval was dat de laatste keer dat de kinderen contact hebben gehad met de Kinderbescherming in Essex.'

Holland krabbelde de informatie neer. Voorzover zij wisten, was dat de laatste keer dat Mark en Sarah Foley überhaupt met iemand contact hadden gehad.

Ze liepen langzaam langs de rand van het cricketveld naar de speeltuin, over het pad van de door een rij overhangende eiken en haagbeuken geworpen schaduw. Het was midden in de schoolvakantie en er waren een heleboel mensen buiten. Omdat de lucht betrok, begon de temperatuur te dalen, maar hier en daar waren nog glimpen donkerblauw te zien, als vervagende blauwe plekken op een opgezette huid.

'Mark Foley is wat mij betreft nog altijd een goede gok.'

'Ja, dat denk ik ook,' zei Thorne. 'Ik wou alleen dat ik er ook munt uit kon slaan.'

'Dat komt wel. Hij kan niet voor eeuwig verborgen blijven.'

'Ik zit alleen nog met het motief.'

Chamberlain wierp Thorne een theatraal-verbaasde blik toe. 'Ik dacht dat jij het type was dat zich niet bekommerde om het waarom...'

'Uiteindelijk is dat toch ook niet mijn werk? Maar als het helpt om hem te pakken te krijgen...'

'Ga door...'

'Het motief voor de moord op Alan Franklin, dat zie ik wel...'

'Beter is er haast niet. Franklin is de oorzaak van alles, en had net zo goed zijn ouders kunnen vermoorden. Maar het heeft hem wel lang gekost om wraak te nemen.'

'Ik geloof dat ik dat wachten wel kan begrijpen,' zei Thorne.

Chamberlain grinnikte. 'Misschien is het gewoon een luiaard.'

Thorne vond dat hij behoorlijk goed gekwalificeerd was om daar een mening over te hebben. 'Dat denk ik niet...'

Ze kwamen langzaam tot stilstand.

'Hij was volwassen aan het worden,' zei Thorne. 'Hij liet zijn lichaam sterker worden en de haat ook. Toen heeft hij gewacht tot Franklin oud was en hij zich veilig voelde, voordat hij er in die parkeergarage een einde aan maakte...'

'Alleen was dat niet het einde...'

'Inderdaad. Maar dat had het wel moeten zijn, toch? Mark brengt het in orde, komt ermee weg en gaat door met zijn leven.'

'Wat dat ook moge zijn...'

'Dus waarom duikt hij dan nu in vredesnaam weer op? Waarom die anderen? Waarom Remfry, Welch en Southern vermoorden?'

'Misschien geniet hij ervan.'

'Ik weet wel zeker dat hij er nú van geniet, maar dat is niet de reden dat hij ermee begonnen is. Dat hij er opnieuw mee begonnen is, bedoel ik. Er is iets anders gebeurd...'

'Het verkrachtingselement is cruciaal, dat heb je altijd gezegd. Misschien is hij zelf verkracht.'

'Misschien.' Thorne had het gevoel dat ze nu op reeds bekend terrein zaten. Dit hadden ze al in overweging genomen toen ze dachten dat de moordenaar wellicht een ex-gevangene was die eropuit was een oude rekening te vereffenen. Het was mogelijk, zeker, maar naar zijn gevoel was het oude koek, en nutteloos.

Chamberlain schrok toen ze achter zich ineens een harde krak hoorden. Een half dozijn jongens was in de cricketkooi aan het dollen en ze bleven een minuut of twee samen staan kijken. Toen Chamberlain ten slotte weer iets zei, moest ze ver naar Thorne overhellen om zich boven het lawaai van de kinderen uit verstaanbaar te maken.

'Dit herinner ik me van een gedicht op school,' zei ze. Thorne hield zijn oog op de actie gericht en boog zijn hoofd omlaag om naar haar te luisteren. 'De jeugd is het koninkrijk waar niemand sterft...'

'Waar komt dat uit?' vroeg Thorne terwijl ze weer verder liepen.

'Uit een van de bloemlezingen die we moesten lezen. Ik weet het niet...'

Toen ze bij hun auto's kwamen, die langs de weg geparkeerd stonden, bleef Chamberlain staan en legde haar hand op Thornes arm. 'Het is goed om op deze manier ideeën te toetsen, dat is nuttig. Maar vergeet niet dat het antwoord, als dat er überhaupt is, in de details zit. Het zit in de feiten die het patroon van een zaak vormen.'

Thorne knikte en opende het portier van de BMW. Hij wist dat er antwoorden waren. Hij wist ook dat hij ze al ergens had, verkeerd opgeborgen en tot op dit moment reddeloos verloren. Kwijtgeraakt tussen de tienduizenden feiten die wel of niet relevant waren voor de zaak. In die alsmaar groeiende hoeveelheid onzin waar zijn hoofd vol mee zat en die hij voortdurend zich mee droeg: namen, plaatsen, data en fragmenten van verklaringen; woorden, cijfers en kleine gebaren; toegangscodes en tijdstippen van overlijden; de blik op het gezicht van een familielid; de slijtplek op de schoen van een hotelgast; het gewicht van de lever van een dode man...

Thorne wist dat het antwoord daar ergens tussen begraven lag en dat zat hem dwars. Er was ook nog iets anders wat hem dwarszat, maar hij dacht wel twee keer na voordat hij dat noemde.

'Dat wat jij zei over patronen...'

'Wat?'

'Wat betreft de tweede en derde hotelmoord: hij heeft tussen Welch en Southern het patroon van moorden veranderd.'

'Natuurlijk. Want hij vermoedde dat jullie contact met de gevangenissen zouden opnemen en hen zouden waarschuwen zodra jullie de moorden met elkaar in verband hadden gebracht. Hij moest de volgende wel anders doen.'

'Stel dat hij het wist in plaats van vermoedde,' zei Thorne. 'Stel dat hij het wist omdat hij dicht op het onderzoek zit. We hebben het er steeds over gehad dat hij op de een of andere manier toegang zou hebben. Maar toen gebeurden er andere dingen en is dat idee verwaterd. Stel dat ik er verkeerd aan heb gedaan om het idee dat de moordenaar onder ons is, van tafel te vegen...'

Toen Thorne in Becke House terugkwam, werd hij linea recta naar Brigstockes kantoor gedirigeerd. Holland zat Brigstocke en Kitson te vertellen wat Joanne Lesser had gezegd en hoe zijn telefoongesprek met Irene Noble daarna was verlopen. Thorne liet Holland een stukje teruggaan en vroeg hem nog eens verslag te doen van Lessers bezoek, zodat hij ook weer helemaal bij was.

'Het is interessant dat de data van adoptie en verhuizing zo dicht bij elkaar lijken te liggen,' zei Brigstocke.

'Het wordt nog veel interessanter. Toen ik Irene Noble eindelijk aan de lijn kreeg en haar vertelde dat ik over Mark en Sarah Foley wilde praten, was het eerste wat ze vroeg of we ze hadden gevonden.'

Thorne keek naar Brigstocke. 'Hoe kan ze nou weten dat we naar ze op zoek zijn?'

'Nee, dat bedoelde ze niet,' zei Holland. Hij sloeg een blaadje van zijn notitieblok om en las voor: '"Hebt u ze eindelijk gevonden?" Dat zei ze. Ze heeft het over twintig jaar geleden.' Holland keek op naar Thorne. 'Ze beweert dat de kinderen in 1984 zijn verdwenen.'

'Net nadat de familie Noble hen had geadopteerd,' zei Thorne.

'Ja, ja.' Brigstocke stond op en liep om zijn bureau heen. 'En omstreeks de tijd dat ze uit Colchester zijn weggegaan.'

Holland stopte zijn notitieblok weg en ging achterover op een stoel zitten. 'En het wordt nog gekker. Mevrouw Noble meent dat er destijds een officieel onderzoek is geweest. De kinderen zijn als vermist opgegeven, zegt ze. De politie heeft wekenlang naar ze gezocht...'

'Heb je dat gecheckt?'

'Het is onzin. Ik ben teruggegaan tot 1983, voor het geval ze zich in de data vergiste, maar er is nul komma nul te vinden. Geen rapportage over wat voor zoekactie dan ook, geen gegevens over de opgaaf van vermiste personen. Niet op landelijk en niet op lokaal niveau. Zo'n onderzoek heeft nooit plaatsgevonden...'

'Wat was je indruk toen je met haar praatte?' vroeg Thorne.

'Ze klonk alsof ze het meende. Ze was aangedaan...'

'Denk je dat ze het extra dik aanzette?'

'Nee, ik denk van niet. Het klonk oprecht...'

'En haar echtgenoot?'

'Roger Noble is in 1990 overleden. Hartaanval...'

Thorne dacht een paar seconden na en wendde zich toen tot Brigstocke. 'Nou, dan moeten we maar eens met haar gaan praten, lijkt me,' zei Brigstocke toen knikkend. 'Waar woont ze, Dave?'

'In Romford, maar ze komt morgen naar Londen. Ze doet haar boodschappen graag in het West End, zegt ze...'

Thorne trok een gezicht. 'O, wérkelijk...'

'Ik heb om halfelf met haar afgesproken.'

Brigstocke zette zijn bril af, haalde een verfrommeld papieren zakdoekje uit zijn broekzak en veegde het zweet van het montuur. 'Goed werk, Dave. Neem dit alles alsjeblieft zo snel mogelijk door met brigadier Karim. Hij zal de taken moeten herverdelen en opdrachten voor nieuwe acties moeten geven...'

'Komt voor elkaar..' Holland deed de deur open en liep naar buiten.

'Yvonne, kan jij hier ook mee uit de voeten? Nu we weten dat ze hun naam hebben veranderd, hebben we misschien wat meer succes bij het vinden van Mark Foley en zijn zuster...'

Kitson, die niets had gezegd, knikte en zette een stap in de richting van de deur.

'Dit ziet er goed uit, joh,' zei Brigstocke. 'Het zou fantastisch zijn om de recherchechef wat positief nieuws te kunnen brengen...'

Thorne kon het niet laten: 'Zeg maar tegen 'm dat ik vond dat-ie er laatst op tv echt te gek uitzag...'

Brigstocke had klaarblijkelijk geen zin om hem ervan langs te geven. 'Oké dan, straks een biertje om het te vieren?'

'Er valt geen moer te vieren,' zei Thorne. 'Maar ik kom wel hoor...'

'Yvonne?'

Kitson schudde haar hoofd. 'Te veel te doen.' Ze draaide zich om, ging de deur uit en terwijl ze naar de projectkamer liep, brulde ze terug tegen Brigstocke: 'Moet ik bij een miljoen zoekopdrachten "Foley" gaan veranderen in "Noble"...'

Brigstocke keek naar Thorne. 'Wat is er met haar loos?'

'Dat moet je mij niet vragen...'

'Misschien moet jij eens even met haar praten...'

Thornes mobieltje ging. Hij wierp een blik op het schermpje en zag wie er belde. Hij zei tegen Brigstocke dat hij nog wel terugkwam, liep toen de gang in en trok de deur achter zich dicht.

'Gaat het nog door zaterdag?' vroeg Eve.

'Ik hoop van wel.'

'Oké dan. Ergens eten en dan naar jouw huis.'

'Klinkt goed. O shit, weet je wat ik nog altijd niet heb gedaan?'

'Geeft niet. Je hebt toch een bank?'

Er was werk aan de winkel, zowel professioneel als wat zijn andere, meer persoonlijke project betreft. Niet dat hij dat moorden als iets persoonlijks beschouwde, althans niet in termen van het 'ik'.

Nee, niet echt, en in elk geval niet als iets wat op hém betrekking had.

Wat hij die beesten in die hotelkamers aandeed, dat deed hij niet om zichzelf of voor zichzelf. Dat had hij altijd ontkend als het ter sprake kwam, en hij zou het blijven ontkennen. Hij deed het natuurlijk met genoegen, met veel genoegen legde hij de lijn om hun nek en trok hij, maar als het alleen om hem zou gaan, dan zou het niet gebeuren.

Hij was slechts een wapen...

Vreemd genoeg had hij het gevoel dat hij in zijn baan voor overdag meer van zichzelf stopte. Tegen de tijd dat hij iets af had, was er in wat hij had gemaakt meer van hemzelf overgegaan dan wanneer hij toekeek hoe zo'n hufter smeekte en vervolgens stierf. Inderdaad, wat hij deed, zelfs als hij het goed deed, was voor hemzelf haast nooit van nut, maar toch voelde hij zich er naderhand deel van. Dat werk droeg doorgaans ergens zijn vingerafdrukken.

Hij lachte en ging toen weer door met zijn werk. Hij had het plotseling een stuk drukker gekregen. Er bleven maar klussen binnenkomen en hij verdiende echt goed. Hij had nu minder tijd om die andere zaken te organiseren, maar er hoefde ook eigenlijk niet veel meer te gebeuren en er was beslist geen reden tot paniek. Het was allemaal al zo'n beetje geregeld.

Op een paar puntjes op de i na was de laatste moord gepland.

DRIEËNTWINTIG

Thorne leek niet overtuigd. 'Ik heb nog nooit iemand verhoord op de plek waar ik ook mijn onderbroeken koop.'

'Er is voor alles een eerste keer,' antwoordde Holland.

Ze liepen met hun koffie naar Irene Noble, die al op hen zat te wachten nu al geflankeerd door grote Marks & Spencer-tassen, hoewel de zaak pas ongeveer een halfuur open was. Het café was een relatief nieuwe toevoeging aan de grote winkel in Oxford Street. Het bevond zich in een hoekje op de afdeling dameskleding en het zat halfvol met klanten die klaarblijkelijk net zo vroeg waren begonnen als Irene Noble.

Terwijl Thorne zich naast Holland achter het tafeltje wurmde, keek hij even rond naar het tiental vrouwen dat op adem zat te komen, klaar om weer te beginnen. Hier en daar zat ook nog een verveeld kijkende man, die blij was dat hij even kon zitten en dat er een paar minuten lang niet om zijn mening werd gevraagd.

Irene Noble haalde een plastic doosje met zoetjes uit haar tas. Ze drukte op de bovenkant, liet een minuscuul tabletje in haar koffie verkeerd vallen en trok haar wenkbrauwen op naar Dave Holland. 'Ze denken waarschijnlijk dat ik je moeder ben,' zei ze.

Ze zag er best goed uit voor een vrouw die rond de zestig moest zijn, al vond Thorne wel dat ze iets te hard haar best deed. Haar haar was een beetje te blond en uitgedroogd en de vuurrode lippenstift was een fractie te dik opgebracht. Thorne vermoedde dat dit het stadium was vlak voordat je het helemaal opgaf. Voordat je onbekenden ging vertellen hoe oud je was en altijd een overjas droeg en het je allemaal geen bal meer kon schelen...

'Vertelt u ons eens over Mark en Sarah, mevrouw Noble.'

Ze dacht even na en glimlachte kort alvorens een slokje koffie te nemen. 'Roger maakte er altijd grapjes over. Dan zei hij dat we ze bij de verhuizing waren verloren. Zoals je een theekastje kwijtraakt, snapt u?' Ze zag de reactie op Thornes gezicht en schudde haar hoofd. 'Het was geen naar grapje, het was liefdevol bedoeld. Zo was hij nou eenmaal. Het was iets om mij mee aan het lachen te maken als ik huilde, begrijpt u? Ik heb veel gehuild nadat het gebeurd was...'

'En dit was vlak nadat u de kinderen had geadopteerd?' vroeg Holland.

'Begin 1984. We hadden ze toen al een jaar of vier. Natuurlijk hebben we wel wat problemen gehad, maar op een gegeven moment kwam alles in rustiger vaarwater terecht.'

Het was Thorne duidelijk dat ze een enigszins geaffecteerde stem had. Een 'telefoonstem'. Thorne herinnerde zich dat zijn moeder ook altijd zo'n stem opzette: chicdoenerij voor artsen, leraren en politieagenten...

'Er waren daarvoor toch ook al problemen?' vroeg Holland. 'Met het voorgaande pleegouderpaar?'

'Inderdaad, en zij hebben het meteen opgegeven. Alleen Roger en ik hebben volgehouden. We wisten dat het gewoon iets was waar we doorheen moesten. Het waren heel erg beschadigde kinderen en God alleen weet dat daar ook alle reden toe was.'

'Wat voor soort problemen?' vroeg Thorne.

Ze was een paar seconden stil alvorens te antwoorden. 'Gedragsproblemen. Met aanpassen, weet u wel? Roger en ik dachten dat we de zaak onder controle hadden. Maar kennelijk zagen we dat verkeerd.' Ze pakte een theelepeltje en staarde onder het roeren in haar koffie. 'Gedragsproblemen.' Ze zei het woord nog eens, alsof het een medische term was. Thorne keek opzij naar Holland, die bij wijze van antwoord lichtjes zijn schouders ophaalde.

'En toen hebt u dus besloten hen te adopteren,' zei Holland. Mevrouw Noble knikte. 'Wat vonden de kinderen daarvan?'

Ze keek Holland aan alsof hij een heel domme vraag had gesteld. 'Ze hadden hun eigen ouders verloren en alle pleegouderparen die ze sindsdien hadden gehad, hadden hen laten vallen. Ze waren dolblij dat we een echt gezin zouden gaan vormen, en wij ook. Roger en ik hadden altijd kinderen gewild. Met die twee hebben we de luiers misschien gemist, maar we hebben talloze slapeloze nachten gehad, dat kan ik u verzekeren...'

'Dat wil ik wel geloven,' zei Thorne.

'En nadat ze waren verdwenen ook weer. Talloze...'

'Hoe zijn ze verdwenen?'

Ze schoof haar kopje opzij en legde haar ene met levervlekken bespikkelde hand op haar andere. 'We zijn op zaterdagochtend verhuisd en het was de gebruikelijke chaos. Overal dozen en de verhuizers glibberden rond, want er lag sneeuw. We hadden tegen de kinderen gezegd dat ze zelf hun spullen konden gaan uitpakken en dat gingen ze dus doen. Ze sloten zich boven op...'

'Vechten om de grootste kamer, zeker.'

Ze keek vlug naar Thorne op. 'Nee. We hadden de slaapkamers al vroeg verdeeld, al voordat we gingen verhuizen...'

'Wat is er toen gebeurd?'

'Ze hadden ieder hun eigen plek nodig, begrijpt u?'

'Wat is er toen gebeurd, mevrouw Noble?'

'Niemand heeft hen horen weggaan, niemand heeft iets gezien. Ze zijn als geesten naar buiten geslopen...'

'Wanneer heeft iemand ontdekt dat ze waren verdwenen?'

'We waren natuurlijk de hele tijd in de weer om alles op orde te krijgen, dat kunt u zich voorstellen. Met het zoeken naar theezakjes en de waterkoker, of wat dan ook.' Ze begon aan een van haar nagels te pulken. 'Het was rond etenstijd, denk ik. Ik kan het me niet meer precies herinneren. Het was al donker...'

'En wat dacht u?'

'Aanvankelijk dachten we niet veel. Ze waren altijd veel buitenshuis. Ze waren heel zelfstandig en gingen er altijd met z'n tweeën op uit. Maar Mark lette wel altijd op Sarah. Hij zorgde altijd goed voor zijn zusje.'

Thorne wierp Holland een zijdelingse blik toe. 'Wanneer is de politie gebeld?' vroeg Holland.

'De volgende ochtend. We wisten uiteraard dat er iets mis was toen ze niet terug waren gekomen. Toen hun bedden niet beslapen bleken te zijn...'

Thorne ging naar voren zitten. Hij pakte een van de biscotti die hij bij zijn koffie had gekregen en brak het doormidden. Terloops vroeg hij: 'Wie heeft de politie gebeld?'

Er was geen aarzeling. 'Roger. Dat wil zeggen, hij is naar het bureau gegaan. Hij dacht dat de zaak sneller ter hand zou worden genomen als hij er persoonlijk naartoe ging, en daar had hij gelijk in. Hij zei dat ze er meteen mee aan de slag gingen. Er zijn twee agenten bij ons thuis geweest terwijl ik in het park en in de buurt aan het zoeken was.'

'Heeft Roger tegen u gezegd dat ze zijn langsgekomen?'

Ze knikte. 'Ze zijn in de slaapkamers van de kinderen gaan kijken, u weet wel. En ze stelden alle gebruikelijke vragen. Ook hebben ze een paar foto's meegenomen...'

Thorne keek naar Holland. Dat herinnerde hem eraan dat ze foto's van Mark en Sarah moesten zien te krijgen voor Brigstockes plan om ze digitaal te verouderen. Holland begreep het, knikte en maakte een aantekening. Thorne stopte de rest van het koekje in zijn mond en kauwde een paar tellen voordat hij verderging. 'Ging de politie er van meet af aan van uit dat de kinderen waren weggelopen?'

'Nou, dat was juist het probleem. Alles zat immers in dozen die overal verspreid stonden. Het was moeilijk om meteen na te gaan of ze ook spullen hadden meegenomen...'

'Maar uiteindelijk is dat toch wat ze moeten hebben gedacht,' zei Thorne.

'Ja, na een dag of twee was ik erachter welke kleren er ontbraken. Er was ook wat geld weg, maar het heeft een poosje geduurd voor ik dat besefte. Ik dacht dat het misschien door de verhuizing was zoek geraakt. Toen de politie eenmaal wist wat de kinderen hadden meegemaakt, behandelden ze het in eerste instantie als een wegloopzaak, zei Roger...'

'En wat hebben ze toen gedaan?'

'Ze gingen heel grondig te werk. Overal in het land. De bevolking werd opgeroepen met informatie te komen, ze zochten op alle stations, dat soort dingen. Roger werd voortdurend door hen op de hoogte gehouden. Ze namen het heel serieus, zei Roger, in elk geval de eerste twee weken of zo.'

'Dat zei Roger...'

'Ja, inderdaad. Hij zeurde ze elke dag aan het hoofd. Soms wel twee keer op een dag. Hij wilde dan weten wat ze aan het doen waren.'

'De eerste twee weken, zegt u. En daarna?'

'Nou, ze zeiden tegen Roger, een hoofdinspecteur was dat, die zei dat hij er zeker van was dat de kinderen veilig waren. Dat ze het beslist hadden ontdekt als Mark en Sarah iets was overkomen. Ik neem aan dat ze bedoelden dat ze dan wel een lijk zouden hebben gevonden...'

Thorne zag dat de huid onder Irene Nobles vingernagel kapot was gegaan en een beetje was gaan bloeden op de plaats waar ze eraan had zitten pulken. Hij zag hoe ze een servetje tegen haar tong drukte en de speldenknopjes bloed depte. Toen ze weer begon te praten viel hem op dat de telefoonstem was verdwenen en dat haar niet zo chique Essex-accent intussen heel duidelijk te horen was. Of ze het nou gewoon niet zo lang kon volhouden of dat het haar niets meer kon schelen, dat was onmogelijk te zeggen.

'Omdat ik zelf geen kinderen heb, kan ik niet met zekerheid zeggen of ik er minder bij voelde omdat Mark en Sarah niet van mezelf waren, niet mijn eigen vlees en bloed,' zei ze. 'Begrijpt u wat ik wil zeggen?' Thorne knikte. 'Maar nadat de politie tegen Roger had gezegd dat ze dachten dat de kinderen veilig waren, was het niet meer zo erg, snapt u? Toen waren we niet meer zo bang. We misten ze alleen wel. Uiteindelijk wenden we eraan dat we ze misten...'

'Hebt u zelf ooit een politieagent gezien?' vroeg Thorne. 'Hebt u in al die tijd dat ze naar Mark en Sarah op zoek waren ooit zelf met een agent gesproken?'

Thorne had verwacht dat ze even stil zou zijn, dat ze misschien wit weg zou trekken, maar in plaats daarvan kreeg hij een glimlach. Na een paar seconden verflauwde die een beetje en leek ze ineens verdrietig.

Toen ze weer begon te praten was van haar gezicht af te lezen dat ze met warmte aan iets terugdacht...

'Roger wilde me ervoor afschermen. Hij deed alles, hij heeft het allemaal afgehandeld. Misschien was dat zijn manier om het gebeurde te verwerken. Misschien dook hij er daarom zo in en nam hij daarom de verantwoordelijkheid. In elk geval weet ik dat hij mij wilde beschermen. Hij heeft de officiële kant ervan helemaal alleen afgehandeld. De spanning die dat met zich meebracht, alles wat er was gebeurd en toen nog die kwestie op school erbovenop, dat heeft mijn echtgenoot vroeg het graf in gejaagd.'

Thorne knipperde met zijn ogen en ademde een paar keer in en uit. Een vermoeden, een gevoel, begon tot iets krachtigers in te dikken. 'Wat was dat voor kwestie op school?' vroeg hij.

'Roger werkte op het St. Joseph. Dat was de school waar Mark en Sarah naartoe zouden zijn gegaan.' Ze zei het terloops, alsof de kinderen slechts voor het toelatingsexamen waren gezakt. 'Het was parttime werk, onregelmatig, maar hij deed alle klusjes die er gedaan moesten worden. Op een dag kwam er met veel misbaar een man aan de deur, een vader. Hij beweerde dat zijn zoon bij een of ander incident was betrokken en noemde Rogers naam. Je reinste flauwekul natuurlijk, ik denk dat die man iets gebruikt had of zo, maar Roger was ervan ondersteboven. Deze gek wilde het er niet bij laten zitten en ging naar de directeur. De school wilde het graag binnenskamers houden, de juiste beslissing natuurlijk omdat het zo idioot was, maar Roger wilde het aanpakken zoals het hoort. Uiteindelijk is hij met stille trom vertrokken, in plaats van dat hij de kinderen de stuipen op het lijf heeft gejaagd. Dat tekent hem. Het was schandalig, echt schandelijk dat iemand zelfs maar kon opperen dat... er waren hier altijd kinderen, na schooltijd en in de vakanties. We hadden altijd kinderen in huis...'

'Roger hield van kinderen...'

Ze keek op, haar gezichtsuitdrukking werd zachter, ze was dankbaar voor Thornes inzicht. Voor zijn begrip. 'Inderdaad ja. Hij zou het nooit hebben toegegeven, maar ik denk dat hij diep vanbinnen voortdurend probeerde te compenseren voor het feit dat we Mark en Sarah niet meer hadden. Met andere kinderen omgaan was zijn manier om te verwerken wat er was gebeurd. Later, na die nare gebeurtenis, werd alles hem te veel. Uiteindelijk heeft zijn hart het gewoon begeven...'

'Hoe hebt u het verwerkt, mevrouw Noble?' vroeg Thorne.

'Ik heb alleen maar gebeden dat de kinderen veilig waren,' zei ze. 'Dat Mark en Sarah niet in gevaar waren, waar ze ook mochten zijn nadat ze bij ons waren weggegaan...'

Het was die zin die Thorne bijbleef en waaraan hij dacht toen ze zich door het drukke verkeer een weg uit het West End vochten en stapvoets om Marble Arch heen reden, terwijl de auto plus inzittenden behoorlijk oververhit raakte.

'Het kwam Roger Noble wel heel goed uit,' zei Holland. 'Dat de kinderen juist zoek raakten in een periode dat ze van de ene school af waren en nog niet op een andere zaten. Zo verdwenen ze dus helemaal uit de onderwijsadministratie...'

'Dat was zeker handig...' zei Thorne.

'Ze zijn toch wel echt vermist geraakt? Ik zit even hardop te denken...'

Thorne schudde zijn hoofd. 'Het is door Nobles toedoen dat ze zijn weggegaan, daarom heeft hij het nooit aangegeven. Maar erger dan dat is het denk ik niet geweest. Als hij hen heeft vermoord, naar wie zijn we dan in vredesnaam op zoek?'

'Wat gaan we nou doen?' vroeg Holland. 'Moeten wij dit niet aangeven? Die hufter heeft misschien nog wel een hele bups andere kinderen misbruikt.'

'Dat heeft geen zin. Hij is al een hele tijd dood. Hij kan nu geen kinderen meer kwaad doen.'

'En zij? Denk je dat zij ervan wist?'

Thorne dacht na over wat Irene Noble had gezegd. Dat ze had gebeden dat de kinderen buiten gevaar zouden zijn. Hij schudde zijn hoofd. Als ze er wel van had geweten, had ze dat beslist niet zonder blikken of blozen kunnen zeggen.

In de Grafton Arms, op een steenworp afstand van zijn huis, dronk Thorne samen met Hendricks een paar biertjes en ze speelden een half dozijn potjes pool. Het bier leek maar weinig effect te hebben en hij verloor vijf van de zes potjes.

'Ik vind het lang niet zo leuk als anders om je in de pan te hakken,' zei Hendricks. 'Je wordt zo duidelijk helemaal door die toestand in beslag genomen.' Thorne stond met zijn rug tegen de bar geleund en zei niets. Hij keek hoe Hendricks de laatste paar gestreepte ballen potte en daarna ook de zwarte zonder enige moeite in een pocket speelde. 'En als we er eens geld op gingen zetten? Dan blijf je er misschien wat meer bij met je gedachten...'

'Nee, laten we maar stoppen,' zei Thorne. 'Ik drink m'n biertje op en dan ga ik naar huis...'

Hendricks pakte zijn Guinness van de sigarettenautomaat en voegde zich bij Thorne aan de bar. 'Ik begrijp het nog steeds niet echt,' zei hij. 'Hoe kan het nou dat ze er niets van wisten? Ze moeten toch wel iets geweten hebben...?'

Met zijn glas aan zijn lippen schudde Thorne zijn hoofd. Ze hadden het onder andere over Sheila Franklin en Irene Noble gehad. Twee vrouwen van min of meer dezelfde leeftijd, getrouwd met mannen van wie ze zielsveel hielden en aan wie ze, nu ze weduwe waren, met tederheid en warmte terugdachten. Twee mannen wier herinnering voortleefde, als waardevolle dingen liefhebbend instandgehouden. Twee mannen van wie was gehouden...

De één een verkrachter, de ander een kindermisbruiker.

Thorne slikte. 'Misschien is het de leeftijd. Een andere generatie, snap je?'

'Dat is nonsens,' zei Hendricks. 'Wat dacht je van mijn pa en ma?' Thorne had hen één keer ontmoet, ze dreven een pension in Salford. 'Mijn ouwe kon nog geen scheet laten zonder dat mijn moeder ervan wist...'

Thorne knikte. Dat was een redelijk punt. 'Bij de mijne was het net zo...'

'Ze wist wat hij dacht, dus helemaal wat hij deed.'

Hendricks stak zijn hand in het borstzakje van zijn spijkerjack en haalde een Silk Cut uit een pakje van tien. Thorne was geïrriteerd zoals alleen een ex-roker dat kan zijn. Geïrriteerd door het feit dat zijn vriend er een of twee kon roken en het pakje dan weer minstens een week kon wegstoppen, totdat hij weer zin had in een sigaret, als een soort traktatie. Door het feit dat hij er een kon roken, ervan kon genieten en er dan niet nog een nodig had. Een pakje van tien, godbetert!

'Krijgen die vrouwen het te horen?' vroeg Hendricks. 'Gaat iemand hen het slechte nieuws over hun dode mannie vertellen?'

'Heeft nog geen zin. Als we resultaat boeken, komen ze er snel genoeg achter...'

Hendricks knikte en stak zijn sigaret op. De blauwe rookspiralen dreven in de richting van een man en een vrouw die aan het poolen waren. De rook hing in het licht boven de tafel.

'Misschien denken we alleen maar te weten hoe het tussen onze ouders zat,' zei Thorne. 'Misschien weten we maar net zoveel of net zo weinig als zij.'

'Zou kunnen...'

'Er bestaat een oude countrysong, die heet "Behind Closed Doors".'

'Godallejezus, daar gaan we hoor...'

'Maar het is toch zo? Zoveel familiedingen zijn mythologie. Geklets dat gewoon maar wordt overgeleverd. En je weet nooit zeker wat echt gebeurd is en wat verzonnen. Niemand die er ooit aan denkt er eens voor te gaan zitten en het door te geven. De waarheid. Voor je het weet, is je geschiedenis een verzameling geruchten geworden.' Thorne nam een slok. Hij besefte dat hij op enig moment met zijn vader had moeten praten. Dat hij meer over zijn ouders en hun ouders te weten had moeten komen. Maar hij besefte ook dat dat nu niet veel zin meer had...

'Hou op zeg,' zei Hendricks. 'Zit dat allemaal in één song?'

'Wat een zak ben je toch...'

Ze liepen bij de bar vandaan om plaats te maken voor een groepje jongens, en staand bij de deur dronken ze hun glas leeg.

'En wat zegt dit nou over Mark Foley?' vroeg Hendricks.

'Hij is nog altijd onze hoofdverdachte.'

'Wie hij ook mag zijn...'

'Inderdaad, en wáár. Maar hij maakt me het leven niet erg gemakkelijk.'

'Hij vergist zich wel een keer. En dan snappen we hem...'

'Daar heb ik het niet over.' Thorne vond het moeilijk om aan zijn moordenaar te denken zonder hem voor zich te zien als een vijftienjarig kind. Hij zag een jongen die zijn zusje in bescherming nam en haar stilletjes liet verdwijnen van een plek waar een van hen werd misbruikt, of misschien zij allebei wel. 'Ik probeer nog steeds te bepalen wat hij nou precies is.' Thorne keek Hendricks aan. 'In deze zaak is het de wereld op z'n kop, weet je dat, Phil? Mark Foley, of Noble, of wie hij nu ook is, is moordenaar én slachtoffer.'

Hendricks haalde zijn schouders op. 'Ja, en?'

'Er is dus een deel van hem dat ik niet echt te pakken wíl krijgen...'

Thorne liep met Hendricks mee naar de metro. Hendricks informeerde naar Eve. Hij maakte een grapje toen hij over hun spannende afspraakje voor zaterdag hoorde, en klaagde over zijn eigen veelbewogen maar uiteindelijk deprimerende liefdesleven.

Thorne schonk er niet al te veel aandacht aan. Hij was moe en stelde zich voor hoe hij langzaam naar zijn heuvel toe zweefde en de varens hem tegemoet wuifden terwijl hij dichterbij kwam. Ineens vond hij Jane Foley naast zich, die ook op de aarde af dreef. En al kon hij haar gezicht niet duidelijk zien, hij stelde zich het verdriet voor dat erop geschreven zou staan, zowel om haarzelf als om haar kinderen.

Thorne wist dat wanneer Jane Foley en hij de grond raakten, hun lichamen dwars door de varens heen zouden gaan en nog verder dan dat. Hij wist dat de heuvel onder hun gewicht zou bezwijken en dat ze weg zouden zinken, heel diep, door aarde, water en het vergane hout van oude lijkkisten heen. Door poederige beenderen en nog verder, de duisternis in waar geen geluid was en de aarde zich vast om hen heen pakte.

VIERENTWINTIG

In het berichtje op het antwoordapparaat was de telefoonstem van Irene Noble nog uitgesprokener. Holland wachtte op de piep en begon toen te praten. 'U spreekt met rechercheur Holland van de Afdeling Ernstige Delicten. Toen inspecteur Thorne en ik gisteren met u spraken, zijn we vergeten u naar foto's van de kinderen te vragen. We zouden het op prijs stellen als u ons een paar foto's zou willen lenen. We bezorgen u die natuurlijk terug zodra we ze niet meer nodig hebben. Dus ik zou het heel fijn vinden als u mij zo snel mogelijk zou terugbellen op een van de nummers op het kaartje dat we u hebben gegeven. Bij voorbaat dank...'

Holland legde neer en keek op. Andy Stone zat vanachter zijn bureau aan de andere kant van het kantoortje naar hem te kijken.

'Foto's van de kinderen Foley?' zei Stone.

'De hoofdinspecteur wil die nog steeds graag op de computer zetten en ze verouderen.'

Stone schudde zijn hoofd. 'Tijdverspilling. Die dingen blijken nooit te lijken wanneer de kinderen uiteindelijk boven water komen.'

'Als ze recente foto's heeft, van vlak voor de kinderen zijn weggelopen, dan zijn ze daarop dus vijftien en dertien. Ze kunnen sindsdien niet zo heel veel veranderd zijn.'

'Daar zou je nog verbaasd over staan, makker. Ben jij nooit iemand tegen het lijf gelopen die je al jaren niet had gezien en ook niet herkende? En dat is dan al na een paar jaar...'

Holland dacht na en gaf toe dat dat hem wel eens was overkomen. En van de tweeling-moordzaak waar hij een jaar daarvoor met Thorne aan had gewerkt, wist hij ook dat als iemand zijn uiterlijk wilde veranderen dat helemaal niet zo moeilijk was. Toch was hij van mening dat er niets tegen was om de technologie te gebruiken als die nu eenmaal bestond.

Stone bleef sceptisch. 'Het softwareprogramma dat de foto's digitaal veroudert, is tamelijk primitief. Uiteindelijk blijft het een kwestie van gissen en van een heleboel aannames. Hoe kun je nou weten of iemands haar gaat uitvallen of dat hij ontzettend veel aankomt, of wat dan ook?'

'Ik heb wel plaatjes gezien die heel behoorlijk leken,' zei Holland.

Stone haalde zijn schouders op en ging weer door met waar hij mee bezig was geweest. 'Weten we of ze überhaupt foto's heeft?' vroeg hij zonder op te kijken.

'Niet zeker, nee. Maar het zou wel een beetje raar zijn als ze er geen had. Ze was erg dol op hen...'

'Stuur je iemand om ze op te halen?' vroeg Stone. 'Of ga je zelf even langs?'

'Daar heb ik nog niet echt over nagedacht. Ik kijk wel wat ze zegt als ze terugbelt en dan bekijk ik wat een goed tijdstip zou zijn. Wil je soms mee?'

'Nee...'

'Ze is alleen, maar waarschijnlijk wat oud, zelfs voor jou...'

'Dan sla ik het maar over, denk ik...'

'Zoals je wilt.' Holland noteerde het tijdstip waarop hij het telefoontje had gepleegd. Woensdag de zevende om 10.40 uur. Hij zou Irene Noble tot het eind van de dag de tijd geven en dan nog eens bellen. Toen Stone weer begon te praten, keek Holland in zijn richting. Stone zat achterover in zijn stoel en staarde met samengeknepen ogen in het niets.

'Erg dol op hen? Volgens mij ben je nu wel verdomd genereus...'

'Ik denk dat ze meer dan erg dol op hen was,' zei Holland. 'Maar inderdaad, ze was ook naïef. Noem het dom als je wilt...'

Met een ruk richtte Stone zijn blik op Holland. 'Als liefde blind maakt, dan moet zij wel helemaal gek van liefde zijn geweest...'

Wie had gedacht dat computers papier zouden vervangen, zat er jammerlijk naast. Er lag net zoveel papier op de bureaus gestapeld als vroeger. Het enige verschil was dat het meeste daarvan nu door de computer was uitgeprint.

Thorne zat het relaas van vier moorden door te lezen.

Dezelfde flarden informatie die zijn brein hadden verstopt, waren ook ergens op papier vastgelegd. Op A4'tjes uit een laserprinter, op verbleekte en krullende vellen faxpapier, op Post It-plakkertjes en op van een blok gescheurde, voorgedrukte memovellen. De hele zaak lag op deze wijze voor hem uitgespreid. De ene stapel vellen met ezelsoren na de andere, opgestapeld in compacte blokken geel, wit en lichtbruin. Bij elkaar gehouden door elastiek, tussen gelamineerde vellen ingebonden of aan elkaar geniet en in kartonnen mappen gestopt...

Thorne keek elk stuk na. Elk stuk papier. Elk stuk van de puzzel. Op zoek naar het antwoord waarvan hij wist dat het ertussen moest zitten. Hij pluisde de hele bende na, als een krijsende meeuw die boven een enorme vuilnisbelt rondfladdert en met zijn zwarte kraaloog zoekt naar dat ene brokje dat interessant is...

En onderwijl hoorde hij het spoortje van dat Yorkshire-accent in Carol Chamberlains stem, en het gezonde verstand in elke vlakke klinker ervan.

'Als er een antwoord is, dan zit het in de details.'

Tegenover hem zat Yvonne Kitson te typen. Haar gezicht werd bijna geheel aan het zicht onttrokken door haar eigen bergketen van papier. Ze was nog steeds op Foley/Noble aan het zoeken en liep tienduizenden adressen, autoregistraties en sofi-nummers langs, terwijl ze ook de informatie die er nog altijd over de Southern-moord binnenkwam, verzamelde, verwerkte en verifieerde.

Thorne keek naar haar. Hij speelde met het idee een prop papier naar haar toe te gooien om haar aandacht te krijgen. Hij bladerde snel door de stapels op zijn bureau, op zoek naar iets wat hij kon verfrommelen. Maar hij bedacht zich...

'Moordenaars doen de regenwouden trouwens niet zoveel goed,' zei hij.

Kitson hief haar hoofd en keek hem aan. 'Wat zei je?'

Thorne pakte een bundel autopsierapporten en zwaaide ermee. Ze knikte dat ze het begreep.

'Hoe gaat het, Yvonne?'

'We zullen hem op Noble niet gemakkelijker vinden dan op Foley. Hij is trouwens maar vijf minuten Mark Noble geweest...'

'Wat hij vast heeft verafschuwd. De naam van die man...'

'Hij heeft groot gelijk. Als ik hem was, had ik mijn naam ook veranderd, of in elk geval had ik hem niet meer gebruikt vanaf het moment dat ik daar weg was.'

Thorne kon niets inbrengen tegen wat Kitson had gezegd. Hij had onmiddellijk naar Brigstocke willen gaan en willen voorstellen hun mankracht elders te concentreren. Hij had alleen geen flauw idee waar dan...

'Laten we maar gewoon doorploegen,' zei hij.

Dat hele adoptie/misbruik/wegloop-aanknopingspunt begon ook al trekken te krijgen van iets wat gruwelijk snel weer aan hen zou kunnen ontsnappen. Het was al moeilijk genoeg om uit te zoeken wat er met iemand gebeurd kon zijn die zes maanden eerder van huis was weggelopen. Dus het reconstrueren van de theoretische verplaatsingen van een stel tieners dat bijna twintig jaar geleden uit een huis in Romford was verdwenen, was vrijwel zeker onmogelijk.

Maar ze konden weinig anders dan het toch maar proberen, en terwijl Holland, Stone en de rest van het team deden wat ze konden, nam Thorne alles wat ze al hadden nog eens door. Hij wist zeker dat het al genoeg was.

Tegen lunchtijd had hij nog niets gevonden en had hij het gevoel dat hij over alle moorden die ooit waren gepleegd wel iets had gelezen. Hij had de handen van de patholoog-anatoom in elke borstholte en in de koude, natte diepten van elk stel ingewanden zien wroeten. Hij had geluisterd naar de volstrekt nutteloze woorden van al die mensen die maar zoveel als bij dezelfde bushalte als een van de slachtoffers hadden gestaan.

Hij had er zijn buik van vol...

'Wat heb je vandaag op je brood?'

Zonder van haar computerscherm op te kijken schudde Kitson haar hoofd. 'Ik heb vandaag geen tijd gehad. De kinderen waren lastig en het werd allemaal een beetje...' De rest van de zin bleef in de lucht hangen totdat Thorne weer iets zei.

'Je kunt niet de hele tijd alle ballen in de lucht houden, weet je.' Kitson keek op en glimlachte flauwtjes. 'Gaat het wel goed met je, Yvonne?'

'Heeft er soms iemand wat gezegd?' Dat kwam ietsje te snel.

Kitsons glimlach werd breder, totdat ze Thorne weer aankeek, weer veel meer als zichzelf. Veel meer het type waar hij een prop papier naar kon gooien.

'Ik ben gewoon moe,' zei ze.

De volgende moord moest de laatste zijn, althans voorlopig. Dan vormde het alles bij elkaar een mooi plaatje en het was ook nog eens heel verstandig. Het lag voor de hand dat de politie haar onderzoek daarna zou intensiveren en puur statistisch gezien steeg dan het risico te worden gepakt.

Als hij inderdaad werd gepakt en voor zijn misdaden werd berecht, dan zou de volgende moord wel een heel ongelukkige zijn om voor te worden gearresteerd. Hij zou beslist zonder veel discussie aan het kruis worden genageld. Nu, met alleen die anderen nog maar achter de kiezen, was het nog een beetje een andere zaak. Als hij voor de moord op Remfry, Welch en Southern terecht moest staan, kwam hij er misschien nog wel genadig van af...

Als de kranten de klopjacht al spannend vonden, dan zouden ze een rechtszaak helemaal dolletjes vinden. De sensatiepers zou achter hem staan, daar was hij zeker van. Hij zou een van de boulevardbladen er waarschijnlijk zelfs wel toe kunnen overhalen voor zijn verdediging te dokken, hem te betalen om een topadvocaat te kunnen inhuren. Hij had al besloten om zelf zijn verdediging te voeren als het ooit zover kwam, en dan precies uit de doeken te doen wat hij had gedaan en waarom. Hij was er vrij zeker van dat alleen een heel moedige rechter hem daarna nog voor al te lange tijd zou laten opsluiten.

Er zou natuurlijk van een paar groepen wel protest komen, van de verdwaasden en de weekhartigen. Van degenen die vonden dat hij zijn schuld aan de maatschappij moest aflossen, net zoals die fijne, goede burgers die hij had omgebracht dat ooit hadden gedaan.

Daar zat hij niet mee. Laat die idioten maar protesteren. Laat ze de woorden 'perversiteit' en 'gerechtigheid' maar in de mond nemen en ze naast elkaar zetten alsof ze hun eigendom waren, ook al hadden ze niet de flauwste notie wat die twee woorden werkelijk konden betekenen.

Perversiteit en gerechtigheid. De vernedering en de in de bodem geslagen hoop. De afgrijselijke komedie waar alles mee was begonnen...

Het was natuurlijk allemaal maar fantasie, tenzij de politie in de komende dagen voor de deur zou staan. Na de laatste moord zou niets hem nog kunnen redden, wat hij ook zei. Zodra het laatste slachtoffer was gevonden, zou de loyaliteit van de boulevardpers heel snel omslaan, evenals die van alle andere mensen.

Verkrachters, dat was één ding, maar dit was per slot van rekening wel iets héél anders.

Thorne stond in de hoek van de projectkamer kleingeld in de koffieautomaat te gooien, toen Karim op hem af kwam.

'Ik heb mevrouw Bloom op lijn drie...'

Heel even confuus voelde Thorne in zijn achterzak, en toen die leeg bleek te zijn begreep hij het. Zijn mobieltje lag op zijn bureau op zijn kamer. Eve had eerst dat nummer geprobeerd en toen ze geen gehoor kreeg zijn nummer op kantoor gebeld...

Thorne liep naar een van de bureaus en pakte de telefoon op. Hij hield de hoorn tegen zijn borst tot Karim ver genoeg weg was gewandeld.

'Met mij. Wat is er?'

'Niks ernstigs. Keith heeft me laten zitten, dus ik moet de tijd voor zaterdag iets verschuiven. Ik had hem verteld dat ik uitging en toen zei hij dat hij wel voor me zou afsluiten. Maar nu komt hij daarop terug en zegt dat hijzelf ook vroeg weg moet, dus nou zit ik een beetje...'

'Geeft niet. Kom gewoon zodra je kunt.'

'Maar ik wilde juist vroeg bij jou zijn en nog wat spullen afleveren voor we uit eten gaan.'

'Klinkt interessant...'

'Maar goed, het wordt nu dus eerder zeven uur, voordat ik de winkel aan kant heb en me heb opgemaakt.'

'Ik zie toch niet gebeuren dat ik veel vroeger thuis zal zijn...'

'Sorry dat ik aan onze afspraak moet tornen, maar ik kan er niks aan doen. Keith is meestal best betrouwbaar. Tom...?'

Eves stem was geleidelijk vervaagd. Thorne luisterde niet meer.

Onze afspraak...

Tot heel vlakbij inzoomen en dan vasthouden.

De zekerheid kwam zo snel en schoof zo strak op z'n plaats als een wurgkoord. Als de blauwe waas van de waslijn die voor het gezicht heen en weer schiet en pas scherp wordt wanneer hij begint te knellen. Binnen één tel wist Thorne precies wat hij over het hoofd had gezien. Wat er in het donker en net buiten bereik had gelegen. Nu zag hij het, helder belicht...

Iets wat hij wel en iets wat hij niet had gelezen.

Ze hadden al Jane Foleys brieven aan Remfry gevonden, zowel de brieven die ze hem in de gevangenis had gestuurd als de paar die ze na zijn vrijlating naar zijn huisadres had gezonden. Niets wees erop dat er brieven ontbraken en waarom zou dat ook het geval zijn?

Maar iets had er wel degelijk ontbroken.

Thorne had die brieven wel tien keer gelezen, waarschijnlijk nog vaker, en nergens had Jane Foley het gehad over haar plannen om Douglas Remfry te ontmoeten. De afspraak zelf was nooit specifiek genoemd. De tijd niet en ook de datum niet. Niet eens de naam van het hotel...

Dus hoe was een en ander dan in vredesnaam geregeld?

Iets waarvan Thorne zich wel herinnerde het te hebben gelezen, was geschreven door Dave Holland: het verslag van dat eerste bezoek om Remfry's spullen op te halen, van de dag dat hij daar met Andy Stone was langsgegaan en die brieven onder het bed vandaan had gehaald. Mary Remfry was er toen op gebrand geweest haar zoons succes bij vrouwen te benadrukken. Ze had er een punt van gemaakt melding te maken van de vrouwen die na Dougies vrijlating achter hem aan hadden gezeten. De vrouwen die opbelden...

Remfry, Welch en Southern waren niet zomaar die hotels binnengelopen in de veronderstelling dat ze Jane Foley zouden gaan ontmoeten. Ze wisten zeker dat ze haar gingen ontmoeten.

Ze hadden haar gesproken.

VIJFENTWINTIG

'En ook niet alleen maar aan de telefoon gehad,' zei Holland. 'Van de anderen weet ik het niet zeker, maar ik denk dat Southern haar van tevoren ook heeft ontmoet.'

Ze zaten met z'n allen bij Brigstocke op de kamer, voorafgaand aan een haastig belegde teambriefing. Het was achttien hectische uren geleden dat Thorne één plus één had opgeteld. Dat hij had uitgevogeld dat er inderdaad een 'haar' was...

'Ga door, Dave,' zei Brigstocke.

'Ik heb de ex-vriendin van Southern gehoord...'

Thorne herinnerde zich haar verklaring te hebben gelezen. 'O ja. Ze zijn niet lang voordat hij is vermoord uit elkaar gegaan, is het niet?'

'Dat is het nou juist. Ze zei dat de belangrijkste reden om hem te dumpen was dat ze iets over een andere vrouw had gehoord. Ze dacht dat hij haar bedonderde. Iemand had haar verteld dat Southern er in de pub over opgaf. Dat hij zijn maten vertelde dat hij een fantastische meid had versierd. Trouwens...'

'Wat?'

'Ik moet de verklaring erop naslaan, maar ik vermoed dat Southern zijn maten vertelde dat zij hém min of meer had versierd.'

Thorne keek langs Holland naar de serie zwartwitfoto's die in twee rijen op Brigstockes bureau lagen uitgespreid. 'Jane Foley,' zei hij.

'Wie is zij nou eigenlijk?' vroeg Kitson.

'Het zou iedereen kunnen zijn,' antwoordde Thorne. 'We kunnen geen enkele mogelijkheid uitsluiten. Een model dat hij had ingehuurd, of een hoer. De moordenaar kan haar voor de foto's hebben gebruikt en haar hebben betaald om Remfry en Welch te bellen. En haar met wat extra geld hebben omgekocht om Howard Southern te versieren...'

Brigstocke verzamelde zijn aantekeningen. Net zomin als Thorne zelf hechtte hij geloof aan wat Thorne suggereerde. 'Nee, het is Sarah. De zus. Dat moet wel...'

'Die haar moeders naam gebruikt,' zei Thorne.

'Dit gaat allemaal over die moeder,' zei Holland. 'Het gaat allemaal over Jane.'

Thorne liep naar het bureau en terwijl hij langs Holland liep, corrigeerde hij hem. 'Het gaat allemaal over familie...'

'Wat betekent dat niets voor de hand liggend is,' zei Brigstocke. 'Wat betekent dat het een heel stuk gestoorder en moeilijker te bevatten is dan wij ons in de verste verte ook maar kunnen voorstellen.'

Thorne was voornamelijk even hardop aan het nadenken. 'Ik begin er toch een voorstelling van te krijgen,' zei hij. 'Families kunnen schade aanrichten.'

'Zijn we zo'n beetje klaar?' vroeg Kitson ineens. Zonder op antwoord te wachten liep ze naar de deur. 'Ik moet nog een paar dingen doen voor de briefing begint.'

'Ik denk van wel. Is alles voor iedereen duidelijk?' Brigstocke keek op zijn horloge en vervolgens naar Thorne. De wijzerplaat van zijn klokje liet zich heel wat gemakkelijker interpreteren dan zijn gezichtsuitdrukking. 'Goed, dan beginnen we over vijf minuten...'

Het bericht over het 'gemiste telefoongesprek' was op een memovelletje gekrabbeld en op Hollands bureau gelegd. Hij begon het nummer te draaien en verfrommelde het papier in zijn vuist.

'Mevrouw Noble? U spreekt met rechercheur Holland. Heel fijn dat u me hebt teruggebeld.' Hij had gisteren aan het eind van de dag al weer achter haar aan willen bellen, maar na Thornes moment van revelatie was de situatie wat chaotisch geworden...

'Ik kreeg uw bericht helaas pas vrij laat,' zei ze. 'En ik wist niet of ik u ook thuis kon bellen.'

'Dat was geen probleem geweest,' zei Holland. Hij had de telefoon waarschijnlijk toch niet gehoord boven de herrie van zijn ruzie met Sophie uit.

'Ik krijg die foto's toch wel terug?'

'Jazeker. We gaan er zorgvuldig mee om, dat beloof ik u.'

'U moet me even de tijd geven om ze op te diepen. Ze liggen denk ik in de kelder. Of nee, misschien toch op zolder. Maar ik vind ze wel...'

Holland keek over zijn schouder. De projectkamer stroomde vol. Er stond ongetwijfeld nog minstens een tiental rokers buiten om hun laatste longinhoud nicotine voor een uur of twee binnen te halen, maar de meeste beschikbare stoelen en stukken leeg bureau waren al bezet.

'Wat denkt u? Een dag of twee?'

'O ja, zoiets ja. Ik heb in de loop der jaren zoveel oude troep verzameld, moet u weten...'

'Als u de foto's eenmaal hebt, wanneer kunnen we ze dan komen ophalen?'

'Wat zegt u?'

Holland stelde de vraag nog eens en verhief zijn stem, zodat hij boven het aanzwellende rumoer om hem heen uit kwam.

'Wanneer u maar wilt,' antwoordde ze. 'Ik ben gewoon thuis.'

Thorne was alleen op Brigstockes kamer. Nog maar vijf minuten en dan zou de briefing beginnen. Brigstocke, die de aftrap zou doen, was al in de projectkamer. Nadat hij zijn zegje had gedaan, was het Thornes beurt.

Hij stond voor de fotoreeks op Brigstockes bureau. Een serie zorgvuldig bedachte beelden die moesten verleiden en opgeilen. Die iets moesten aanbieden en er tegelijkertijd in slaagden absoluut niets te verklappen...

Thorne wist gewoon niet zeker of de vrouw op de foto's Sarah Foley was. Het was ook niet echt van belang. Ze was er, en toch was ze afwezig. Op de meeste foto's zat ze geknield en was haar hoofd gebogen of anders kunstig in duisternis gehuld. Thorne pakte de foto's één voor één op, bestudeerde ze en wachtte vergeefs tot ze hem iets zouden vertellen wat ze tot dusver voor zichzelf hadden weten te houden.

De foto's zonden wel een krachtige, verontrustende boodschap naar zijn kruis, maar iets nieuws zag Thorne niet.

Zelfs in fysieke zin werd er weinig onthuld, ondanks de constante belofte van overgave. Op sommige foto's leek het of de vrouw donker haar had, terwijl het op andere lichter leek. Op twee ervan leek het haar duidelijk blond, maar dat kon ook heel goed een pruik zijn. Het lichaam zelf leek te veranderen, afhankelijk van de pose en de belichting. Het leek om beurten gracieus en gespierd, en de positie maakte het onmogelijk de lengte te bepalen of zelfs maar de bouw van de vrouw wier lichaam het was.

Sarah Foley, als zij het inderdaad was, was op de foto niet vastgelegd.

Thorne keek op zijn horloge. Nog één minuut, dan moest hij weg. Het was zijn taak om hen op te jutten, om het team genoeg mee te geven om de eindsprint te kunnen inzetten.

In de daaropvolgende dagen zouden ze zich helemaal de pleuris werken, en niemand meer dan hij. Ze zouden zoals altijd de informatie die ze al hadden weer nalopen in het licht van het nieuwe aanknopingspunt, maar al die tijd was er een voorwaartse stuwbeweging. Die kon hij al voelen. Het was de honger die toenam wanneer iemand de maaltijd rook, een collectieve prikkel in het bloed. Het onderzoek zat in een stroomversnelling en schoot nu vooruit. Vanaf dit punt zou Thorne er wel voor zorgen dat hem echt helemaal niets meer zou ontsnappen.

Toch, bij gebrek aan een arrestatie zou hij tegen het weekend wel toe zijn aan een onderbreking. Zaterdagavond met Eve en zondag met zijn ouwe. Hij veroorloofde zich een glimlach. Als alles zaterdagavond goed ging, was hij de volgende ochtend waarschijnlijk niet al te vroeg uit de veren.

Thorne had zo het idee dat hij wel behoefte aan afleiding zou hebben wanneer het zaterdag tijd was om te nokken. Er waren andere delen van hem die oefening nodig hadden, betere delen, en dan had hij het niet alleen over seks. Het zou goed zijn om met Eve de kick daarvan te voelen, de roes en de belofte. De griezelige opwinding en de heerlijke ontlading. Ook verheugde hij zich erop een paar uur bij zijn vader te zijn. Hij had behoefte om dat sprongetje te voelen, het opwellen van wat het ook was dat zijn ouwe heer Thornes borst in kon zuigen zonder er iets voor te hoeven doen...

Karim verscheen in de deuropening en keek hem aan.

'Ik kom eraan, Sam,' zei Thorne.

Hij zou de mensen die op hem zaten te wachten met echte passie toespreken. Hij wilde deze moordenaar nu meer dan ooit te pakken krijgen, en dat verlangen wilde hij verspreiden als was het een ziekte. Hij wilde dat bedwelmende gevoel van wanhoop en vertrouwen oproepen dat er soms toe leidde dat alles vanzelf gebeurde.

Maar hij zou ervoor zorgen dat andere gevoel binnen te houden, dat gevoel dat nu kwam en ging en waardoor er achter zijn ribben iets opsprong en wegstoof...

Ja, ze gingen nu hard. Opeens scheurden ze ervandoor, ze waren er helemaal klaar voor. Onwillekeurig had Thorne het gevoel dat er ook iets in hun richting bewoog, even snel en net zo vastberaden. Er zou een botsing komen, maar hij wist niet wanneer noch uit welke richting die zou komen.

Hij zou het niet zien aankomen.

Thorne pakte de foto's van het bureau, liet ze in een map glijden en liep naar de projectkamer.

ZESENTWINTIG

Ze praatten langzaam en fluisterend met elkaar.

'Heb ik je wakker gemaakt?'

'Hoe laat is het?'

'Laat. Ga maar weer slapen...'

'Is niet erg, hoor...'

'Sorry.'

'Was je er weer over aan het dromen?'

'Elke nacht nu, verdomme. Jezus...'

'Vroeger droomde je er nooit over, hè? Ik wel, altijd, maar jij nooit...'

'Dat wreekt zich dan nu.'

'Dat is een toepasselijk woord.'

'Houdt het wel weer op, denk je? Naderhand?'

'Wat?'

'Het dromen. Houdt het weer op als alles voorbij is?'

'Dat zullen we gauw genoeg weten.'

'Ik ben nerveus over deze.'

'Hoeft niet.'

'We hebben het bij deze minder in de hand dan bij de anderen. Ja toch? Bij hen wisten we wat ons te wachten stond, alles wat er kon gebeuren, was ons bekend. Dat was het voordeel van de hotels, daar was het voorspelbaar...'

'Het gaat wel goed...'

'Je hebt gelijk, tuurlijk, weet ik wel. Maar dan word ik op zo'n manier wakker, dan denk ik nog aan het gedoe in de droom en dan gaat het niet lekker in mijn hoofd.'

'Is dat de enige reden dat je nerveus bent? Dat er iets mis kan gaan?'

'Wat zou het anders zijn?'

'Nee, dan is het goed.'

'Maar je moet wel op tijd komen, hoor...'

'Doe niet zo raar...'

'Je moet verdomme zorgen dat je er bent, ja? Denk aan het verkeer.'

'Ik heb nooit problemen met het verkeer en ik ben steeds op tijd geweest.'

'Weet ik wel. Sorry...'

'En Thorne?'

'Thorne zal geen probleem zijn.'

'Goed zo...'
'Ik ben zo moe. Ik moet nu echt weer proberen te slapen.'
Hij pakte haar vast en liet zijn arm om haar buik glijden.
'Kom hier, dan help ik je...'

ZEVENENTWINTIG

Niet zo lang daarvoor, op een ijskoude avond toen weer en eenzaamheid voor elkaar bestemd leken, had Thorne een nummer gedraaid dat hij van een ansichtkaart in de etalage van een krantenwinkel had overgeschreven. Hij was naar een souterrain in Tufnell Park gereden, had een paar bankbiljetten overgelegd en vervolgens toegekeken hoe een dikke roze hand hem aftrok. Hij had de volstrekt niet overtuigende kreuntjes en smeekbedes van de vrouw aangehoord, en het getingel van de bedelarmband die om haar pols wipte terwijl ze aan het werk was. Hij had ook zijn eigen ademhaling aangehoord, en de zachte, wanhopige grom toen hij klaarkwam.

Toen was hij naar huis gereden en naar bed gegaan, waar hij het zelf nog eens had gedaan voor twintig pond minder...

Nu liep Thorne rond in zijn kantoortje. Hij drukte de laatste feiten en feitjes van een benauwde zaterdag uit zijn gedachten en dacht met nog minder plezier dan hij er destijds aan had beleefd terug aan zijn ontuchtige handavontuurtje. Het was een maatstaf voor hoe gedeprimeerd hij toen was. En voor de mate waarin hij zich op zijn avond met Eve Bloom verheugde.

Hij zou Becke House met een positief gevoel verlaten, positiever dan het in tijden was geweest. Het was allemaal heel snel gegaan. De paar dagen die waren verstreken sinds de vrouw – die misschien Sarah Foley was maar misschien ook niet – zich een weg naar het juiste deel van Thornes brein had gebaand, en naar de voorste gelederen van het onderzoek, hadden bemoedigende resultaten opgeleverd.

Ze hadden Howard Southerns ex-vriendin opnieuw ondervraagd en haar verhaal over die andere vrouw gestaafd, en ze waren er snel in geslaagd verschillende personen te vinden die beweerden Southern in de dagen vlak voordat hij werd vermoord met een andere vrouw te hebben gezien. De signalementen die zij van de vrouw gaven, waren zoals te verwachten vaag en tegenstrijdig, en 'slank' en 'blond' waren de enige adjectieven die meer dan eens werden genoemd. Een barmeisje vertelde dat ze had gezien dat de vrouw Southern in een donker hoekje trok en daar 'de hele tijd aan hem zat, maar zo dat het leek alsof ze hem helemaal voor zichzelf alleen wilde hebben'. Er was een montagefoto gemaakt, maar die was karakterlozer en nog anoniemer dan die dingen normaal gesproken toch al waren. De vrouw was daarop – op flyers, posters en voorpagina's – net zomin te herkennen als op de foto's die ze naar de te vermoorden mannen had gestuurd.

Toch was dit een vooruitgang...

Een andere lijn in het onderzoek ging uit van de mogelijkheid dat de vrouw meer deed dan de slachtoffers het hof maken en ze de dood in lokken. Hoewel Thorne zelf hieraan twijfelde, moest op z'n minst in overweging worden genomen dat zijzelf aanwezig was geweest toen ze werden omgebracht.

Ze waren nog eens naar de hotels in Slough en Roehampton en naar het daklozenpension in Paddington gegaan, en hadden daar vragen gesteld. De beelden uit de bewakingscamera's waren nog eens bekeken, maar daarop was niets ontdekt om enthousiast over te worden. Dat hoefde echter nauwelijks verbazing te wekken. Als Mark Foley wist waar de camera's hingen, dan wist zij het ook. Een vrouw die op de avond dat Ian Welch was vermoord in het Greenwood Hotel achter de receptie had gezeten, vertelde wel een blonde vrouw te hebben zien rondhangen. Ze dacht dat die vrouw bij de groep in de bar hoorde, maar ze had haar met niemand zien praten. De receptioniste vond dat ze er 'vreemd uitzag'.

Thorne wist niet welke rol de vrouw had gespeeld. Hij vroeg zich af wat ze haar precies ten laste zouden leggen wanneer ze haar vonden. 'Samenspanning tot het plegen van' was waarschijnlijk favoriet. Ja, misschien kwam ze wel naar de hotels toe, misschien had ze zelfs de deur van de kamers wel voor de slachtoffers opengedaan, terwijl Mark Foley uit het zicht het stuk waslijn om zijn vingers stond te winden...

En verder...?

Thorne kon zich niet voorstellen dat de vrouw toekeek als ze daadwerkelijk Sarah Foley was. Hij kon zich ook niet voorstellen dat haar broer wérd bekeken terwijl hij op brute wijze een andere man verkrachtte...

Het waren duistere, onnatuurlijke gedachten zoals deze waarvan Thorne vastbesloten was ze althans voor één avond uit zijn hoofd te bannen, terwijl hij door de projectkamer liep en links en rechts mensen gedag zei.

Toen hij bij de lift kwam, gingen de deuren net open. Zonder zijn pas in te houden stapte Thorne naar binnen, toen draaide hij zich om en drukte op het knopje. Na een paar seconden, toen de deuren dichtgingen, keek hij hoe de kamer, de bureaus en de zaak voor zijn ogen verdwenen.

Thorne stapte uit de lift, liep naar buiten naar de parkeerplaats en dacht onderwijl voortdurend na over wat hij later die avond zou aantrekken. Hij schatte dat hij bij thuiskomst ongeveer een halfuur de tijd had voordat Eve zou komen. Misschien iets meer, als er zo weinig verkeer was als er zou moeten zijn.

De BMW kruiste naar de slagboom en vijftien seconden later reed hij eronderdoor, de weg op. Hij zocht een compilatie van de Carter Family uit en draaide de volumeknop open. Hij vroeg zich af wat hij later die avond moest opzetten. Zou Eve gillend de deur uit rennen zodra ze het wist van de countrymuziek?

Hij was gewoon knettergek. Waarom had hij zo lopen donderjagen? Waarom had hij dit in godsnaam zelfs onbewust voor zich uit geschoven?

Thorne was nog altijd op een bespottelijke manier enthousiast over de auto – over de vorm en het geluid en over hoe hij aanvoelde. Hij drukte zijn voet omlaag en genoot van het geronk van de motor. En terwijl hij optrok naar de noordelijke ringweg zat hij om verschillende redenen te glimlachen.

Hij ging steeds harder rijden...

Holland reed over Lambeth Bridge, niet meer dan tien minuten van huis. Hij dacht terug aan de zaterdagavond een week daarvoor, toen hij verderop naar het oosten de rivier was overgestoken: dronken en onzin uitkramend in Thornes nieuw auto.

Hij dacht aan de uitdrukking op Sophies gezicht toen ze hem later op de badkamervloer had gevonden. Hij had zijn hoofd van het koele aardewerk van het toilet opgetild en niets gezien waar hij een behaaglijk gevoel bij kreeg. Wat hij op haar gezicht had gezien, was bezorgdheid, diep erin gegrift, en met de vreemde helderheid die alleen alcohol kon brengen besefte Holland dat het niet om hem was. Voor het eerst zag hij dat ze bezorgd was om zichzelf en om de baby die ze droeg. Bezorgd dat ze door hem als vader voor haar kind te kiezen een kanjer van een vergissing had begaan...

Van de kater was hij verdomd veel sneller af geweest dan van het schuldgevoel.

Holland had besloten dat hij het zijne zou doen om het die avond leuk te maken. Hij had een lekkere fles wijn gehaald voor bij het eten, die hij dan verder kon leegdrinken als ze voor de tv lagen. Sophie dronk ook nu af en toe nog wel een glaasje, dat werd geacht goed voor haar te zijn, maar vóór de zwangerschap was ze beslist niet na dat ene glas gestopt. Voorheen had ze met gemak een hele fles leeggedronken. Dan zag Holland haar wangen rood worden en wachtte hij af. Hij wist namelijk nooit of ze sentimenteel of juist stekelig zou worden. Allebei vond hij prima. Of ze begon hem in de zeik te zetten en te plagen, of ze omhelsde hem en begon over de toekomst, en in beide gevallen draaide het doorgaans op vrijen uit.

Vóór de zwangerschap...

Net voorbij het Imperial War Museum zat een rijtje winkels. Een Turkse kruidenier, een krantenwinkel en een slijterij.

Hij was altijd snel klaar om te gaan.

Hij trok geen speciale kleren aan. Er was geen sprake van zinloze rituelen of van periodes van intensieve mentale voorbereiding, niets van dat soort flauwekul. Maar hij dacht natuurlijk wel na over wat hij deed. Hij hield het hoofd erbij, hij liep alles na, maar dat kostte niet meer tijd dan het pakken van zijn tas.

Hij hoefde niet zoveel mee te nemen. Niets wat niet in een kleine rugzak paste. Voorheen, bij de mannen op de hotelkamers, had hij een grotere meegenomen, een tas waar hij de lakens en het beddengoed in kon stoppen. Dat zou dit keer niet nodig zijn.

De handschoenen, de kap, de wapens...

Hij had het mes al geslepen en het vervolgens gebruikt om een stuk waslijn van de klos af te snijden. Dat rolde hij op en hij stopte het in een voorvakje van de zwartleren rugzak.

Raar, de spullen die mensen in tassen met zich mee droegen. Wie wist wat er voor geheimen, voor glimpen van de levens van mensen uit kwamen tuimelen, als je hun rugzakken, koffertjes, plastic sporttassen en canvas reistassen leeghaalde. Zeker, je zou dan wel een hele berg mappen en dossiers, kranten en boterhammen in plasticfolie moeten doorploegen voordat je iets interessants vond. Een briefje met een eis om losgeld of een claim op afgeperst geld. Misschien zo her en der een vies blaadje of een paar handboeien. En als je geluk had, vond je misschien die ene tas uit tienduizenden, of uit duizenden of nog minder, met een pistool, een bebloede hamer of een afgehakte vinger erin...

Je zou vrijwel zeker verbaasd staan te kijken als dat een vrouwenhandtas bleek te zijn.

Hij glimlachte toen het laatste in de tas verdween en hij het koord aantrok. Iemand die in de tas zou rommelen die hij nu aan het pakken was, zou waarschijnlijk alleen maar heel gegeneerd zijn.

Thorne stond in de passpiegel aan de binnenkant van zijn kledingkast naar zichzelf te kijken. Hij stond te bedenken of hij het nou op het effen witte overhemd zou houden of toch maar weer het blauwe spijkerhemd zou aantrekken, en toen nam de deurbel voor hem de beslissing.

Op weg naar de deur zette hij de muziek ietsje zachter. Na veel gewetensonderzoek had hij geoordeeld dat George Jones bij elke vereiste stemming zou passen. Voor nu lagen er een paar van die eigenzinnige jarenvijftigsongs te wachten, maar als het moment kwam, kon hij het Billy Sherill-materiaal van twee decennia later tevoorschijn halen. Een romantischer song dan 'He Stopped Loving Her Today' was beslist nog nooit op de plaat gezet...

Eve liep naar het midden van de kamer, wierp een snelle blik door de ruimte en nam toen Thorne in zich op. 'Je ziet er erg zomers uit,' zei ze.

Zelf droeg ze een eenvoudige, bruine, katoenen jurk die aan de voorkant was doorgeknoopt. 'Jij ook,' antwoordde Thorne. Hij keek omlaag naar zijn witte overhemd. 'Ik dacht erover een das om te doen...'

Ze zette een pas in zijn richting. 'Mijn god, we gaan toch niet naar een chic restaurant?'

'Nee...'

'Gelukkig maar. Ik hou toch ook meer van open boorden...'

Ze kusten elkaar en met elke paar seconden die voorbijgingen, kregen hun handen het drukker. Toen Thornes vingers met de tweede knoop van haar jurk bezig waren, brak Eve het af en ging glimlachend een stap achteruit. 'Niet dat ik noodzakelijkerwijs denk dat wild, gymnastisch neuken op een volle maag een goed idee is,' zei ze. 'Maar ik zou toch wel iets willen eten, en ik zou helemaal wel een drankje lusten...'

Thorne lachte. 'Goed, is het te warm voor een curry?'

'Curry kan altijd.'

'Hier om de hoek zit een fantastisch Indiaas restaurant.'

'Klinkt goed.'

'Maar er zitten ook allerlei goede tenten in Islington en Camden. En een hele hoop leuke restaurants in Crouch End. Je hebt nog niet in m'n nieuwe auto gezeten...'

Eve liep naar het raam en maakte onderwijl haar knopen weer dicht. 'Laten we maar in de buurt blijven. Het is niet eerlijk als maar een van ons heeft gedronken.'

'Mij hoor je niet klagen. Wacht, ik pak even een jasje...'

'Laat nog maar even. We gaan nog niet meteen.'

'O nee?'

Eve wendde zich weer van het raam af en hief haar handen op om haar haarklemmetjes te verplaatsen. Haar borsten spanden tegen het voorpand van de jurk en Thorne zag het rood onder haar armen waar ze zich had geschoren. 'Ik heb iets in het busje liggen,' zei ze. 'En ik heb hulp nodig bij het naar binnen brengen.'

Pas toen Holland op het klokje op het dashboard keek, besefte hij dat het al tien minuten geleden was dat hij voor het huis had geparkeerd.

Het was iets over zevenen.

Al tien minuten of langer zat hij daar met de plastic zak met de wijn erin in zijn hand geklemd, en hij kon de auto niet uit komen.

Een paar minuten later keek Holland een ogenblik beduusd naar de kleine donkere vlekjes op zijn broek en besefte dat hij huilde. Hij richtte zijn hoofd op en kneep zijn ogen stijf dicht. Zijn volgende ademhaling was een zucht die in zijn keel bleef hangen en een snik werd.

Toen volgde er een hele reeks, als stompen in zijn hart.

Bij gebrek aan iets anders sloeg hij zijn onderarmen om de tas heen, zodat de fles wijn tussen zijn gezicht en het stuur lag. Toen liet hij zijn hoofd langzaam naar voren zakken. Hij voelde de fles door de tas heen koud tegen zijn wang drukken. Binnen enkele minuten werd de tas warm en glibberig van de tranen en bij elke wanhopige hap naar adem tussen de snikken door zoog hij het vochtige plastic in zijn mond...

Net zoals zeven dagen daarvoor, als de kotsende stumper die hij toen was geweest, kon Holland ook nu niet anders dan het maar laten komen en wachten tot het voorbij was.

Hij huilde om zichzelf, om Sophie en om het kind dat over minder dan vijf weken het hunne zou zijn. Hij voelde zich schuldig, bedroefd, idioot en angstig. Maar de tranen die het meeste prikten, die er vlugger uit werden geperst en groter waren dan de meeste andere, waren de tranen die hij vergoot uit woede, omdat hij wist dat hij een slappe, egoïstische hufter was geworden.

Toen het voorbij was, tilde Holland zijn plakkerige gezicht net ver genoeg op om er als een kind zijn mouw langs te halen. Snuffend zat hij naar zijn appartement omhoog te staren. Aanvankelijk had een algemene verwarring, een of andere zielige, naamloze angst hem als tweelinghanden in zijn stoel gedrukt gehouden en hem verhinderd naar binnen te gaan. Nu was het de schaamte die als een stootband om zijn buik zat, en ook al was daar niets vaags aan, het was even effectief.

Hij kon nog niet naar binnen, nog niet.

Holland keek naar zijn koffertje, dat in de voetruimte voor de passagiersstoel stond. Hij wist dat hij bij één glimlach van Sophie weer opnieuw zou beginnen, zelfs als hij werk mee naar boven nam en zou proberen meteen aan de slag te gaan.

Misschien kon hij gewoon een beetje rondrijden...

Hij pakte het koffertje en rommelde er wat in tot hij het vel papier dat hij zocht, had gevonden. Terwijl hij zijn telefoon tevoorschijn haalde en het nummer koos, schraapte hij zijn keel. Toch klonken de eerste paar woorden die hij zei toen er werd opgenomen nog verstikt en zwaar.

'Mevrouw Noble, u spreekt nogmaals met Dave Holland. Ik weet dat het een beetje een rare tijd is, maar ik vroeg me af of ik nu misschien even langs kon komen om de foto's op te halen...'

ACHTENTWINTIG

Holland reed in iets minder dan veertig minuten naar Romford, en toen hij uit de auto stapte, stond Irene Noble al op haar stoepje op hem te wachten. Met vastberaden tred liep ze het paadje af naar hem toe. 'Dat hebt u snel gedaan. Het hangt meestal op het verkeer in de Blackwell Tunnel. Maar dit is waarschijnlijk wel het beste tijdstip...'

Ze droeg een crèmekleurig broekpak en was helemaal opgemaakt. Holland zag dat ze even naar de huizen aan weerszijden keek. Hij vermoedde dat ze hoopte een rukje aan een vitrage waar te nemen, ten teken dat een van de buren stond te kijken naar de jongeman die op haar voordeur af liep.

'Het ging vrij vlot,' zei Holland. 'Er was helemaal niet veel verkeer...'

Hij ging achter haar aan naar binnen, waar hij enthousiast werd begroet door een gebroken-wit hondje. Zijn vacht stonk en was samengeklit, maar Holland deed zijn best het dier, dat liep te keffen en aan zijn schenen likte en krabbelde, de nodige aandacht te schenken.

Mevrouw Noble joeg de hond de keuken in. 'Candy is inmiddels behoorlijk op leeftijd,' ze zij. 'Eigenlijk was het Rogers hond, vroeger. Maar ze was nog maar een puppy toen hij overleed.'

Holland glimlachte begripvol toen ze de woonkamer binnenstapten. Op een tapijt met roze en paarse krullen erin stond een driedelige blauwe zitcombinatie, en haaks op de open haard stond een salontafel. Een geplet ribfluwelen kussen dat onder de plukjes hondenhaar zat, was het enige in de hele kamer dat er niet onberispelijk uitzag.

Holland zette een stap in de richting van een beukenhouten kabinet dat tegen de achtermuur stond. In de deurtjes zat spiegelglas en bovenop stonden allemaal ingelijste foto's van kinderen.

Mevrouw Noble liep ernaartoe en pakte er een op. 'Mark en Sarah staan hier niet tussen,' zei ze. 'Ik zou er niet tegen kunnen om naar hen te kijken zonder te weten waar ze zijn. Toen ik zeker wist dat ze niet meer terugkwamen, heb ik hun foto's opgeborgen. En nu ben ik nota bene vergeten waar.' Ze moest de bezorgdheid in Hollands blik hebben opgemerkt en legde even haar hand op zijn arm. 'Maakt u zich geen zorgen, u bent niet voor niets gekomen. Uiteindelijk heb ik in ons oude huwelijksalbum toch foto's van hen gevonden.'

Holland knikte begrijpend. Ze draaide de foto die ze in haar hand had om, zodat hij hem ook kon zien. 'David is effectenhandelaar. Het gaat erg goed met hem.' Ze zette het lijstje terug en begon andere aan te wijzen. 'Susan is verpleegster in the Royal Free-ziekenhuis, Gary is het leger ingegaan en volgt nu een opleiding tot drukker, en Claire staat op het punt te bevallen van haar derde kind...'

'Het zijn er nogal wat,' zei Holland.

'We hebben voornamelijk langetermijnplaatsingen gehad, want zo wilde ik het. Ik kon er niet tegen om ze al weer te zien vertrekken wanneer ze er net een beetje bij begonnen te horen. Toch hebben we nog meer dan twintig kinderen gehad, voor en na Mark en Sarah. En van de meesten weet ik nu nog wat ze doen...'

Meer hoefde ze niet te zeggen en ze glimlachte bedroefd. Holland glimlachte terug en dacht aan die twintig andere kinderen en aan de man die eens hun pleegvader was. Hij vroeg zich af of...

'Ik wist niet of u al gegeten zou hebben,' zei ze. 'Dus nadat u had gebeld, heb ik lasagne uit de vriezer gehaald. Over minder dan vijf minuten is die klaar...'

'O...'

'Ik neem aan dat u wel iets kunt drinken?'

In weerwil van wat hij aanvankelijk van haar had gevonden, was Holland plotseling vervuld van een zekere affectie voor deze vrouw. Hij dacht aan al die kinderen die ze op de een of andere manier toch had verloren, en aan haar eenvoudige geloof in een man wiens hart zo vol duisternis was dat het niet verder had kunnen kloppen. Hij voelde zich op zijn gemak...

'Laten we allebei een glaasje nemen,' zei hij. 'Ik heb een aardige fles wijn in de auto.'

'Je moet me wel voor de matras laten betalen,' zei Thorne.

'Hoeft niet, echt niet. Betaal jij het eten maar...'

'Hoeveel heeft-ie gekost?'

'Het is een verlaat verjaarscadeau,' zei Eve. 'Ter vervanging van het eerste.' Ze glimlachte. 'Ik heb die plant hier nergens zien staan, dus ik neem aan dat je hem dood hebt weten te krijgen.'

'O ja. Dat had ik je nog willen vertellen,' antwoordde Thorne.

Een ober bracht de wijn en tegelijkertijd kwam de eigenaar naar hun tafeltje en zette een bord met pappadums neer. 'Van de zaak,' zei hij. Hij legde zijn hand op Thornes schouder en knipoogde naar Eve. 'Een van mijn allerbeste klanten,' zei hij. 'Maar vanavond is hij hier voor het eerst met een jongedame...'

Toen de eigenaar weer weg was, schonk Eve zichzelf en Thorne een groot glas wijn in. 'Ik weet niet precies hoe ik dat moet opvatten,' zei ze. 'Bedoelt hij nou dat je hier normaal gesproken met jongemannen komt?'

Thorne knikte schuldbewust. 'Dat was nog iets anders wat ik je wilde vertellen...'

Ze lachte. 'Je komt hier dus vaak alleen?'

'Niet zo heel vaak.' Hij knikte in de richting van de eigenaar. 'Hij heeft het over het aantal afhaalmaaltijden...'

'Ik heb nou zo'n beeld van jou voor me, hoe je hier als Jan zonder Vriend in je eentje kip tikka massala zit te eten...'

'Ho, ho.' Thorne probeerde gekwetst te kijken. 'Ik heb wel een paar vrienden, hoor.'

Eve brak de berg pappadums in stukken. Ze pakte een groot stuk en schepte er uien en chutney op. 'Vertel me eens wat over hen? Wat doen ze?'

Thorne haalde zijn schouders op. 'Ze hebben eigenlijk allemaal op de een of andere manier met mijn werk te maken.' Hij pakte een stuk pappadum en nam een hap. 'Phil is patholoog-anatoom...'

Ze knikte op een manier die iets leek te betekenen.

'Wat is er?' vroeg Thorne.

'Jij laat je werk nooit helemaal los, hè?'

'Nou, ik zal je vertellen dat Phil en ik het meestal over voetbal hebben...'

'Echt waar?'

Thorne nam een slok wijn en voelde hoe de stukjes van het oppervlak van zijn tanden werden afgespoeld. Hij dacht na over wat Eve had gezegd. 'Ik geloof dat niemand datgene wat hij doet ooit helemaal vergeet,' zei hij. 'We praten toch allemaal over ons werk? Iedereen wordt wel eens... ergens aan herinnerd.' Ze keek hem aan en wreef met de rand van haar wijnglas over haar kin. 'Kom op, als jij ergens bent en je ziet een prachtig bloemenarrangement...'

'Bloemen zijn toch geen lijken?'

Thorne voelde dat hij licht geïrriteerd raakte en dat zat hem dwars. Hij deed zijn best het niet in zijn stem te laten doorklinken toen hij de fles pakte en hun beider glazen bijvulde. 'Sommige mensen zeggen anders dat ze doodgaan op het moment dat ze worden geplukt.'

Eve knikte langzaam. 'Alles gaat dood,' zei ze. 'Dus wat heeft het allemaal voor zin? We kunnen de ober net zo goed vragen gemalen glas in de biryani te doen.'

Thorne keek haar aan en zag dat haar ogen groter werden en haar mondhoeken gingen trillen. Ze begonnen vrijwel tegelijkertijd te lachen.

'Ik weet nooit wanneer je me in de maling zit te nemen,' zei hij.

Ze schoof haar hand over de tafel en pakte de zijne. 'Kun je het nou even vergeten, Tom?' zei ze. 'Vanavond wil ik dat je je werk loslaat...'

'Kinderen zijn echte handenbinders,' zei Irene Noble. 'Door kinderen verandert alles onherkenbaar.' Ze keek Holland aan. 'Maar toch ben je blij dat je ze genomen hebt...'

Als ze dan toch met elkaar praatten, konden ze net zo goed over kinderen praten, vond Holland. Hij had alleen nooit gedacht dat ze het dan uiteindelijk over zíjn kinderen zouden hebben.

'Ik voel me gewoon erg schuldig,' zei hij. 'Om het feit dat ik wrok koester over wat er met me zou kunnen gebeuren. Om het feit dat het zelfs maar in me opkomt om ervoor weg te lopen.'

'U zult gevoelens krijgen die nog veel vreemder en pijnlijker zijn. Het ene moment wilt u voor ze sterven en het volgende moment kunt u ze wel vermoorden. U zult zich zorgen maken over waar ze zijn, en vervolgens zou u willen dat u een moment voor uzelf had. En al die emoties zijn onvoorwaardelijk...'

'U heeft het over wanneer het kind er is. Maar wat vindt u ervan dat ik me nu zo voel?'

'Dat is normaal. Het zijn niet alleen de gevoelens van de vrouw die overhoop worden gehaald. Maar ja, u kunt uw hormonen niet de schuld geven...'

Holland lachte. Door de twee glazen wijn die hij achter de kiezen had, voelde hij zich wat ontspannener. Ongeveer een uur daarvoor had hij zich veel minder zeker van zichzelf gevoeld. Toen ze waren gaan eten en hij het er plotseling allemaal uit had gegooid, had hij gedacht dat er nog wel meer waterlanders op komst waren, maar Irene Noble had hem geholpen kalm te blijven en hem ervan overtuigd dat alles op zijn pootjes terecht zou komen...

'Ik breng dit even weg.' Ze stond op en pakte het dienblad van de lege zitting van de bank naast haar.

Holland gaf haar zijn lege bord aan. 'Dank u wel, dat was fantastisch.' Hij doelde op meer dan alleen een stuk lasagne dat binnenin koud was geweest.

Hij ging achterover zitten en luisterde terwijl zij in de keuken aan het rommelen was. Hij kon haar zachtjes tegen de hond horen praten en de borden in de afwasmachine horen zetten.

Een dergelijk gesprek had Holland met zijn eigen moeder nooit kunnen hebben. Irene Noble was, met een marge van pak 'm beet twee jaar naar boven of naar onder, net zo oud als zijn moeder – een vrouw die het afgelopen halfjaar alleen maar babykleertjes had gekocht. Een vrouw die weigerde te erkennen dat er ooit ergens iets mis kon gaan en die paradijselijk onwetend bleef van het feit dat het tussen haar oudste zoon en zijn zwangere vriendin nou niet zo heel gebeiteld zat.

Irene Noble kwam terug met twee chocolade-ijsjes in haar handen. 'Ik heb hier altijd een voorraadje van in de vriezer. Zo verrukkelijk met dit weer...'

Eventjes zeiden ze niets. Ze zaten hun ijsje te eten en luisterden naar het geluid van de over het linoleum snellende pootjes van het hondje dat in de keuken rondscharrelde.

Toen Irene Noble weer begon te praten, en als een tiener haar voeten op de bank trok, zag Holland haar gezicht veranderen en tot rust komen, totdat elk van haar jaren er duidelijk van was af te lezen.

'Wat u ook voor problemen hebt, ik hoop dat u ze samen zult oplossen, met z'n drieën. Hoe dan ook, ze zullen niet van hetzelfde kaliber zijn als sommige van de dingen die kinderen door mijn voordeur mee naar binnen hebben gebracht. Problemen draag je over, weet u dat? Je geeft ze door, net zoals kaalheid, suikerziekte of de kleur van je ogen...'

'U hebt het nu over Mark en Sarah...'

'Ik was laatst erg hard over de twee pleegouderparen die vóór ons de kinderen hebben gehad. Over hun onvermogen met de situatie om te gaan. De waarheid is dat wijzelf er niet veel beter mee konden omgaan dan zij.'

'Maar u heeft hen geadopteerd.'

'Ik denk dat dat onze laatste poging was om hen het gevoel te geven dat ze deel van iets groters waren. Twee ouders en twee kinderen. We wilden dat ze een beetje uit hun schulp zouden kruipen en zich wat meer met de wereld om hen heen zouden inlaten.'

'Toch is het wel begrijpelijk dat ze zo hecht met elkaar waren,' zei Holland. 'Dat zij tweeën zo'n innige band hadden, na wat er was gebeurd.' Hij keek van haar weg naar de vloer en dacht: *en wat toen nog altijd doorging...*

'Maar hun band was te innig,' zei ze. 'Dat was het probleem. Toen ze verdwenen, was Sarah zwanger en het kind dat ze droeg, was van Mark.'

NEGENENTWINTIG

Ze liepen langzaam Kentish Town Road af, terug naar Thornes appartement. Het was iets over negenen en het begon net donker te worden, maar het was nog warm genoeg om zonder jasje buiten te lopen. Op de weg was het druk en lawaaiig als altijd. Er reden constant auto's voorbij, de meeste hadden stadslicht op en als het kon, was het dak opengezet.

Ondanks Eves opmerking eerder die avond hadden ze allebei een behoorlijke hoeveelheid voedsel weggezet, maar Thorne schreef het gevoel in zijn maag toch aan iets heel anders toe. Voordat ze de flat hadden verlaten, had Eve hem geholpen het bed op te maken en een schoon wit laken op de door haar meegebrachte nieuwe matras gelegd. Thorne wist heel goed dat ze hem wanneer ze weer thuis waren, zou gaan helpen dat weer ongedaan te maken.

Er waren een paar dingen in het leven die hij als zekerheden beschouwde: er lag altijd nog ergens een lijk; bloed kon je nooit helemaal weg krijgen; en mensen die zonder motief een moord pleegden, neigden ertoe dat opnieuw te doen. Maar dit was het soort van belofte dat Thorne al heel lang niet meer ten deel was gevallen...

Ineens greep Eve zijn hand vast en bracht hem omhoog, zodat hun blote onderarmen elkaar raakten. 'Met een kleurtje zou je er een stuk beter uitzien,' zei ze.

'Is dat een uitnodiging?'

'Wanneer ben je voor het laatst echt op vakantie geweest?'

Zelfs na even nadenken kon Thorne nog niet zoiets specifieks als een jaartal noemen. Het probleem was niet zozeer gebrek aan tijd als wel gebrek aan zin en aan iemand om mee te gaan. 'Dat is al een poos geleden,' zei hij.

'Ben jij een man om op het strand te liggen of ga je liever dingen doen?'

'Allebei eigenlijk. Of geen van beiden. Op het strand liggen wordt al snel saai, vind ik, maar waarschijnlijk nog niet zo saai als door een museum lopen...'

'Je bent niet gauw tevreden, hè?'

'Sorry...'

'Goed, als je mocht kiezen, waar zou je dan het liefste heen willen?'

'Nashville heeft me altijd leuk geleken.'
Ze knikte. 'Ja, ja. Het country-and-westerngebeuren.'
'Nog zo'n duister geheim van me...'
'Ik vond het best mooi.'
'Echt?'
'Je gaat toch niet raar doen, hè? Niet dat je straks leren beenstukken aandoet en een rijzweep en sporen tevoorschijn haalt...'
Ze sloegen rechts Prince of Wales Road in. Uit de Pizza Express op de hoek kwamen de klanken van live jazzmuziek. Thorne vroeg zich af of een pizza geen beter idee was geweest. De combinatie van curry en vochtigheid betekende dat er over zijn hele lichaam zweetparels naar buiten plopten.
Ze liepen nog altijd hand in hand en Thorne voelde het vocht tussen hun handpalmen. Hij wist niet of het haar zweet was of het zijne.

Moeiteloos vlocht de motor zich tussen het verkeer door. Af en toe, als het erg druk werd of de straat versmalde, moest hij wachten. Dan stond hij met stationair draaiende motor in de file tussen de koeriers en de taxichauffeurs in opleiding op hun brommers. Maar gauw genoeg zou er ergens een gaatje vallen, en dan was hij weg en reed hij met de tegen zijn rug wippende rugzak langs slapende politieagenten en gaten in de weg...
Hij stopte voor een verkeerslicht en keek op zijn horloge. Hij zou waarschijnlijk iets te vroeg zijn, maar dat gaf niet. Hij zou parkeren, een stukje gaan wandelen en ergens wachten. Om tot het tijd was uit het zicht te blijven.
Een Kawasaki naast hem voerde het toerental op, klaar voor de start. Achterop zat een meisje in een afgeknipte spijkerbroek dat zich bij elke grom die haar vriend uit de motor wist te wringen steviger aan hem vastklemde. Du moment dat het licht weer op oranje sprong, was de Japanner weg. Hij keek hem na terwijl hij met zijn eigen motor langzaam en behoedzaam bij de lichten wegreed.
Hij ging niet harder rijden dan nodig was...
Hij had meer dan genoeg tijd, en aangehouden worden was wel het laatste wat hij wilde.
Het ging hem niet zozeer om de bon of om de strafpunten op zijn rijbewijs. Maar hij was zo opgewonden over wat hij op het punt stond te gaan doen, dat als een agent hem nu aanhield en vroeg waar hij naartoe ging, hij het hem misschien gewoon wel móést vertellen.

Holland keek op zijn horloge en was verbijsterd toen hij zag dat hij er al anderhalf uur zat.

'Ik moet weer eens terug,' zei hij. 'Mag ik die foto's meenemen?'

Een beetje vermoeid stond Irene Noble van de bank op en schoot haar schoenen weer aan. 'Ik zal ze gaan halen...'

Terwijl hij zat te wachten liet Holland in gedachten hun gesprek nog eens de revue passeren. Hij verbaasde zich over het menselijk vermogen tot zelfbedrog. Irene Noble was bepaald geen domme vrouw. Hij vond het moeilijk te begrijpen waarom ze zo voetstoots had aangenomen dat Sarah Foley zwanger was gemaakt door haar broer, ook al beweerde ze dat zij en ook eerdere pleegouders de kinderen samen in bed hadden aangetroffen. Was er nooit enige andere verklaring in haar opgekomen?

Hij hoorde haar de trap afkomen en ze riep: 'Het lijkt nog geen vijf minuten geleden dat deze zijn genomen.'

Er was waarschijnlijk geen andere verklaring waar ze mee kon leven...

Ze kwam de kamer in met een klein stapeltje foto's in haar hand, een half dozijn polaroids en een paar iets grotere. Holland pakte ze van haar aan. Ze stapte naar achteren, ging op de leuning van de bank zitten en wees naar de foto's, terwijl hij ze begon door te kijken.

'Dit zijn de twee die ik in een lijstje op het dressoir had staan. Dat zijn de foto's die het jaar voor hun verdwijning op school zijn genomen. De andere zijn van een verjaarspartijtje dat we voor Sarah hebben gehouden. Dat zal haar elfde geweest zijn. Roger had toen net die instantcamera gekocht...'

Vanaf het moment dat hij naar de eerste foto had staan kijken hoorde Holland niets meer, behalve het geluid van zijn eigen ademhaling. Een meisje in een blauwe gedessineerde jurk en haar haar naar achteren, dat glimlachte alsof het ging om iets wat alleen zij grappig vond. Holland tilde de foto van Sarah op, waarop het pendant tevoorschijn kwam, het portret van haar broer.

'Jezus,' zei hij.

Irene Noble stond op. 'Wat is er?'

Holland bekeek ook snel de andere foto's om zich er nog eens van te verzekeren. Bij één foto in het bijzonder bleef hij hangen en hij staarde ernaar, opgetogen en ontsteld. Hij hoorde niet dat Irene Noble hem nog eens vroeg wat er aan de hand was en zag haar ook niet op hem afkomen.

Sarah Foley zat aan tafel; het mes in haar hand hing boven een taart. De meisjes aan weerszijden van haar leken veel enthousiaster dan zijzelf. In de hoek van de kamer stond Mark, net zichtbaar in de rechterbovenhoek van de foto. Zijn vingers zaten om de deur gekruld, alsof hij zich klaarmaakte om hem open te gooien en erdoorheen te hollen, of om hem van zich af te duwen en zich op de camera en op wie erachter stond te werpen.

Haar gezicht was toen smaller en dat van hem misschien iets voller. De ogen waren groter en de huid gladder, maar dat was begrijpelijk. Dit waren kindergezichtjes die nog moesten verweren, maar met de uitdrukking erop was Holland vertrouwd.

Hij stond te kijken naar foto's van mensen die hij herkende.

DERTIG

Thorne lag in bed ingespannen te luisteren en probeerde op basis van de geluiden die hij uit de badkamer hoorde komen na te gaan wat daar precies gebeurde...

Bij gebrek aan iets originelers te zeggen had hij Eve zodra ze weer bij hem thuis waren een kopje koffie aangeboden, in de hoop dat ze het zou afslaan, en hij was dolblij toen ze dat ook deed. Zij was naar het toilet gegaan, hij was het huis doorgelopen om een paar ramen open te zetten, en toen hij op weg naar de stereo langs de schoorsteenmantel kwam, had hij zichzelf in de spiegel als een schooljongen aangegrijnsd. Terwijl de eerste maten van 'Good Year for the Roses' de kamer vulden, had Thorne zich omgedraaid en toen bleek Eve op maar een decimeter afstand te staan...

Half dansend, half strompelend waren ze in de slaapkamer gekomen en toen op de nieuwe matras neergevallen. Hun gelach had al snel plaatsgemaakt voor meer gepassioneerde geluiden, terwijl hun handen en monden met elkaar aan de gang gingen. De wijn en het wachten maakten hun bewegingen hongeriger en vertwijfelder dan eerst, voordat ze naar het restaurant waren vertrokken...

Toen hield Eve ineens op en begon weer te lachen. Ze duwde zich van het bed af, grijnsde en kondigde aan dat ze nog een keer naar de badkamer moest. Zodra ze de deur achter zich dicht had gedaan, had Thorne zich vlug uitgekleed en was onder het dekbek gegleden, dankbaar om het feit dat hij dat gênante moment wanneer de lovehandles tevoorschijn komen had kunnen vermijden, maar ook met het gevoel dat een zekere spontaniteit nu verdwenen was...

Dit keer hoorde hij niets door de muur tussen de slaap- en de badkamer heen komen. Hij bedacht dat de vaart er nou misschien uit was, maar ook weer niet méér dan het geval zou zijn wanneer het moment voor dat onhandige geklooi met een condoom was gekomen. Hij dacht aan het pakje dat hij de dag daarvoor uit de machine op het toilet in de Royal Oak had getrokken. Dat lag naast de maagtabletten en de voetencrème voor sporters in het laatje van zijn nachtkastje.

Hij bedacht dat het misschien tijd en gedoe zou schelen als hij het condoom alvast uit de verpakking haalde en klaarlegde. Terwijl hij zijn arm uitstak om het laatje open te trekken, bedacht hij ineens iets. Misschien stond zij in de badkamer wel met een pessarium te hannesen...

Thorne hoorde water lopen. Hij ging iets meer rechtop zitten, steunde met zijn hoofd tegen de muur en drukte zijn oor ertegenaan.

Ze was waarschijnlijk haar tanden aan het poetsen...

Hij vroeg zich af of hij niet ook uit bed moest glippen, zijn badjas moest aantrekken en zich bij haar moest voegen. Hoe zou het voelen als haar tanden al schoon waren en zijn mond nog naar curry smaakte? Zou het vreemd zijn als ze daar samen in de wasbak stonden te spugen, terwijl ze nog niet eens echt aan elkaar hadden gezeten?

De deur ging open en Eve kwam weer binnen. Ze bleef naast het bed staan en keek op hem neer. Ze had haar kleren gladgestreken, alsof het al de volgende ochtend was en ze hem gedag kwam kussen. Hij kon zich niet herinneren ooit iemand zo sexy te hebben gevonden, en het leek alsof zij hem ook aantrekkelijker vond dan ooit. En toch vroeg Thorne zich heel even af of ze zich soms zou omdraaien en weg zou gaan.

Voordat hij iets kon zeggen legde ze voorzichtig haar handtas naast het bed, deed een pas naar achteren en begon zich uit te kleden.

Het vaste nummer was in gesprek, dus probeerde Holland Thornes mobieltje. De telefoon stond op een tafeltje in een minuscuul nisje onder de trap, waar Holland om ruimte vocht met jassen, paraplu's en plastic zakken met laarzen en schoenen.

Achter hem drentelde Irene Noble rond. 'Wie belt u? Mag u me dat vertellen?'

'Inspecteur Thorne. Die hebt u laatst ontmoet...'

'O ja. Misschien heeft hij ook een mobieltje.'

'Dat probeer ik nu...' Holland wendde zich van haar af. Opeens vond hij het onbehaaglijk dat ze zo dichtbij stond. In zijn haast om dit telefoontje te plegen om te vertellen wat hij had ontdekt, had hij er niet aan gedacht dat hij dit eigenlijk ergens privé had moeten doen. Hij was ontspannen geweest en had zich prettig gevoeld. Maar nu was hij weer in functie en hij besefte dat hij Thorne dingen zou moeten vertellen die Irene Noble echt niet moest horen. 'Sorry, maar u moet echt even...'

Holland hoorde Thornes stem die hem vertelde hoezeer het hem speet dat hij hem niet te woord kon staan, en hem vroeg een boodschap achter te laten. Holland drukte op een toets om de verbinding te verbreken. Dit was een boodschap die hij persoonlijk wilde overbrengen.

Met de foto's van Mark en Sarah Foley nog in zijn hand geklemd stond Holland in minder dan een minuut buiten.

Hij bedankte Irene Noble terwijl hij achterwaarts het paadje af liep naar zijn auto. Onderwijl vroeg hij zich steeds maar af of er geen snellere route terug naar noord-Londen was. Hij zei tegen zichzelf dat het niet nodig was om meteen helemaal uit z'n dak te gaan, dat hun verdachten absoluut niet konden weten dat ze waren geïdentificeerd en dat ze gewoon zouden blijven waar ze waren.

Het laatste wat Holland tegen Irene Noble zei, roepend door het open raampje vlak voor hij wegreed, was dat hij voorzichtig zou zijn met de foto's. In werkelijkheid wist hij niet wanneer ze ze weer terug zou krijgen. Holland zou ze aan Thorne laten zien, en die zou ze weer aan Brigstocke laten zien. Ze zouden ze gebruiken om een arrestatiebevel te verkrijgen...

Holland kon niet precies zeggen hoe het van daaraf zou lopen, wat het tijdsschema zou zijn, hoeveel er aan de media zou worden doorgespeeld. Elke zaak eindigde weer anders. Maar als ze de stroom schadelijke publiciteit wilden stelpen en de arrestaties in het weekend zouden verrichten, dan was er een kans dat Irene Noble de foto's voor het eerst weer zou zien op de voorpagina's van de kranten op maandagochtend.

'Je bent prachtig,' zei Thorne, terwijl hij verlangend langs haar lichaam omlaag keek. 'Ongelofelijk dat het zo lang heeft geduurd voor het zover is gekomen.'

'Wiens schuld is dat?'

'De mijne, ik weet het.'

'Wel blij dat je nu hier bent?'

'God nou.' Thorne grinnikte. 'Ik zit net te denken wat er was gebeurd als niet ík de telefoon in die hotelkamer had opgenomen, toen we het eerste lijk hadden gevonden. Je had wel een uur later kunnen bellen. Dan had er gemakkelijk iemand anders kunnen opnemen...'

Eve haalde haar schouders op. 'Dan had hier nu gemakkelijk iemand anders kunnen liggen.'

Haar lichaam voelde warm en zacht aan. Ondanks zijn gebrek aan routine en zijn onbeholpenheid in het interpreteren van signalen, was Thorne er zeker van dat hij begeerte in haar ogen zag. Toch had hij een minuut eerder, toen hij voor het eerst zijn hand op het naakte vlees van haar borst had gelegd, een spanning gevoeld. Er was plotseling sprake van een terughoudendheid die niet echt strookte met de bij hem gewekte verwachtingen. Zij had steeds het tempo bepaald en die schuine grappen gemaakt over het bed en over dat ze ervoor in was. En nu, op het allerlaatste moment, liet ze blijken dat ze er toch niet zo klaar voor was als ze deed voorkomen.

Thorne voelde dat er een barrière werd opgetrokken. Zwak, misschien maar één duwtje van bezwijken verwijderd, en ondraaglijk sexy...

Ze wilde dat hij het werk deed, dat hij zich als een man gedroeg. Het leek alsof ze ernaar verlangde zich aan hem en zichzelf over te geven, maar wel een beetje hulp nodig had. Thorne was ontzettend opgewonden. Hij had wel zo'n gevoel van wat er komen ging als ze zichzelf toestond over de rand te gaan. Hij wilde niets liever dan haar daar zachtjes naartoe duwen...

'Je bent zo prachtig,' zei hij en hij liet zijn mond op de hare zakken.

Alsof het afgesproken werk was, hoorde Thorne in de andere kamer die ene song beginnen die hem zo perfect had geleken. Het verhaal van een man wiens liefde voor een bepaalde vrouw pas eindigde op de dag dat ze hem in een kist zijn voordeur uit droegen. Thorne liet de vertrouwde warmte van George Jones' stem over zich heen rollen, terwijl hij zijn handen over Eves lichaam liet glijden.

Hij was zich vaag bewust van een ander vertrouwd geluid. De slaapkamerdeur ging krakend open en deed sssjjj toen hij over het tapijt schoof. Het was een geluid dat hem in de vroege uurtjes vaak stoorde in zijn slaap, en waar hij uitgerekend vanavond wel zonder kon.

Thorne stopte met waar hij mee bezig was, glimlachte naar Eve en wachtte tot hij het onwelkome gewicht van de kat voelde wanneer die op het voeteneind landde...

Holland reed Romford Road af tot aan Forest Gate en stak toen door richting Wanstead Flats. Hij kende dit deel van Londen niet goed. Met één hand aan het stuur en met de andere het stratenboek openhoudend stippelde hij al rijdend zijn route uit.

Zodra hij Irene Nobles huis had verlaten, had hij Sophie gebeld om uit te leggen waarom hij niet thuis was gekomen. Hij zei dat er ineens iets belangrijks was, dankbaar voor het feit dat dit niet langer een leugen was. Zij zei dat ze moe was en vroeg naar bed zou gaan, maar hij hoorde aan haar stem dat ze niet bepaald opgetogen was. Hij slaagde er nog in te zeggen dat hij van haar hield, voordat ze de telefoon neerlegde.

Holland probeerde Thornes thuisnummer te bellen. Dat was nog altijd in gesprek. Toen draaide hij zijn mobiele nummer weer, maar hing op zodra hij Thornes boodschap hoorde...

Hij reed vijfenzeventig, op de lange, rechte weg die door Hackney Marshes liep. Dit was ook weer zo'n buurt in dit vreemde deel van de stad dat op de pagina van het stratenboek behoorlijk groen was, maar dat na het donker akelig en bepaald niet uitnodigend leek. Hij zou zich wel weer prettiger voelen zodra hij bij Clapton de A107 op ging. Hij zag hem al onder aan de pagina, op maar een vingernagel van waar hij nu was. Vandaar was het een min of meer rechte lijn omhoog door Stamford Hill en dan Seven Sisters Road op. Nog tien minuten, langs Finsbury Park en Holloway Road over, en dan was hij bij Thornes huis.

Hij overwoog nogmaals het eenvoudigste te doen en Brigstocke te bellen. Dat was waarschijnlijk het meest correct, maar zoals altijd gold zijn sterkste loyaliteit Thorne. Hij herinnerde zich een Amerikaanse politieserie waar Sophie en hij op een avond naar hadden gekeken. *NYPD Blue* misschien, of *Homicide*. Een van de agenten sprak toen over het inseinen van zijn makker over iets, terwijl hij het eigenlijk hogerop had moeten zoeken. Nou was Thorne natuurlijk niet zijn makker, maar toch was dit zo ongeveer het gevoel dat Holland ook had.

Thorne zou in dit geval dankbaar zijn voor een seintje...

Nu Holland zich wat zekerder voelde van waar hij was, legde hij het stratenboek op de passagiersstoel en draaide Thornes thuisnummer nog eens. Hij luisterde naar het monotone tuuttuut van de ingesprektoon en vroeg zich af waarom hij niet de gebruikelijke irritante boodschap van de telefoondienst kreeg dat het nummer in gesprek was.

Holland had wel zo'n idee met wie Thorne aan de praat was. Hij herinnerde zich een avond in de Royal Oak toen Thorne het over zichzelf en zijn vader en hun 'gesprekken van drie kwartier over helemaal niks' had gehad. Vanavond zou het wel helemaal niks zijn plus een overwinning van de Spurs in de openingswedstrijd van het seizoen. Holland zag Thorne al zitten luisteren met een blikje supermarktbier erbij, terwijl hij wanhopig probeerde zijn ouwe van de lijn af te krijgen, zodat ze allebei lekker voor *Match of the Day* konden gaan zitten om de doelpunten te kijken.

In Stamford Bridge 2-1 tegen Chelsea. Thorne zou nu in elk geval in een goede stemming zijn.

Holland strekte zijn arm uit en haalde foto's onder het stratenboek vandaan. Hij vroeg zich af in wat voor stemming Thorne over een minuut of twintig zou zijn, nadat hij hier een blik op had geworpen...

Thorne verstijfde, voornamelijk perplex, toen hij zich omdraaide en de man zijn helm zag afzetten.

'Hoe ben jij godverdomme binnengekomen?' vroeg Thorne. Een paar verwarde, verbijsterde ogenblikken lang was het enige wat hij kon bedenken dat dit een of andere kwestie met een jaloers vriendje was waar hij zonder het te weten in verzeild was geraakt, en dat hij op het punt stond in een heel gênant vuistgevecht betrokken te raken. Het was evenzeer de uitdrukking op het gezicht van de man als het mes dat hij uit zijn rugzak haalde, waardoor Thorne besefte dat hier iets totaal anders aan de hand was.

Thorne keerde zich naar Eve toe. Hij draaide met een ruk zijn hoofd om, recht in het mes dat ze in haar hand had en naar hem uitgestoken hield. Het lemmet sneed in een rechte lijn over zijn kin en de punt zonk ongeveer een centimeter diep in het zachte vlees onder zijn kaak.

Hij schreeuwde het uit en gooide zich op zijn zij. Het bloed uit de wond begon op het kussen te druipen.

De man zette een stap naar het bed toe.

Een klein deel van Thornes hersenen bleef rationeel functioneren en formuleerde een gedachte. *Het mes zat in haar tas.* De rest begon iets duisters tot uitdrukking te brengen, een angst die hij daarvoor alleen wel eens als iets vluchtigs en grilligs had gevoeld, maar die nu zwaar en onder zijn borstbeen gehaakt in hem geboren werd. Hij stelde zich die angst voor, levend en schranzend in zijn borst. Thorne voelde de sterke, dunne vingers om zijn ribben geslagen zitten, daar hing het wezen aan en het trok Thorne naar beneden.

Thorne tilde zijn hoofd op en drukte zijn hand tegen de jaap op zijn kin. Hij probeerde zijn doodsangst niet in zijn stem te laten doorklinken. 'Mark en Sarah...'

Toen zijn echte naam werd genoemd, trok er iets donkers over het gezicht van de man. 'En nu ga je bij mijn zuster uit de buurt.'

Thorne schoof naar de andere kant van de matras en voelde zich vreemd onbehaaglijk met zijn naaktheid. Hij zag de vrouw naakt en glimlachend uit bed stappen en haar kleren pakken.

'Eve, dit is ontzettend stom...'

Ben Jamesons ogen schoten van het lichaam van zijn zus naar Thorne. 'Op de vloer jij...'

EENENDERTIG

Terwijl ze hem gereedmaakten, probeerde Thorne de groeiende angst, het bloed en de pijn bijeen te pakken en ze ergens apart te houden. Ergens waar hij ze kon opbergen en kon opstoken tot een woede die hij misschien nog kon gebruiken. De rest van zijn brein concentreerde zich, kwam met antwoorden en bracht alles met elkaar in verband. Door de adrenaline draaide de motor op volle toeren...

De twee werkten snel en efficiënt samen. Voordat Thorne zelfs maar kon bedenken hoe hij zich ertegen zou gaan verweren, tegen de twee messen, werd dat al onmogelijk. Eve trok de riem uit Thornes kakibroek en wikkelde die zo strak om zijn polsen dat het pijn deed. Ben manoeuvreerde zijn lichaam in positie. Hij duwde zijn hoofd op het tapijt, sjorde zijn knieën omhoog en spreidde zijn kuiten. Ze gingen te werk als een team, beweging en stilstand synchroon, de een bezig terwijl de ander een mes vlakbij hield. Thorne was nooit meer dan een paar centimeter van een lemmet verwijderd. Er kon van geen enkele beweging sprake zijn, behalve die waartoe hij werd geïnstrueerd.

Zijn lichaam weerspiegelde nu de lichamen die hij al eerder had gezien. Verwrongen en verkleurd. In hotelkamers en in dromen...

Thorne lag met zijn gezicht op de vloer. Zijn knieën waren onder hem opgetrokken en zijn achterlijf stak omhoog. Zijn hoofd en handen waren naar de slaapkamerdeur gericht. Bloed uit de steekwond sijpelde in het tapijt of kleefde samen onder zijn kin.

'In de rest van de kamer gaf het niet,' zei Thorne. 'In die hotels gingen de sporen gewoon verloren tussen die van andere mensen. Maar van het beddengoed moest je af zien te komen, hè Eve? Dat was schoon, daarop zouden alleen sporen van jouzelf en het slachtoffer zitten...'

Thorne wist dat Eve glimlachte, ook al kon hij het niet zien. 'Zodra ik ze in bed had, waren ze machteloos. Net als jij.'

'Ik heb nooit iemand verkracht, Eve...'

'Beetje laat nou om die klotestukjes van dat klotepuzzeltje van je in elkaar te passen, denk je niet?' zei Jameson. 'Nogal zinloos als je nagaat hoe je er nou bij ligt.'

'Maar wie wil er onwetend sterven?'

'Het is denk ik wat laat om daar nog veel aan te doen,' zei Jameson. 'Hoeveel antwoorden je ook krijgt...'

'Is dit dat troetelproject waar je het over had? Deze moorden? Dat eigen ding van je dat je van de grond wilde krijgen...?'

Jameson lachte. 'Dat is nou grappig. Dat zou heel wat interessanter zijn dan die kuttrainingsvideo's voor de lokale overheid, dat is zeker. En daar heb je dan meteen nog een stukje van je puzzel. Eén ding meer om je wat minder onwetend te maken...'

Thorne was al aan het proberen alles op een rij te krijgen. 'Zo ben je in het register gekomen, hè? Maar via welk kanaal precies? Het maatschappelijk werk?'

Eve gaf het antwoord. 'Het Landelijk Directoraat Reclassering. Meer in het bijzonder de Dienst Zedendelinquenten en Behandeling...'

'*Naar een nationale informatiestrategie* is geen *Citizen Kane*,' zei Jameson. 'Maar ze vonden het prima me alle research te laten doen die ik nodig had, en hun beveiliging was inderdaad erg slordig. Ze waren nogal laks wat betreft onbeheerde computers en toegang tot databases en dat soort dingen. Dat was juist ook de reden dat ze die video gemaakt wilden hebben...'

Opeens bedacht Thorne dat Jameson waarschijnlijk op de lijst van Charlie Dodds contactnummers had gestaan die ze hadden gemaakt. De aard van Dodds bezigheden in aanmerking genomen, zou een videoproductiebedrijf niet verdacht hebben geleken. Maar omdat hij de naam van Jamesons bedrijfje niet wist, zou hij die dus toch niet hebben herkend. Het maakte nu allemaal niet veel meer uit...

'Daar had je dan geluk mee,' zei Thorne.

'We hebben allemaal af en toe een mazzeltje nodig,' zei Eve. 'Sommigen meer dan anderen...'

Thorne tilde zijn hoofd van het tapijt en voelde dat er vezels en piepkleine stukjes gruis in het geronnen bloed op zijn kin gekleefd zaten. Hij nam het gewicht op zijn voorhoofd en keek door het gat onder zijn armen door naar achteren. Jameson stond te wroeten in de rugzak die hij op het voeteneind had gezet. Eve stond naast hem en hield haar ogen continu op Thorne gericht.

'We moeten een beetje opschieten,' zei ze.

Thorne zag een flits blauw toen Jameson het stuk waslijn tevoorschijn haalde, en toen een flits zwart, dat naar hij aannam de kap was. Hij voelde de angst, dat wezen in zijn borst, groeien. Hij deed zijn ogen dicht en zag hoe het zichzelf stukje bij beetje ophees en daarbij zijn ribben als ladder gebruikte.

Zoals zo vaak het geval was, bleek het laatste stukje van de tocht het meest frustrerend. Het had een eeuwigheid gekost om bij de Nag's Head Holloway Road over te steken en bij Tufnell Park te komen. En nu vormde dit belachelijke aantal verkeerslichten en zebrapaden op Kentish Town Road op het allerlaatste moment ook nog een hindernis.

Holland overwoog nog eens te bellen, maar kwam tot de slotsom dat dat niet veel zin meer had. Want ook al zat Thorne niet meer aan de telefoon of had hij zijn mobieltje weer aangezet, hij was er nu toch bijna...

Holland reed op de linkerbaan, week uit naar de rechter toen hij op een bus stuitte en sneed onderwijl nog behendig een taxi af. Bij het volgende stoplicht kwam de taxi links van hem staan. De chauffeur draaide zijn raampje omlaag en begon te schelden. Holland hield zijn politiepasje op, zei tegen de dikkerd dat hij moest oprotten en keek glimlachend toe toen hij dat inderdaad deed.

Toen het licht op groen sprong, zwenkte Holland Prince of Wales Road in. Thornes straat was de derde rechts. Hij gaf richting aan, remde af tot stilstand en wachtte op een gaatje in het verkeer. Onderwijl keek hij schuin omlaag naar de foto's.

Terwijl hij afsloeg, vroeg hij zich af of men Thorne eigenlijk wel zou toestaan erbij te zijn als de arrestaties werden verricht.

'Maar het is wel een fantastisch verhaal,' zei Jameson. 'Misschien zou ik het moeten opschrijven. Ik zou dan natuurlijk wel alle namen veranderen om de onschuldigen te beschermen...'

'Wie dat ook mogen zijn,' zei Thorne.

'Het zou uit drie delen bestaan. Drie aktes zo je wilt, zoals elk klassiek scenario...'

'De wonderen zijn de wereld nog niet uit.'

'Maar jij zo dadelijk wel.'

Het zwarte wezen in Thornes binnenste klom nog een rib hoger...

'Voor het eerste deel moet we teruggaan in de tijd. Broeken met wijde pijpen, vreselijk haar en een hufter die waarschijnlijk beide heeft. Een man die een vrouw een opslagruimte binnentrekt en haar verkracht...'

'Je moeder...'

Thorne voelde de trillingen toen er snelle voeten over het tapijt op hem afkwamen, en daarna de pijn van een hak die tegen de zijkant van zijn gezicht drukte. 'Laat hem het vertellen,' zei Eve.

'De verkrachter wordt niet schuldig bevonden, grotendeels dankzij de politie. De vrouw stort in. Haar man draait door.' Jameson gooide de woorden zijn mond uit alsof hij vuiligheid uitspuugde. 'Hij brengt eerst haar om en dan zichzelf en hun lijken worden ontdekt door hun twee jonge kinderen die vervolgens in een pleeggezin worden geplaatst. Een dramatisch begin, vind je niet?'

'En daarom ben ik dus hier?' vroeg Thorne. De schoen kwam neer tegen de zijkant van zijn hoofd en zijn oor. Jameson zei iets wat hij niet verstond en toen werd de voet weer opgetild. Thorne draaide zijn hoofd en zag Eve naar haar broer teruglopen. '"Grotendeels dankzij de politie." Dat zei je. Dus ik moet sterven vanwege de manier waarop een of andere halve gare bijna dertig jaar geleden een verkrachtingszaak heeft behandeld.' Hij kreeg geen antwoord. 'Nou? Klopt dat zo'n beetje?'

'Het heeft geen zin te mekkeren dat het leven oneerlijk is,' zei Eve. 'Wij zijn wel de laatsten van wie je op dat punt enig medeleven zult krijgen...'

'Ik begrijp wel waarom, ja. Ik wil alleen weten waarom *ík*?'

'Omdat jij de telefoon opnam.'

En toen zag Thorne hoe eenvoudig het werkelijk lag. Het bericht dat de moordenaar op Eve Blooms antwoordapparaat had ingesproken, had hem altijd al dwarsgezeten. Nu begreep hij eindelijk waarom dat was gebeurd. Het was zogenaamd ingesproken zodat Eve een excuus had om het hotel te bellen – een telefoontje naar een plaats delict dat door een politieagent zou worden beantwoord. De rouwkransen na de daaropvolgende moorden waren puur en alleen besteld om dat onderdeel van het patroon te laten lijken.

De verkrachters hadden ze met zorg uitgezocht. Maar hun laatste slachtoffer, Thorne, was volstrekt willekeurig gekozen. Hij dacht terug aan wat hij twintig minuten eerder in bed tegen Eve had gezegd, en aan wat zij toen tegen hem had gezegd...

'Dan had er gemakkelijk iemand anders kunnen opnemen...'

'Dan had hier nu gemakkelijk iemand anders kunnen liggen.'

Hij zag nog haar gezichtsuitdrukking voor zich toen ze het zei. Hij stelde zich die op zijn vaders gezicht voor als hij het nieuws van Thornes dood zou vernemen.

'Ik heb ook al een hele goeie titel voor dit smerige horrorverhaaltje,' zei Jameson. 'Wat dacht je van "Van de wal in de sloot"?'

'We weten het van Roger Noble...'

'O ja?' Al verhief Jameson zijn stem niet, voor het eerst hoorde Thorne er emotie achter, witheet en dodelijk. 'Je weet misschien wat hij heeft gedaan, maar niet hoe dat voelde.'

'Zo akelig dat je weg moest.'

'Goed zo...'

'Om je zus te beschermen...'

'Noble wilde niet *míj* iets aandoen,' zei Eve. 'Hij wilde mijn kind iets aandoen.'

'Heeft hij je zwanger gemaakt?'

Jameson lachte. 'Wij zijn weer terug bij de onwetendheid. We zouden een belletje of een zoemer moeten hebben voor wanneer je het fout hebt of iets stoms zegt. Noble hield van jongetjes. Het kind was van mij.'

'Van ons,' zei Eve. 'Dus toen ze me wilden dwingen het te laten weghalen, zijn we weggegaan.'

Thorne besefte dat het schaamte was geweest wat hij in Irene Nobles stem had gehoord, toen ze in haar Marks & Spencer-koffie had gestaard en het over 'gedragsproblemen' had gehad. Het was waarschijnlijk haar idee geweest om te verhuizen en de abortus in een andere streek te laten uitvoeren om een schandaal te vermijden...

'Wat is er met het kind gebeurd?' vroeg Thorne.

Jameson antwoordde zakelijk: 'Dat hebben we verloren. Wie weet proberen we het nog eens als dit alles voorbij is.'

Misschien een halve minuut lang zei niemand iets. Thorne lag pijn te lijden en van ergens kwam een briesje dat over zijn naakte huid streek. Hij had geen gevoel meer in zijn handen en het gebonk van zijn hart tilde zijn borstkas van het tapijt.

Als dit alles voorbij is.

Hij stelde zich de blik voor die de twee mensen die van plan waren hem te vermoorden uitwisselden. Hij zag iets teders voor zich, een uitdrukking van de liefde tussen een man en een vrouw die het erover hadden samen een kind te nemen wanneer hij eenmaal was verkracht en gewurgd.

Thorne kreunde van de pijn toen hij zijn hoofd de andere kant op draaide. 'Het laatste deel van het verhaal gaat vermoedelijk over de moorden,' zei hij. 'Remfry, Welch, Dodd en Southern. Met mij als symbolische climax. Maar het middelste stuk is nog een mysterie, het stuk van na jullie verdwijning. Wat is er gebeurd tussen Franklin en die mannen in de gevangenis in? Waarom zijn jullie weer met moorden begonnen?'

'De bliksem is twee keer ingeslagen,' zei Eve.

Toen ging de bel...

Thorne verstrakte en richtte zijn hoofd op, maar hun snelheid, de overtuiging waarmee ze handelden, was overweldigend. In een hartenklop waren ze bij hem en drukte er aan beide kanten een mes in zijn keel, waardoor hem de adem die hij nodig had om te kunnen gillen werd afgesneden...

Hendricks nam vrijwel onmiddellijk op...

'Luister,' zei Holland. 'Ik sta hier voor het huis van inspecteur Thorne en er wordt niet opengedaan, maar zijn telefoon is in gesprek...'

'Hij heeft de hoorn er waarschijnlijk naast gelegd terwijl hij Eliza Doolittle een goede beurt aan het geven is...'

Holland voelde iets kouds in zijn nek. 'Pardon?'

'Hij had een afspraakje met zijn sexy bloemiste. Het verbaast me niet dat hij de deur niet wil opendoen...'

'O jezus...'

'Wat is er?'

Holland vertelde Hendricks over de foto's, over Mark en Sarah Foley. Hendricks zei dat hij er meteen aan kwam. De paniek die Holland in de stem van de patholoog-anatoom hoorde, werkte remmend op het paniekgetij dat hij in zichzelf voelde opkomen.

Toen keek hij naar de overkant van de straat en zag hij de motor staan...

'Dave...?'

Holland voelde de motor die in zijn binnenste draaide in een hogere versnelling gaan. 'Luister Phil, bel Brigstocke voordat je weggaat en breng hem op de hoogte. En zorg dat er nu assistentie komt. En een ambulance...'

'Wat ga jij nou doen?'

Holland liep over de stoep bij Thornes huis vandaan. Hij dacht aan het steegje dat in zijn herinnering drie of vier deuren verder langs een van de huizen liep. 'Ik weet het nog niet...'

Hij zag een gezicht achter een valhelm. Het gezicht van een moordenaar die glimlachte om de leugen die in de waarheid lag.

'Ik heb zelf ook een BMW...'

Een glimlach omdat BMW zowel motoren als auto's maakt...

TWEEËNDERTIG

'Waarom stap je er niet uit, nu het nog kan?' zei Thorne. 'Jullie zullen de rest van je leven in de gevangenis doorbrengen. Jullie zullen elkaar nooit meer zien...'

Jameson klonk niet alsof hij daarmee zat. 'Wind je niet zo op, joh. Wie dat daarnet ook was aan de deur, hij of zij is weer weg.'

Thorne draaide zijn hoofd en richtte zijn stemgeluid naar Eve. 'Er zijn verdomme mensen die wisten dat je hier zou komen. Er zitten overal vezels en huiddeeltjes. In bed...'

'Natuurlijk zitten die er,' zei Eve. 'Ik ben je vriendin. En daarom bel ik strakjes de politie.'

Thorne was verbluft, maar hij zag onmiddellijk in dat ze ermee weg zouden komen. Het was heel eenvoudig. Zodra Thorne dood was, zou Jameson zijn zusje voor een poosje gedag kussen en wegglippen. Onderweg naar buiten zou hij de deur intrappen die zij eerder voor hem open had gezet, zodat het leek of er braaksporen waren.

En dan zou zij 999 bellen...

Hij twijfelde er niet aan of Eve zou de rol van getraumatiseerde getuige en later die van rouwende vriendin perfect spelen. Hij wist maar al te best hoe goed ze was, en hoe overtuigend ze de scherven van haar leven weer bijeen zou rapen. Hij zag al voor zich hoe de agenten een beetje verliefd op haar zouden worden terwijl ze haar schokkende verklaring opnamen.

Bij het idee dat ze niet voor zijn dood zouden hoeven boeten, raasde er een golf van woede door Thorne heen. Hij had het niet nodig, maar hij voelde daardoor nog een extra stoot vastberadenheid om zich vurig aan elke seconde vast te klampen.

'Vertel me over die bliksem, Eve.'

Zij zei niets, maar Jameson hapte wel toe. 'Dat Franklin zou boeten voor wat hij had gedaan, dat stond vast. Het heeft alleen een poosje geduurd voor ik eraan toekwam...'

Jameson was tussen hem en de deur in gaan staan. Eve was teruggelopen naar het bed. Hij nam aan dat Jameson de kap nog steeds in zijn hand had, en de waslijn ook, maar zeker wist hij het niet. Roger Noble had maar geluk gehad dat hij op een gegeven moment dood was neergevallen, dacht Thorne. Iets in Jamesons stem wekte de suggestie dat Jameson ook aan hem nog wel 'was toegekomen', als hij nog in leven was geweest.

'Maar waarom hebben jullie het daar niet bij gelaten?' vroeg Thorne.

'Dat hebben we wel gedaan,' zei Eve. 'We hebben verder het leven geleefd dat we hadden opgebouwd, dat we voor onszelf opnieuw hadden opgebouwd, totdat ik op een feestje één schuifeldansje te veel maakte. Totdat een of andere hufter dacht dat "nee" "ja" betekende en me naar huis is gevolgd...'

Al lag hij met zijn gezicht plat op het tapijt, Thorne wist heel goed wat voor uitdrukking er nu op haar gezicht stond. Die had hij namelijk eerder gezien, die avond dat ze over de London Fields waren gelopen en hij haar over de zaak had verteld. Toen hij haar dingen had verteld die zij al veel beter wist dan hij...

'Maar beschouw die vent dan als iemand die het recidivepercentage omlaag brengt...'

'Zeker dom om te vragen of je van die verkrachting aangifte hebt gedaan bij de politie?' zei Thorne.

Jameson kwam een stap dichterbij en zijn zwarte laarzen kwamen in Thornes gezichtsveld. 'Ongelofelijk dom ja. We hebben eigenhandig met die klootzak afgerekend...'

Thorne herinnerde zich die andere zaak die Holland en Stone uit STRAFINFO hadden gehaald. Een man die verkracht en gewurgd in de achterbak van een auto was gevonden. Het wurgkoord was verwijderd, maar Thorne kon er nu wel vrij zeker van zijn dat het een stuk waslijn was geweest.

Had hij nog een moord opgelost in de laatste momenten vóór die op hemzelf...

'Wat ons weer helemaal bij de tijd brengt,' zei Jameson.

Bij mij zal je bedoelen, dacht Thorne. Hij besefte dat hij de laatste was in een rij dode mannen die met elkaar verbonden waren geweest door de sterkste, vreemdste band van allemaal. De familieband, de kabel die maar niet wilde breken, zelfs niet wanneer er zo'n kink in zat dat hij onherkenbaar verdraaid was.

'Je vermoordt de man die je schuldig acht aan de dood van je vader en moeder, en voor het misbruik door de pleegvader die hen vervangt. Dan vermoord je de man die zich aan je zus heeft vergrepen en krijg je de smaak goed te pakken...'

'Niet voor moorden. Nee hoor.'

'Mijn fout. Voor een of ander gestoord idee van gerechtigheid...'

'Moet je jezelf eens horen...'

'Zeg me dan dat je er niet van geniet...'

Eves stem was vlak en nauwelijks luider dan een gefluister. 'Ik wil het nu doen,' zei ze.

Thorne voelde dat ze op hem af kwam lopen. Tegelijkertijd stond Jameson in één stap naast hem, en bij de volgende stap tilde hij zijn laars over zijn rug heen zodat hij schrijlings op hem kwam te zitten.

Thorne wist wat er komen ging, maar weigerde zich eraan te onderwerpen. Instinctief schoof hij zijn benen naar achteren en duwde zijn liezen naar het tapijt toe. Handen grepen zijn benen vast, klauwden aan zijn dijen om te proberen die weer omhoog te sjorren, en vochten om zijn achterwerk de lucht in te krijgen om het toegankelijk te maken...

Door pijn en verstijving was de bovenste helft van Thornes lichaam zo goed als nutteloos geworden. Het was niet meer dan een dood ding waarin alleen de donkere massa die zich aan zijn ribben vastklampte nog gedijde. Nat en zwaar slingerde die in hem heen en weer en kletterde van de wand van Thornes borstkas af, terwijl die lag te schoppen en te worstelen.

'Hou op,' zei Jameson.

Thorne schreeuwde. Zijn angst was plotseling veel groter dan zijn woede. Zijn stem klonk hoog en zwak en werd al snel vervangen door het oorverdovende gebrul en gegil van doodsangst, toen Jamesons handschoenen tegen de zijkant van zijn hoofd begonnen te bonken, steeds maar weer, tot Thorne niet anders meer kon dan het maar laten gebeuren en stil blijven liggen en wachten tot het ophield.

Seconden strekten zich uit en gingen voorbij en hoewel Thorne niet meer wist wie waar was, was hij zich wel bewust van beweging, van armen en benen, en van druk...

Hij was zich bewust van Eves stem toen de schreeuw in zijn hoofd iets afzwakte en hij haar 'Hou hem vast' hoorde zeggen.

Hij was zich ervan bewust dat hij was begonnen te huilen en was dankbaar voor het feit dat hij niet de controle over zijn blaas en darmen had verloren.

Thorne tilde zijn hoofd een paar centimeter van de vloer. Het vocht gleed onder zijn kin in de jaap en prikte. 'Eén ding,' zei hij met een stemgeluid dat het midden hield tussen gereutel en een hap naar lucht, terwijl hij met zijn ogen naar Jameson zocht. 'Gewoon voor mijn eigen voldoening. Ga je me voordat ik dood ben verkrachten of daarna? Dat konden we maar niet uitmaken...'

Jameson zat op Thornes rug en boog zich voorover tot dicht bij zijn oor. 'Ping, ping. Heel dom weer. Ik heb nooit iemand verkracht...'

Thorne voelde dat zijn hoofd aan zijn haar werd opgetild en toen omgedraaid. Maar de brandende pijn in zijn nek en schouders vergat hij al snel toen hij zag wat Eve in haar hand had. Het was mat, donker en zo dik als een vuist. Een verknipte simulatie van een geslachtsdeel die enkel en alleen was bedoeld voor het genot van degene die ermee binnendrong en er verwondingen mee toebracht.

Een wapen, simpel gezegd.

'Om een condoom hoeven we ons dit keer niet druk te maken,' zei Eve.

Thorne dacht aan de sporen die na de eerste lijkschouwing waren gevonden. De vanzelfsprekende aanname dat het slachtoffer door vlees en bloed was gepenetreerd. Dat de verkrachter een condoom om had gehad. Dat de verkrachter een man was...

In geheel andere omstandigheden had Thorne misschien zelfs wel gelachen, maar hij besefte heel goed wat dat ding dat Eve in haar hand had, zou aanrichten, met of zonder condoom, wanneer ze het bij hem naar binnen ramde...

'Om antwoord te geven op je vraag,' zei Jameson. 'Onze ervaring is dat het vrij goed werkt om die twee dingen tegelijkertijd doen.'

Holland meende dat hij een schreeuw hoorde toen hij zich op de keukenvloer liet zakken. Hij verstijfde en bleef staan luisteren. In de woonkamer stond muziek aan. Thornes gebruikelijke countrytroep. Van elders kwam een reeks doffe bonzen en toen was het stil.

Langzaam en stilletjes liep hij de woonkamer in, zo ongeveer als die inbreker die zes weken daarvoor door datzelfde raampje was binnengekomen. Op de tafel aan de andere kant van de kamer zag hij een rood knipperlichtje, van de telefoon die van de haak was gelegd. Thornes mobieltje lag ernaast. Holland hoefde er niet dichter bij te komen om te weten dat het was uitgeschakeld...

De song was ten einde en in de stilte voordat de volgende begon hoorde Holland een zacht gemurmel van stemmen. Toen de muziek weer begon, keerde hij zich in de richting van het geluid.

Ze waren in de slaapkamer. Jameson, die meid en...

Hoewel hij niet kon verstaan wat er werd gezegd, doorstroomde hem een gevoel van opluchting toen hij een van de stemmen als die van Thorne herkende.

Maar de opluchting werd iets wat bitter smaakte in zijn mond, toen Holland besefte dat hij snel moest handelen en dat hij geen idee had wat hij aan de andere kant van de slaapkamerdeur moest verwachten. Hij dacht aan Sophie, terwijl hij aan de grond genageld stond en de kamer rondkeek op zoek naar iets wat hij als wapen zou kunnen gebruiken.

Thorne voelde de pijn door zijn nek en schouders schieten toen Jameson ging verzitten. Hij zag een hand aan zijn gezicht voorbijkomen. Om de vingers zat de waslijn heen gedraaid...

'Vreemd hoe de geest van een man werkt,' zei Jameson. 'Zelfs vlak voor hun dood waren ze allemaal nog veel banger voor wat er aan de achterkant zou gebeuren dan aan de voorkant...'

Thorne kromp ineen toen Eves hand op zijn lendenstreek drukte. Hij verkrampte en zoog een ademstootje naar binnen toen er koud plastic langs zijn dij streek.

'Hoe happig ben je op dit moment?' zei ze. 'Op die schaal van één tot tien?'

Thorne klemde zijn kaken opeen en duwde zijn bekken omlaag, maar hij slaagde er niet in helemaal plat te gaan liggen. Hij voelde alleen de lichte weerstand van de kussens die onder hem waren gelegd en waardoor zijn achterste net genoeg omhoog bleef, hoe hij ook probeerde van houding te veranderen...

Jameson pakte Thorne bij een pluk haar beet en tilde zijn hoofd op. 'Een adviesje, voor wat het waard is.' Thorne gromde en schudde zijn hoofd. 'Het is het beste je niet tegen de lijn te verzetten als je hem rond je nek voelt...'

Thorne perste het laatste greintje kracht dat hij nog in zijn nek had eruit en duwde zijn hoofd weer terug naar de vloer.

Hij voelde dat zijn haar er bij de wortels uit werd getrokken...

Hij voelde de dikke punt van de fallus tegen zijn bilspleet drukken...

Hij duwde zijn gezicht naar het tapijt in de wetenschap dat Jameson maar net dát beetje ruimte nodig had om de kap op te krijgen. Dan zou de lijn snel volgen en zou het allemaal voorbij zijn...

'Graag of niet,' zei Jameson. 'Maar serieus, als je me nou even m'n gang laat gaan en de lijn z'n werk laat doen, dan ben je al lang voordat zij klaar is bewusteloos...'

Thorne schreeuwde en in een en dezelfde beweging stopte Jameson met trekken en beukte Thornes hoofd tegen de vloer. Thorne lag stil, kortstondig verbluft, net die paar seconden die Jameson nodig had om de kap over z'n hoofd te schuiven.

Terwijl hij lag te kronkelen en te trekken voelde Thorne een bizarre kalmte over zich komen die sterker werd naarmate het wurgkoord zich strakker om zijn nek trok. Hij voelde de angst in zijn binnenste verschrompelen tot niets. Hij zag gezichten barsten en als lichtflitsen verstrooid worden. Hij zweefde door een zo diep-donkere ruimte dat hij wist dat dit meer met de dood dan met duisternis te maken had.

Het is net alsof het inbeuken van de deur en het geschreeuw de echo's van geluidseffecten op verre afstand zijn, die plotseling, wanneer de druk om zijn nek wegvalt, oorverdovend worden...

Thorne zoog lucht in zijn longen en verhief zich. Hij gromde en knalde met zijn achterhoofd ergens tegenaan, dat hij voelde meegeven en toen zacht worden. Het gewicht viel of werd van hem af getild, waarop hij naar voren kukelde en op zijn rug rolde. Hij trok zijn knieën tegen zijn borst, bracht zijn handen omhoog en toen om zijn voeten heen naar voren, en begon met zijn dode vingers te grabbelen om de kap af te doen.

Een schreeuw, vervolgens gekraak en het doordringende gepiep van zwenkwieltjes, wanneer het bed met grote snelheid over de vloer rijdt...

Hij staarde naar het plafond, hoorde gekreun van inspanning en pijn en de dreun van lichamen die met iets massiefs in botsing kwamen. Toen hij zijn hoofd opzij liet zakken, zag hij Jameson en Holland in een hoop bij de kleerkast liggen. Hij zag de deur ervan langzaam openzwaaien en in de spiegel aan de binnenkant zag hij Eve op zich afkomen.

Vlug draaide hij zich van de reflectie om naar de werkelijke verschijning...

Met haar mes opgeheven dreigde ze zich op hem te storten, of op hem te struikelen of te vallen, en Thorne kon niet veel anders dan zijn gezicht wegdraaien en haar een harde trap verkopen. Toen ze haar mond opendeed, grimassend van de inspanning of van de haat, beukte Thornes voet onder tegen haar kaak aan, waardoor haar hoofd achterover sloeg en een brede sliert bloed in een boog hoog boven hen uit spoot. Lange ogenblikken nadat ze als een zij vlees op de grond was gevallen, regenden de laatste druppels nog neer...

Thorne stond behoedzaam op en liep langzaam naar Holland, die voorover geklapt en wit weggetrokken stond te hijgen. Jameson lag jammerend op de grond met zijn ene arm onder een rare hoek achter zich en de andere uitgestrekt naar een mes waar hij nooit bij zou komen. Hij keek op, maar het was onmogelijk zijn gelaatsuitdrukking te duiden door de pappige rode knoeiboel die Thornes hoofd van zijn gezicht had gemaakt.

Een fles wijn was half onder de kleerkast gerold. Thorne schoof het ding er met zijn voet weer onderuit, terwijl Holland de riem om zijn polsen begon los te maken.

'Dat was alles wat ik kon vinden,' zei Holland tussen zijn happen naar adem door. 'Ik denk dat ik die hufters arm ermee heb gebroken...'

Met zijn handen weer los draaide Thorne zich om en liep terug naar de slaapkamerdeur, waar Eve languit op de grond lag. Ze had het mes nog in haar hand, maar merkte nauwelijks dat Thorne het van haar afpakte. Ze was het met bloedvlekken bevuilde tapijt aan het afzoeken naar de helft van haar tong, die ze finaal had afgebeten, net zoals haar vader toen hij zich al die jaren daarvoor van die trapleuning had laten vallen.

Thorne zeeg neer op de vloer en leunde met zijn rug tegen het bed. Hij voelde de pijn terugkomen. In zijn hoofd, in zijn armen, overal.

Uit de andere kamer hoorde hij George Jones komen, die zong alsof er niets was gebeurd.

In de spiegel aan de binnenkant van de deur van de kleerkast staarde hij naar zichzelf. Naakt en onder het bloed leek hij wel een of andere roofzuchtige wilde. Hij zag hoe hij langzaam zijn hand verplaatste om zijn geslachtsdelen te bedekken.

'Ik heb Hendricks gebeld,' zei Holland. 'Er is assistentie onderweg.'

Thorne knikte. 'Goed zo. Dat is heel goed, Dave. Maar geef me nu eerst even mijn onderbroek aan, wil je...?'

DEEL VIER

Het koninkrijk waar niemand sterft

DRIEËNDERTIG

Yvonne Kitson belde terwijl hij op weg was naar St. Albans.

'Hoe gaat het ermee, Tom?'

'Goed hoor. En met jou?'

'Prima. Luister...'

Thorne wist heel goed dat het met Kitson verre van prima ging. Haar man was met kinderen en al weggegaan nadat hij had ontdekt dat ze een verhouding met een hoge politieman had, en nu zag het ernaar uit dat er noch van haar loopbaan noch van haar gezin iets zou overblijven. Het was haar man geweest die het telefoontje naar haar superieuren had gepleegd en hun precies had verteld wat zijn vrouw deed en met wie...

'Luister,' zei ze. 'Ik dacht dat je het wel meteen zou willen weten. We hebben een datum voor het proces.'

Het was zes weken geleden dat Eve Bloom en Ben Jameson waren gearresteerd. Dat Thorne met een hand op zijn arm en een deken om zijn schouders zijn eigen appartement uit was geleid, zoals zoveel slachtoffers die hij in het verleden zelf naar politieauto's en ambulances had zien schuifelen, bleek en met ogen als schoteltjes.

Ze zouden nu weer door alles heen moeten. De zaak was al rond gemaakt, maar nu er een datum was bepaald, zou het tempo echt toenemen. De documentatie moest aan het Openbaar Ministerie worden overgelegd en de getuigen moesten fatsoenlijk worden voorbereid. Alles moest zorgvuldig bijeengebracht en vormgegeven worden, zodat deskundigen er de rechtszaal mee in konden en het konden gebruiken om een veroordeling te bewerkstelligen.

Thorne zou het monnikenwerk natuurlijk bespaard blijven. Zijn moment zou later komen, in de getuigenbank.

Niet dat Thorne ooit was opgehouden met erdoorheen gaan...

In schril contrast met het werkelijke leven was Eve Bloom steeds verontrustend eerlijk tijdens de Echt-Rechtbijeenkomsten die Thorne in zijn verbeelding dagelijks met haar had. Er was in seksuele zin uiteraard nooit ook maar de minste belangstelling voor hem geweest. Als ze had gewild, had ze makkelijk bij haar thuis met hem kunnen slapen. Maar wat niet zo makkelijk was geweest met een huisgenote in de buurt, was wat haar broer en zij van meet af aan van plan waren geweest.

Dat ze geen gelegenheid had gehad om het eerder te doen, om Thorne bij hem thuis daar te krijgen waar ze hem hebben wilde, lag aan een zeventienjarige junk die bij Thorne had ingebroken en zonder het te weten zijn leven had gered.

Maar eigenlijk lag het natuurlijk aan iets anders...

Thorne had het luiheid genoemd. De angst dat het verder zou gaan. De onwil om een relatie zich te laten ontwikkelen. Kon het wellicht ook nog iets geheel anders zijn geweest? Een ondefinieerbaar instinct voor zelfbehoud? Wat het ook was, Thorne was er dankbaar voor. Hij hoopte dat hij het de volgende keer zou herkennen, hoewel God verhoede dat het ooit nog nodig zou zijn...

Thorne beëindigde zijn telefoongesprek met Kitson en zette *Nixon* weer harder. Hij had Lambchop nog een kans gegeven en daar was hij blij om. Hun geluid, dat op de een of andere manier overdadig en kaal tegelijk was, was hypnotiserend. Hij luisterde naar de vreemde fluisteringen van de zanger en dacht aan het proces. Hij dacht aan wonden die opengingen en littekens die heelden, aan anderen wier levens voor altijd door de war waren geduwd, gemept of gebeukt...

Sheila Franklin, Irene Noble en Peter Foley...

Denise Hollins, die met de ene moordenaar een huis had gedeeld en met de andere haar bed. Thorne had contact met haar gehouden, maar hun gesprekken waren haast nooit eenvoudig. Ze kon zelfs nog geen begin maken met het leggen van de complexe puzzel van haar aan gruzelementen gevallen leven, omdat er nog zoveel stukjes van moesten worden gevonden.

Dave Holland, vader van een baby van drie dagen. Thorne was er zeker van dat hij zijn best zou doen de geschiedenis van zijn eigen gloednieuwe gezin eenvoudig te houden...

De afslag die Thorne moest nemen, naderde, en hij probeerde zich te concentreren op een paar van de aardsere elementen van de rechtszaak.

Hij gaf richting aan en ging naar de binnenbaan. Onderwijl zat hij te overwegen zijn baard af te scheren die hij had laten staan om het litteken te verhullen, en bedacht dat hij zijn pak moest laten stomen. Ook bedacht hij dat hij Hendricks moest helpen herinneren al zijn oorringetjes uit te doen voordat hij zijn getuigenverklaring ging afleggen...

Thornes vader had de onderdelen van twee of drie radio's op tafel voor zich uitgespreid liggen. Eens in de zoveel tijd sloeg hij met een stukje op tafel of vloekte hij flink uit frustratie. Dan keek hij naar Thorne, die op de bank zat, en grijnsde als een ondeugend kind dat was gesnapt.

Thorne zat naar een foto van zijn vader van zo'n dertig jaar terug te kijken. Het merendeel van de oude fotoalbums zat vol vochtvlekken en viel uit elkaar. Sinds zijn moeder was gestorven, waren ze geen van alle nog uit het dressoir gehaald. Zij was de fotograaf geweest, degene die er altijd aan dacht de instamatic mee te nemen, degene die bij Boots albums kocht en avonden lang foto's zat in te plakken...

Thorne keek van zijn foto- naar zijn echte vader, van de jonge man naar de oude. Zijn vader keek naar hem op. Zoals altijd viel hem het haar van zijn vader op, dat net zoals zijn eigen haar aan de ene kant grijzer was dan aan de andere.

'Wil je thee?' vroeg zijn vader.

Thorne begreep de code. 'Ik zal zo een kopje voor je zetten...'

Hij sloeg een stijve, verbleekte bladzij om en staarde naar een foto van een jong stel met de armen om een kind van zes of zeven heen geslagen. Gedrieën zaten ze met tegen het zonlicht half dichtgeknepen ogen in een diepe groene zee van varens die achter hen oprezen.

Thorne glimlachte om het blikje bier in zijn vaders hand en om de uitdrukking op het gezicht van zijn moeder, die een onfortuinlijke voorbijganger zover had gekregen de foto te nemen. Hij staarde naar het jongetje dat blij naar de camera grijnsde. Zijn bruine ogen waren rond en helder, de schaduwen moesten nog op zijn gezicht vallen.

Lang voordat er ook maar iemand was doodgegaan.